孤星连线

华东师大创意写作作品选2023

华东师范大学中国创意写作研究院 编

上海文艺出版社

目录

第一辑　行走在世界的边缘

无相佛
姚偌姿
3

登仙
王幸逸
23

白鹰
姚晓宇
39

黑洞
高崇
56

而立
杨咏
67

没有故事
李思绮
78

师父
徐嘉楠
86

第二辑　她们的命运之歌

公乌素
杨鑫焱
101

清炖鱼汤
刘颖
111

川岭人
杨颖
128

人生保险
刘云
156

梦萦曼谷
邓倩倩
166

哑琴
刘佳
183

世上只有妈妈好
吴彩旎
198

CONTENTS

第三辑 未来回响

孤星连线
詹馥瑜
215

永生塔
高雯玥
229

摩尔甫斯计划
邱姿慧
242

复活
宋瑜航
259

梦想莉莉安
郑可欣
269

婚恋控制所
许慧琳
284

第四辑 幻境拾遗

昆仑奴磨勒
洪伟
299

她站在一朵睡着的山茶花上
张艾祺
307

刀魂
张璐
315

无香契
潘如懿
329

金钥匙
何雨嫒
345

扫地女和短毛猫
曹婷婷
352

覆巢之下
谭博禹
360

第一辑 行走在世界的边缘

无相佛

姚偌姿

一

邵峥在傍晚到达北石窟寺。临近闭馆，大门已经合上了一半。按照时令，此时是三伏天。小城连天阴雨，气温近似平原的深秋，覆钟山下不见暑气。他一路颠簸，只是出了一层薄汗。天刚放晴，地面的积水映着暮光，昏黄如铜镜，模糊地摹画出窟门左侧石刻天王脚踩的战靴。人在巨石前显得格外渺小。他后退两步，顺着那只靴子往上看，二天王立于门前，怒目圆睁，面如虎啸狮吼，勇武异常。门口的两只石狮子，有一只断了头，据说是被地震中滚落的山石所毁。

窟门前空无一人。远处传来河水浮动的声响，间或有"叮咚"的凿石之音，以及山间几声似有还无的犬吠，浅淡如幻听。邵峥用力按了两下太阳穴，绕着165窟的外围走了一圈。黄砂岩崖面上的窟龛排列极密，层层叠叠，形如蜂房。他放眼望去，大大小小的佛陀藏身于山石所造的匣中世界，面容慈悲，自四方而来，怜悯地望向他。山上的村落升起淡蓝色的炊烟，稀薄如天人叹息，圣洁似海上仙雾。千千诸佛，万万菩萨，借能工巧匠之手，皆入尘世化境。他静默地站了很久，既不知道该找谁，也不知道要去哪里找。直到通知闭馆的广播声响起，伴着《致爱丽丝》的背景音乐，他终于醒过神来，准备离开。

身后的金属推拉门猛地被拉扯了一下，他还没走出几步，下意识地回过头，正好对上来人的眼睛。这位女士穿方角立领旗袍，七分袖，传统版型，颜色古朴,像是从年代画上拓下来的时间标本。他说不准女士的年纪,约摸在五十岁,可能更年轻,也可能更年长。

女士手中解着挂在腰间的小蜜蜂扩音器,朝出口走来,很自然地跟他搭话:"你从外地来吗?"

邵峥昨夜没休息好,飞机落地后,一刻未停,在市区租了辆车,直奔北石窟寺。一通折腾下来,不免显露出几分游客的疲态。

他说:"是啊,没注意看营业时间,扑空了。"

女士把"小蜜蜂"收进随身的挎包里,她说:"大老远来一趟不容易,还是进来吧。"

他犹豫了一瞬,随后跟着女士走进了居于窟群中心位置的七佛窟。

门低而窄,走入之后,别有洞天,佛像高八米,胁侍菩萨高四米,巨物对面而立,凡人只得仰视。这是七世佛,三壁七尊佛,代表过往与现世。正壁二佛并坐,循环往复,永恒不灭。在佛与菩萨的背光之上,洞窟内壁的红砂岩呈暗红色,刻有多组浮雕,讲述佛本生故事。正壁对面凿有小孔,倾斜天光,映亮正壁中心的佛祖造像,如圣光护体。

窄小的窟门与内部足有四层楼高的宏大空间对比鲜明,洞内洞外,恍若两般世界。信徒踏门而入,猝不及防,只得五体投地,顶礼膜拜。邵峥不是信徒,也心中大震,倍感庄严肃穆。

邵峥向女士道了谢,又问:"您贵姓?"

女士说:"我姓张。"

邵峥看向女士,肯定地说:"您是张献红老师?"

女士摆手,说:"我不算什么老师,就是一个讲解员。"

邵峥说:"她说您是她的老师。"

张献红笑了,问他:"你是说谁呢?"

邵峥说:"徐梦懿。"

张献红说:"她以前经常来我这儿画画,基本上每周末都来,她不是专业学美术的,但画得不错。不过,你是她的什么人呢?"

邵峥回答说:"我们是朋友。我们小的时候住在一起,后来她搬走了。"

张献红问："搬到哪里去了？"

邵峥说："听说是全国各地跑，最后一站到了您这儿。徐尧，也就是她继父，现在调任回去了，回到我们老家，升官了。"

张献红把落在手肘处的挎包往上提了提，说："前几年的事情了。"

他们走进240窟。此窟开凿于北周，三壁各雕一佛二菩萨，造像线条流畅，犹见古韵，但其间有几尊佛像面容模糊，又有菩萨色彩斑驳，身旁弟子着色浓艳，让人有些出戏。张献红解释说："240窟经清末重塑改妆，后来剥去造像外层的泥皮，才露出作品的原貌。"她叹了口气，又说："清代重妆的佛像五官纠缠，一副亡国之象。"

邵峥看得入迷。

张献红说："你们以前联系得勤吗？"

邵峥说："不勤，她每隔一段时间，会给我打通电话。"

张献红站在佛像顶光旁边的阴影里，她说："怎么想起来这儿了？"

邵峥说："她说等我准备好了，就来这里找您。"

张献红说："你是邵峥，她经常提起你。有个包裹，是她托我留给你的。"

邵峥说："包裹现在在哪儿呢？"

张献红说："我保管起来了。"

张献红翻开手机，准备记下邵峥的手机号。她的操作很慢，按下一个键之后，要停顿好几秒，才能想起下一步应该点什么。邵峥耐心地等待着，与她约定明天见。

邵峥租来的车停在七佛窟正门外不远的空地上，于是他们原路返回。站在窟门所在的西壁前，邵峥注意到门内南北两侧各立有一尊雕像。南侧的菩萨端坐于象背，细颈削肩，面容俊秀，仪态祥和，双目远望前方。同坐在象背上的驭象奴怒目锁眉，身后弟子则手持宝珠，神情欢欣。两相观照，更显菩萨无悲无喜，了然世事，看破凡尘。他隐约记得释迦牟尼佛的胁侍普贤菩萨是身骑六牙白象的，忍不住向张献红求证。对方回答说："有可能是。"

接待完今天的最后一位游客，张献红拉上金属推拉门，给外侧大门落了锁。邵峥想送她一程。她摆摆手，拒绝了，推说自己是骑电动车来的，必须

无相佛　5

得骑回去。邵峥接过包裹,向她告别。她看着邵峥乱蓬蓬的头发,也透过他被日光镀了金身的发丝,看向更遥远的地方。她忽然问:"你后来考上警校了吗?"

邵峥郑重地点点头,从侧兜里掏出他的警官证,拿给张献红看。

晚饭时间已过,浅蓝色的炊烟消失在天上。空气里弥漫着雨后草木沾湿的气味,周围极静,既无虫声,也无鸟鸣。张献红重复着刚才找不到手机通讯簿入口时的迟缓,半天才露出一个滞后的笑容来。

半轮圆日悬于天际。面前就是蒲河,水面几乎与天边的火烧云连为一体,闪耀着刺目的红痕。河水在燃烧。邵峥抬起头,看霞光在云层中游动,有风经过,像工匠的刻刀,幻化出云的形状。那是一尊巨大的佛头,自水天相接处缓缓升起,鼻峰以下仍深埋水中,只留一双佛眼,望向虚空。邵峥跨出寺门,沿公路方向,迎着佛头的方向走了很远,还不见车停靠的位置,才惊觉走反了。等到他坐在驾驶座上,旋转钥匙,启动车辆,天色已经傍黑,四方染上了深蓝的夜色,万物都消散在其中。

二

邵云是一个和尚的女儿。她的父亲不是生来就要做和尚的,父亲在尘世里生活了大半辈子,挨到了邵云考上医科大学的那一年,才上了山,剃了度。

父亲在出家之前,是国企单位的工人,铁饭碗,拿死工资。1996年,父亲二十岁,妻子告诉他,她怀孕了。话一出口,两个人都沉默了。厂里的土规定是,怀孕之前先得去要指标,有了指标才能生。否则违反纪律,轻则罚款,重则开除。那天晚上,父亲没有开灯,坐在黑暗里的客厅抽了一整宿烟。母亲则躲进屋里去,说二手烟对孩子不好。天亮之前,父亲把烟头摁灭了,走进屋里,跟母亲面对面坐着,谁也不说话,谁也怕对方先开口。母亲缩进父亲怀里,把头伏在他的肩膀上,说:"振东,孩子已经三个月了,都成形了。你不想看看咱们的孩子长什么样吗?是眼睛像你,还是嘴巴像我,你都不好奇吗?"父亲说:"咱们的孩子,像谁都行,怎么都是好的。"他妥协了。

两个月以后,没瞒住,母亲被单位开除,专心在家待产。孩子出生前一个月,她开始频繁地做梦,梦里都是一个小男孩和一个小女孩,并排坐在一起,对着她笑。她说:"保不齐是龙凤胎,看来男孩跟女孩的名字得各想一个。"父亲说:"你想吧,都听你的。"她就笑,把手臂虚虚地环起来,好像已经把两个孩子抱在怀里了。

哥哥出生了,很健康,可惜是单个的男孩。母亲高兴归高兴,但总觉得少了点什么。1998年,母亲又怀孕了。她跟父亲说:"咱们认了吧,命里就是还得有个女孩,命定的事情,谁也改不了。"母亲抱着哥哥,轻轻地唱起了摇篮曲。傍晚的风把雨后潮湿的草木味送进来,好闻得让人没脾气。父亲又妥协了。

那年冬天,母亲把邵云带到了这个世界上。她是超生的那个孩子,她的母亲不得不躲起来生产,死在了产床上。父亲没有再娶,一个人打两份工,时常不在家。小时候,他们听得最多的就是电话座机的忙音。后来,父亲染上了喝酒的习惯。人总是要寻找一个发泄的出口的。父亲喜欢自斟自饮,他从不与狐朋狗友厮混。醉酒后,也从不发疯,只是安静地睡觉。十来年的时间就这样睡过去,仿佛一场大梦。

父亲疏于看管,酿成大错。后来,他经常为以前的事感到愧疚。他跟邵云说,开学那天,他把兄妹俩送走以后,又看见亡妻。故去的妻子仍保持着年轻时的模样,父亲却老了。她走过来,给父亲端了一杯水,父亲没接。她也不勉强,把水放在桌子上。她轻抚父亲的脸,"你老了。"她说。父亲浑身发抖,说不出话来。半天才说:"你好久不来看我了。"她用袖子帮父亲擦额头上的冷汗,说:"孩子们都长大了,我放心了,就不来了,没想到你还让我放不下心。"父亲说:"我从前老盼着死,等孩子们长大了,我没牵挂了,就能跟你永远在一起了。可是现在我配不上你了,我没脸再见你。"她说:"你是做了不对的事,但你可以改悔。改悔的人多了,这个世界就变好了。"父亲说:"你别看不起我。"她说:"怎么会呢,振东,你这辈子太苦了。你不要怕,别怕死,更别怕活着。你在哪儿,我就在哪儿,我永远陪着你。"父亲终于放下心来,慢慢地睡着了。第二天早上起来,他看见桌子上放着一杯水,盛得很满,没人喝过。他把那杯水一饮而尽,锁上家中大门,就一个人上了山。

邵云是在凌晨时突然起意要来找父亲的。半夜,她从噩梦中惊醒,悄没声地爬起来,换好衣服,背上包,独自出门。她没有提前跟父亲打招呼,甚至想不起最近是不是父亲闭门清修的日子,就这样鲁莽地去了。

邵云体力很好,那座山也不高。她对上山的路实在太过熟悉,哪怕是深夜独行,也不会踩空任何一步台阶。天光乍现,她抵达山顶。卧佛寺不知在举办什么活动。僧人们穿着黄色的僧衣来来往往,形制统一,不分你我。她远远地坐在村人堆起的草垛上,想用眼睛把父亲找出来,但最终还是失败了。她静默地想,要跟父亲说什么呢?她本来准备了很多话。可山风刮过,吹起了地上的枯叶,也吹散了她心里的念想。前方传来诵经声,混着乡人的哀歌,像风筝一样,能飞到很远的天边。最终,邵云虔诚地看了一眼村口供奉着的那尊沉睡的佛像,起身下山。

邵云回到家,蒙着被子睡了一觉。睡醒后,身上全是汗。电脑还插着电,仍在循环播放那部电影,她在暴风雪袭击的音效中醒来,洗漱收拾,准备去赴约,给沈琦玉辅导功课。邵云保送了医科大学的研究生。处理完本科学校的毕业事宜后,她一直待在津北市。她是市区最大的一个家教机构里的金牌教师,主要辅导高年级的小学生。

高档小区戒备森严,邵云穿过层层关卡,老远就看见沈琦玉抱着那个大到与她的身量极不匹配的双肩背书包,蹲坐在地上,双手抱膝,背倚着别墅的大门。见到老师来了,她雀跃地迎过来,挽住了邵云的胳膊。

房间里,邵云跟沈琦玉并肩坐在书桌前。又是一年苦夏,日头很毒,烤得人脑壳发昏。屋外,蝉鸣不止。沈琦玉穿着长袖长裤,缩在椅子里,小小的一团。她已经满十岁了,但先天不足,体质偏弱,看着比同龄的孩子要小得多。

沈琦玉平时的学习状态很专注,今天却一反常态,眼神一直在飘。邵云邵峥问:"您画的是哪尊菩萨?"

张献红说:"是骑象菩萨。"学界有人说他是释迦牟尼佛的胁侍普贤菩萨,也有人说是着菩萨装的护法神帝释天,为了严谨,就这样称呼。

画稿上,菩萨、驭象奴、弟子,三者的形态已大致勾勒出来。她正在描画驭象奴的五官,愤懑异常,满目怨怼。再往下画,就到了双手所持的金刚杵,它的质地尤其坚固,能够击穿世上种种有形无形之物,天上人间,所向无敌。

邵峥说:"包裹里的东西,跟她原先说的不一样。"

张献红说:"这是她的意思。如果你收到她的画之后,没来找我。那这件事就过去了。"

邵峥说:"她看低我了。"

张献红停下笔,把手轻轻地放在邵峥的手背上,说:"孩子,她没有,她只是希望你能往前走。"

邵峥说:"我往前走了。"

张献红说:"我原先在市美院教书,周末带学生来北石窟寺写生,认识了梦懿。十月份,我帮她递交检举材料,没有回音。年底,我前夫被单位辞退。开春后,我们再次报案,仍旧不予立案。六月份,我因为作风问题被学校开除,我前夫带着儿子回到四川老家。七月,梦懿走了。再之后,徐尧在基层锻炼完了,带着新娶的老婆回到原籍,节节高升。"

邵峥说:"老师。"

张献红说:"现在,我在这里做讲解员,私聘的,没有编制。"她轻拍着邵峥的手背,指腹在唱摇篮曲。她说:"你还这么小,你会付出更大的代价。"

邵峥说:"老师,我就指着这个活着了,您帮帮我吧。"

张献红说:"她跟我说,她已经欠你很多了。"

邵峥说:"她不欠我什么,路都是自己选的。"

张献红说:"时移事易,你不一定非得走同一条路。"

邵峥说:"来不及了,医院下了病危通知书,沈丽已经快不行了。她一走,徐尧就是她女儿唯一的监护人。"张献红脸色骤变。邵峥接着说:"老师,她的事情,我的事情,她应该都给您讲过了。"

他说:"老师,我走了很远的路,才来到这里。"

张献红半天没有说话。他们的目光碰在一起,像北石窟寺外交汇的两条河流。徐梦懿也曾这样看向她。徐梦懿坐在她身旁的小马扎上,专心在纸上摹画着菩萨身下的白象。半晌,突然抬起头,对她说:"老师,对不起,连累您了。"她紧紧地握住徐梦懿的手,以为把她拉回来了。可是她到底没能做到。她稍一走神,徐梦懿就乘着六牙白象去了。张献红想起来,邵峥和她的儿子是同一年的,尽管他们已经很多年没有联系过。她感到苍老,发根处频繁长出顽固的白发,每个月都需要补染一次。眼前的青年还这么生机勃勃,发质硬挺,黑如点漆。也许他能完成这未竟之事。终于,再一次,她向她的学生妥协了。

邵峥接过那个黑色的皮包,紧紧握在手里,朝张献红深深鞠了一躬。

四

在机场门口,邵峥拎起背包,从内袋里寻摸出几颗薄荷糖,剥开糖纸,全部丢进嘴里。这糖是进口货,浓度极高,很是呛鼻,味道直冲天灵盖。他觉得这比抽烟提神。他用力地咀嚼着,牙齿一扣一合,嘎嘣嘎嘣直响,力度之大,仿佛糖的碎屑已与他口腔里的血肉纠缠在一起,再难分离。

这个牌子的糖,徐梦懿曾经送给过他一罐。那会儿,他们还很小。每周一次的体育课上,他们俩总是在一起待着。操场上别的小孩跳房子、拍球、跳皮筋,他们从来不参与,只是静静地坐在草地上,嘴里嚼着糖,也不说话,就这么坐着。一节课很快就过去了。

邵峥走进机舱,找到他的靠窗的座位。他身高腿长,把经济舱逼仄的空间塞得满满当当,隔绝了窗内窗外的两般世界,如一堵坚不可摧的围墙。他将双肩包反背在胸前,双臂收紧,手指扣住拉链环。困意铺天盖地般袭来,他快要睡着了,但脑内紧绷着一根弦,还不能睡。世间万物都离他而去,只剩下飞机起飞时的耳鸣真实可闻。机身离地，缓缓上升，往高处去。风声猎猎，耳道深处传来巨大的机器的轰鸣声，邵峥感到耳鸣。呼啸的北风不知道从哪一栋楼房的天台刮过，席卷万物。风声里夹着她的声音。她说："我找到证据了。他有那种癖好，房子里装满了摄像头。他全都拍下来，方便以后欣赏。开始是录像带，后来是光盘，最后是硬盘，全都在。我把这些东西交给了一个我信任的人。"邵峥问："你不信我吗？"她说："我比信我自己还要信你，只是让她先替你保管一下，你这人不会藏东西。"邵峥说："好。"

电话那头传来夜半冷风摩挲手机听筒的声音，哗啦作响。她压抑着的低低的哭声，散在冷得刺骨的夜风里。邵峥从没见过她哭，也不知道该怎么安慰，只好沉默。

徐梦懿说："你还记得咱们小时候看的那部电影吗？我后来一遍遍地看，越看你越像里面的长毛象曼尼。我是剑齿虎，我不是个好人。我本来想害你，可是你不计较，还救了我。我永远感谢你。但是下辈子我不想当剑齿虎了，我想当那个人类小孩。你答应我，你要去救我，你得把我送回家，好吗？"

邵峥说："我答应你。"

徐梦懿说："我好想回家啊。"

邵峥说："快了，马上就到家了。"

手机听筒里又响起忙音。邵峥茫然地站起来，发觉自己站在高台上，四周云雾弥漫，什么也看不见。他想起来了，梦懿走了以后，每次遇到心烦的事情，自己总要去找个高处坐一坐，吹吹风。念警校的时候，是在附近大学操场的看台上。工作之后，是在单位的天台上。偶尔，他能听见某种叫不出名的钢琴曲的旋律，直到不自觉地跟着哼唱起来，才能想起那是听了很多年的彩铃。他拿出手机，下意识地解开锁屏，发现没人给他打电话。是的，现在的人不打电话了，都用微信。只有住校的中学生，才会偷摸地把便宜的板砖机藏在枕头底下，半夜借着屏幕微弱的光，躲开宿管，溜到厕所或是水房，跟外面的人联系。

邵峥在高处坐着的时候，总觉得月亮离他特别近，一伸手就能够到。他喜欢月亮,它的心里装着每一个人,它无差别地照亮每一个人。也许梦懿那天看月亮看得入迷了,情不自禁要伸出手去够,结果脚底打滑,不小心掉下去了。她本来是要去追月亮,结果却离月亮越来越远了。

人长大了,忘性就变大。梦懿和他说过的每一句话,那个本子上写的每一句话,总在有风吹过的晚上被他拿出来回想,一句一句地想,一个字也不能错。开始是回忆,后来就成了练习。他不能容忍那些记忆被自己篡改,不能容忍它们散在夜半的冷风里。

要是那天晚上,她没去看月亮,她没有吹风,她没有想试试飞起来的感觉,要是那通电话说服她了,也许今年他们俩都可以过二十七岁生日。也许她会变好,他也会变好,他们一起把破碎的东西填补起来,彼此就完整了。以前他们都是小孩子,现在他们长大了。

"哥,你去哪儿了?"他听见邵云在喊他,急忙想要醒过来,可怎么也睁不开眼。"醒来,快醒来。"他对自己说。邵云在外面用力地拍着门,喊着:"哥,你把门打开啊。"他躲在狭小的厕所里,四壁回荡着他粗重的喘息声,一下又一下,如同残破的风箱。邵云拖起哭腔:"哥,你说句话行不?我有点害怕了。""醒一醒。"他的指甲用力地掐进肉里,剋出一道道血痕。只要手够疼了,其他地方就感觉不到疼。"数到三,你必须要醒过来,"他默念着,"一,二,三——"他就真的醒了过来。

睁开眼,他看到空姐的脸。对方轻柔地摇晃着他的肩膀,连带着他手中紧握的黑色皮包也跟着震颤起来。她说:"先生,请您醒一醒,我们已经落地了。"

五

又到周末,邵云照例登门,来给沈琦玉补课。难得徐尧不在家,邵云松了口气。她心里清楚,徐尧一直在看着她们,如影随形。

沈琦玉今天写的是语文作业,摘抄课本上的好词好句。她写了好一会儿,才说:"老师,我妈妈死了。今早叔叔跟别人打电话的时候,我听到了。"

邵云嘴唇翕动,一时无言。

沈琦玉说:"她病得很厉害,大人们都说这是早晚的事情。"

邵云喊了一声:"琦玉。"

"我也会死的。"沈琦玉低头在田字格本上写汉字,一笔一画,动作很认真,她没有抬眼,没头没尾地冒出了这么一句话。她平静地解释道:"妈妈死了,这个家里就剩我跟叔叔了。我也会死的。"

邵云靠过来,把小女孩紧紧地搂进怀里,力道之大,仿佛要将她融进自己的骨血。她说:"琦玉,你听老师说,妈妈只是换了一种方式守护你……"

"老师,我知道死是什么。"沈琦玉抬起头,打断了邵云的话。

沈琦玉握住邵云的手,说:"昨天的语文课,老师刚教了《和时间赛跑》,讲的是一个小孩的姥姥去世了,小孩的爸爸告诉他,姥姥永远都不会回来了。所有时间里的事物,都永远不会回来了。你的昨天过去了,它就永远变成昨天,你再也不能回到昨天了。爸爸以前和你一样小,现在再也不能回到和你一样小的童年了。""我知道什么是死。"她重复了一遍,"这就是死。"

沈琦玉说:"这篇课文没有要求背诵,但我还是背过了。"

邵云的腹中火烧火燎,心脏突突直跳,她努力地抑制住干呕的欲望,扯出一个干瘪的笑容,伸手抚了抚沈琦玉额边的碎发,安慰道:"别害怕,老师会保护你的。"

沈琦玉说:"老师,我知道你也没有办法。我给邵峥哥哥打过电话了,跟他说我想回家。他说要来接我,让我再等一等。"

邵云说:"他会来的。"

沈琦玉说:"要等到什么时候呢?"没有等到回答,她继续低下头写她的作业,说:"老师,没关系的。"

邵云说:"我们会找到办法。"

沈琦玉看着邵云,指甲扣着手里的笔帽,说:"老师,你之前说,叔叔在很久以前,也对你哥哥做过,像对我做过的那样的事情,是为了安慰我吗?"

邵云说:"不是。"

沈琦玉说："那他后来当上警察了吗？"

邵云说："当上了。"

沈琦玉说："也许他可以帮我。"

邵云说："他会的，我也会的。"

离开徐家，邵云往外走出很长一段路，步伐越来越快，以至于奔跑起来。她浑身出汗，反复做了几次深呼吸，才逐渐平静。她给邵峥打了个电话，这次通了。那边接起来，她说："哥，你在哪儿呢？"邵峥说："回到津北了，具体情况不太方便说。"她说："那你还顺利不？"邵峥说："遇到点瓶颈，可能还需要一段时间。"她说："知道了，那你注意休息吧，别老熬大夜。"邵峥在电话那头"嗯"了一声："别太担心，都能解决。"她沉默几秒，说："哥，好多事都谢谢你。"邵峥说："你咋了？"她说："没咋，就是总觉得亏欠你。"邵峥说："你是我妹妹，我可以为你去死。"她的眼泪大颗大颗地掉下来，可声音平静，她说："别老说什么死不死的，不吉利。"邵峥说："别想太多，做好眼前的事情就行，其他的交给我。"

邵云心里知道，早在她六岁那年，她哥就已经代替她，死过一回了。

挂了电话，邵云回家取了趟东西，就直奔沈丽停灵的地方。按照当地习俗，要停两天，方便从远方赶来的亲朋好友见最后一面。到了第三天早上，会举办一个简短的追悼仪式，大家听完悼词，绕着死者走上一圈，做最后的道别。接着，就送去火化了。

殡仪馆在郊区，离市中心很远。邵云坐在出租车上，不可避免地想起另一场白事。那会儿，她还在上高中。她从没想过有一天会来参加徐梦懿的葬礼。事实上，人们很难想象自己的同龄人会死去。邵云当然明白终究有那么一天，但总觉得那是很远很远的事情，要等到他们变成老头老太太，颤颤巍巍地拄着拐杖来吊唁。一个年轻人死去了，这是一件多么可怕的事情。

徐梦懿是在高考完的那个暑假自杀的。邵云想不通，怎么会有人选择在这个时候结束自己的生命。大人们总是说，再加把劲呀，熬过小升初，熬过中考，熬过高三，你们就解放了，可以想怎么玩就怎么玩了。徐梦懿跟哥哥是一届的，比邵云大两岁，比她先解放。他们高考的时候，为了把教室腾出来布置考场，邵云所在的年级提前很久就放假了。高考前一天，邵云特意去学校看他们撕卷子，虽然校门口已经布置上警戒线，不让进，但是在外面看看也足够过瘾。数不清的高三生大喊着，怪叫着，试卷和书在他们交叠的声音里从楼上飞下来，像瀑布一样，像雪崩一样，特别痛快。

　　遗照选的是徐梦懿初一那年，在学校运动会上照的那一张。选得真好，那天她真漂亮。她扎了一个高高的马尾，穿着礼服，举着旗，站在学校方队的最前面。所有的人都在看她，还有高年级的男生打听她是哪个班的。那是邵云最后一次看见她，没过多久就听说她爸去当大官了，她也跟着转学走了。临走之前，她给了哥哥一封信。哥哥把信封留下来，放在桌子上，天天看着。

　　徐梦懿倒没有给邵云留下什么东西。这也很正常，毕竟她们始终不太熟。邵云总疑心那是一段单方面的交往。小时候，她们都是住在一个大院里的。梦懿长得漂亮，名字好听，总有穿不完的新衣服。她在邵云眼里简直比芭比公主还完美，邵云像崇拜偶像一样崇拜她，成天跟在她屁股后面跑，甘愿做她的跟屁虫。她却总是对邵云很不耐烦，仿佛邵云的崇拜于她而言，是一种冒犯。

　　举行仪式的那天，邵云跟几个大院里的朋友，一起去见梦懿最后一面。轮到她进灵堂上香时，她学着前一个人的样子走进去。看见徐尧站在里面，迎接客人。他背过身，弯腰给邵云拿了三炷香。她接过来，鞠三个躬，把香插在炉子里，说："徐叔叔，节哀顺变，请您保重身体。"然后离开了。听说梦懿是跳楼死的，邵云猜她大概是把自己当成了不会再使用的试卷和课本，可以毫不留情地从楼上扔下去。

　　车到站了。邵云已经准备好奔赴这一场葬礼。临近正午，正是守灵的亲友换班的时间。灵堂空荡荡的，只有徐尧一个人。邵云走进来，徐尧露出惊讶的表情，问："邵老师，你怎么来了？"邵云说："孩子妈妈走了，肯定得来送一送。"徐尧说："让老师费心了。"邵云说："应该的，您节哀顺变。"徐尧说："不过，孩子一个人在家，能行吗？"邵云说："不妨事，我上完香，马上就回去。"徐尧做出一个哀戚的表情，转过身，要给她拿三炷香。邵云

无相佛　　17

拉开拉锁，假装在包里翻东西，暗自把包里藏好的手术刀握在手中。已经开了封的那包立香只剩下一支，徐尧弯下腰，熟练地拆开一包新的，抽出来。邵云跟着他，凑近两步，就在他站起身来，要回过头的那一刹那，找准大动脉的位置，用尽全力，将手术刀的尖刃精准地插在了徐尧的后颈上。徐尧瞪大眼睛，不可置信地看着她。邵云没有停顿，手上更为用力。血喷涌出来，溅落在灵堂的每一个角落。徐尧倒在地上，邵云浑身脱力，跌坐在地。不知过了多久，她看到邵峥朝他走来，疑心是出现了幻觉。滚烫的血溅到了她的脸上，她慌忙去擦，却忘了手上有更多的血，越擦越多，弄得满脸都是。刀还攥在手里，她猛地丢掉，像小时候她跟哥哥生气，撒气般地甩开他的手一样。皮肤上的血逐渐变凉，凝固，她却感到热气从脚心升起，仿佛周身浸泡在滚烫的沸水里，烧起泡来，她的身体也跟着燃烧起来。手腕发疼，哥哥把她跟自己铐在了一起。她的眼前弥漫着血雾，看不清哥哥的脸。她听到救护车和警车的鸣笛声从很远的地方传来，她感到前所未有的疲惫，真想就这样燃尽，化为一缕灰，跌落进泥土中。

六

　　大雨滂沱，邵峥离开警局，回到城乡结合部的一个老旧小区，那是他租住的公寓。说是小区，其实只有几栋老破小的居民楼，一片肃然。气温骤降至十几摄氏度，风一阵阵刮过，他感到冷，皮肤表面立起鸡皮疙瘩。他蹚着满脚的泥浆，借手电筒微弱的光，判断出字迹斑驳的楼号跟单元号，走进楼道，甩落一地的水珠，宛若从水中上岸。

　　他吃力地扭动钥匙，发涩的锁芯传出巨大的骇人的异响。他走进门，郑重地把那个黑色皮包放在桌上。其实屋里没什么家具，应该是很空的。不过，房间的四壁都贴满了电影海报和他自己临摹的线稿，做了个障眼法，让屋里看上去很热闹。他几乎无法支撑住身体，只得顺着椅背的弧度，缓慢地向下挪动着，直到最终坐下。他从怀里掏出日记本，暗红色的封皮不知被谁的泪水泡了太久，字迹已经晕开了。他打开电脑，熟练地输入密码，让电脑开始播放视频。他的眼睛开始发烫，发痛，泪水不断地流淌出来，像雨一样，落在他的颈窝里，也落在手背上。他的牙齿不住地打着战，体若筛糠。

邵峥缄默地坐着。他的身体开始发烫，高热之中，他在不停地做梦。他梦见了长毛象、树懒，还有剑齿虎，梦见梦懿坐在草坪上的背影，梦见垃圾桶里四肢被切断的芭比娃娃，梦见听闻梦懿死讯的那个夜晚，也梦到徐尧的脸。梦懿告诉他，徐尧一直在盯着他们。醒来前的最后一个梦里，他狂奔着回到高中宿舍，接起梦懿的电话。她说："邵峥，你有没有听过一个故事。驯兽师用绳子把小象拴在木桩上，小象力气小，不管怎么挣扎都跑不掉，时间长了，只好认命。长大以后，大象粗壮的长鼻子已经能轻松地举起一吨多重的大卡车。然而驯兽师还是只用那一根小木桩，就足够让它动弹不得。"他回答："普通的大象有可能会屈服，但长毛象一定不会。"她问："你保证吗？"他说："我保证。"

他的眼前开始出现幻觉。雷声滚滚，炙热的雨水穿透天花板，浇在他的脸上。水位越涨越高，他的身体漂浮起来，随着水流涌动的方向，不断上潜。桌上的黑色皮包化为一尊巨大的佛首，面容慈悲，视线自上而下，遥远地望向他，也望向他身后的人们。

是听谁说的来着，邵云知道徐梦懿家有电脑和CD机，这在大院里是非常罕见的东西，没几家有。那年夏天，邵峥读二年级，妹妹还没上学。父亲刚迷上喝大酒，除去上班，很少有清醒的时候。他只是普通工人，一个人拉扯两个孩子，尽管没日没夜地工作，家里条件也难免一般。邵峥和妹妹是乖孩子，从来不提过分的要求，但毕竟也只是孩子，心里还是好奇的。

也不晓得隔壁的张全全是在哪里看的《冰川时代》，他跟邵云说，从来没看过这么带劲的动画电影，不是动画片，是电影，这个区别得分清。邵云羡慕极了，天天缠着徐梦懿，问他们家有没有这个片子的光盘，可不可以带她去家里一起看。一开始，徐梦懿斩钉截铁地拒绝她，模样怪凶的，吓得她不敢再提去她家的事情。可没过多久，徐梦懿居然一反常态，主动邀请邵云，把她高兴坏了。

邵峥本来不想让妹妹去。原则上，父亲不允许他们随便跑去别人家玩。可他听不得妹妹撒娇，她拽着他的衣角摇来摇去。她说："哥哥，我们一起去吧，咱们仨一起看，梦懿姐姐肯定会答应的。"妹妹很少向他提要求，他无法拒绝。他领着妹妹，一同去梦懿家赴约。敲开门，徐叔叔居然也在。兄妹俩平时在大院里很少见到他。他好像是哪里的领导，总要到处出差。妹妹本来有点怕他，但他意外还挺和颜悦色的，殷勤地拿巧克力和雪糕给小客人们吃。邵峥想："张全全没骗人，《冰川时代》真的太好看了。"他从来没看过这么逼真的动画片，长毛象的每一簇毛发都真实可触。电影快到结尾的时候，徐叔叔突然走进来，递给他几张纸币，央他去几个街区以外的华联超市帮忙买几瓶进口啤酒。那个超市很远，来回要走一个小时。徐梦懿站在徐尧身后，目光径直望向他。他从小就具备兽类的警戒心，本能地觉察到不祥。他把钱塞到妹妹手里，说："你去吧，咱们以前去过那个超市。"妹妹正看得入迷，虽然不愿意，但还是"哼哼唧唧"地去了。徐叔叔看着他们，脸上露出一个怪异的笑容来。

等邵云把啤酒买来的时候，已经快要天黑，她敲了半天徐梦懿家的大门，怎么敲也敲不开，最后只好把啤酒和找回的零钱放在门口，独自回家。她以为哥哥应该早就到家了，可是家里并没有人。邵云没有看到电影的结尾，自个怄起气来，觉得他们是故意罚她去跑腿。不过怄气也没怄多久，因为哥哥回来的样子怪怪的，走路一瘸一拐，也不肯跟她说话。他一到家就直奔厕所，"砰"的一声把门关上了，无论邵云怎么敲都不应。连着遇上两扇怎么敲都不开的门，邵云很气馁，再加上买啤酒走了太多的路，她没有再管哥哥，自己进屋睡觉去了。夜半梦醒，还能听到父亲醉酒的鼾声在屋里断断续续地响起，一起一伏的，像海上的波浪。他们每个人的生命，都像波浪里打滚的小帆船，无所凭依。

邵云错过了电影结尾，她总惦记着要再去一次徐梦懿家，把它补上。可徐梦懿一听这四个字，立马像疯了一样，拖着歇斯底里的哭音冲她大吼，让邵云滚开，让邵云跟她哥都离自己远一点。邵云吓蒙了。从此以后，见到徐梦懿都要躲着走。好在没过多久，邵云上了小学，在学校交到了很多新朋友，渐渐也就把徐梦懿给忘了。

她记得，小时候，父亲清醒的时候，也曾带着他们一起上山。哥哥牵着她的手，一路沉默。到了山顶，她问哥哥《冰川时代》的结局演了什么，哥哥说不知道。她一再追问，哥哥才告诉她，这个故事讲的是，史前冰河纪，动物都向南方迁徙，空寂的冰原上只剩下一只长毛象，一只树懒，一只剑齿虎，它们历经千难万险，终于把人类小孩送回家了。她觉得哥哥这话文绉绉的，没听太懂。

七

邵峥带沈琦玉去爬山，走到半途的时候，小孩累了，他们躺在半山坡的一片青草地上。

他们有一搭没一搭地说着话。沈琦玉问："张老师呢？"邵峥说："办事儿去了。"沈琦玉问："她啥时候回来？"邵峥说："很快。"沈琦玉说："你咋不上班呢？"邵峥说："我领导让我歇两天。"沈琦玉又问："邵云姐姐呢？"这次邵峥没有说话，她也没有再问。

沈琦玉摆弄着衣服领口上的蝴蝶结。她说："那我去哪儿呢？"

邵峥说："过两天，我送你回家。"

草穗在风中轻轻地摆动。邵峥的脸上有点痒，他起初以为是风吹的，直到伸手去摸，才发现有只小虫爬到了他的手背上，来回转着圈。他把手伸进草丛，小心地把那只虫放在一片肥厚的草叶上。更高处传来孩子们的笑嚷，忽远忽近，应该是在追逐打闹。"哪里来的孩子呢？"邵峥想，是了，山上是有村庄的。相传元代时，河水泛滥成灾，有佛形巨木顺着水流漂过来，乡人将其刻成一尊左手托腮的卧佛像，村庄因此得名。这尊佛像，现在应该是供奉在父亲修行的寺庙里。

邵峥侧躺过来，把脸冲着沈琦玉，说："你知道不，你让我想起一个人。"

沈琦玉问："谁呀？"

邵峥说:"我最好的朋友。以前我们经常在这座山上比赛跑步,看谁先爬到山顶。我从来没赢过。"

沈琦玉说:"可是,你不是警察吗?"

邵峥说:"我小时候又不是警察。"想了想,他又补了一句:"再说了,警察也不是无所不能的。"

沈琦玉说:"我也可以跟你赛跑。"

邵峥一下子从地上弹起来,作势要跑。沈琦玉也跟着跳起来,拉住他的胳膊,怕他抢跑。他说:"那来吧,我数到三,咱们往前跑,看谁先跑到山顶。"

"一,二,三——"

邵峥放缓步伐,跟在小孩后面,确保她安全地行进在通往山顶的台阶上。他的身体在变小,身高缩水,胡茬消失在毛孔里,他变得跟沈琦玉一样小,所以能与她并肩。阳光晃眼,天真蓝,他们在山间奔跑。他在告别,同各种有形无形之物说再见。他的步伐很重,一路上扬起纷纷的土黄色的尘埃,漫天飞舞。佛还在沉睡吗?他不再去想了,只是往前跑,也许山顶的风会给他回答,也许本就不需要一个回答。

登仙

王幸逸

云隐苍梧

1995年8月,春谷县氮肥厂机器大修,全厂停产。厂里沉不住气的青工们纷纷传说:咱们厂这次大修,莫不是要直接把我们下岗?他们的担心不无道理,毕竟弋江市其他县城正陆续关停地方工厂。一时间人心浮动,连我母亲这样老实本分的女人也心慌意乱。我母亲在操作车间看仪表盘,三班倒,日夜盯着那些数字和上下起伏的条条,总担心哪天会把眼睛瞪穿。我父亲是钳工,整日坐在屋里,聊天,下棋,翻武侠小说。等有人挂来报修单,才放下搪瓷茶缸,拎上工具箱准备开工。他当时月基本工资有三十多块,厂子效益好的那几年,带上奖金能拿一百多。赶上氮肥紧俏的时候,厂职工还能帮人代购,挣点差价。

我父亲心思活泛,信奉"好男儿志在四方",总想出去闯荡。用我母亲的话说,是"活脱脱一个街流子"。"要不是进厂成了工人阶级,好歹有个组织管着,你爸早就被严打了。"其实那会儿,连厂里都管不到他。《纵横四海》风靡内地时,我父亲成天在额头上卡一副墨镜,嘴上挂着几句春谷腔的假粤语。厂领导看不顺眼,批评几句,他却当面叫板,让领导下不来台。就这样,我父亲逐渐在流子界博得大名,集结起一帮兄弟上蹿下跳。这帮兄弟管我父亲叫小钦哥,管我母亲叫钦嫂(多难听啊),还把我母亲的其他追求者堵在路上恫吓。厮混掉年把时光,我父亲玩腻了桃园结义、燕市高歌的游戏,转而迷上《赌神》。他学会了打梭哈,还晓得怎么在扑克牌背栽花结印,于是悄悄起赌局，和另几家暗扣连环，专宰过路客。有时候玩一天牌，赢的钱能抵他大半个月工资。他越玩越大，从春谷县城玩到弋江市区，赢了还要赢，头脑昏昏然，对日常生活的基本样貌也失去把握。每逢有牌局的日子，我父亲干脆找人顶替他上班，云淡风轻地拿出二三十块酬谢。手头积到三万多块钱，我母亲劝他回头过正经日子，用这笔钱购置婚房，两人搬出厂宿舍，好好做夫妻。我父亲心犹未满，将退不退，直到有次在市里遇到扎手庄家。先是开门红，大吉大利。接着有输有赢，还算正常。再后来，连败三十把，直到荷包净光。他觉得不可思议，瞪大眼看牌桌，牌面的红色、黑色，牌背的绿马赛克，通通揉进眼珠。再回过神，人已经荡回春谷。月亮露出疲态，红梅烟蒂丢了一路，不觉在夜风中绵延出无数幽林。

我父亲浪子回头，向亲朋借了钱，在县城买了间两居室新房。婚后，他开始认真考虑起未来发展。孩子不能跟他们一样，也耽在春谷，得带他去弋江，去金陵，去更远的南方……氮肥厂大修停产给了他机会。他看电视台宣传说，广西养蛇佬多好挣钱，于是从上辈人手里央借了一千块路费。褂子里厢荷包，四十张老头像紧紧贴着心口肉，唤起一阵长征似的激情。劝服母亲以后，我父亲又找到从前那帮兄弟，商量着一起去南边闯一闯。

本来万事俱备，谁料临行前，说定要随军南下的母亲查出近两个月身孕。我父亲听罢，沉默许久，最后咬咬牙讲："你候我两个月，最多三个月，学成以后我马上家来。"

母亲就在家等，每天去厂里点个卯（停产期间氮肥厂照发基本工资，但职工必须每天签到），其他时间都窝在她和父亲的婚房里，呼哧呼哧地摇那台二手纺织横机，或在缝纫机前笃笃做活。还在母亲肚子里时，我就已经饱闻机杼声了。绕、织、裁、缝、熨，全套工序下来，细细密密织出一件羊毛衫，如此高低可挣个二三十块钱。干得不耐烦时，我母亲就起身在屋里来回巡视。新粉刷的墙壁白纸似的，肃然挂立四面，我母亲四下观望、摩挲，思忖往后该打制哪些新家具，各自摆在什么位置。直至规划清朗，分配既定，雪白的房间重又响起呼哧呼哧、笃笃的呼吸声。

对我母亲来说，1996年发生的三件大事分别是：我的出生、氮肥厂正式倒闭、我父亲的一去不返。我父亲出门以后杳无音讯，直到三个月归期已满，才打了通电话到工厂。电话里只说，春节前会和其余伙伴一道回家。我母亲肚子一天天大起来，织造羊毛衫的活也做不动了，每日闷在家里心情坏透，连带我也愤愤，只等我父亲回来时劈头泻一顿火。

到了腊月二十几，那波灰头土面但喜气洋洋的归乡队里，并没有我父亲。他们只听我父亲说，要去广西珩县。据他们说，当时一起坐火车到桂林，以后大伙分道扬镳各寻各路，就再没人联系得上他了。捱到正月十五，我父亲依旧音信全无。叔叔伯伯们煎熬不住，动身去珩县找我父亲。我母亲由家奶奶搀着，一路送到东门汽车站。招摇着的手臂逐渐收起，大巴喷着烟云，呼啸而去。准备回家时，我母亲发现自己抬不动脚了，紧接着，一股热流自下身突涌。

因为我抵死不肯出来，我母亲足足受了一天难，最后忍不住詈骂道："跟他爸一路搭僵种！"我听后格外委屈，哭着要往外滚落，迎面撞上满屋热腾腾的响动。这时已经是惊蛰的清晨。不晓得是家奶奶还是舅舅，带来一块崭新的双面襁褓布，一面是淡红色粗棉布，另外一面是黑底花斑的绸布。我被整个包进柔软的黑色当中，于是很快安静下来，忙着用每一寸皮肤吮住那些长满花斑的褶皱。当时不知身在何方的父亲，对我来说远比不上这块襁褓布意义重大。

正月十五那天，叔叔伯伯们动身去找我父亲。先坐大巴到弋江乘火车，经由江西鹰潭中转到桂林，最后从桂林乘车到珩县。他们在县城找了家招待所，租下两间房，每天分头行动。口舌在这片言语的异域中不再驯顺，只好动用手势、眼神、表情等器官对外达意。一个多月过去，三人对我父亲的去向毫无头绪，倒不得不为自身所发生的变化感到困惑和惊恐。渐渐的，大伯的眼瞳会像猫一样遇光竖立。二伯的十根手指，每根都蹿高了足足一寸。小叔看起来一切正常，但他逐渐听不懂大伯、二伯之间的交谈，而且会不自觉掉出几句当地白话。他正在遗忘春谷话……火车刚离开珩县，三兄弟的异状就解除了，他们怅然对坐，久久望着窗外的连绵苍翠，最后一无所获地回到春谷。

家奶奶听说后，拍手说："准呐，这老尼姑真算准了咯。"为照顾我母亲，家奶奶从老家徐镇上到城关，住在我家。才一两个月，家奶奶就已经摸透了周边地脉人情，在有些方面比我母亲还熟悉。比如，我母亲在氮肥厂上了许多年班，竟一直不知道厂附近还有座尼姑庵，里头住着个半瞎老尼姑，既谈佛法菩萨，也能摆摊算卦。我父母那辈的青年，大多讲反封建迷信，不信卜卦，但架不住家奶奶三请四催，我母亲还是去了。

其实三月三以后，家奶奶一直在找机会，带我母亲去拜拜佛。这背后有桩事件，家奶奶没跟我母亲讲过。按皖南一带的习俗，三月三要吃艾蒿粑粑祛邪。我母亲从小爱吃，但长到二十多岁还不会做，因此没少挨家奶奶的絮叨。按家奶奶的说法，粑粑都不会做的女人，放在旧社会是没人愿意娶的。家奶奶不一样，她的艾蒿粑粑做得极好。在自家地里摘一把艾蒿，带回来欻欻切碎，挤过汁水后炒进一锅腊肉丁里。香气弥溢后，加盐，加水，倒米粉，动作不紧不慢。青光油亮的大粉团渐渐成形，再整个铲出，撕成一粒粒的，陆续拍压在柴灶的锅壁。待两面煎至微泛金黄，一个艾蒿粑粑就算成了。外壳焦脆微黄，内里软糯灰绿，从里到外浸满腊肉的油香。往年的三月三，家奶奶一早坐车到春谷县城，把前一天做好的艾蒿粑粑送到她的几个儿女那里。我母亲是小女儿，家奶奶总是给得最多。那年，家奶奶去附近小菜场买了艾蒿和米粉，做出一碟艾蒿粑粑端给母亲。我母亲刚出月子，闻到腊肉油味就忍不住皱眉，一口也吃不进去。满满一碟艾蒿粑粑，油亮亮热腾腾，罩住笼纱放在桌上。第二天清早，家奶奶刚出房门，便闻到一阵浓郁的艾蒿香气。掀开笼纱看，竟是满碟干枯僵死的陌异形状，上面铺满苔藓似的绿茸毛，还膨出许多铜钱大的白色斑点。家奶奶头皮一麻，倒吸口气，连碟子一起装进塑料袋，静悄悄扔出去。

氮肥厂在县城南郊，尼姑庵还要再往南三五里，已靠近三里镇。庵不大，但有些年头，外头没挂名匾，从前大概有其正名，后来失落了吧。里头是不大的两进院子，前院正侧殿摆着菩萨罗汉塑像，后院禅房住着几个尼姑。据说皖南事变时，无名庵里悄悄收容过一班新四军伤员，这班伤员里就藏有某位重要人物。后来。这件掌故为它增添了几分传奇色彩。家奶奶敲开庵门，出来应门的是个小尼姑，手上拿一柄长扫帚。她没说话，冲家奶奶点点头，又转身回去扫走廊。庵里静悄悄的，没人进香，也没有敲木鱼和诵经声，只听见沙沙沙，沙沙沙，那是扫帚擦在坑坑洼洼的地上的声音。我母亲还嗅到一丝若有若无的香火味，不晓得里头掺了什么香料，只觉得幽幽的，在半空渺然拉出许多点与线。简直有点像荒庵野寺了。家奶奶熟门熟路，领着我母亲直奔禅房。日光斜照进屋，一道明暗的分割线挂到墙上，切开观音像，再一路迤逦下来。老尼擎来一只装满竹签的桃木雕花筒，我母亲接在手里，胡乱摇了几下。啪嗒，一只签掉在案板。我母亲捡起来，放在日光下看。签面画就被云雾遮住的半座高山，旁边题着"云隐苍梧"四个字。翻过来，另一面镌着句诗：洞里有天春寂寂。老尼沉吟片刻，说："心里想求的东西，缘分到了就会自个儿出来。要是你故意去求，搞不好会有不好的事发生唷。"家奶奶低头盯着日影斑驳的地面，半晌不吭声。我母亲虽然不信这个，听后也觉得有些灰心丧气。

　　转眼到了1997年。这一年，中国人在数着日子盼归——香港回归祖国。我母亲也盼归，也数日子。只是在我母亲的地图中，香港和广西是缠绕在一块的。香港在春谷到广西的延长线，广西伏在香港狮子山背面。于是每次听人讨论香港，总有根隐微的箭头指向广西。日历一张张撕下，我母亲心想，小钦唉，香港都快回来了，你怎么讲？

　　就像自然世界的风向会发生变化，箭头的方向也会逆转。香港回归的迫近带来了迷醉与乐观的气氛，逐渐使我母亲产生错觉，以为父亲不是去了广西，而是去了香港，不是去了珩县，而是去了油麻地。这种印象谬误是怎么形成的，她自己也说不清，可能在电影演绎了无数遍的香港，比"边瘴南荒"的广西更具体，也可能在1997年，想象香港比想象广西更容易。因此，我母亲会梦见我父亲穿着皮夹克，站在香港的人行道上，埋头吃车仔面。哪里是车仔面，分明是小南街上卖的小刀面，鲜红的辣酱滴在豆腐色的白干子上，吃得人满头大汗。街上的招牌颜色鲜亮，像词赋里的瑰丽词藻，好看而陌生，又因陌生才格外好看。街道很宽，正中有处巨大的喷泉，九丛水花拱卫一尊牛奶白色的大理石女神像。这里应该有很多人才对，传说中的香港嘛，很热闹的，得是张袂成阴，比肩接踵。然而街上只是寂然，像一道荒废的古廊桥。我的父母当时都太年轻，愿意轻信放在面前的，而轻忽掉附于身后的。他们不知道眼前再多的全景和长调，其实都无济于事，因为你所欲求的东西，总能逃到你所能够想象的广阔天地之外，成为一道无限退却的谜题。答案只在被覆盖的原声里，在被剪除的画框外，在投入火丛的龟甲裂出掌纹的瞬间。

香港也无非是这样。在梦的末梢，我母亲这么想着。醒来以后，一切都迅速蒸发掉。外头三轮车的胶皮轮子碾在微霜的街上，滑叽叽地过去了。每隔着七八转的间隙，便听见少年洒出一道亲热的叫卖声："卖香米发糕——"车后罩定一块龙凤图案红布面棉被，被经年的日光晒得粉白微泛，被子底下掩着一大泡沫箱子的香米发糕，整整齐齐码作几叠，每块都是一样的扁、白、松、软，但热腾腾的，泛着糯米的甜和酸，使人满口生津。我母亲抚着松且软的肚皮，久未感到如此清洁的饥饿。

青蚨目连

电影频道正放《宝莲灯》，哮天犬哼哧哼哧追着沉香跑。家奶奶走到房间说："磊磊别看电视咧，我们到昆仑去看看妈妈。"我嘴上嗯着声，眼睛却还黏在屏幕上。她每次带我出门，都要在外面磨蹭很久，等再回到家，动画片肯定早就放完了。

"我不去，我要看沉香的故事。"我说。沉香摆脱掉哮天犬，走在人来人往的热闹街市。我家楼下的小南街也很热闹，从头到尾挤满大排档、面条店和小吃摊。不过，坑坑洼洼的水泥街道总是蓄满污水，泛着一层彩色油膜。我嫌地上脏，每次经过都要大人把我抱过去，又怕自己鞋子沾了脏水，蹭到大人衣服上，就勾起小腿，然后用力绷住。很长一段时间里，只要一想到那条街，我的小腿就会有酸痛的感觉。

"什么故事，我来给你讲不也中么。"家奶奶走过来牵住我的手，"磊磊乖，晚上带你买汉堡吃。"加州汉堡店的门头图案一下跳到我眼前：一个金发碧眼、戴星条高筒帽的卡通人物，手里拿着个汉堡，张开大嘴，非常快乐满足的样子。

"就买那个什么，香辣堡。"家奶奶补充说。

我身体前倾，伸出食指按下开关键，噗嗤一声，电视画面从四方缩向中心，缩成一个点，立刻消失不见了。这"按之即来，再按之又去"的现象好神奇，发明电视的科学家一定很伟大。

家奶奶要带我去的地方叫昆仑百货大楼，三个月前在城西开业，是春谷县的第一家大型商场，我母亲就在那里当导购员。氮肥厂正式倒闭之后，家庭制造羊毛衫很快也不再走俏，我母亲索性卖掉机器，找起别的工作。最开始，她在小南街的胖子鱼馆当洗碗工，每天支起个小马扎，坐在沥沥拉拉的小街，对着装满脏碗筷的红色大塑料澡盆，脚边耷拉一根蓝色塑料管，不紧不慢吐着清水。胖子鱼馆生意不错，玻璃橱窗沾满油印，上面用红贴纸标着：吃鱼的宝宝更聪明，吃鱼的妈妈更漂亮，吃鱼的爸爸更强壮。我问家奶奶："什么是爸爸？"家奶奶就拿出手帕，轻轻揩一下眼角，趁势滑入沉默当中。

因为夜市生意好，我母亲总是下班很晚，而我每天早早就睡着了。有一回，我正睡得迷迷糊糊，突然感到脸上痒痒的。睁眼一看，原来我母亲正坐在床头，轻轻用手指摸我的脸。我侧过头，盯着她的手指慢吞吞地说："你手上好像沾着油画棒。"她嗯了一声，好像表示疑惑，但没有说话。我继续说："我的油画棒里没有这个，这叫什么颜色。"

"紫色么？"她摸了摸手指上的冻疮，"红加蓝，等于紫。"

其实我母亲很适合紫色。昆仑百货大楼女导购员的统一制服，白衬衫配紫色西裙，上下五层楼里，只有我母亲穿得最好看。或许百货大楼的经理也这么觉得，才把她安排在一楼的电器城。她曾经面对操作仪盘、缝纫机和肮脏碗碟的塑料盆，如今却成为新科技、新生活的使者，昆仑百货的灵光环抱着她，也改造着她。对此，我母亲最初是生涩而不知所措的，但她很快就适应下来，拿口红的手不再发抖，精致的面霜代替了大宝 SOD 蜜。与之相反，家奶奶起初表现得老练沉稳，她不动声色地暗自观察，抵抗的决心却是一以贯之、愈演愈烈的。家奶奶经常"突袭"昆仑百货，看我母亲上班时到底怎样站，怎样坐，怎样行走，怎样微笑。我成了很好用的道具，只要带着我，家奶奶就可以给突袭行动冠上各种名义。外孙馋了，来百货大楼里的大超市买点零嘴。外孙想妈妈了，带他来单位看看。外孙在家闷了，带他出来散步，刚好路过这边。总之，奉天子以令不臣。

一路上，我缠着家奶奶讲"宝莲灯"的故事。她讲："沉香的妈妈西王母。"我说："不对，沉香的妈妈叫三圣母。"她讲："对么，我是讲的三圣母。三圣母在下面地狱多受罪哦，作孽唉。沉香大孝子，要救妈妈么。"我说："不对，沉香的妈妈是被舅舅压到华山底下了，沉香才带着宝莲灯去救妈妈的。"家奶奶啧啧称怪："弟兄伙子，怎么闹成这样子呢，多难看。"我甩开家奶奶牵我的手，生气得直跺脚："家奶奶胡扯八道。你根本不晓得宝莲灯的故事。"我家奶奶就笑："家奶奶没念过书么，磊磊九月就上小学了，要好好念书，做学问家，可晓得。"我撅着嘴："不做学问家，我要做科学家。"家奶奶点头说："乖，科学家，科学家。走，带小科学家买汉堡吃去。"

家奶奶在昆仑百货一楼绕了好几圈，也没找到我母亲。家电区的销售经理踩着高跟鞋，哒哒地走上前，操弄着华而不实的普通话："老人家，您找章怀馨吗？她下午请假了呀。"家奶奶点点头，作出一副恍然大悟的样子："我都搞忘了个，年纪大了，头脑也不照咯。麻烦你咧，小姑娘。"然后大声对我说："喃，家奶奶搞忘了，妈妈不在唉。磊磊我们回去吧。"我点点头，猛地打了个嗝，呼出一股鸡腿的油香。

等我母亲晚上回到家，家奶奶走来就问："下午带毛毛去找你，怎么不在那场子？"我母亲"哦"了一声，低着头换鞋："见几个中专同学去了。好几年没见，他们才从松江回来的。"家奶奶讲："哦，哪几个同学？"我母亲摆摆手："反正你都不认识么。他们过得还可以，松江这几年蛮好挣钱的。还劝我今年一起过去算了，比在家里打工挣得多。"说完，走进屋换掉制服，出来把饭菜摆好。家奶奶定定站着，看我母亲忙完，才深叹一气，心里已酝酿起来。

平日里靠一把小葱、半瓶香油建立起来的交情，现在终于派上用场。我家奶奶开始常常托街坊邻居照顾我一下午，她给出的说辞是"到棋牌室打牌"，实则跑去侦察我母亲。功夫不负有心人，十来天后，她终于发现端倪。那天下午，昆仑百货的大时钟刚指定两点，一辆蓝色奇瑞QQ就开到楼下。从车里走出来一个年轻男人，三十不到的样子，一身剪裁合适的浅灰色西装，踩双黑色手工牛皮鞋，清清爽爽走进去。不多时，我母亲不远不近地跟在他身后，上了那辆车的后座。家奶奶忙拦了辆铁皮三轮摩托车，让师傅跟住前面那辆车。师傅哭笑不得："老阿姨，电影看多了吧？前面四个轮子的，我三个车轱辘怎么跟得起来？"我家奶奶讲："你尽量跟上就是喽，跟不上就到处找找么。"师傅讲："就尽量跟跟看，不打保票噢。"说时车已发动。师傅又问："老阿姨跟他车子要做么事呢？"我家奶奶叹口气，信口胡诌："作孽哦，我家姑娘跟姑爷吵嘴，两口子小伢也不顾就要打离婚，我追过去拦一下。"师傅忙讲："那直接跑民政局去堵不好么。"我家奶奶讲："这会子不是还没谈拢么。"说话间，三轮摩托车吃下一个漂亮红灯，两人只好空望着蓝色QQ往前跑远了。估不清两人可能会去哪里，家奶奶便让师傅先继续往前开。

开过一段路后，家奶奶忽然问："刚才过去那个拐道往左走，可是人民剧院啊？"师傅讲："是的么。老阿姨要听戏啊？不过好像1999年的时候，戏院已经拆掉咧。"家奶奶讲："戏院里京戏、黄梅调，太懵懂人。乡里演的目连戏，我听得还怪有滋味。那块现在做么子营生呢？"师傅讲："商业开发，做起一片茶楼餐厅。都是给小老板烧钱的地方。"家奶奶一听，忙讲："麻烦师傅拐回去，到那场子看一下子。"

剧院原址所在的那条街，果然张罗了好些商务茶楼，彼此争奇斗艳。那辆蓝色奇瑞QQ赫然停在一家上岛咖啡店前。我家奶奶掏出五块钱，下了三轮摩托车后，又让师傅在这里等等，一会儿再把她送回去。师傅讲："你坐你女婿车子回去不就好咯。"家奶奶眼神里全是恨铁不成钢："小伙子怎么有钱不晓得挣，怎么瞧吧。"讲完转头就走。

那天下午，我拖着从家里带来的小黑板和粉笔，坐在邻居李奶奶家的地板上一笔一画写字。李奶奶坐在旁边扮学生，我教得煞有其事，"天""人""好""坏"，手指一本正经点过去，浑然不知把"坏"误写成了"环"。李奶奶忍俊不禁，起身去厨房盛来一碗放凉的绿豆汤。我翻动瓷勺，碗里未化的一点冰糖敲上碗壁，发出清脆的响声。这时，家奶奶忽然出现，丢下三言两语，就要把我往外拽。我还磨磨蹭蹭，回头看地板上躺着的黑板，整个人已被腾空抱来。伴随着身体的失重感，耳边传来家奶奶说的话："磊磊快走，你妈妈马上不要你了。"

三轮摩托车的铁皮车厢狭小而闷热，就像我家的衣柜一样。有天中午，我爬进衣柜里想跟家奶奶玩捉迷藏，却不知不觉在里面睡着了。我做了个漫长的噩梦，在梦的末梢，我像被筷子头戳破的溏心蛋一样化开。机车声呜呜隆隆，仿佛铺满整个夏天的蝉鸣。衣柜在颠簸，房间在颠簸。家奶奶抓紧我的那只手，也在半空动荡起来了。

"先跑过去，直接扑上去，扑住妈妈你就哭么，可晓得啊？头揹下去，先别抬起来，就抱着妈妈哭噢。妈妈问你，你再讲话。可晓得讲么子话？"

我呆呆地望着家奶奶。她用手指顶了一下我的额头。

"孬伢，你要喊：'妈妈别不要我，别跟人家跑掉了。'"

我瞪着眼睛看家奶奶，惊惧而迟疑。一辆蓝色的汽车停在前面，开车的师傅插了句什么话，家奶奶没搭腔，只是在离咖啡馆不远处叫停了三轮摩托车，下车后又替我捋了一遍该做的动作、该有的告白。我这才意识到，原来一切只不过是场临时安排的才艺表演，就像以前我母亲在家看电视剧时，会突然板着脸对我说："磊磊，明天开始妈妈不要你了，家奶奶也不要你了，把你送到小南街老爹爹家里当小孙子，天天起早干事，做面条，炸糍粑。"那时我先是懵懵懂懂，继而嚎啕大哭，母亲见状却笑起来。家奶奶循声走来说："作孽哦，好好的毛毛怎么哭起来了。"然后把我抱在怀里，好言好语安慰我。母亲笑说："我看看磊磊可有做童星的可能么。你别讲，他入戏还蛮快咧。"家奶奶嗔怪几句，看着我哭皱的脸，不由也笑了。我见她们都笑了，自己生了会子闷气，不知怎的也带着眼泪笑出来。

家奶奶斜斜指着某块玻璃橱窗："看见妈妈没有？在那边玻璃窗后面的位

子。磊磊快进去，要记得哭，记得讲话噢！"我心情激动，努力迅速调动情绪，捧着两包将将盈满的热泪推开玻璃门，直冲进电视剧世界一般的上岛咖啡。我母亲正坐在咖啡馆的墨绿色沙发卡座，和对面的年轻男人低声说着什么。她面前摆着杯牛奶咖啡，一手捏着不锈钢汤匙的长柄不住搅动。我忽然出现，一头栽进她怀里，把她吓了一跳，赶紧问我出了什么事。我抽噎着，将家奶奶布置的台词背完。家奶奶应该在玻璃窗外看着我吧？我偷偷抬眼看去，外头却没有她的身影，这使我的一番卖力表演多少落了空。母亲把我抱起来，轻轻放在腿上，用摇篮曲似的调子低声哄着我。我的心中迅速涨满酸涩的感觉，更加猛烈、更加确实的泪水决出眼眶。至于这回究竟为何落泪，我却再也说不上来了。

琅嬛逢椿

九周岁生日那天，我听到最多的一句话是："以后磊磊就是大孩子了。"

对于亲戚朋友们所寄予的厚望，我没有作出任何令人欣慰的反应，只是淡淡点头而已。老实说，当时我只关心还有多久才能吃到奶油蛋糕。还有就是，我母亲这次能在家里待多少天。

一道红底黄字横幅，挂在新世纪大酒店正门："祝王磊小朋友九周岁生日快乐！"落款是"爱你的妈妈"。这里是春谷县最高档的酒店，不仅在二零零五年，甚至十几年后依然如此。我二十一岁那年，香港巨星郭富城伴妻归家省亲，女方家长即是在新世纪办席接待。春谷人讲究"男过九，女过十"，九周岁生日算男孩生平的头一个大诞辰，一般都会办得比较隆重。尽管如此，我母亲的安排，在当时也算格外令人瞩目了。好多亲戚一进包厢便夸奖："小馨子/馨馨/怀馨姐多细心喏。又是横幅，又是花，摆得清清丝丝，包厢又订在九龙厅，九九相合，真讲究。"接着便走到我跟前，不约而同地对我寄予厚望。我母亲一袭素雅的象牙白旗袍，上面画着一丛修长舒婉的墨兰，是春谷的服装市场从未有过的新奇景致。她站在我身旁，不住点头，微笑，道谢，又对我说："磊磊，快讲谢谢爹爹/阿姨/叔叔啊。"我只是垂下头，视线缠绕在母亲腕上的玉镯。是黄瓜瓤似的翠色，真好看。

宴会一直持续到晚上七八点钟，杯盘狼藉，宾主尽欢。刚开席时，我就一口气咽下了三大块奶油蛋糕，从此败掉胃口，一整晚都坐在宽大的红木椅子上打瞌睡，好几次差点滑到桌底去。总算到家，母亲帮我草草洗漱完，将我抱回房间，轻轻合上房门。一线灯光顺着门缝溜进来，母亲和家奶奶在客厅里低声争辩着什么。我打个哈欠，闭上眼，翻身睡熟了。

不知从何时起，窗玻璃上响起渐急渐密的哗剥声。想睁眼看看怎么回事，整个人却像被什么压缚住似的，眼皮抬不起来，呼吸也感到有些局促。我猛然一惊，竭力调动身体，想将自己从泥潭般的窒碍状态中拔出来，然而大脑发出的指令也一并沉入泥潭，没有留下一点痕迹。在连哭泣都无力完成的绝望中，我放弃了挣扎。

这时，包裹着我的巨大泥潭陡然消失，四周一下子变得格外空旷，几阵方向不同的风同时穿过我。我感到一阵复杂而透澈的轻松。悄悄睁开眼，我发现自己并不在房间的小床上，而是身处汪洋般的幽蓝色竹林。上下四方竹枝纵横，随风挺出，很有威势，像一支长枪国术演武队。一辆没有车轮的古代巨车，悬停在幽蓝竹海上空，拉车的凤鸟高高昂着头，车座上伸出一枝圆月华盖，车尾飘着几根目纹彩羽。银白色雾汽不断从车底涌出，在下降的同时凝成一枚枚祥云，高低错落，一直延伸到我脚边。我小心翼翼地攀上云阶，那云软绵绵的，踩上去非常舒服。车里的坐垫却比云还要软，还要舒适，我在落座的瞬间发出一声惊呼。车座前站着一位掌车人，身上穿的广袖长衣随风而动，衣服上的云纹自然舒卷。车下是随风涌动的竹涛。

掌车人轻摆紫罗缰，刚听见一道清啼，巨车便立即腾起而去。星群像惊鹿一样躲进层层云影当中，等它们再大起胆子向外窥探的时候，我的巨车早已不见影踪了吧。不时看见其他巨车，拉车生物形态各异，有的形似怪鱼，有的像灵动的鹿，有的前半身是雄狮，却拖着巨大的蛇尾。它们都被我的凤鸟巨车甩在后头，只有瞪眼看我鼓风直上，扬长而去。

巨车跃上三山，直登极天，最终停在一道门前。有人骑鹤前来迎接，厚重的阊阖缓缓开启，歌舞声挟着芝兰馨香迎面拍来。庭院与殿堂藏在群山之间，顺着面前的白石阶陛向上望去，能隐隐看见殿内有五名彩衣少年站成月牙形，正奏弄着各种箫管，另外一边站着个猛力击鼓的高大汉子。大殿正中间有一名细瘦白皙的少女舞者，半披黑衣，遍身银鳞装点，四方腾转，灵动如蛇。她身旁还有个矮胖男子，大张着步子，动作滑稽，好像被少女逗弄着旋舞不休。在殿内围坐观赏歌舞的主客不时发出喝彩声，却看不到他们的身影。

我正一步步靠近殿堂，想看得更确切些，一名身披青羽的仙女忽然乘彩云而至。她抓住我的肩膀，带我途经各种山林云海、殿宇楼阁、游廊飞桥，终于来到一处僻静的孤峰亭台。亭子里有一方石台，两个石凳，其中一个石凳上已坐着一人，正低头出神。他穿着半旧的皮夹克，额上卡一副墨镜，半长的头发垂傍两肩，乌青乌青的。青羽仙女轻声说："令郎带到。"那人恍然抬头，冲她拱了拱手："自别烟霞，不知朝夕。区区俗事，多劳费心。"仙女离去以后，那人把我拉到面前，用无波的眼神上下打量。他轻轻攥住我的手，冰冷而坚硬的触感使我有些不适。我忍了一会儿，还是挣脱出他的手心。那人也没生气，依旧淡然看着我，低声问我叫什么，家里情景如何，我母亲如何生活。我低着头，避开他的眼睛，一一如实对答。他叹了口气："你妈妈也不容易，你要理解她的选择。"我嗯了一声。那人又问："你，怪我吗？"我没说话，不解地摇了摇头。他又问："那你妈妈呢？"我说："我不晓得。"我父亲沉默了一会儿，才开口说："你已经是大孩子了，慢慢会晓得我的。"

几名高扎发髻、头簪花叶的彩衣少女，从亭下长阶鱼贯而来，每人手里都端着些物件，分别是蜜桃、铜盏、棋盘、纸笔、械鸟。不一会儿，它们就摆满了小石台。我捧起拳头大的蜜桃，尝了一口，觉得桃肉软烂齁甜，难以下咽，于是立刻丢回盘中。铜盏原本空无一物，在我拿起的瞬间，竟慢慢涌出半指深的清泉。我取几枚棋子放在手里，随意摆上棋盘，那些纵横的格线忽然模糊起来。我拿起玲珑机巧的金属械鸟，很快就觉得它既不会飞也不能叫，实在闷沉无趣，又转向最后那副纸笔。钢笔笔尖秃钝，在手心涂画时不留墨痕，落在纸面却吐出浓郁的青灰色痕迹。我一时兴起，在纸上歪歪斜斜写道：松下问童子，言师采药去。只在此山中，云深。书到此处，青灰墨水戛然中断。我父亲叹息着说："也只有尽力学着写几个字，将来煮字疗饥罢了。"说完，从怀中掏出一面镜子，说它与家族有缘，要我好好保管。我将那面长方形的镜子勉强收进口袋。父亲冲我摆了摆手，戴上墨镜，像在眼前放下一道帘帐。

我懵懵懂懂，跟着少女们下山。行到途中，看见几只大黑羊，个个重角高蹄，丰绒宽脸，有的在林间矫首兀立，有的静静啃食笼着烟云的灰草，还有的无所事事地跪躺在地。我正看得出神，不知从哪里炸出一声炮响，差点将我吓倒。前面的几名少女也站住，向天外看了一眼，然后对那几只黑羊喊道："雨师傅喊你们上工咯！"黑羊立即凌空怒步而去，在原地激起一阵骇人的风雷。

叱石谙镜

我揉了揉眼睛，在被窝里把绒衣、棉袄、绒裤、外裤一件件穿好。爬出的动作完成到一半，又被撤回。整个人埋进被窝，将安卧一夜的温度穿进冷衣，同时从枕头下摸出一面方镜。我单手持镜，食指抵住镜鼻的麒麟伏像，黑色的镜面立刻闪烁起亮光。

碗筷甩在桌上，声似闷雷。她们又在吵架了。

九岁生日的第二天，我对镜许过愿，内容和我在烛前许的愿望一样。如我所愿，母亲和家奶奶都回来了。然而是被赶回来的，惶惶如丧家之犬。很多东西没有随她们的回归一道回来，反而多了许多琐碎的、繁殖力极强的东西，就像蟑螂一样。

一种空虚的形式填满了空间。从此，这间房子变得狭小而吵闹，但又比以前更显空荡和寂寞。

我母亲依然拒绝洗浴春谷的河水，以保留城市巨兽在吞吐她时留下的口涎气味。我看着她日渐风干、萎缩，直到缩成一粒失去生机的种子。我的舅母，酬报家奶奶为她精心安排的目连戏，曾奋力向她唾去满腔的辛辣。透明而黏腻的唾液，像胶水一样在苍老的脸上缓缓滑落。

我吸了口气，对着不断闪烁光芒的镜子，又一次问："什么时候能再见到我爸？"

镜子不断闪烁，我屏住呼吸，静静等待。大多数时候，它只会显示出看起来像金文、篆文的难解符号。有时，它会为我讲述一个故事，我相信那些故事中一定藏着什么暗示性的信息，只要我参悟出来，就能为下次的考题早做准备。如果我下一次的回答能让父亲认可，让他相信我更适合留在那个世界，或许我就能离开这个家，离开春谷。

九岁那年，我看见了那个许多人终生无缘的世界，这是我比大多数人幸运的地方，可能也是比大多数人不幸的地方。父亲交给我这面镜子，是想用它襄助我的人间事业，我却为了去往那个世界对它百般纠缠。看着镜子里自己因期待而微微突起的双眼，我有时会想起我母亲看电视时的表情，仿佛电视剧里的生活是她曾经拥有而抱憾失去的。我的确是她的儿子。

这次，镜子给出了暗示。它轻轻震动了一下，用素朴的小楷缓缓显示出：

皇初平者，丹溪人也。年十五，家使牧羊，有道士见其有良谨，便将至金华山石室中，四十余年，不复念家。其兄初起，行山寻索初平，历年不得，后见市中有一道士，初起召问之，道士曰："金华山中有一牧羊儿，是卿弟非疑。"初起即随道士求弟，遂得相见。悲喜语毕，问初平羊何在，曰："近在山东耳。"初起往视之不见，但见白石而还。谓初平曰："山东无羊也。"初平曰："羊在耳，兄但自不见之。"初平与初起俱往看之。初平乃叱曰："羊起！"于是白石皆变为羊数万头。

我皱了皱眉。是说我要等四十年才能见到父亲吗？等到那一天，我说不定都已经变成石头了。或许，重点其实在故事的后半段。凡人视而不见的白石，正是他所寻求的羊。

冷衣已经焐暖，但还不着急起床。我放下镜子，整个人松弛下来，逐渐蜷缩。手臂环住膝盖的时候，我想象自己正身处那片幽蓝色的竹林，风从四面八方吹来。母亲的脚步声近了，她马上就会打开房门，大声催促我起来吃早饭，转过身继续刚才的，或延伸新的抱怨。然后我下床，穿鞋，洗漱，吃饭，出门，浑浑噩噩度过又一天。

可是，这样的现实还没来得及覆盖我的今天。我毕竟还在这里，像白石一样默默静卧着，等待四十年后被人唤醒。

脚步声更近了。

白鹰

姚晓宇

一

一只羊顺流而下。

雪水的传送形成了一个新鲜的冰棺，它的皮肤被浸泡得白而细腻。经过长途漂流，羊的身上系满了喀什河上游的纪念品，而唐布拉注定要留住这个从上游漂来的礼物。一枝被积雪压断的松枝借助毛茸茸的针叶勾住了羊的一条腿，它的前蹄高高翘起，指向天空。这只羊因此结束了自己孤独的旅程，它和所有覆满积雪的石头一起，在布满冰雪的唐布拉山口迎着冬日清晨微弱的月色闪闪发光。

老鸦群在亚夏尔上学路上近乎癫狂的欢呼声引起了他的注意。他从公路上翻下来，在黑暗中摸着马蹄踩出的小路往河边走。草地上的积雪瞬间消解了公路上来往的车辆声，喀什河奔流而下的声音也越发清晰。这样的场景似曾相识，他的手握紧了书包肩带。

冬季的河面在黑暗里腾起一圈一圈乳白色的蒸气，一只羊的影子被融化在水雾里。

"死羊。"

亚夏尔抓了一把雪，朝羊的肚皮扔过去。雪球弹跳了一下，碎成一片晶莹的星光。他又抓了一把雪，抛向几只没有眼色的乌鸦。乌鸦尖叫着飞离了羊的身体，它们噪了声站在松枝上围观这个白色的男孩，紧张地观察着亚夏尔的一举一动，以推断自己是否还有机会分享这份从天而降的厚礼。

亚夏尔抖抖肩膀，把书包甩在地上，顺势滑下河坝。他靠近死羊的前蹄，用力一勾，将它拖上岸来。他拍了拍羊的后腿，那条泡在河水里的后腿以有力的回弹传达了令人兴奋的信息——这只羊的肉依然新鲜。亚夏尔掀开它的牙床，暗红色的下颚生出来两对牙齿，中齿又白又小，这是一只不到三岁的羊。

在野鸦惊慌的交涉声中，亚夏尔镇定自若地将羊的尸体在雪地上拖出一条银灰色的凹线。

雪季是属于亚夏尔的季节，雪地回射的光很好地掩盖了白色的羊和白色的亚夏尔。

亚夏尔到学校的时候，第一节课已经结束了。他一直走到学校门口才把斧子斜放进书包里，把围巾从脸上拉下来，对着铁门喘气。他出汗后结了冰的头发像一片白色松林立在头顶，苍白的脸上渗出的血丝像雪地里交错流淌的红色小河。

校门直对着的一排红色砖房是教学楼，伊力潘正蹲在门口罚站。他专注地吮吸着自己的拇指，直到亚夏尔走过来在他头顶敲了一下，他才抽出手在背后擦了擦。伊力潘皮肤黝黑，又瘦又小。他的指甲缝里积满了泥土，两个拇指却在他常年的吮吸下显得格外白嫩。伊力潘跟在亚夏尔身后推开教室的门，昏暗的教室里两根灯管正以最快的频率闪烁着。

"你到河坝上干吗去了。"伊力潘盯着亚夏尔结了冰疙瘩的裤脚。

"冲下来一只羊。"亚夏尔没有回头，低声自语了一句。

"我家的羊。"

亚夏尔快走两步跨坐在座位上，把作业从湿漉漉的书包里掏出来。

他现在想起早上那只羊，就觉得不可思议。他似乎从中品尝到了"定命"的意味，不然怎么解释这只出现得恰到好处的羊呢？他好像终于体会到了"钻进花蕊的蜜蜂"的幸福感。这是恰尔根最常说的一句话。

这句话伴随着亚夏尔的出生，也伴随着唐布拉对群鹰的驱逐。这个曾经盘旋在唐布拉上空被奉为神明的物种，在十几年前突然被人为地驱赶到了草原深处，以至于今天的峡谷地带几乎成了乌鸦的国度。

亚夏尔就出生在那年六月。

那天恰尔根和往常一样，清晨驱赶羊群往空中草原走。六月的牧场，万物升腾，四处涌荡着生命的绿意，恰尔根的呼吸都变得轻盈起来。然而，在离目的地还有一公里左右的时候，他忽然听见了混乱的口哨声。恰尔根第一反应是遇见狼了。紧接着便看见鸟群如子弹一般从空中俯冲下来，精准地射向自己身后的羊群。那天几乎所有上了空中草原的牧民，都遭到了鹰群的袭击。牧民带着羊群四处逃窜，鹰群追在家畜后面发出尖锐的恐吓声，一直把他们驱赶到公路上。老鹰成群袭击家畜是一件极其罕见的事。从那天起，大家几乎上不了空中草原，路上鹰群围追堵截，甚至有羊羔被啄瞎了眼睛。有人说是鹰群在赶人呢，不让人上空中草原去。可空中草原是唐布拉夏牧场最核心的位置，不能上牧场意味着可能错过羊群生长最重要的阶段。牧区联系了相关部门，浩浩荡荡的驱鹰大队就组建起来。不到两天，空中草原上空就再也看不见一只鹰的影子了。

其实对鹰的驱逐让他心头蒙上一层愧疚。毕竟他们将鹰类奉若神明的习惯由来已久，就连饭前的祈祷都是这样说的："家庭幸福，身体健康，雄鹰翱翔，眼睛雪亮。"但也正是因为这样，他们才更无法忍受这种不附加任何说明的背叛。

同时另一件事也在酝酿着，可以说是恰尔根最先发现了事情的苗头。早晨恰尔根去老鸦林打水的时候，突然发现林子里出奇地安静。他四下观察，竟找不到一只乌鸦的影子。下午的时候，老鸦群突然遮天盖地飞过牧区，引得所有人都探着脑袋看。有人说是会地震，弄得人心惶惶。牧区唯一的超市被哄抢一空，商店老板锁了门，急急忙忙开车赶回尼勒克县城。当天太阳一落山，突然起了狂风，夜里生生的冷，冻得恰尔根起来三次检查门窗。没几个小时，妻子被疼醒。恰尔根抱着她拦下一架哈迪克往卫生站赶。天上的云层青一块紫一块，风也刮不出一条缝来，只能看见太阳面色惨淡地藏在后面。恰尔根觉得这天气不太对劲，他把双手叠在心口，在沉默的祈祷中听着马车的铃铛跟着风叮叮作响。一团蒲公英种子被吹落在恰尔根膝盖上，他伸手抹了一下，随即化成一粒水珠，接着大雪就铺天盖地落下来。白色的棉絮跟着狂风在空中搅成一团，被风压着的暴雪一层叠着一层，成片成片地织，像成千上万的人在天上剪羊毛。

那天的夏牧场堪比经历了一场屠杀，恰尔根家一百五十多只羊被冻死了三分之一，整个牧区的家畜成群冻死，小家伙们脑袋挤在一起，它们都刚刚剪过毛。牧民们搂着羊脖子坐在雪地里哭，这些在山上花了一个夏季的人们哭得上气不接下气，他们低头哭一阵就仰起脸把掌心摊开伸向天空，好像在向上天索要什么，但这些请求统统没有被采纳，只有大片的雪花俯冲下来。恰尔根仰头看着这些针似的雪粒在视线里逐渐放大，觉得整个唐布拉好像一个深不见底的巨坑，外面有人故意往里倾倒这些白色的棉絮。他站在坑底，除了仰望天空的尽头外，什么也做不了。

恰尔根坐在救援车上，后备箱载满了被冻伤的家畜，他不知道该怎么把家里的损失转告给疲惫的妻子。雪撞在挡风玻璃上发出噼噼啪啪的声音，满眼都是白色，白得雾蒙蒙的，像是眼睛害了病，整个唐布拉都被淹没在白色里。

办完所有手续，恰尔根走进病房的时候，天已经黑了。窗外的雪有要停的迹象，室内架着炉子，妻子睡得很沉，孩子被裹得严严实实，室内的暖光把那个惨白的世界隔在窗外。恰尔根今天再也不想看到任何白色的东西了，哪怕是一根白头发也不想，他现在要享受的可是他此生最重要的时刻。他抖了抖肩膀，把冷冰冰的夹克脱掉，又把手在脸上搓了搓，然后把这个小家伙揽在怀里。越是贴近孩子的脸，恰尔根越是怀疑自己的眼睛。嫩嫩的脸颊从褴褛里露出来，像一片铺了白雪的冰层，白得生出了寒意，白得能看清孩子脸上的血丝像红色小河一样流淌。恰尔根开始怀疑是不是自己的眼睛里下了雪，不然怎么连自己的儿子都是这个颜色。

连续三天，大雪封了山路，但家家都囤够了食物。那天起，人们对那日下午成群飞过的乌鸦充满了感恩与敬畏。很多人笃信那天下午乌鸦的哀嚎是上天的告诫，乌鸦的离开警示着唐布拉的无妄之灾，它们的归来也带来了夏日的复苏，而老鹰则成了夏牧场终结的代表。从此，人们带着疑虑向它祈祷。

"或许鹰在一周前就想告诫他们呢?"恰尔根有时也会这么想。

除此之外,亚夏尔白得脆弱的皮肤也成了恰尔根的心病,他每每看到这个弱不禁风的儿子,就想起自己这半辈子最狼狈的一天。在那天之后,恰尔根一家很久没有从巨大的经济损失中恢复过来,连预期要的第二个孩子都被推迟到了无期的未来。那个白色的夏牧场像是一个永恒的阴影笼罩着恰尔根,从此他再也不像别的牧民一样用双手盖住脸乞求草原上水草丰茂,祈祷自己家的牛羊健壮,他觉得眼前看似无私的充满生机的草原,实则正在计划着向他们索要点什么。

"一头钻进花蕊的蜜蜂,会忘记天黑被裹进花瓣的危险。"恰尔根用这句古老的谚语说服了全家。他身体力行地拒绝把自己的身家寄托在靠不住的草原上。夏季,他抽空帮牧区的管理部门打草;冬季,他就到尼勒克县城里卖羊奶。每天天不亮,他就把亚夏尔从被窝里拎起来。亚夏尔困得坐在塑料桶前点头,恰尔根就开始往三轮车上装奶桶。羊奶一天能挤三次,亚夏尔只需要承担这一次工作。挤羊奶需要一股巧劲,可对于亚夏尔来说,让羊奶子落下来简直比登天还难。他屏住呼吸,用虎口紧紧钳住羊奶头,但每次刚挤出来一点,羊奶就像是在故意和他作对一样缩回乳房。当他不得不在临近迟到时,把花了很长时间挤出的那薄薄一层羊奶交给恰尔根的时候,恰尔根都会极其粗暴地像倒垃圾一样,把奶子磕进半人高的奶桶。塑料桶碰撞的声音就像恰尔根的咆哮,亚夏尔吓得不敢睁眼睛。

恰尔根对亚夏尔说:"狼吃的是离群的羊。"

亚夏尔知道爸爸的用意,他也深知自己异于常人的肤色给他带来的不公待遇。特殊的颜色没有给他带来任何益处,反而夸大了他的笨拙。每当亚夏尔在一切反光体上看见自己白色的影子,他都会感到恐惧。他想方设法去改变自己的肤色,但就连阳光都好像会在接触到他皮肤的一瞬间被蒸发掉。白色夏牧场那天出生的白色孩子,人们有意无意将两者联系起来,他的肤色在众人眼中天生带着一些隐晦的含义。他讨厌这种看似严谨的推论,尝试用自己的思路去寻找真正的答案,却始终没有头绪。

直到白鹰出现。

二

伊力潘用亚夏尔的钱买了一包辣条，他跟在亚夏尔身后，一边走一边就着草地上的雪一起吃。亚夏尔像一只猎犬一样走在老鸦林里，林中一片寂静，夕阳的光在喀什河上跳动，像一层流动的黄金。亚夏尔数了一圈，在一棵树前停下。阳光被挡在松树后面，他站在阴影里冲着伊力潘挥手。伊力潘把手上的辣油嗦进嘴里，双手在棉衣上抹了一把，快步走过去。

"羊在这下面。"亚夏尔说着用脚踏了踏被踩实了的雪地，"不会坏的，这么冷的天。我们带回去给鹰吃。"说着，他把书包扔在地上，把手套叠好放进口袋，徒手挖了起来。伊力潘没有吭声，他在亚夏尔对面蹲下用力刨开冰层。

羊被埋得很深，而且每一层雪都被踩实了，它们包裹着羊的尸体，形成无数层结实的冰壳。当一条羊腿终于露出来的时候，伊力潘一屁股坐在地上，他看着自己被雪水清洗得格外干净的指甲盖说："你埋的时候咋没想过这上面会结冰。"亚夏尔重新戴上手套，他把书包拉开，抽出斧子对伊力潘说："砍偏了概不负责。"

伊力潘惊讶地吹着口哨拍掌，屁股挪出一片空地。亚夏尔照着羊腿抡起斧子，羊腿上溅出冰碴，斧子也传来砍到骨头的回力。亚夏尔铆足了力气，用力一砍，羊腿利索地脱离了身体。他把斧子在雪里蹭了蹭，收回书包里。"我的书包已经重得不行了，"亚夏尔说，"你要帮我把羊腿抱回去。"伊力潘皱起眉头，正准备还嘴。

"明天我还给你请客！"亚夏尔抢先一步说。

院子的大门还上着锁，亚夏尔推开门后，伊力潘熟练地从他胳膊下穿了过去冲向厨房。明知道家里没有人，亚夏尔还是蹑手蹑脚地绕到柴火后面，把斧子轻轻地靠墙放下。厨房里，伊力潘一边尝试剥去羊腿上残留的外皮，一边烧了一大盆热水，等着把冻硬的羊腿烫软。浸泡在热水中的羊腿浮起粉白色的泡沫，没有放过血的羊肉格外刺鼻，室内立刻充满了腥味。两个人目不转睛地盯着逐渐软化的羊腿，窗外的光线渐弱，院子里渐渐铺上了一层淡紫色。亚夏尔用筷子戳了戳羊腿，然后把羊腿抱到厨房的台阶上。他蹲在台阶下，尝试把肉从骨头上剔下来。外面的羊肉已经快被烫熟了，但里面还带着冰碴，削起来很费劲，在两个人共同的努力下，羊肉还是渐渐在塑料袋里堆起一座小山。

已经九点多了，亚夏尔把厨房打扫干净，又把院子扫了一遍。直到看不出有人回来过的样子，他才背上书包，关了灯，从院子里退出来。伊力潘提着塑料袋等亚夏尔锁门，太阳已经完全看不见了，西边还泛着一点光。伊力潘转头看看昏暗的马路，"哎，亚夏尔，我想回了。"伊力潘突然小声说。

亚夏尔把锁子合掌按在胸口，他一用力，锁子"咔嗒"一声合起来。他拍拍手，从伊力潘手中把羊肉夺过来，说："我作业给你抄。"

伊力潘的脸上立刻绽放出笑容。

白鹰被亚夏尔藏在树屋。

这个建在树上的房子是以前供游客使用的，属于宾馆老板所有。后来，政府出于保护草原生态的目的，划分出了保护区和旅游区的界线。以前成片建在牧区的白色宾馆都被拆掉了，树屋也只留下了几间。废弃了两年的树屋，在经过去年夏天恰尔根的重新修整后，变成了一个不错的空中仓库，用来存放一些平时用不上的工具，包括一些旧毡毯、没用完的汽油，以及待使用的新轮胎等等。今年夏天恰尔根把这个树屋的钥匙作为生日礼物送给了亚夏尔。树屋的东边连接着老鸦林，北边是奔流的喀什河，视线越过河水的粼粼波光后，是唐布拉高山牧场，再远处是连绵的天山山脉。层叠的河流和山脉拼接在树屋的窗口，形成一片只属于亚夏尔的风景。

当然，现在也属于白鹰。

一周前，唐布拉降下一场暴雪，亚夏尔和伊力潘结伴走到学校，被门卫告知临时停课，让他们回教室和同学一起等父母来接。然而两人对视一眼，又逆着暴雪往回走了。路上雪花打得他们睁不开眼，身旁往来的车辆在大雪中突然出现又突然消失。亚夏尔把伊力潘从公路上拽下来，拉着他沿公路两侧的草地走。路过老鸦林的时候，乌鸦们正成群地从空中落下来，在雪地里格外显眼。它们激动地扇着翅膀，一层叠一层，聚起又弹开，像在和雪地搏斗。

伊力潘眯着眼睛冲亚夏尔喊："它们在打群架吧？"

亚夏尔没有说话，他看得很清楚，这些乌鸦不是在打群架，而是在分食猎物，对手是一只白色的大鸟。在老鸦群猖狂的叫声中，亚夏尔突然感到一阵恐惧，他生怕老鸦群最终会击垮这只白色的鸟。他来不及做过多的思考，一边挥舞着书包一边大喊着冲过去，亚夏尔发出的声音格外尖厉，是他通常用来呵斥暴戾的牛犊和野狐狸的声音。伊力潘也跟在后面发出怪叫，他把这当成了一场和往常一样捉弄老鸦群的游戏。老鸦见两人发疯一样冲过来，纷纷尖叫着四处逃窜。但那只大鸟一动不动，像一尊白色的雕塑。它瞪着眼睛偏头立在原地，翅膀向两侧展到最大，每一根羽毛都像剑一样从翅膀里刺出来。亚夏尔放慢脚步，在不断靠近时蹲下。他俯下身子细细地打量这只白色的生灵，这是一只鹰，一只白色的鹰，白得要被雪地吞没。亚夏尔的眼眶软了一下，他在白鹰的眼睛里看到了自己，白得要消失在雪地里。在亚夏尔的注视下，白鹰缓缓收起翅膀，它的羽毛散落了一地，左侧翅膀上生长出一条殷红的藤蔓，顺着羽毛的纹理落在地上。

"这是老鹰吧。"伊力潘围着它转了一圈，"乌鸦一会儿肯定还要回来。"

亚夏尔揉揉眼睛，把围巾解下来，小声说："带它到树屋去。"他用围巾把白鹰的头轻轻蒙住，白鹰顺势倒下。见它安静得像晕厥了一样，伊力潘才过去抓住它的翅膀。两个人缓缓站起身，迎着高空浇下来的雪沙，把白鹰带回了树屋。

白鹰与亚夏尔的那一眼对视似乎达成了某种共识。亚夏尔坚信他们从对方的眼神中辨别出了那种罕见的共性，那是相似的颜色消解了彼此的恐惧。像亚夏尔一样，它有着与众不同的颜色，又脆弱又笨拙。但不得不承认，一开始白鹰并不接受亚夏尔的好意。大概是因为和老鸦群的搏斗耗尽了精神和体力，才使它无法反抗亚夏尔和伊力潘的"绑架"。白鹰被带回树屋没多久就折腾起来，它虽然一直被蒙着眼睛，却还是十分激动。鹰的体型不算大，但在这个狭小的树屋里也足以翻天覆地。它的两扇翅膀打开后就像一台巨大的风扇，扫落了亚夏尔收藏在树屋中的无数奇珍异宝。亚夏尔知道老鹰是要熬的，但他并非要驯服它，作为一只受伤的老鹰，它自己又能熬多久呢？

　　那晚，亚夏尔在凌晨溜回树屋。白鹰不吃不喝，只是沉默地站在绳子上。月光透过木窗攀上它雪白的羽毛，在四周凝成一片幽蓝的水雾。白鹰左侧受伤的翅膀垂下来，右侧的羽翼颤巍巍地半开着保持平衡。亚夏尔一次一次把水盆靠近白鹰，又一次次无奈地挪开。唐布拉的夜晚那么安静，静得能听见月光在空气中流淌。亚夏尔毫无睡意，他一动不动地凝视着白鹰，等待它被时间击败。临近破晓，当木叉子被染上一缕粉色的晨光时，白鹰的翅膀突然抽搐了一下，紧接着就栽了下来。熬了一宿的白鹰开始了最初的妥协，它吃掉了亚夏尔为它准备的食物和水，也接受了亚夏尔的抚摸。而对于亚夏尔来说，在触碰到白鹰的一瞬间，他便感觉自己身体的某一处坚冰开始融化，有一堵墙被凿开缝隙透出光来。指尖的触感传达到心里的瞬间，亚夏尔的眼泪几乎落下来。

　　鹰并不是每天都要进食，它的饭量时大时小，但亚夏尔每天都会去看它。和白鹰单独待着的时候，亚夏尔就会摘掉它的铁帽子。他和白鹰对视，有时在看它，有时像在看自己。亚夏尔觉得他们的友谊在彼此的凝视中开始生根发芽，他一度觉得大概是上天的恩赐终于落了到自己头上。某种意义上，他终于找到了同类，也找到了覆盖在他皮肤上的那层神秘的意义。

　　白鹰拒绝伊力潘的投喂，只有从亚夏尔手中接过的食物它才会吃下。亚夏尔前一周都在买兔子肉喂它，兔子肉便宜，且可以一小块一小块地买。但亚夏尔总觉得这样是委屈了白鹰，他每天都想着如果能给它吃点羊肉就好了，直到今天捡到这只羊，他终于确定这一定是某种旨意，所发生的一切都在证明他和白鹰的相遇是注定的。

拉亮了树屋的灯，白鹰在愉快地尖叫。亚夏尔摘掉白鹰的铁帽子，露出它金色的眼睛。白鹰转了一下脑袋，目光停在亚夏尔手中的羊肉上。亚夏尔掏出一块儿递过去，白鹰试探了一下，把头往后缩了缩，展开了翅膀。

"它不吃羊肉啊？"伊力潘说。

"它应该是没吃过。"

说着，亚夏尔把羊肉往前凑了凑，说："快吃吧，这是羊肉。这是世界上最好吃的东西。"他又拿起一块肉，假装在自己嘴里嚼了几下。白鹰收了翅膀，探了探脑袋，把亚夏尔手中的肉啄了过去，仰头吞下。当白鹰再次发出愉快的咯咯声，亚夏尔才松了口气。

"它也爱吃羊肉，它和我一模一样。"

"它一定是尼勒克第一只吃过羊肉的老鹰。"伊力潘附和着。

用羊肉来喂养，白鹰的生长速度似乎加快了。在以羊肉为食的过程中，它的羽毛逐渐丰盈起来，体格也像吹气似的膨胀。白鹰的胸脯变得越来越坚硬，爪子像裹满了银制的铠甲，那只受伤的翅膀已经能够自如地摆动了。即使白鹰的眼睛通常还是罩着亚夏尔准备的铁帽子，它也能够自然地在木叉子上走动。

唐布拉的雪落在地上后就变得十分单纯。只要天气稍稍温暖起来，那些结实的雪泥就立刻给覆盖在身下的嫩草让出一片空地来。从树屋俯视，阳光满满地盛在雪地的空隙上。亚夏尔推开树屋的窗户，把木叉子挪到窗沿下。白鹰的瞳孔在冬阳下收缩，白色的羽毛被染上一层金色，它的翅膀几乎和整个窗子一样大了。

"这下你不用怕那些乌鸦了。"

说着，亚夏尔弯腰去拥抱白鹰，像是要把它的每一片羽毛都融进自己的皮肤里。

三

白鹰的出现，勾起了很多人对白色夏牧场的回忆。那个白色的影子像一场降落在唐布拉的不肯退却的暴雪，让重新被聚集起来的驱鹰队也束手无策。

白鹰的捕猎手法十分迅速，它只要俯身掠过羊群，利爪就能带走最年轻的羊羔。它金色的眼睛和白得发光的羽毛，让牧人们在六月的牧场依旧能感受到严冬的寒意。这只鹰和多年前在空中草原袭击羊群的老鹰不同在于，它把自己的暴戾和猎食的目的性展露无遗。这让牧民们开始怀疑自己当初的判断，在大家的记忆里，当年没有一只老鹰做出如此捕猎的举动。比起捕猎，它们似乎在尽力把他们赶出牧场。人们猜测这只年轻的白鹰是来找他们复仇的，带了野兔野狐狸去牧场上喂它。白鹰不屑于这些动物，只有羊群才是它唯一的目标。

恰尔根在饭桌上说："没用的，羊肉味道一尝过嘛，鹰就没救了。"他一边说一边割羊腿肉给亚夏尔，"吃羊的鹰会不会攻击人不知道，周末别和我上空中草原了。"

亚夏尔点点头，他盯着盘子里的羊腿肉发起了呆。

刚放走白鹰的那几天，亚夏尔每天放学都会爬上树屋看一眼。放学后的天已经黑了，树屋里冷冷清清，白鹰之前用过的木叉子还放在窗口，被夜风吹得一摇一摆。空寂的树屋带来的失落感，一度让亚夏尔十分痛苦。他通常会在树屋里坐一会儿，自己哭上一鼻子，然后像什么都没发生一样回家去。为了尽快忘记白鹰，亚夏尔暗自在心里对树屋上了一把锁，他从减少去的次数到最后再也不去花费了剩余的冬季。虽然送走了白鹰，亚夏尔却感到自己心中有一处空缺被填满了。他的变化有目共睹，就连恰尔根都说亚夏尔经历了这个冬天后，好像突然开了窍，不再是个羊羔子了。他能感觉到恰尔根对自己说话温和了许多，有时还主动提议要带他出去骑马跑两圈。

只是这样愉快的父子关系，似乎在随着春日的融雪逐渐消散。

亚夏尔没有告诉任何人，自己其实早已得知了白鹰的归来。是白鹰让他从冬季陷入沉睡，又在夏季将他唤醒。亚夏尔自己也说不清白鹰是什么时候重返树屋的，毕竟距离放走白鹰已经过去整整一个春季了。关于白鹰的一切就像一场冬日遗梦残留在他的记忆里。

　　当唐布拉的草场开始在阳光下泛出刺眼的绿色，羊群就该重新回到空中草原了。毡毯和骨架都放在树屋，亚夏尔和恰尔根一同去准备这些夏牧场必备的生活用品。推开树屋的一瞬间，亚夏尔被眼前的景象惊得半天出不了声。树屋的窗子大开着，屋内一片狼藉，像是有人来翻找过东西。恰尔根不以为意，他拍了拍儿子的肩膀说应该是进贼了，反正也没什么值钱的东西。而亚夏尔的胸腔里却扬起一把火，烧得他五脏六腑咔哧咔哧地响。亚夏尔觉得并不是进了贼，直觉告诉他是白鹰回来了。他连续几天一有空就往树屋里钻，却连一片白鹰的羽毛都没有见过。直到他的期待将被耗尽，那场白色暴雪就席卷了空中草原。当晚，亚夏尔坚持在树屋过夜，他把木叉子移到窗口，等待着那个熟悉的白色影子。夏日的夜空清澈而明亮，每一颗星星都闪烁着莹白的光，亚夏尔觉得这其中总有一颗可能徐徐落下来，变成白鹰，停在窗口的木叉子上。亚夏尔撑着脑袋抵抗大脑深处传来的睡意，他此时觉得就连草原在夏夜里的吐息都像是白鹰在扇动翅膀。

　　夜里半梦半醒，耳朵传来一阵刺痛，他伸手去摸，指尖却传来一层温和的触感。亚夏尔瞬间清醒了，呼吸都变得困难。虽然始终闭着眼睛不敢睁开，他却感觉到眼泪已经顺着自己的脸颊连成了无数道曲折的线，喉咙也开始传来一堵一堵的哽咽声。当他终于平静下来睁开眼睛，白鹰就像从来没有离开过一样站在木叉子上歪头看着他。月光落下来，为他们披上了一层银色的薄纱。

　　亚夏尔逐渐摸清白鹰通常会在袭击羊群的当夜回来，然后在破晓时分离开。他心里也知道白鹰现在做出这样的举动完全是由自己一手酿成，如果不是自己给它吃那只死羊的肉，它可能永远都不会陷入这样的处境。看似清醒，实际上此时的亚夏尔还沉湎在安逸的梦境里，他已经很久没有想起来那件让他感到恐惧的事了,白色夏牧场和自己的关联已经被斩断很久了。

周末正如恰尔根和儿子说好的,天不亮他就一个人赶着羊群往山上走,但他大概十点不到就原路返回了。他的马背上还带着伊力潘的爸爸。从马上一下来,两个男人就破口大骂。

"囊死给,牲口东西。"恰尔根说。

伊力潘的爸爸一手捂着眼睛一手还拎着自己的早饭,血从捂着眼睛的指缝间渗出来,凝成黑色的血痂。他扶住了恰尔根的肩膀,对身后吐了口唾沫,望着空中草原的方向说:"牲口东西。"

那道伤口从前额延伸到眼角,被鹰爪挖得皮开肉绽。他吸着冷气接受医生上下翻飞的针脚,攥得铁床杆当当作响。伊力潘站在亚夏尔身后不敢靠近,他支支吾吾地咬着拇指哭。

"我爸爸还能看见吗?"伊力潘舔了舔嘴唇上的鼻涕,哑着嗓子问。

护士回头瞥了他一眼说:"过段时间就好了。"

白鹰的背叛彻底伤害了伊力潘的情感,也揭开了亚夏尔愈合已久的伤疤。在伊力潘的啜泣声中,他突然发觉了事态的严重性,也突然意识到了自己与这件事的关联。那种对于自己的肤色的恐惧,对于这个特殊颜色的真正含义,像破土而出的藤蔓重新将他缠绕起来。于是,他那天晚上没有去树屋。

次日,亚夏尔跟着大人们去伊力潘家。两家人盘腿坐在毡毯上,为捕捉白鹰出谋划策。伊力潘坐在矮桌对面一言不发,但只要大人一提到"白鹰"两字,他就翻起眼睛,偷偷看亚夏尔一眼。亚夏尔全程红着耳朵,连面前的奶茶都没敢碰一下。这整整两天,无论亚夏尔怎么跟在伊力潘身后,怎么把零食往伊力潘手里塞,伊力潘也不肯和他说一句话。

周一放学路上,亚夏尔跟在伊力潘身后,伊力潘既没有抗拒,也没有要搭理他的意思。

"你说应该怎么办。"这句话亚夏尔大概十分钟内一连问了三遍。

夏天的放学路上,天还很亮。为了消耗过长的白昼,两人放学后通常会去老鸦林游一圈,等太阳彻底熄了火再回家。伊力潘嗦着拇指没有说话,他沉默地走在前面，书包挂在屁股上一弹一弹。到了河坝边，两个人脱掉上衣和裤子，拨开喀什河的褶皱滑进水里。日光在黄昏里叹息，太阳躲在天山后红得娇艳欲滴，喀什河渐渐开始泛出刺眼的红色，它像一条流动的红色血管，顺着孟克特草原腹地向四处延伸。亚夏尔觉得自己浸泡在火焰里，被烧得浑身发烫。

"杀了它吧。"伊力潘背对着亚夏尔说，"你把白鹰杀掉吧。"

伊力潘话音刚落，林子里就响起一片刺耳的叫声。老鸦群顺着喀什河的流向向南飞去，庞大的队伍像燃烧的黑烟在唐布拉上空弥漫。

离家还有一段距离，亚夏尔就远远看见恰尔根搬了个马扎坐在门口抽烟，他心中顿时升起一阵不祥的预感。恰尔根先到家的次数很少，如果不是什么要紧事，一定不会这么早回来，更不用说坐在门口等着了。亚夏尔硬着头皮走上前喊了一声爸爸。

恰尔根的表情看起来很平静，他点点头说："一个人去游泳了？"

亚夏尔盯着恰尔根的脚尖，说："不是，和伊力潘。"

"你们吵架了？"

"嗯。"

"因为他爸爸的事吗？"

"是的。"

"那和你有什么关系？"

亚夏尔突然发现了这场对话的目的性，他惊讶地抬起头看向恰尔根。恰尔根皱着眉头看他，眼神仿佛在审视一个陌生人。

"白鹰今天又来空中草原了。"恰尔根说，"为什么有人说喂老鹰吃羊肉的人是你？"

亚夏尔第一反应是自己和白鹰在一起的时候被人看到了，但想想又觉得不可能。于是镇定下来，摇头说："不是。"

恰尔根脸色缓和了些，"可是你在家把羊肉偷偷煮了一次，是不是？"他继续问道，"那么大的味儿房子里头，羊肉拿哪里去了？"

这一次，亚夏尔吓得牙齿打战，他鼻子一酸，眼睛突然起了霜，薄薄的一层飘在眼眶上。

　　恰尔根看着亚夏尔眼眶里聚起的泪花，眉毛不受控地抽搐起来。"喂鹰了?"恰尔根弯腰把头低到儿子的高度，看着他的脸压住声音问。亚夏尔把头低下来，眼泪顺着鼻尖往下淌。在一片沉默中，恰尔根彻底发怒了："为什么不说，知道为什么不说!"他把两只手伸到亚夏尔面前，狠狠地上下一拍，"脑子白长了!谁干了这事都可以，就你不行!"他越说越气，拍掌的频率也跟着他的语速快起来，像在扇谁巴掌，"别的不说!哎哎，你知道今天叼走的是谁家的羊吗?啊!"他拎住亚夏尔的领子把他往羊圈里扔，"哎哎，你数数，娃娃你数数!谁家的羊少了!"恰尔根把烟摔在地上，劈劈啪啪地踩着羊圈里的稻草，他捡起一根杆子往亚夏尔屁股上挥过去，"你这么大本事，我养出你个毛驴子，你给我养出一只老鹰!"恰尔根现在想起早晨伊力潘来说这件事时自己敷衍的样子，就觉得十分内疚。直到刚才，他也是抱着随便提一提的心态来问亚夏尔的。其实早就有人传言这只鹰是被不懂驯鹰的人养坏了，喂了家畜肉尝鲜后放生了才会攻击羊群。

　　恰尔根扔掉手中的杆子，从羊圈走出来在院子里打转。

　　"老鹰今天会去树屋吗?"

　　亚夏尔点头。

　　"我联系驱鹰队晚上在树屋周围蹲着，老鹰飞进屋，你把窗户关上出来，把它锁在屋子里，交给驱鹰队。"说完，恰尔根就进了屋，留下亚夏尔一个人站在羊圈里。他顿时觉得眼前天旋地转，眼泪像冲出峡谷的融水止不住地往外涌，"一头钻进花蕊的蜜蜂，忘记了天黑被裹进花瓣的危险。"亚夏尔突然想起这句话，"原来是这样。"他又想，"狼吃的是离群的羊。"他越是这样在脑中自言自语，越是哭得上气不接下气。夕阳的光和羊圈的阴影把他撕成两半，所有羊都缩在角落里聆听着亚夏尔的哭声，直到唐布拉上空的黑夜翻扣下来。

　　两个小时以后，驱鹰队便来敲恰尔根家的门。他们骑着摩托车，围在院门口,每个人肩上都背了杆麻醉枪。天色暗得看不清人脸,只能看见那些枪像棵棵笔挺的黑松立在他们的防弹马甲后。路对面站着牧区的两个兽医,一人拎了一只铁箱,正在往三轮车上爬。他们一边朝恰尔根挥手,一边费劲地把铁箱放在脚边。车子开动时,里面的工具便哐啷作响。驱鹰队的人没有下车,领头的对恰尔根吹了个口哨,把头盔和防弹衣扔给父子两人,然后挥挥手让他们坐上来。这一路上没人说话,沿途只有喀什河的水流声和乌鸦群不歇的啼叫。老鸦林旁的公路上停了三辆警车,都打着闪,几个警察沉默地站在路边抽烟。眼看人到齐了,他们便从后座取出一只铁笼,十多人的队伍开始往老鸦林里走。他们在林子边上坐下来,把身上的麻醉枪卸在草地上,两个兽医又开始在一旁叮叮当当收拾铁箱子。在昏暗的暮色里,恰尔根依旧能感觉到他们时不时投来的飞速一瞥。

"让您儿子现在过去吧。"一棵松树下传来声音。

恰尔根转头看了亚夏尔一眼,还来得及没说话,亚夏尔就起身往树屋的方向走去。

亚夏尔在他们的注视下爬上树屋,看起来十分平静。老鸦群不知道去了哪里,林子里没有一声鸟叫,只有喀什河发出轰隆隆奔流的巨响。所有人都沉默地藏在唐布拉的黑夜里,等待那个白色影子的出现。

恰尔根靠在离河坝最近的老松树下面装睡。喀什河上跳动的月光始终撞击着他的眼皮,闭上眼睛也像置身在一片闪烁的白色里。恰尔根转头扫视了一圈匍匐在老鸦林里监视树屋的驱鹰队,一阵难言的压抑感席卷而来,这是他第一次对自己的立场产生困惑。他翻身去河坝边上抹了一把脸,冷水激醒的神经让恰尔根终于在混乱的思绪中摸到了这种情感的源头,是一种因舍弃而产生的歉意,或者说是一种从未抵达的疼爱。恰尔根的身后是驱鹰队的低语,面前是奔流而下的黑色喀什河。

夜里两点多,忽然有人吹了一声口哨。恰尔根从梦中惊醒,他翻身朝树屋望去。北边的天空划过一道白色的影子,像一片剥落的月光滑向树屋。大家兴奋起来,急急忙忙背上枪,起身往树屋的方向走去。恰尔根的悔意顿时消解了一般,有人上前和他握手,他也笑着松了口气,但又立刻紧张起来。

他感到鼻腔里十分干燥，皮肤上像附着着一层薄薄的灰尘，他好像听见远处的树屋里正在传来猛禽的悲啼，走了两步就推开人群向树屋的方向跑起来。在一片惊呼声中，下午的那场殷红的落日又重新攀上西边的天空。木窗被轰然推开，折断的部分从树屋上倒挂下来，脱落的碎木像一粒粒花火，熄灭在下坠的空中，一个白色的影子随之像箭似的射往空中草原。驱鹰队愤怒地嚎叫起来，纷纷举起枪向那个幽灵般的白影射出几发无力的子弹。

　　那晚，唐布拉的夜空像被割开了一道伤口，灼热的鲜血滴滴答答落在树屋上，烧得所有人双颊滚烫。树屋在众人的注视下随着火焰扭动，恰尔根喊着儿子的名字，迎着火光往树屋的方向狂奔。在哔哔剥剥的夜曲中，乌鸦正哀嚎着向河流的尽头迁徙，它们像一片绝望的灰烬，飞跃众人向南飘去，而那空中涌动的火舌，正不断从树屋的缝隙中伸出来，贪婪地舔舐着这个温柔的草原之夜。

黑洞

高崇

　　第一次见到刘胜是在采煤场。那天我爸轮晚班，我妈带我来给我爸送饭。铝饭盒表面有些发黄，里面装的白米饭和豆角炖土豆，裹在一个深蓝色粗布袋子里。到了二井值班室，饭菜还冒着热气。我爸低头吃，我妈说个不停。我也纳闷，俩人天天见面，哪有那么多话说，我觉得无聊，推开木头门，弹簧牵引着斑驳的绿门在我身后"哐当"一声关上了。

　　冬天的煤场比其他季节要好看，漆黑的煤山在夜色里连成一片，上面覆了一层雪，在月光下泛着银白，两侧厂房的窗户里漫出淡淡的黄。有些煤山被铲车挖掉了一部分，像被一只看不见的巨兽咬了一大口，就在那个缺口里，我看见一束颤动的光。我刚要转身跑回值班室，看见一个小孩儿提着手电筒从煤山后面缓缓地走出来。他哼哼唧唧地哭，一团团白气从他张着的嘴里冒出来。我走过去，他的脸上满是煤灰，眼睛下面两条白道，大鼻涕已经流进了嘴里。我问："你哭啥？"他抽嗒着说："我奶说，我爸把宝贝丢了，可是我到处也找不着。"我清楚地记得，那一年我上学前班。我不知道那时候刘胜是怎么溜进采煤场的。那天，我们两个小孩在采煤场转悠了很久。最后当然没找到，因为根本就没有什么宝贝。

　　第二年，我上了矿上的运输部小学，和刘胜成了同学。这件事一开始我还没察觉，直到有一天刘胜在双杠上倒立掉下来，脸先着地摔进泥里，我才发现他和那个黑脸孩子是一个人。一开始我并不怎么喜欢他。刘胜的嘴喜欢说。一下课，他那张嘴就开始说，赶驴车送煤的老头掉坑里了，语文老师儿子放小鞭儿点不着，用脸挡风，把自己脸给崩了。总有那么几个同学爱听他说，一下课就围成一圈。有一天，我也好奇凑过去听听。刘胜说："我大姑在北京上班,去年暑假带我去北京旅游了一圈,去了天安门,那儿真气派,上面挂着毛主席像和红灯笼。"有同学抢答:"我在照片上也看过。"他说:"对,就是照片里那样。"然后接着说:"我大姑还带我去了毛主席纪念堂,看了毛主席。"大家唏嘘不已。刘胜继续说:"下午我们又去游泳,那海老大了,又干净,电厂下面那泡子河根本不能比。"接着他又讲海上停着的白色军舰,最后故事演变成军舰大战巨型章鱼。大家听得津津有味。

  在我们矿区,光靠耍嘴皮子是不管用的,想要立得住脚,必须得拿出点儿真本事。刘胜还真有点真本事。他学习一般,但论起玩,真是十八般武艺样样精通。跳皮筋给女生全都跳哭,扇 pia 叽扇遍全校无敌手。刘胜一手高举 pia 叽,在空中虚晃几下,手臂下落,先慢后快,划出一条完美的弧线,呼的一阵风,对方的 pia 叽就翻了白。要说他最拿手的还属弹玻璃球,刘胜弹无虚发,嵌着猫眼图案的花了棒子直直地滚向对手的球,自己的球在反弹的作用下过了线,还把别人的球和尊严一起撞出九霄云外。刘胜有三颗霹雳球,这三颗球是半透明的黑色,看着像玉做的,对着光看,里面有天然的纹路,犹如夜晚天空中降下的闪电。刘胜说是从一个市里小孩手里赢的,那小孩输了球,后来跪着求他,他都没还。好多同学都想要刘胜的霹雳球,纷纷前来挑战。结果刘胜口袋里的球越来越多,霹雳球一个也没少。我也垂涎霹雳球,但我知道自己半斤八两,所以决定和刘胜做朋友,先学学他的窍门。后来我问他:"你的玻璃球怎么弹得那么厉害?"他竖起了大拇指。我说:"夸你还嘚瑟上了。"他说:"仔细看。"我凑近了观察,他大拇指指甲上有一个坑。他说:"只要功夫深,铁杵磨成针,懂不?"自那天起,我有点儿佩服刘胜了。

  二年级开学没多久,我真的得到了霹雳球。周六的晚上,刘胜呼哧带喘地敲我家门。我开了门,刘胜夺门而入,劈头就问:"是兄弟不?"我说:"咋地了?"刘胜又重复一遍:"就说是兄弟不?"我说:"是。"刘胜说:"我妈要是不要我了,我上你家来行不行?"我说:"啊,这是咋回事儿啊?"刘胜说:"就说咱这感情,我要是无家可归了,你能不能看着我在外面要饭?"我说:"那不能。"刘胜说:"够兄弟意思。"然后解开外套扣子,从衣服里面的口袋里掏出一颗霹雳球，说："这个给你，古代有歃血为盟，咱就不搞那一套了，挺疼的，以后就是真兄弟。我还得去下一家，就先不跟你细说了。"说完，刘胜推开门，在土路上扬起一串烟尘，不见了。

第二天，刘胜约我出来，我俩蹲在他家门口的马路边上。这是一条大路，车来车往。拉石头和煤的货车轰轰隆隆地开过，地上灰黑色的土升腾起来，向四周蔓延又慢慢降落。穿蓝色西服套装、白衬衫的女人，叮叮铃铃地骑着自行车，看到我们翻了一个白眼，然后快速离开。拉着煤泥、块煤的小驴车上坐着满脸煤灰的干巴老头儿，嘴里叼着一截旱烟，一条腿盘在车上，一条腿挂在车下晃荡，不时还抽两下鞭子，驴屁股后面兜着块布，接着它的粪便。刘胜说，他最喜欢看马路上的风景，所以把我约到这儿。他说："昨天下课的时候，老孙找我，问了我好多数学题。我当时脑袋里正在琢磨上节课间和吴浩弹的那盘球，他还是有很多值得学习的地方，就没细听，乱答了一通。结果老孙二话没说，直接给我妈单位打电话，说：'你儿子弱智，赶紧领回家，我们这儿教不了。'我妈一听急了，请假来学校把我接回家。到家就是一顿笤帚疙瘩炖肉，说：'你和你爸有一个算一个，一个残废，一个弱智，要你俩干啥？'把我推出门，就把门锁了。所以，"刘胜顿了顿，"昨天晚上我恍然大悟了，父母根本靠不住，在家靠自己，在外就得靠兄弟。"他拍了拍我的肩膀，用手里的纸在屁股上抹了一下，提了提裤子，回家拎了一把锹，喀喀啦啦地拖过来，把他那堆顺势一铲，一手压着锹尾，一手在中间提着，行云流水，直接丢进旁边的垃圾堆。不知道为啥，那一瞬间，我感觉刘胜还挺酷。

刘胜他爸是残疾人，这我还是从别人那里听来的，之前刘胜从来没跟我提起过。上个月，刘胜和一个高年级的胖子扇 pia 叽，刘胜手起刀落，四十分钟体活课下来，给胖子赢得体无完肤，正得意扬扬。胖子输到最后剩下一张闪着金光的项羽，说什么也不给，说那是他的宝，押宝的张不给。刘胜说："押宝你要提前说，现在说不算数。"胖子转头就要走，刘胜一把拉住他，胖子一抬胳膊，刘胜一个趔趄差点摔倒，胖子回头甩下一句话："操！什么时候轮到一个臭瘸子的儿子在我面前装人了！给我滚蛋！"转身就走了。

刘胜啥也没说，呆站了半天。上课铃响了，我俩回了教室。晚上放学回家，一路上他也不说话。我问他，他说他爸一条腿没了。我说，咋没的？他说，工伤。我说，矿车压的？他没回答。那之后他玩pia叽就少了。

　　见到刘胜他爸是在四年级的时候。之前去找刘胜，都是我自己开门，直接进屋。这次正好赶上他妈在家。刘胜他妈叫王芳，是矿医院的护士，经常倒班，每天早出晚归，神出鬼没。那天穿过院子，一进外屋的我就撞在一片软绵绵的蓝白条纹布上，抬头一看是王芳。她低头瞟了一眼我衣服口袋鼓起的大包，眉毛头拧成了一根麻花，厉声说："又找刘胜弹玻璃球，弹弹弹，天天弹，是能给自己弹出亚洲，还是弹向世界？弹玻璃球厉害，以后就不用下矿井，就能到市里找好工作了？"我低下头说："不能。"她说："刘胜写作业呢，你是回家还是等他写完？"我说："等他。"她"哐当"一声推开刘胜房间的门，门上的玻璃被分成四块在木头框里哗啦啦乱颤。她从书架上抽出一本书，塞到我手里，说："别浪费时间，你去里屋看这个，一屋一个，互不干扰。"刘胜他奶田老太太在菜板上有节奏地切白萝卜，嘴里嘀咕："发的哪门子疯，教育起别人家孩子了。"王芳不说话，推着我的后背拉开里屋的门。一进屋一股味道迎面扑来，不是臭味也不是什么好味，准确说是木头返潮加上老人身上皮脂堆积的混合味道。房间正对门墙上挂着一张光屁股小孩抱大鲤鱼的年画，上面落满了灰。左边靠墙一排齐胸高的棕红色木头柜子，柜角包着镂着花纹的金属条。柜子上靠墙的角落里摆着一个小佛龛，啥贡品也没有。柜子正中立着两个锃亮的大相框，年轻的刘胜妈妈戴着小礼帽，轻扶帽檐，半低着头，正在对着我笑呢。我打了个激灵，把头转向了另一侧。窗户底下，炕头上一个东西蠕动了一下，吓我一跳。一个男人，面色黢黑，两颊塌陷，眼睛微微睁开一条缝，瞥了我一眼，又闭上了。王芳也没看他，进屋将炕边摆着的折叠饭桌搬到年画底下展开，说："坐这儿看。"说完关门出去了。我坐在炕沿上，弓着背，把书放在饭桌上，《小学生优秀作文大全——人物篇》。我忍不住抬头看炕上的人，他头发稀疏，上身搭着一件蓝色劳动服，下身盖着一张旧床单，一动不动。我摊开手里的书，随便翻开一页——《我的爸爸》。我又慢慢抬头看向他的下半身，床单下面只有一只脚。

我回过头努力尝试继续读书："我的爸爸是一名光荣的工人，他长着乌黑的头发，淡淡的眉毛下面有一双炯炯有神的眼睛。他站着的时候喜欢掐着腰，工作服总是平平整整，看起来特别神气。"开头一句，我来回读了好几遍。这些字像一群找不着家的蚂蚁，到处乱爬，就是不往我的脑袋里进。好在没过多久，刘胜在背后轻敲窗户玻璃，示意我出来，我放下书跑了出去。

走到院门口，我回头，视线穿过他家长得七扭八歪的西红柿秧子，看向那扇窗户。刘胜走过来说："看啥？有啥好看的？少了一条腿，跟丢了魂似的，天天躺着，啥也不干。"攀住我的肩膀，说："走，找大金去。"

大金和刘胜原来住一趟房，从小就认识。后来，大金他爸倒煤赚了钱，过几年就搬走了。刘胜另外一颗霹雳球就给了他。大金之前跟我说过一件事儿。那是刘卫国出事儿的第二年，刘胜在街上玩，和老赵家孩子打了起来，两人胳膊和脸都抓出了血。那孩子跑回家告诉他爸，刘胜揍他。他爸二话没说，拉着孩子直奔刘胜家，在门口大叫，让刘卫国出来。等刘卫国拄着拐杖走到门口，外面已经有好多人围观。刘胜躲在刘卫国另一条好腿后面，那孩子他爸伸手就去拽刘胜，刘卫国转头双手护住儿子，拐杖一松，失去平衡，自己抱着刘胜一起摔在了大门口。自那以后，街坊小孩和刘胜一发生矛盾，就说，要不要让我爸找你爸去评评理？刘胜一听这话就只会哭。学前班那年，和刘胜弹玻璃球的小孩儿输了耍赖，又说要找刘胜他爸，旁边围观的一个大孩子看不惯，上去推了那小孩一把，说："自己水平不如人家就认怂，还逼叨啥？"夺下那孩子手里的球就塞给刘胜。那天刘胜特别高兴，自那以后成天在家练，南土房一片很快就没了对手，扇 pia 叽，弹玻璃球，大家都爱和他一伙，欺负他的人也少了不少。

大金趿拉着塑料拖鞋，嘴里咬着一根大连雪糕，手里提溜着两根从院子门里走出来，递给我和刘胜。大金说："上哪？"我和刘胜揭去大熊猫雪糕纸，白白凉凉的冰砖在七月的烈日下冒着白气，我咬了一口说："上矸子山。"我们三个嗦啦着雪糕，横穿整个平安矿区，晃晃悠悠朝矸子山走。

夏天的矸子山，草稀稀拉拉长得老高，中间星星点点开着些小野花。虽然不算凉快，但因为山上没树，远离了知了的聒噪，夏季的焦躁也少了一半。用脚在草里一趟，蚂蚱、扁了勾全都一蹦老高。刘胜折了一大截灌木树枝，在地上拍打着前进。一只马舌头在石缝间迅速逃窜，刘胜小碎步紧追不舍，用树枝猛打。马舌头放慢了脚步，刘胜一个俯冲按住了马舌头的身体将它捏起。

　　溜达到半山腰，大金说："总戴个破帽子，在街上卖报纸那人昨天被打死了，就在北土房胡同口。"我问："谁打死的？"大金说："可能是方虎他们几个，有人看见昨天他进了派出所，今天早上又放出来了。"刘胜说："进派出所有屁用。"我们哈哈大笑。大金说："这座山前几年我爸带我来过，山上有个死人坑。据说以前死的不明不白的，就被丢进这坑里。"我一下就来了兴致，说："走，找找去。"我们右转下了主路，渐渐走进了一片深草中。

　　影子不断拉长，我们的衣服全都湿透了，贴在身上。找了大半座山，也没发现死人坑。三个人在草丛中的一个土包顶上背对背坐下来，伸直双腿，相互倚靠着。一阵凉风吹过来，非常舒爽。歇了一会儿，我们准备下山。刘胜用树枝粗的一头撑着站起，当树枝接触地面时，发出"咚"的一声，刘胜又敲了几下，说："底下是空的。"我们围着小土包转了一圈，用脚猛踏土包的侧面，大金的脚下发出"咔啦啦"的声音，大金大喊："有门！"我和刘胜跑过去，拨开茂密的杂草，看到一扇金属栅栏门，已经锈迹斑斑，一侧挂着一把大锁。门内一条砖砌的巷道斜着通向深处，里面漆黑一片。刘胜把脸贴在栅栏上向里面看，一个怪异的声音从巷道深处传来，刘胜后退了几步，两眼瞪大，嘴巴张着，大口喘着气，他说："刚才那个声音传来时，我的左眼好像看见一片红色。"大金说："别怕，是风。"我们站在坑边，天马行空的讨论这坑里可能藏了什么人，是怎么死的，几乎要编出一本神秘惊悚故事集。一直到太阳下山，我们才往回走。路上大金问："今天去我家吃饭不？"我说："我得回家。"刘胜说："明天，明天我妈夜班，放学我去你家。"大金说："好嘞，我让我奶给你做红烧肉。《古惑仔：战无不胜》刚出，我租个光盘，咱们吃完饭看。谭星，你也来吧。"

　　下了山，大金直行，我和刘胜左转，上了回南土房的小路。迎面走来一个穿黑色紧身裤的青年，看着初中生模样。刘胜肩膀撞上了他。那人斜眼瞪了刘胜一眼,说:"碰我干啥?"刘胜刚要解释,我走上去推了他胸口一把,说:"碰你咋地?"紧身裤青年一个趔趄,差点没摔倒,"唉哟我擦!"他骂了一句,回过身一个左勾拳朝我脸上招呼过来。我抓住他左手,一把把他拉过来,双手抓住头发,就往膝盖上猛磕。他脚步画圈,一脸是血,捂着鼻子,咕哝了一句:"你等着。"跑了。刘胜拽我胳膊说:"他去叫人了,我们赶紧走。"我说:"你看他那个怂样,吓唬谁呢?"没多一会儿,方虎带着几个人堵在了我和刘胜面前。方虎说:"就你个小逼崽子垫了耗子?你他妈疯了吧!"不由分说,上来就抓我脑袋,抬腿朝我肚子猛踢一脚,我两腿一软,方虎膝盖直接垫在了我的鼻梁骨上,一股钻心的疼,我喊出了声,两手捂住鼻子。紧接着,几记拳头重重地砸在我后脑勺上,嗡的一声,犹如敲钟似的巨响贯穿了我的耳膜,我趴在地上再也动弹不了。我的左脸紧贴着地面,看见血流了一地,刘胜的两条腿横在我的眼前,一动不动。"知道啥滋味了不?下次再动我的人,弄不死你。"方虎甩下一句话,一群人扬长而去。趴了半天,我用上全身力气,挤出一句:"你个傻逼,去找大金。"刘胜撒开两腿就跑。

我在矿医院躺了两周,鼻骨骨折加中度脑震荡。晚上我爸陪护,白天我妈陪护。放学以后,刘胜和大金来替我妈一会儿。三天后,刘胜和大金在病房,耗子过来扔下了一个信封,里面装了两千块钱,说:"方虎下手重了点,听句劝,也别找他麻烦了。"我气得差点坐了起来。大金举起拳头一直追着耗子到医院门口。大金回来说:"这家伙跑得太快。"我忍着鼻子的剧痛,说:"这逼货,把我打这样给钱就完了?"半天没人吱声。刘胜抬起头说:"方虎我们惹不起。"我挣扎着从床上欠起半个身子,一只手指着刘胜说:"你他妈就是个怂货。"刘胜转过头,眼睛直直地看着我,然后抓起书包夺门而出。

大金从窗户向外看,楼下刘胜拖着书包走得很慢,消失在医院大门的右墙。大金说:"别生刘胜的气了,你知道刘胜他爸的腿是咋没的吗?"我没瞅大金,也没说话。他说:"出事儿那天晚上,我和刘胜正从泡子河玩回来往家走,八九点,天挺黑,南三街小道里,有几个人影,我俩不敢过去,就听见其中一个说'你断了我的活路,我要你一条腿,不亏。'然后几个人就没影了。我和刘胜走过去,看见刘卫国躺在一摊血里,一条腿从膝盖上砍断了,血一股一股地流出来,刘胜吓得浑身发抖。刘卫国抬起头,满脸汗珠,让刘胜去矿医院找王芳。后来我听我爸说,是因为刘卫国在二井当小组长,他们组的王家才总偷铁,刘卫国直接给他汇报上去。王家才打击报复,砍了刘卫国,判了十年,他老婆带孩子走了,这几年估计快放出来了。"

刘胜说得没错,方虎我们惹不起,最后还是私了。

初二那年开始,矿上效益越来越不好。到了初三,工资只能发原来的三分之一。我奶每天在家煮茶叶蛋,我爸妈晚上到火车站卖。刘胜他妈,那年夏天走了。刘胜说,那天晚上,他就站在窗户外头,外面没灯,他和黑暗融为一体。房间里通通亮,就像看大金家的电视,但是不能一边嗑瓜子一边看屏幕里鬼哭狼嚎,因为演的是自己家的事儿。王芳说:"现在我们医院也开不了多少钱,你还天天躺着,一家人喝西北风?"刘卫国坐在炕沿上,脸歪向一边,一条空裤管耷拉着,不说话。王芳说:"你不就是觉得丢人吗?就为了你那点面子,咱家挨了多少穷?刘胜从小受了多少气?你现在天天在家待着就不丢人了?人家就不管你叫窝囊废了?"刘卫国猛地回头,大喊:"我这辈子就这样,你要嫌我窝囊你就滚!"王芳两行眼泪唰地掉下来,收拾了一个箱子。刘胜躲在房后,看见他妈拎着箱子,关上了院门。刘卫国两手抱头,背影映在窗玻璃上。

王芳走后,刘卫国的房间天天都是一股酒气,田老太太想劝,刘卫国把他妈一把推开,让她出去。田老太太忍不住大哭说,王芳这不是要了他儿子的命吗?

一周后,王芳到刘胜学校找他,要带他走。刘胜说他哪也不去。王芳给了刘胜一本存折,说定期会给他存钱,让他自己保管好。

一个月后,刘卫国没了。田老太太早上进去给儿子收拾屋,刘卫国早已经冷透了。田老太太扑在儿子身上,哭晕过去两次。刘胜买来寿衣,里里外外给刘卫国换上。开寿衣店的知道他家情况,说瞒鞋一双十六,一只八块。刘胜说,要一双,我爸这辈子最过不去的坎就是他这条腿,走的时候,得让他立立正正的。刘胜砍了门口一根碗口粗的树，扒了树皮，量好长度，取了一截绑在刘卫国的断腿上，又用刀削了一个木头脚，和木头腿钉在一起，套上袜子还挺真，穿上鞋，刘卫国看起来好像又回到了十一年前。

刘胜他大姑从泮山赶了过来，一下火车，看见刘胜，就搂在怀里哭得上气不接下气。第二天，大姑带刘胜和田老太太选墓地，大姑说："钱我掏，嫁到泮山这么多年，也没照顾好弟弟，要不也不能发生这样的事儿。"说完，又掉了眼泪儿。田老太太说："那就连我的也一起买了吧。"大姑抬起头说："啊？妈，这事儿急啥啊？"田老太太说："早晚的事儿，连碑也一起刻了，两个一起，估计还能便宜点。"

停灵在原来刘卫国住的房间。王芳的照片都收进柜子里，中间摆上了刘卫国面带微笑的黑白遗像。两侧一边点一支长明蜡烛，火光闪烁，冒着一缕青烟。晚上，刘胜和她大姑两人轮流守灵。这两天看墓地、准备葬礼，跑下来都累得不行，轮到刘胜时候是半夜一点，他爬下炕换她大姑，不知不觉靠着炕沿睡着了。他听见有个声音叫他的名字，似远似近，然后世界开始剧烈地颤动起来。他睁开眼，看见他奶的脸就在眼前说："胜儿，你咋睡着了呢？你爸蜡烛都灭了。"刘胜急忙站起身去点蜡烛。刘胜一下歪倒在地上，醒了过来。他抬头一看，蜡烛真灭了。他赶紧爬起来，抓起柜子上的打火机，大拇指按动滚轮，嚓一声，火苗又重新在蜡烛上摇晃起来，刘胜回过头看躺在灵床上的父亲，皱纹密密麻麻地刻在面颊和额头，平日的愁容永远地凝固在脸上。刘胜说："爸，你到了那边，一定要过得舒舒展展的。缺啥就给我托梦，别像在这边一辈子憋憋屈屈。我会替你照顾好我奶，安心走吧。"他看向炕上睡着的奶奶，表情安详，但是躺在大姑旁边，看着总好像哪里有点不对劲。刘胜一个箭步窜到炕边，盯着他奶看，紧接着猛摇他大姑，大喊："我奶没了，我奶没了。"

第三天出殡，刘胜的大姑捧着田老太太遗像，刘胜捧着刘卫国的，跟在执宾后面。走到院门口，执宾一挥手，高亢的唢呐骤然响起，咚的一声鼓，敲击在刘胜的心脏上。刘胜的眼泪唰唰往下落。执宾向空中抛洒了一把土黄色的纸钱，说："把盆拿来。"我把盆递给刘胜，接过遗像。执宾点燃一沓纸钱塞进盆里，待熄灭后一缕青烟冒出，说，跟着我说："奶奶，爸爸。"刘胜说："奶奶，爸爸。"执宾说："走西南大路光明大道。"刘胜说："走西南大路光明大道。"执宾说："大点声。"刘胜又大声重复了一遍。执宾说："小伙子喊出点气势来，好让你奶奶、爸爸放心。"刘胜脸憋得通红，眼泪含在眼圈里，扯着脖子大喊一声："走西南大路光明大道。"执宾点点头，说："三条大道，走中间那条。"刘胜喊："三条大道，走中间那条。"执宾说："摔盆。"刘胜把盆高高地举过头顶。众人屏息，随着刘胜的一声大喊，陶盆像在地上爆裂的一颗炸弹，轰的一声摔得稀碎，四处飞溅。

葬礼过后，刘胜大姑问他："今后咋办，去找王芳？"刘胜说，他自己的事儿自己决定。头七过后，刘胜就消失了，招呼也没打一声。

初中毕业，我报了警校，大金没继续念，和他爸做生意去了。后来听说他在大连倒腾房子，干得风生水起。毕业后，我本来想申请去平安派出所。我爸妈说，矿上煤都没了，穷得要死，大家都往外走呢，再说方虎也上市里开饭馆去了，你还回来干啥？我说，跟他有啥关系？这么狭隘呢。我在派出所干了五年，其间参与捕获了跨多省市作案抢劫团伙嫌疑人，立了一个三等功，第二年调到了市局刑侦队。

今天我值晚班，正在电脑前整理最近在跟的入室盗窃案资料，电脑右下角一个警情通报一闪而过，所属地是平安矿区，我点开正文，心脏猛地震颤了一下。那扇金属栅栏门出现在屏幕里，巷道深处一副白骨蜷缩在坑底。死者的小腿、上臂和肋骨都有多处断裂，颅骨也有被重物击打造成的裂痕，极可能是被殴打致死。衣物大部分已经腐烂，保存完好的只有几颗橡胶纽扣以及一枚铁质裤腰带头，凸起的图案清晰可辨，是一个设计成五瓣梅花形状的"安"字，右下角刻着两个小字J2。我敢肯定，二十年前，我爸腰上系的工作服腰带和这个一模一样。

晚上，我在食堂随便扒拉两口饭，准备回办公室打电话找熟人了解一下那具尸体的具体情况，收到队长通知087号专案组出警。我们这次行动分成两小队，一队根据监控路径追踪，二队埋伏在087曾经出现过的一处民房附近。车上，队长简短介绍了这次案情。入室抢劫杀人，遇害者姓名方虎，男，三十二岁，死于致命刀伤，身上有打斗痕迹，妻子和孩子被击晕，无严重外伤。根据妻子描述和当地派出所勘查数据，凶手的外形特征、脚印、标记方式、入室及逃逸手段与087号高度吻合。我凭借警校的严格训练和多年从业经验不断暗示自己要冷静下来。可是我的大脑像陷入了一片泥淖，完全无法运转。平时坐我对面的周大哥说："你今天状态不好，一会儿就别下车了。"我说："没事儿。"我和队友隐蔽在院墙内侧，在冰冷的空气里吞吐着一团团白色的雾气。我们等待了四十五分钟，时间仿佛也被夜晚的寒冷冻住了。在记忆中的一片红色里，我倒在地上，能听见的只有自己缓慢的呼吸声，人们都走了，只有两条腿还立在原地，我希望他能一直在那里，永远不要离开。一阵摩托车排气筒的震动声由远及近，耳机里传来组长的声音："087已出现，全体待命。"钥匙喀啦一拧，摩托车熄灭了，紧接着鞋底有节奏地挤压地面上的积雪，脚步声停在了门口。夜晚十分安静，远处响起两声狗吠。他窸窣地掏出钥匙，金属相互摩擦碰撞，吱呀一声，黑色的大门打开了。耳机里队长命令"行动！"我冲出隐蔽区，手枪直指他的身体，大喊"不要动！"他似乎早有警觉，一个侧身，手中的匕首直直地朝着我的胸口刺来。周大哥大喊一声"谭星！"匕首划过，紧接着一声枪响，子弹正中087，贯穿了他的头颅。我摔倒在地上，眼前闪过一片清澈的星空。他手中的匕首滑落，血从他的左眼流出，顺着脸颊淌下来，在雪地上融化成一个鲜红的坑洞，他失去平衡，倒在了不远处。我的队友全都赶了过来，持枪围住他，几个跑到我身边，检查我是否受伤。我推开队友，匍匐几下靠近了他，一只手伸向他的脸，缓缓拉下被血浸透的黑色口罩，我的身体止不住地颤抖起来……

而立

杨咏

"气氛到这,没得选了。"

冬季的夜有些早,黑阴湿地附在光秃的樟树干上,整条街已不见什么人走动,只有零星几个店面还悻悻地开着门,透出几团暗淡的白光。

我转过身问他:"'气氛到这'是什么意思?"刘烨成皱起眉头,车窗外的街道被空的情绪充满着,显得静谧。"我也说不清楚。"他双手握着方向盘说道。车在一处红灯前停下,前轮大半压在了斑马线上。刘烨成把树桩似的厚脖子伸出了窗外。

"你怎么想就和王雅洁怎么说,关'气氛'什么事。"刘烨成咂巴两下嘴,像熊一样佝着背,没说话。王雅洁学表演出身,毕业后回了莲城的银行工作,和刘烨成分合数次。读研毕业那年,我在莲城站遇到刘烨成,他坚持要送我回家。一路上叙旧聊了挺多。快到小区楼下的时候,他才不好意思地问我:"能否帮个忙?"我不好拒绝,点了点头。填写信息需要人脸识别,他把车停在路边等我验证成功。那时候是夏天,他胖了一圈的脸泛起油光,我忍不住打趣他:"挺卖力啊。"他装作苦笑,低下头输入了王雅洁的工号。"按我的想法,婚姻只由自己的意愿决定,你有犹豫,不如不结。"他沉默一会儿,清了清嗓,突然打趣道:"想法挺好,难怪能混到咱首都。"我不由一愣,也笑起来,说:"少转移话题。"

刘烨成和我从小就认识,一个机关院里长大。后来两家都搬到单位的福利房,来往更多。

他的名字有个流传已久的来历。他出生那天,他乡下的奶奶在医院门口遭了车祸。算命的说他亲缘薄，起名字要轻。但他的局长姥爷说，企图用孩子的名字修补命定的缺乏是一种徒劳的迷信，于是他决定给外孙起名烨成，意思是虽无亲缘，但至少盼望他往后事业成功。

刘烨成在这种盼望下长大，至今已经过了二十九年。按虚岁来算，他已经迈入三十岁的坎儿。

那些年，刘烨成的父亲刘承忠独自一人回老家，晚上赶回来给他过生日。礼物也总是比较贵重，游戏机、名牌球鞋一类。回去时，乡下的亲戚总不免求刘承忠帮一些忙，他母亲胡燕心里瞧不上，早已怀有怨言。在刘烨成升初中那年的夜晚，胡燕又将自己一枚戒指的丢失归咎于刘承忠姐姐的来访，两个人在家中动起手来。情绪激动下，胡燕提起那场车祸，暗讽丈夫心中有怨。五年级的刘烨成躲在楼梯上听见了一切。

那之后，刘烨成逐渐不服管教，老师和父母常要去游戏厅"捉"他。后来，上了寄宿中学，刘烨成比我高两个年级，处分栏和周一升旗台的批评通报里常听到他的名字。每周三两家轮流送餐探望的时候，他也不搭理别人，只闷头吃饭。那段时间，出了食堂，我常看到一个女孩，白皮肤，个子小小的，站在食堂不远处的荷花池等他。看到刘烨成出来，便伸高手臂，用力挥动，仿佛怕他看不见。回教室的时候，他会说：我们走了。语气里透出一些不常见的愉快。叫珊珊的女孩也笑着向我挥手，眼睛总是很亮。

但不知道从什么时候开始，等他的人消失了。初三时，他转学去他父亲的老家读了一年，此后与我也不常见面。

后来，刘烨成被送去当兵，没有参加高考。两年兵役，回来之后，他父母把他安置在了市委办的秘书处。我刚大学毕业时，他已经在秘书处工作了两年。秘书处是市级领导的秘书储备库，被指名之后上升很快。那时常有人和我说，刘烨成有一对好父母。

那两年，我只在长假时回家，和他见面很少。朋友圈里倒是常看到他转发单位的党建活动。在小区门口等顺风车的时候，刘烨成开着胡芳新买的白色越野车出来，和我打了招呼，副驾驶上的陌生女孩探过身看我，笑着露出梨涡。我回去问母亲："刘烨成上次不是这一个吧？"母亲笑，和我说："胡燕都要数不清楚了。"

在刘烨成"不像话"的学生时代里,他母亲胡燕心里最是煎熬。胡燕是一个自尊心很强的女人,在铁路局当办公室主任。旁人表面恭维她能干,却在背后说她不会教育孩子。"是我让他逃课,还是我让他早恋、玩游戏的吗?"胡燕尖利、沙哑的嗓音总是回荡在家中。刘烨成只能用枕头堵住耳朵。

而在刘烨成转业进入市委秘书处后,旁人夸奖起刘烨成。胡燕长吁一口气,笑着淡淡地说:"事情都是不一定的,读书不是唯一的出路。"

实际上,刘烨成在秘书处一直无人指名。他逐渐厌倦机关单位的陈规,想要做点生意。他让父母投资自己,与机关院的朋友承包饭店。父母不同意,他犟起来,要辞掉市委的工作。胡燕着了急,骂他莽撞。刚当选为人大代表的刘承忠给他做了许久思想工作,却没法劝服他。

饭馆本身竞争大,很快便撑不下去。刘烨成不甘心,也只好保本撤资。后来,饭馆转让,他依然去上班,却常常心不在焉,迟到、早退成了日常。周末睡到下午,醒来后也不停地刷着手机视频,衣服随意地扔在各个角落。胡燕敲他房门,喊他起床吃饭。他猛然踢开毯子,隔着门发出嘶哑的吼叫。胡燕愕然地走下楼,没有再说话。海啸般的暴躁在那一刻突然席卷了他,屋子彻底安静下来,只有高压锅里的鸡汤还在苦熬,发出"哧"的气响。

刘烨成吃夜宵的习惯就是在这时候养成的。他在床上躺到天黑,等时间在无意义中流逝。接着约人出门,半夜才回来。等他打开家门,屋外似乎比屋内更亮。刘烨成在饭桌上和人聊起自己的生意计划,电台、清吧。宏图在他的语言中雄伟地展开,朋友们偶尔附和,邀他举杯后,又继续闲聊。啤酒肚和双下巴逐渐明显,他似乎也不在意,有时一整天不去单位,开着车四处闲逛。

领导发现后,把他叫到办公室,开着门,狠批了一顿。围观的人像一盏盏探照灯,让他无法呼吸,刘烨成再次咒骂着吼叫起来。他一脚狠劲地踹在写着"科长"的门上。门把手被踢坏,他冲了出去,门上留下一个难以修复的空洞。

胡燕听说时,领导正打电话来,说不论如何都不留他。胡燕心凉大半,只能不断道歉央求，刘承忠亲自送去歉礼，才把事情压下。但当时动静太大，刘烨成只能调走。单位没有其他空位，于是就安排在了保安部。这件事母子俩心照不宣，别人问起来都以为他还在秘书处。

过段时间，刘烨成还是投资了一家电台节目的制作公司。他当时的女友叫孟莎，在广电上班，说话声音酥软。公司的事情是孟莎牵的线。投资的钱是胡燕给的，瞒着刘承忠。理由和上次一样，如果胡燕不给，他便干脆辞职。胡燕虽然强势，却对儿子毫无办法。那一年，我考上研究生，孟莎和刘烨成刚刚交往。胡燕生意上的朋友开发了别墅楼盘，请她去看。前几年胡燕在股票上赚了一笔钱，有买房投资的想法，于是答应下来。刘烨成向女友说起此事，孟莎起了心思，也想一起去。她说："趁这次让我和你妈认识一下嘛，好歹两个月了。"母亲告诉我，胡燕曾担心地和她说，刘烨成总是找漂亮女孩，会被牵着鼻子走。刘烨成也有些后悔，但为了不和女友争吵，他还是和胡燕说起孟莎。胡燕听完没说话，冷漠地撇着嘴。他的一条腿抖动着，有些暴躁："妈，你到底什么意思？"胡燕的眼睛盯着电视说："我没意见。""真的？你们想去就去，没必要和我一起。"刘烨成摔门而去。

最后他和孟莎说谎，说胡燕很想和她认识，但有事耽搁，让他们先去。孟莎听见这话，走进楼盘时兴致很高，仿佛未来业主。别墅开发的陈老板见到刘烨成，立刻和他打了招呼。陈老板看着孟莎，他连忙说："我女朋友孟莎。"孟莎迎上去，大眼睛亮起来，"陈叔好，阿姨叫我们来看看。"说完挽起刘烨成的胳膊。陈老板笑着望向他，他马上有些发窘。

孟莎和他逛完楼盘，把胡燕让他们去看别墅的事在微信上说给了几个朋友。刘烨成让她不要往外说的时候，孟莎正沉浸在兴奋的情绪里，怪他扫兴。她朋友中有人在政府上班，信息立刻像烟花一般四散来，陈老板都来恭喜胡燕。胡燕听完，急忙说："我什么时候说了！"陈老板明白过来，又把消息往回传。

胡燕思来想去，觉着不大放心，找人去查孟莎的底细。结果真发现一件事。孟莎上大学的时候和首都本地的一个男生交往。当时的男友买过一套房，写的是两人名字。但分手时，男友想要回房子，孟莎不给，男生家便把孟莎发在了网上。事情在当时闹得难看，她才回到了莲城。这事的真相有些模糊不清，但胡燕顾不得，她对刘烨成怒吼："她是个骗子，你知道吗！"刘烨成痛苦地抱住头，刺耳的声音还在喋喋不休，让他有些窒息。刘承忠坐在沙发上，脸色严肃地沉默着。

  天在混乱中黑了下来，顶灯刺眼。横膈膜随着呼吸的用力上下摩擦，刘烨成感到一阵急剧的头痛。他的视线变得模糊，仿佛落在了水中，胡燕强硬的语调和脑海里孟莎的辩解都在逐渐融化，变成一个个气泡飘走。血管鼓跳起来，胀痛逐渐蔓延到整个头部。一个轻盈悲伤的声音从遥远的记忆里飘来："我们没法在一起了。"胡燕喊叫着："她家什么情况你没看到吗？"那个悲伤的声音立刻像被吓坏似的消失。最终一切混乱都融化在一道白光里。"别说了！"他凭着最后的力气吼叫起来，汗流下额头，肥赘的身体喘不过气。这时，刘承忠和胡燕才终于感到不对劲，急忙扶起刘烨成，把他送去了医院。

  青壮年的刘烨成被诊断患上了高血压。从医院出来，刘烨成和孟莎分手。后来孟莎也离开了广电局。我好奇地问他："孟莎到底是怎么一回事？"刘烨成听见这个名字时皱了下眉，只说："别听我妈的，她就爱夸张。""所以是假的？"他没说话。"你当时怎么回事？我妈说你在医院还坐轮椅。""高血压而已，头晕走不了路。"他又满不在乎地说，"我在医院做了心理测试，医生说我得少受刺激。知道吗，对我好点。"

  在车站遇到刘烨成那年，我坐在副驾驶座上，两人都不知道要从何聊起。莲城夏天的樟树浓密，一片油亮的绿在街道上发着光。他问我，空调需不需要调低点。我说还好，但需要一张纸。他立刻从驾驶座门边拿了几张递给我。我接过的时候，突然看到他前臂腕处有几条隆起的疤痕，那些疤痕长短不一，无限靠近青紫的血管，像春天从树上掉落的毛虫，仿佛马上就要蠕动起来，钻进他厚重的身体。他意识到我在看时，立刻把手缩了回去。"小时候好玩弄的。"他笑着解释道。"什么时候的事？"他皱眉，沉默一会儿说："十四五岁吧，记不清了。"见我不说话，他突然弯起食指敲了敲我的脑袋：

"好好读你的书去。"我一愣,时间好像倒流到许久之前。中学的时候,冬天我和刘烨成一同回家,把手放在棉服口袋取暖,他却把手放在外面,捧着手机看,嘴角挂着弧度。当时他还是一个瘦子。每当我狐疑地问他是不是在和"那个谁"聊天,他便敲我脑袋,让我好好读书。那时我没再问疤痕的事,后来也没有人真正发现过这些疤痕。

"你少吃油腻食物,按时吃药。高血压可得养。前段时间不还在朋友圈发健身照吗?怎么又不去了?"他苦笑道:"那是王雅洁非让我去,还让我吃沙拉。"我笑起来:"她做得没错。"

和孟莎分手后,刘烨成近一年内都没有稳定的交往对象,直到和王雅洁认识。在市委保安部门昏沉度日,他的身体越发臃肿。和孟莎分手后的那个春节,刘烨成从投资的电台制作公司拿到一块名牌手表,心情不错。回到家,看到胡燕和舅母在沙发上聊天,懒散地打了个招呼,便躺到了房间里。胡燕正说起刘承忠乡下亲戚,看到刘烨成的样子,顿时更加愤怒。她抱怨起刘烨成:"他就是书读少了,不长脑。"刘烨成在二楼翻了个身,刷着短视频,当作没有听见。弟媳让胡燕小声些,胡燕却提着嗓子喊起来:"怕什么,我就是说给他听的。"说完,胡燕心里过不去,又拽着弟媳上了楼。她重重敲两下门,没等刘烨成答应,就推门进来了。"玺玺,妈听说你拿了块表回来,给我和你舅妈看看吧?"刘烨成看着手机,起身从床头柜拿起表。胡燕接过去,随意看了两眼,使了个眼神给弟媳。"今年不分钱?"胡燕试探道,"我们投的可不是小数目。"刘烨成小声"啧"了一句:"今年刚起步。"他开始说起这块表的品牌,兴致很高。"舅妈,你觉得这块表怎么样?去外贸城专柜买,四万五。"听到价格,他舅母连忙说是一块高级表。胡燕又拿过来,不信任地说道:"你怎么知道它是专柜的?""你什么意思?"没等胡燕继续说,他嘶吼着从床上站起来,"你什么意思!"弟媳被刘烨成的样子吓了一跳,赶忙把胡燕拉出房间。胡燕一边走,一边不依不饶地喊道:"是他自己愚蠢,受人骗,这块表退到专柜有没有三万还不知道!"刘烨成把门用力一摔,他的拳头一次次地向门砸去,仿佛感受不到疼痛。"为什么在这种时候也要让我不高兴?为什么?"

窗外零点的烟花刚好散落,阵阵巨响掩盖了痛苦的吼叫。漫天的花火宣告着新的年岁,他渐渐停下,喘着粗气望向窗外,只剩下白色的烟雾慢慢消散。他想起,入伍的那天,也是这样鞭炮齐鸣,有人举着话筒在台上欢送,他胸前戴着红花,那时候还有一个人站在他父母看不见的地方默默送他。

那之后,刘烨成很长时间没有再说起投资的事情。

车窗外,突然下起小雨,绿灯亮起。刘烨成打开雨刷器,继续往前开去。细雨在朦胧的光柱里倾斜着,不断落下。他点开车载电台,里面在放送莫文蔚的《再生》。原来人一息间已不会再见,而情怀即使一世也不会蜕变。车里安静了一段时间,他突然问我:"你觉得王雅洁怎么样?"我顿了一下,努力回想王雅洁的事情。

第一次见到王雅洁,是在刘烨成叫我去的聚会上。王雅洁是古典长相,弯眉小嘴。一看就是刘烨成以往喜欢的类型。正好那段时间他有一个厨师朋友从北京回来,于是刘烨成借机组了一个联谊局。当时,我放假在家,本来不想去,但他在电话里卖关子,说让我帮忙看个人。到他家后,发现各处房间不时冒出装扮精致的红男绿女。刘烨成系着围裙,给大厨帮忙,顺便炒了一盘回锅肉。菜肴上桌,刘烨成想让王雅洁品尝自己炒的菜,但她觉着腻,更倾心于大厨的清炒笋。刘烨成被拒绝后没怎么说话。王雅洁吃饭的时候说话也少,但却主动提议喝点红酒。众人赞同,她熟练地到酒柜拿酒,刘烨成跟着她帮忙。举杯时,不时有人往他们那边看。见刘烨成还是不出声,一朋友夸赞起菜品,说现在有些男生更会做饭。另一位朋友接话,说起曾经她去一位女友家吃饭,家里缺洋葱,二人跑去超市采购了一堆,结果女友丈夫打电话来,让她们快回家,饭都做好了,语气里颇是无奈。众人大笑,气氛融洽,王雅洁也频频点头,偶尔笑出声。但等到故事讲完,她突然说:"这就是我们21世纪新女性的特点,只负责可爱,没有脑袋!"我忍住笑。那位朋友只能礼貌地对王雅洁点了点头,转身向大厨讨教起做菜的技巧。这顿饭后，刘烨成和王雅洁便在一起了。

　　我装作想了想，开玩笑道："这可不好说，毕竟是你女朋友。"刘烨成平稳地开着车，手指在方向盘上敲点，说"认真想想"。雨势有些大，车外的世界融在水中，渐渐模糊。雨刷器的摆动加快起来，像在玻璃上跳舞。

　　"你对她现在什么感觉？"我反问他。他难以察觉地皱了下眉。"喜欢肯定还是有的。"他停顿一下，"但总觉得没有那么喜欢了。"刘烨成逐渐严肃起来，不安地用大拇指在方向盘的皮质外套上摩擦，鬓角处细碎的少年白似乎在暗自滋长。车开到一处十字路口，他先住了嘴，换挡后加速，驶入了一条回家常走的小路，路上空无一人。这些年，路边的店铺不停地更换，唯一留下来的是一对老夫妻开的面馆。中学的时候，学校管得严，回校迟了要被记名，刘烨成和我收拾完来不及吃饭，便到这里来吃一碗面。有时他还会打包一份。

　　他犹豫一会儿，继续说道："有段时间，我和她总起争执。""因为什么？"我问他。"都是很小的事。她觉得我不够在意她。"刘烨成直视着前方，"我和她很长时间没说话，有一天，我突然有点想她，打开手机才发现她已经把我删掉了。""那后来呢？""其实以前也发生过，每次我都会打电话给她朋友。但是，那一次不一样。"车里沉默下来。刘烨成的状态似乎起了变化。他继续说："那个瞬间我忽然感到轻松，你明白吗？"他看向我。"我产生了一个强烈的想法，即使，即使她永远不把我加回来，我好像也不会很难受。"我不知道该说什么，便问他："你当时为什么喜欢她？""刚见面的时候觉得她很漂亮，性格也可爱。但是……""但是什么？""我不知道，可能我们没有那么合适。""怎么样才算合适？""我也不知道。"

　　车马上要到达尽头，而刘烨成今晚要告诉父母，王雅洁明天想来拜访他们。"你父母知道你们复合了吗？"我忽然想到。他犹豫一会儿，叹气说道："还不知道。她明天来的话，是来拜年？给双方父母拜年，这是要定下来的意思。她或许自己也想不清楚吧。"他跳过了我的问题。"什么意思？"他下意识地揪了揪自己的耳朵,皮肤马上泛起红。"她自己也没想明白为什么要结婚。""家里催她了?"他思考一会儿,头像木鱼似的点。"你的想法呢?你为什么要结婚?"和刘烨成聊了这么多,我忽然发现他试图让自己在这件事中隐身。"我其实都还好。想还是不想,或者有点不想。""干脆一点。"我说话的语速快起来,听上去好像在发怒。"这不是我想不想的问题,婚肯定是要结的。""那你心里有想过,结婚一定是和她吗?"他没有说话,似乎有些困惑。这时,一辆白色的车突然从后面超过我们,他踩下急刹车,小声骂了一句脏话,暴躁地拍了好几下车喇叭。

断续的沉默在缓慢行驶的车里蔓延,路灯像城市里的萤虫,亮起团团暗光。白色的车消失在前方的黑色雨雾里时,他再次说了一遍那句令我费解的话:"气氛到这,没得选了。"两天前,刘烨成去了王雅洁的家里,买了许多礼物。那天王雅洁本来希望是胡燕和刘烨成一同来。"总不能叫我反悔吧,她妈妈还让我去她家过年。"刘烨成再次不耐烦起来,打开一点车窗。冷风和细雨从缝中飘进来,像一群幽灵拂过,我忍不住打了个哆嗦。他望我一眼,又关上了窗。

车在最后一处红灯前停下。"不想了,越想越乱。"说着,刘烨成拿起手机,拇指开始不停地在屏幕上拨动,吵闹的热门歌曲充斥在车里,天彻底黑了下来。

刘烨成把车停在我家楼下。我打开车门,和他再见。

"祝你好运。"我向他喊道。他笑笑,最后问我:"以后打不打算回莲城?"我没法回答,便向他摇了摇头。他说:"挺好的,你一直可以。"

送我回家后,他在自己家门口磨蹭半天,终于走进去和父母说出王雅洁的事。不出所料,刘承忠和胡燕都摆出暧昧不清的态度。胡燕把手交叉放在胸前,沉吟道:"儿子,我们不干涉你,如果你心里确认了,那我们就没意见。"他父亲不说话。胡燕补充道:"你爸和我的意思是,现在来拜年,我们觉得还没有必要。"王雅洁拜年的事情就这样收场。年后我离开莲城,很久没再回来。

那天，我和母亲打电话，母亲问我："是否还记得刘烨成？"我说："当然记得，我们还有联系。"接着，她便问我："他是不是又不结婚了？"我一愣，说："我不清楚。"母亲向我解释："胡燕有一天到家里来，向我诉苦，说儿子给她找的儿媳不好，人快三十，没有固定单位交保险，到时候连生孩子都会需要她出钱。"我有些惊讶，说道："都聊到生孩子这一步了？"母亲笑话我，说我和刘烨成从小的交情也没有深到哪儿去。我说长大之后，本来就只是熟人。母亲告诉我，王雅洁年后依然去拜访了胡燕，还和胡燕说希望婚后马上生孩子，不工作。胡燕一听这话，心里着了急，不表态。刘烨成夹在她们中间，始终沉默。前车之鉴，我知道胡燕的话不一定可靠，但我没有反驳母亲。母亲在兴头上，继续说道："再后来，王雅洁和刘烨成之间不知道产生了什么矛盾，王雅洁有一回凌晨打电话来，主动说和胡燕聊聊。"这件事其实我知道，胡燕在王雅洁打电话后第二天又联系上我，我当时有些懵，接起电话，胡燕开门见山地问我是否知道刘烨成和王雅洁之间发生了什么。我说阿姨，我们有一段时间没联系了。胡燕沉默一会儿，抱歉地说打扰我，就挂下了电话。听说王雅洁和胡燕聊完，最后和刘烨成还是一拍两散。我和母亲说，这不挺好，是个皆大欢喜的结局。母亲笑起来，说我不理尘间俗事。我说我自己都快被俗事吞没，无暇顾及。挂了母亲的电话，我打开刘烨成的朋友圈，看到他前两日的生日动态，配文是一首歌：莫文蔚的《再生》。我打开音乐安静地听了一会儿，原来人一息间已不会再见，而情怀即使一世也不会蜕变。往下翻，发现他去了莲城一个附属县做基层调研，有一段时间了。我想起前一年在车里，也曾聊到这个事，他说下乡两年，有机会拿到编制。我劝他赶紧去，还没说完，他又聊起王雅洁。

前年送我回家那晚，车停在我家楼下，我们两人还坐了一会儿。雨逐渐停息，空气中充满着植物潮湿的气味，车灯照在涂了防虫漆的树干上，有些惨白。他缓缓地靠上椅背，出神地望着雨刷在玻璃上滑动，当时，我想起小时候常玩的一种游戏：弹珠在两片夹板中间来回地摆动，永远不会落下，也永远无法冲出边界。刘烨成问我："你知道怎么毁掉一个人吗？"他的语调很轻松，仿佛问出的是一句玩笑。我困惑地望着他。没等我回答，他便自言自语起来，挥舞手，指向前方，用食指在空中画起圆来。"你先对一个人很好，然后突然消失。"说着，刘烨成的身体摇晃起来，眼睛却凝视着一个遥远的地方。我惊讶地看着他，说不出话。刘烨成把手收回来握成拳，用嘴朝拳头吹气，像一个魔术师要展示一场魔法。接着，他缓缓地打开手掌，什么都没有。小区夜晚的树丛亮起蓝色的人工灯光，在他周围形成一圈浅淡的光晕。我张口，又沉默。一切的话最后像水融在水中。不知道为什么，在那一刻，我才觉得见到了真实的刘烨成。不是亲缘浅薄的刘烨成，不是浑噩不堪的刘烨成，也不是无法为自己的选择负责的刘烨成。他只是刘烨成。我无端地想到那个在荷花池边等他的女孩。"是她吗？"

"我当兵的时候，她还来送我。等我当兵回来，她倒不见了。"

"妈的。"

珊珊在刘烨成从部队回来的第三年结婚，后来离婚搬至外地，从此杳无音讯。

那晚之后，刘烨成很少与我联系，偶尔会在节日发来群发祝福。我觉得这样也好，他和我之间的话早已说完。想着，我便在他三十而立的生日动态下贡献一个蛋糕，然后关掉了手机。

没有故事

李思绮

陈良伸出右手去摸 U 形金属槽里的身份证，剪过指甲的手指在槽中打滑。柜台对面来办理开户的阿姨瞟了几眼他的手，眉毛忧愁而好奇地挑起来，脚边的红色塑料袋里濒死的鲫鱼拍打着银行大厅的地板。十秒后，陈良终于抓住那张小卡片，他同这位善解人意的妇人交换了一个礼貌的微笑。收回手的时候，他发现自己的无名指上有一圈陌生的勒痕。

"我弄丢了戒指？！"陈良的大脑一片空白。

自从在婚礼上交换戒指的那刻起，陈良从未摘下过它。金属与肉身虽为截然不同的质地，但五年过去，陈良已把戒指当作自己身体的一部分，对它的存在不产生丝毫怀疑。他端详自己的手指，以对待老友的姿态面对这段泛白的、几毫米宽的皮肤，一个老实人的勋章。妻子赵文茜曾建议不要让戒指沾水损耗铂金的光泽，陈良并未听从。婚姻赋予他形式上的自我肯定。没人相信一个说自己老实的人会老实，但无名指凹陷和褪色的程度会默默为他作证。三十岁后，他手指变得浮肿，戒指的印记更加明显。陈良曾想象再过三十年，这枚戒指会在他身上留下什么样的痕迹，而婚姻也会随着这道凹痕成为他人生中最像小说情节的东西。三十八年人生中，他恪守父母的规训和社会的准则。作为回馈，上天送给他平淡无忧的生活。陈良对现状很满足，尽管他也看电视剧和小说。那些虚构的故事有时会勾起他的幻想，但终究不存在于他的世界。可是今天，坚硬的果壳被敲开小小的缝隙。陈良从漫无边际的随想中回过神，意识到现象背后的不详的隐喻。

整个上午，陈良在惶惶不安中度过，他祈祷大量的蓝色回单中夹藏着忧虑的肇事者。或许是他表现得一反往常，又可能只是他的思绪作祟。陈良觉得今天来四号柜台办理业务的每个顾客都在盯着他的手指,而以往甚至不会有人注意他的脸。眼睛作为人类最重要的感受器官,会下意识地看向有兴趣的对象,这体现了人类通过收集信息以筑就安全感的本能。从一位萍水相逢的银行柜面男性职员的无名指上能获得什么信息呢?难道他这张寡淡的脸配上一根凹凸不平的手指就能引起他人的兴趣了吗?短短三个小时的营业时间中,这一小截皮肤就受到了三十多年未曾受到的关注,对他平凡人生而言的补偿不如说是一种惩罚。陈良看到原本凹陷的白痕像浮雕一样凸显出来,仿佛戒指还在原来的位置,但并不是原来那枚。他深吸了一口气,提前十五分钟翻过"暂停营业"的三角牌,右手罕见地插进裤兜里(他一向是个礼仪周正的人)走进了休息室。

  戒指丢哪儿了?陈良坐到自己习惯的位置上,用余光扫视椅子周围。休息室由保洁工周阿姨打扫,如果不慎落在地面,很有可能被她捡到。但让周阿姨帮忙一定是最后的选择。这位出生于苏北的热情的中年女性,会体贴地询问每一位到过休息室的同事,向他们称述所有的前因后果,并虚构陈良当下的心理活动。他不想让这么多人关注自己,甚至产生难以解释的误会。门口的脚步声渐渐响起来,陈良立刻拿了盒饭回到座位上,考虑怎样握筷才不会让戒痕明显以躲避同事的亲切问候。磨砂玻璃门被一群人大咧咧地撞开,一个穿定制西服的男人揽着一群化纤制服的年轻职员,像个常年混迹江湖的生意人。看到陆少金,陈良才想起今天是周三——他只有周三才会出现在办公室里。

  陆少金是他们银行的传奇。他在分行做了二十年客户经理,迄今为止没有一个客户从他手上溜走,行长应酬的时候总会捎上他,作为炫耀的资本。陆少金身材高大、五官端正,跑业务的时候头发往后梳,露出饱满的脑门;跟同事(尤其是女同事)喝酒时,又会放下刘海,透过头发丝看人。陆少金的故事是饭局上不会冷场的谈资。男同事说他自大,女同事说他风流。而他本人出现时,这些前脚还以牺牲姿态诋毁单位红人的小职员们又会嬉皮笑脸地凑到他身边打听最新的趣闻。十年前,陈良入职的接风宴上,陆少金搂着他的肩膀跟他套近乎,呼吸间全是烟酒气。他说还是年轻好,自己老婆就是跟了个油头粉面的小伙子跑了，弄得陈良不知如何接话。后来陆少金喝多了去解手，副行长哼了一声说，陆少金明明是动了存款赌博，老婆才跟他离婚的。

又一个隐喻。陈良的拇指蹭着无名指的指根，不安更加强烈。他不认为离婚意味着道德败坏，但从未想过这件事可能发生在自己身上。陈良与妻子赵文茜经人牵线相识，赵文茜在幼儿园做老师，跟他一样是个不喜争吵的、温和的人。然而对于戒指的事，陈良毫无把握。他和妻子过着一种流于表面的生活，并对此满足。他说不出妻子喜欢的食物和服装的款式，更别提回答"赵文茜是否会认为戒指是婚姻的重要象征"这类抽象的命题。陈良不希望自己的生活发生任何变化，若不考虑质量，他的三分之一的人生也算顺风顺水，突如其来的插曲——尽管只是一个人人都可能犯的差错，令他无所适从。他不由地想，如果自己和赵文茜分开（他知道这种概率微乎其微），今后的生活会是什么走向。陈良偷偷看向陆少金的右手（此时也有许多同事在看陈良的右手），无名指上的印记已经完全消失，婚姻没在他身上留下任何痕迹。陆少金坐在另一张桌子上，周围的年轻同事被他逗得前仰后合。陈良看见了自己的徒弟程一依，这个去年入职由他带教的小姑娘正一边和陆少金聊天一边对自己眨眼睛——昨天程一依告诉陈良，她觉得陆少金像个诈骗犯。

陈良回到自己的营业窗口，尽管陆少金的出现为自己的无名指打了不少掩护，但今天主动跟他寒暄的同事还是明显增多。交流的话题无非是业务和天气，他们直视陈良的眼睛状似好奇地听他讲些鸡毛蒜皮的小事，然后礼貌地微笑、点头，视线却从他袖管下略带冒犯地扫过，再转身离开。好像他们只是为了亲眼确认某个既定的事实，而和当事人谈论这个事实又是不体面的，急需撇清关系。陈良想起自己曾在微博上看到一个理论，说每个人对他人的关注不会超过十分钟，也就是说无论表现得如何奇特，只要过十分钟就不会再有人记得。这条微博的转发量很高。陈良第一次发现，原来世界上有那么多人被他人的表现（甚至是对表现的想象）束缚。他因平凡，活在只有自己一人存在的世界，似乎只有陈良才能看见陈良，区分出陈良。他从小到大安分守己，在学习和兴趣上从未展现过任何天赋，成长记录手册上的教师评语不会超过三行。"对凉白开做食评是一种惩罚游戏。"大学时的女友在陈良寻问分手理由时撂下了这样一句话。自此他按下彰显个人魅力以获得物质、精神满足的天性，倒也顺利地工作、结婚。

坐在隔壁窗口的程一依敲了敲陈良的桌子让他回神。下午办理柜面业务的人不多，一号、二号窗口的柜员已经开始扯闲天。

"陈老师，你手怎么了？"

专属于"95后"年轻人的直接让陈良一时语塞，愣愣地看着眼前这个等他讲故事的女孩儿。

"今天早上发现结婚戒指丢了。"

"丢了？戒指贵吗？"程一依像动画角色那样睁大眼睛，体贴地压低声音。

"贵倒是不贵，铂金的素戒。"

程一依的眼睛放松下来，无聊地撇了撇嘴。话题本应就此中断，但陈良想起休息室里跟陆少金聊天时的程一依。尽管昨天才调侃过陆少金，但程一依眉飞色舞、情绪高昂的样子让陈良心里不是滋味。他少见地产生了一种竞争心理。

"我怕老婆生气。"

程一依皱了皱眉毛，仿佛在阅读博物馆某个角落里的文物介绍。

"我身边结了婚的朋友都已经不戴戒指了。结婚戒指只是婚礼上的一个道具，婚礼也只是一种表演。没有人再把物品看作婚姻的象征，这太形式主义了，不够自由。"

"自由"。又是一个陈良不常思考的词。结婚前，陈良的朋友告诉他，婚姻是爱情的坟墓，原因就是在于婚姻不自由，而爱情自由。当时陈良很想反驳他——我在爱情里也没感受过自由。不过他预感到对方会向自己投来更怜悯的眼神，就勒住了舌头。高中时，他从一个素未谋面但乐于传道的学长那里学会抽烟。瘾不大，只是随时间变成了习惯。赵文茜不喜欢烟味，第一次见面就向他列举了抽烟对自己和他人可能造成的十大不良影响。陈良忘不掉那天赵文茜的样子。她看着自己的眼神是柔和的，眉头却紧凑地皱成一团。尽管赵文茜笑着，陈良依旧感受到对方对自己的责怪——这是除父母之外，第一次在外人身上感受到的对孩子的责怪。陈良无法抵御这种眼神，当天他就扔掉了所有烟盒和打火机。这件事被陈良的朋友称为"丧权辱国"的第一条约。他毫不客气地预言，婚后二人不会幸福，而陈良总有一天会在枷锁中爆发。陈良看着眼前这个被女孩甩了十几次、扬言自己是不婚主义者的傻子，感叹直接经验对观念的塑造是如此根深蒂固。但凡见过赵文茜的人都会明白，这位在重点幼儿园工作的优秀教师善于瓦解一切非理性构建的防线，并通过一种善解人意的、让人无法拒绝的软性命令让人言听计从。

　　还有两小时下班。陈良逐渐习惯了来来往往的他人的目光，右手自然地摆在桌上，白色的戒痕是一道花纹。他已经接受丢失戒指的事实，唯一令他牵挂的就是赵文茜的反应。陈良猜想，无论赵文茜会不会因为自己的粗心大意伤心，都会摆出那副表情，无奈的、包容的、指责的表情。陈良对赵文茜的这一举动总是无条件投降。不是因为爱，陈良很清楚。他只是出于本能地排斥那种宽容的态度，并表现为一种心怀愧疚的姿态。为了躲避那个表情，陈良盘算着要不要在回家之前买一枚新的戒指，一劳永逸地解决所有问题。根据十分钟理论，明天他充满好奇的同事看到他重新归位的戒指后就不会再对他抱有任何兴趣，来到四号窗口办理业务的顾客也不必被他们想象中的悲情故事纠缠了。只要明天到来，今天陈良所经历的一切关注都将变成梦境，跟陆少金的手指一样不留下任何痕迹。然而，类似孤独的情绪在他心里萌发。对此，他跟面对赵文茜的责怪时一样毫无头绪。他即将告别烦恼，告别一个本不属于他的故事的开头。在陈良犹豫的时候，陆少金拍了拍他的肩，邀他去后门抽烟。

　　陈良与陆少金不熟，除了几次聚餐之外，没有任何交集。他不是周三故事会的观众，陆少金对对自己毫无兴趣的人毫无兴趣。得益于此，陈良自认为避开了一个潜在风险源。陆少金招呼他的声音不轻（习惯性的张扬），他在这种威吓下鬼使神差地点了头。目睹这一幕的同事多少有些惊讶，在单位里，陈良和陆少金是完全相反的两个人。程一依也露出了诧异的神色——她知道陈良不再抽烟。银行后门通向小区的单元楼，出门便是一片花坛，很适合被焦油荼毒。陆少金问："你烟呢？"陈良身上当然没烟，但他又不愿间接承认自己是被陆少金的气势绑架而来，只能假装在裤兜里摸索。陆少金看陈良双手插兜一脸发愣的样子笑骂了一句，抽出软中华问他要不要。

抽了两口，陈良没能想起五年前抽烟的感觉，嘴里寡淡无味，让他想念赵文茜做的晚饭。他用拇指蹭了蹭无名指根的凹痕，仅仅一天，他已习得了一个新的习惯。陆少金站在他旁边，这一幕让陈良想起一些TVB剧情，只不过在那些故事里并肩谈心的都是搭档，而他跟陆少金只是陌生人。陆少金问他结婚没有，陈良点头。几年？五年。哦。陆少金深沉地吐出烟圈，我也结过。陈良对别人的八卦没兴趣，但在公司很难不听进流言蜚语。更何况作为"传奇"，陆少金的故事不在少数，还个个精彩。

"是我做得不对。"和记忆里不同，陆少金没提那个作为幌子的小白脸，陈良有些意外。他用余光观察对方的表情，试图寻找对方示弱的原因，但陆少金决定不再多说，只是一直抽烟。陈良盯着小区种植的冬青，由着那根中华慢慢烧，他本就对烟草没瘾，但此时此刻他的心里有什么在涌动。陈良想起中学时他在电视里看《英雄本色》：周润发戴墨镜、披黑风衣，嘴里总是叼着什么，烟，或火柴，或牙签。现在看来可能是口欲期的遗留物，如同《蜻蜓》里倒在血泊中也在抽烟的小川英二。这些尖利烫人的小物件构建英雄底色，蒸腾出神秘的男性气质。上了高中后，陈良在体育课上撞见一个陌生的学长在厕所里抽烟。那人咧着嘴，眼睛消失在呛人的雾气里，落拓不羁的神情在年轻的陈良眼里简直是另一个小马哥。似乎只要有烟，故事就会从上升的白气里飘出来，女人和男人也变得更有魅力，这是人人都能掌握的魔法。然而，香烟已被时代的道德抛弃，人们对戏剧性的狂热追求却只增不减。现在站在他面前的陆少金也是如此。这个诈骗犯、自大狂、风流浪子，他的故事俘获了那么多无所事事的听众。在陈良对着手上的烟发呆的时候，陆少金脑中会闪过多少段往事呢？

"别人家的事我不好多说什么。"陆少金掐灭了手上的半截烟头，似笑非笑地看着陈良。"果然人人都有点故事，本以为我们不是一类人，到头来我还算你的前辈。"陈良知道陆少金误会了，或者说除了程一依外，所有同事都以为自己怀藏着一个悲剧性的秘密，一段从属于离别的伤痛。陈良抬起手,将无名指悬置在自己和陆少金之间。陆少金的眼睛几次看向那道白色的凹痕,脸上露出探究意味和细微的怀念的神情。这枚蕴含极大的质量的白色戒指,吸引陆少金浮动的视线随它移动,使陈良突然获得了难以言喻的满足感。他不打算反驳,更不想轻描淡写地说出真相。一个无关痛痒的秘密在这一刻让他变成了一个富有魅力的男人。陈良如此深刻地意识到故事性对人们无可救药的吸引力。他习惯阅读小说和观看影视剧,他早该发现这一点。他曾认为不属于他自己的、虚构的故事,如今被他创造,成为了他真实生活的一部分。过去平凡到极致的生活让他无法忍耐,只要掌握这一规律,他也能成为讲故事的人。陈良从站立了三十五年的陆地上飘了起来,他想起小时候看的冒险小说、黑帮电影,还有形形色色的连续剧,里面的主人公选择了看似错误的道路,但到头来,经历都变成了动人的故事。

　　陈良决定空着手回家。

　　赵文茜的下班时间比陈良还要固定。在陈良回家之前,她会顺路去一趟菜市场,物色晚饭的食材。作为幼师,她对待饮食和生活总是谨慎而又宽容的,剧烈的情感波动并不利于跟心智尚未成熟的孩子打交道。今天陈良较以往回家的时间晚了很多,赵文茜接过他的外套时,小声嗔怪汤都冷了。陈良摩挲着制服裤缝,没戴戒指的右手贴在大腿后侧,咕咕哝哝地道歉。赵文茜不该是陈良故事中的受害者。然而,为了让观众尽兴,这一步是必不可少的。他在心里对自己的妻子道歉,回家路上,脑海中仔细模拟过的几种可能清晰地浮现在他的眼前。陈良跃跃欲试,这可能是他第一次为自己做些什么。

　　"我有事对你说。"

　　"边吃饭边说。"赵文茜的眼角轻轻皱起,露出令人安心的表情。

　　"过来,来呀,坐下。"她温柔地招呼着。

　　"我的戒指丢了。"

　　"戒指?"

　　"我们的结婚戒指!"陈良伸出自己的右手,将无名指的白痕公之于世。赵文茜愣住了。

　　好极了,陈良为自己喝彩。现在他的生活势必要发生变化,无论怎么解释也无法挽回了。陈良极度兴奋，忘记自己在改变的同时也必将伤害到对方的可能。他迫使自己盯着赵文茜，不错过她的任何表情，只为了将这段经历记录成一个向往已久的故事。赵文茜是个好女人，她当然不会为了这种小事离婚，但这件事会成为夫妻间的一根刺，陈良近乎期待地想，为未来编剧。他向自己波澜不惊的生活里投下一枚铂金的、刻了字的结婚戒指，现在他正静默地等待海啸。

"天啊，你是因为这个才晚回家的吗？"赵文茜吃惊地说，随即笑了起来。

"没事的，不要担心。"她拉过陈良的手，轻轻抚摸凹陷的无名指，像是抚慰一个受伤的孩子，眼角依旧轻柔地皱着。"我们吃饭吧。"

没有涟漪。陈良呆立在原地。

"半年前我的戒指就丢了，可能是洗东西的时候掉进水池，一直没告诉你。"赵文茜替陈良盛汤，不好意思地笑笑。"不过，按照年轻人的想法，戒指也没什么重要的，不是吗？只要我们俩好好的。"

陈良僵硬地点了点头。

她并不介意，他默不作声地喝起汤来。

师父

徐嘉楠

一

周远川是"文革"结束之后最后几批回到城里的青年。那时候，市三院只有四个医生，日夜班颠倒着不停地上，直到他们这批医学院的青年回来才缓了过来。周远川就是在这时候遇到了他的师父项之江。周远山脚上的布鞋还是进城时候买的，因为是最后一双，店家就便宜卖了，码子并不合脚，他微跛着走到了外科办公室。办公室用一块蓝色的帘子一分为二，后面是一张铺了白布的行军床，那布洗得旧了，被太阳晒得焦了，荷包蛋似的微微泛着黄边，却还算干净。帘子前面是穿了件掉扣衬衫的项之江，弓着背靠帘子坐着，远远望去是座山，眼睛下面的青色和胡楂连成一片，像冬末干裂的土地上窜出的草苗，短而坚韧。

"小周是吧？"项之江抬起眼睛，和善地笑了笑。

"哎。"

"麻醉会吗？"

"在乡下的时候帮人做过两次中药麻醉。"周远川挠了挠耳朵。麻醉这事，可不兴讲。他做第二次的时候，那街溜子二虎硬是给疼醒了，拗起来看到自己腿上的白骨，也不叫疼了，街边蹲久了的腿肚子爆出两颗鸭蛋般的肌肉，闭上眼一通乱踢，那碗大的溃烂伤口甩了周远川一巴掌，他甚至还听到了小腿胫骨和他颧骨撞击的响声，巨钟内的空气不停地震颤，争抢着要逃出罩子，他的脑袋也跟着晃啊晃，像结在树上快烂了的杨梅。巨钟终于停摆的时候,周远川正站在批斗台上,胸口挂着"谋害农民"四个大字。

"行,你就坐我旁边吧,先看看二床的病历。"

周远川就这样住进了医院,白天吃隔壁食堂打来的盒饭,晚上把帘子后面的白布一揭,裹两件破衣服睡进那行军床里。正值深秋,这样连睡了一个星期后,他终于没忍住,对着病床上听心跳的病人狠狠打了个喷嚏,鼻涕喷了一被子,病人和换被套的护士都没给他好脸色。这天夜里,周远川感冒了,冻醒看到床位有个人影在翻他的包裹。他正在摸枕头底下的木棍,那是他被批斗久了留下的习惯,发现人影是师父。项之江提起他的包裹的时候稍显吃力,一边把蛇皮袋甩到肩上,一边说:"等你进了编制,就可以分宿舍了,这段日子先到我那儿睡。"周远川一愣,立马穿上鞋:"师父,我来拿。"

项之江的宿舍不大,进门是个大衣柜,正对着的窗户前面放了张书桌,上面只有一盏台灯和一摞信,旁边就是床。书桌另一边放了两块木板,上面铺着一张碎花床单,周远川认出来这就是他的床。月光透过暗红色的窗帘,像火光一样在房间里扑朔着。周远川在通身的温暖中眯着眼看书架上的书名,大多数是外文,书脊上布满了裂纹,好像干裂的树皮在火光的烘烤下变得舒展起来。只有一本他看得懂,《中国麻醉史》,他紧了紧眉头。

"你觉得中药麻醉效果好吗?"项之江的声音顺着月光淌过来。

"伤口小还好说,大了就顶不住了。也没办法,总比气功麻醉好点儿。"

"用过芬太尼吗?"

"听过。下乡的时候,隔壁村的赤脚医生收了人家不少好处,把以前城里搞来的这玩意儿给病人用,那人三天之后才醒过来,醒来都不记事了。那赤脚医生也被'崇洋媚外'批斗得没命了。"

"我想试试。全用中药麻醉总不是个办法,病人也受不了。"

"怎么试?用谁试?"周远川顿了顿,"师父,你没经历过那种日子……"又收了声。

"我明白,我想我来试。"

周远川感到惊讶,"文革"结束,大多数返城青年都是怯懦踌躇的,没人愿意再当出头鸟，他们这批医学院才读了两年的，都是领导谈完话后才送回来的，就是为了缓解城里医院的用人紧张。他本以为师父对医院这样熟悉，定是一直留在医院没有下乡的。

"师父，你老婆孩子都还没，想这送命事儿做什么。"

周远川顾左右而言他，没再听到师父的回答，只有暖气在低声轰鸣。

二

芬太尼批下来那天，师父喜形于色，回家在案前写了封三页长的信，还用当时罕有的蓝色信封包起来，转身说："走，带你吃猪肉饺子去。"

刚要出门的时候，芳姐正在门口要敲门，听说他们要出去，她提了提手上的肉，笑着说："还出去什么呀，我来给你们做。"师父欲言又止，眉头还拧着，嘴巴又客气地笑开了，没咧一半又闭了起来，在嘴巴里嚼着说不出口的话，活像条摔在地上的鱼。周远川见他是害羞了，便伸手接过菜："那谢谢芳姐了。"转身的时候，周远川和芳姐都瞧了一眼师父。芳姐是笑意盈盈地瞧，那春波都快把周远川推了出去。周远川瞧，是想着难怪师父四十岁还找不到老婆，原来是个不会说话的。

芳姐是前段时间项之江的病人，是个寡妇，丈夫在几年前被斗死了，来看过一次病之后就瞧上了老实本分的师父。饭后，芳姐走了，留了一袋梨。"快吃，吃完了我们试试这芬太尼。"师父说完就下楼寄信了。周远川拿了三个梨出来，削净了皮，拿小刀切成大小均匀的块儿，生生在碗里堆了座小山。师父寄完了信回来，他才正准备开始吃。

"师父，你也吃点。"项之江师徒俩就靠着窗边的书桌，对坐着一块块地吃，两个人哑巴了良久。

"行了，吃完了就来吧"。项之江拿了一剂芬太尼，还转身从外套口袋里拿出了包好的手术刀。刀和针管发出了一声脆响，像火车跨过交轨的声音。周远川知道，跨过了这条轨道，是无人之境。

师父将芬太尼分成五份，计划由低至高依次测试清醒的痛感边界。"首先是小臂外侧，第二是手腕，第三是手肘，依次到我醒为止。"他一边说，一边熟练地挽起衬衫的袖子，像做手术前一样。这次周远川看到了他裸露的手臂皮肤，上面布满了盘根错节的枝蔓，沟壑狰狞着爪牙，像押过人的麦田，整齐的麦浪里面是满地歪斜的麦秆，它们被踩进泥土里，骨骼一段段碎开，只有麦粒还梗着脖子，那只金黄的眼睛悲哀地望着看不见的远处天空。

　　第一支注入，项之江睡着了。月光穿过窗户，掠过书桌，落在他的身上，那一摞信件的阴影遮住了他的脸。周远川看着书桌上那一摞信件愣了起来，师父一直坚持写信，但其实收到的回信并没有几封。书桌上那手臂高的信件里，有一大半是师父写了没寄出去的。他住到师父家以来，就看到师父收过一次回信。他记得那个晚上，那张信纸被打开又合上，第二天早上所有信件都被重新拆开了一遍。项之江甚至还请了自己只有三天的年假，他坐在床边，在两件衬衫里犹豫了很久，周远川看到他的眼睛没有望着这两件衣服，只是将衣服收进包里，又拿出来。他就这样像个流水线上的工人，直到周远川出门上班，他才塞进那件很皱了的衬衫从床上站了起来。周远川下班已经是夜里十点了，进门的时候看到师父正慌忙地收拾满地的信纸，其中还有一张去勉县的蓝色火车票，在当中显得尤为扎眼。这时候，他发现项之江已经有了老态，他的眼角已经垂得厉害，像道宫门，紧紧地锁住了墙内的春意。也就是那晚，他听到抽屉打开的声音，听到皮肤组织划开的声音，甚至还听到了黄色的脂肪翻挤出来的颗粒声。

　　项之江第一次划开皮肤是在学校解剖室，是一名大体老师的腹腔皮肤，靠近腹部右下侧的腹直肌。"具体的位置是这里。"项之江把手比在戴恬的腹部。突如其来的动作让正在吃饭的戴恬羞红了脸，呛得上气不接下气。"昨天学校的下乡政策下来了，恐怕……"他一边把水递了过去。"没事的，项师哥，摸不到手术刀能看诊也是一样的，只要能为人民做贡献。"戴恬短发齐耳，愈发衬得脸蛋红扑扑。语毕她又为自己口号似的发言不好意思地低下了头。"你说得对，我们一起为人民做贡献！"项之江一把握住了戴恬的手。这是他昨晚练习了几十遍的动作，好在戴恬没有挣脱。荡漾中，他偷瞟了一

师父

眼戴恬的表情，四目相对。这一天，勉县下了第一场雪。

"勉县，勉县又下雪了。"项之江眯瞪着看到床边的人影，倏地紧紧握住戴恬的手，"戴恬，雪天别去！"

"这都快四月的天了，哪会下雪啊。师父你是不是还没醒，我去给你倒杯水。"周远川听到师父一直喃喃地念着话，知道麻药劲快过去了，赶紧将师父扶起来想问问情况。不成想，麻醉和睡觉一样，需要时间清醒。

"勉县就是你去的地方，那戴恬是师母吗？"

"勉县有三座山，我和教授一起住在中间山的山脚，村子在前山，我们就在那里的卫生所工作，教授被斗得狠，就只能在山上养羊。戴恬，算是你的师母。"

"那师母现在在哪呢？"

项之江呷了一口搪瓷杯里的水，手指因为颤抖不断敲击在杯子上，发出锣鼓声一样的悲戚，随后起身去洗漱了。

三

第五针是剂量最大的一支，打之前，项之江说："要是一天还醒不过来，就割这里。"他把刀比在下面，这是男人的根，是春天田里的种，秋天的镰刀，割伤了，那人就成了光秃秃的麦秆，除了被踩进土里，被烧掉，是决计不会有多一条出路的。周远川知道，所以他在手肘上割了三道之后，就把手术刀收了起来，包扎好了伤口。他从夜里开始呼唤师父，喊累了，摇累了，他就趴在床边开始讲师父可能挂念的人，讲那些细碎的事。

"……我瞧着芳姐是不错的，人本分，又能干，对你好，手艺还好。这不，中午又送了一次盒饭过来。今天大排味道很好，煮得够烂，是你喜欢的。你那份，我给你捂我被子里了，你这会儿起来，还能吃上热乎的。"

"……除了院领导，没人知道你做这事，你要是现在不起来，那不是白忙活嘛。这报告还指着你写呢，院领导今天又来问我咋样了。我还让六床的病人用第一针的剂量,现在可活蹦乱跳着呢。"

"……今天有你一个电话,是从勉县打来的,是个男的,语气可急,但他说的方言我没听懂,只能跟他说你不在。师父,你醒来之后给他回个电话呗。"

项之江印象中,老屠说话总是又急又冲,一进卫生所的门就急赤白脸地拽上戴恬就要走。第一次的时候,支队长跟他们解释,老屠一家人总共十口,祖上好几辈前就因为战乱搬到了最后面那座山上。那山险峭,离村子又远,再加上他们家人口也不多,支部实在管不过来,只是偶尔去做做思想教育,组织上也还没想好怎么管理他们。这段时间,老屠的嫂子怀孕了,他们家对子嗣看的重,所以老是到村里来找医生。之前所里只有一个老医生,现在小戴来了,倒也是方便了。老屠长得很瘦小,约莫三四十的年纪,总是佝偻着背,眉毛很粗很浓,因为表情常是凶狠的缘故,在脸上倒也并不显得突兀。他下颚突出,侧面看像只鹰,怒目而视地盯着猎物。项之江顺着他的目光看戴恬。"他们家讨个老婆不容易,你可得看好小戴。"项之江正想得出神,支队长拍了拍他的肩膀,低声说道。

项之江为此和老屠爆发过几次矛盾,他要求和戴恬一起上门看诊。起初,村民们都帮着他说话,认为姑娘只身一人去遥远的山村里太辛苦,回程也不安全。老屠好似听不懂般并不理睬项之江,只径自拉上戴恬就走。几次过后,或许是烦了,或许是项之江点破了老屠的心思。老屠在卫生所门口的院子里一拳把项之江摔在了地上,项之江的眼镜碎在地上,被老屠吐了一口浓痰。"老子呸,凭你也想对我指手画脚。"

"师哥,你没事吧?等我回来给你包扎啊。你放心吧,我去看诊怎么会有事呢。"戴恬的话音断断续续的飘散。一抬眼,她已经被扯出很远了。那之后风向标变了,村民起初还劝慰项之江,小戴这么聪明漂亮的姑娘,是决计看不上那个野人一样的老屠的,更何况现在这年头肯定不会出事的,后来就不愿搭理他了。

项之江不善交际,想要反驳村民时,他就沉默。时间久了,和村民就生疏得很了。他打报告申请和教授一起洗羊棚,搬到了村里分给教授的屋子里面,在村子后面的山里。戴恬不时会来这儿看他们,带回来村里生产队新的消息,食堂新的菜色。正要入冬的时候,教授病了,项之江诊不出病因,试了好几种药都没有效果。正打算去村里时,戴恬来了。"这是一种流行性脑膜炎,这几个月村子里情况也很严重。市里医院教我们的药方很多我们都没有,幸好我在秋天的时候备了不少中药材,我调配了几次,效果也挺好呢。"戴恬一边从包里拿出了几包药材,一边说:"我随身也没带几味,你先用着,明儿我再给你们送来。"戴恬的头发长到能编上两支麻花辫了,脸上的红晕也舒展开来,变得柔和了,她是个大姑娘了,像山林里的鹿那样灵动。"小戴比你聪明,对症下药可不是易事。"

屋外开始下雪了,这是他们到勉县的第一场雪。项之江走进厨房,握住了戴恬正在煎药的手,他们靠在一起看着窗外的树木渐渐白头,"阿恬,我们结婚吧。"

当晚刚到饭点,老屠就冲进了小屋,"要生了,你跟我走。"项之江一把按住门框,年久失修的木门在门框中快速地重复呻吟,"今晚是雪天,你别去,找卫生所的姜医生去。""之江,人命关天。"戴恬拂开了项之江的手。

四

周远川没想到,用来劝师父醒来的一大堆子事,都成了真。第二天深夜,师父醒来了。他写的报告被交到了省里,省领导亲自到院里给他颁了奖状,连带着周远川也得了编制,很快就能分到自己的宿舍。省领导还说了,关心病人的同时也应该关心自己的身体,这么危险的事下次不能干了。芳姐来给师父送饭,师父把隔壁科室的王医生介绍给了芳姐,芳姐甩了师父一巴掌就再没来过。一个月之后,师母来了医院。

周远川正从配药房回来,看到门诊室里师父背对着一个妇人坐着,妇人的肩膀微微耸动。他径直走到师父身边,本想看看师父的状况,无意间瞥到病历本的名字——戴恬。周远川惊愕地抬起眼,眼前的妇人头很小,肩膀窄窄的，桌面上的她甚至有些消瘦。但是稍侧一点视线就能看到她更像一个圆锥形。她的身体有些胖乎乎的，却不是饱满的，像个被吹大了的气球放了大半的气，皱巴巴的皮包裹着少量脂肪垂下来，在腰臀处堆积得最多，像波浪。这一看就是生育过很多次的妇人了，但是师父并无一儿半女。"师哥，你就帮帮我吧。你悄悄告诉我，我不会告诉任何人。"师父对周远川摆了摆手，远川会了意解围道："这位同志，你说的事我们不能做。我们国家早就是男女平等了，只要生下来，都是自己的孩子，都是好的。你不必在意这些老旧观念。"戴恬飘浮在空气中的眼神像抓住救命稻草一样盯住了周远川的眼睛，好一会儿才回过神来明白他在说什么。她扯开一笑，对远川微微点了点头，"嗯，是。那我先回去了。"远川转过头想看看师父，却只从他的耳后看到他张大着的无声恸哭的嘴。

上一次见面，戴恬也对项之江说了这句话："师哥，你就帮帮我吧。"那一年的雪足足下了半月余，项之江尝试了各种方法想要爬上老屠家所在的山，却只落得摔断腿的下场。生产队也组织过搜寻活动，但也因为山路上连绵的雪水而不了了之。项之江再找上支队长时，支队长对他说："她去的是老屠家，这么大的雪，我们上不去，她也不会傻着冒险下来，不会有事的。生产队有生产队的任务，我们可不能做市里的倒数。你就放宽心扫你的牛棚，成吗？"戴恬上山去快一个月的时候，项之江终于在蜿蜒山路的冰面上铲出了一条小道，找到了他从未去过的老屠家。门口的井边有女人在洗碗，她的手泡在水里冻得通红，连指节都见不到。"同志你好，请问戴恬在这里吗？"女人被他的声音吓得瘫倒在地上，她侧过头用头发遮住脸不敢与项之江对视，只不停摆着手："我不知道，我不知道。"

老屠闻声走了出来，看到是他，他笑着拍了拍门，"唉，看这里。"项之江看到门上一个已然有些褪色的"喜"字，脑中轰隆作响。"戴恬不知道在哪里，我家只有我新娶的媳妇屠招男。你有什么事？"

"你这是犯法，放她跟我回去。"

"别拿法不法的吓唬我，天王老子来了，她也是我媳妇儿。她怀的是我、是我们老屠家的儿子。"

项之江抄起手边的钉耙就要朝老屠挥去，老屠抬手就把他手里的钉耙抽了出来扔在地上，发出"啌"的一声，这个钟声一般的打击声中藏了一声微弱的"师哥"。项之江听到了，他转眼四处寻找，终于又寻到一声，"师哥，你走吧，你就当帮帮我，别管我了。"

五

这天夜里，周远川刚值完夜班回去，拿着四床的病历要去给师父，却在宿舍楼下遇到了戴恬。她背上背着一个孩子，看上去还不到一岁，包着孩子的被子堪堪搭在她的肩上，垂下来像城里姑娘现在最时兴穿的裙摆，下面是纤细的脚踝。她扎着麻花辫，在宿舍楼门口仰头望着上面的窗户，站在银色的月光溪流中。周远川分明看到了二十年前的师母。

"同志，你知道项之江同志住在哪一间吗？"戴恬见到了远川，习惯性地弯下腰向他打听，并不敢看他的眼睛，也就没认出来这是下午诊室里的人。

"你跟我来吧。"

周远川蹲在师父的房门口等着，走廊窗外树叶的阴影抖在他面前的地上，沙画一般变幻莫测。师父没有关房门，里面说话，外面的他可以听得分明。但到现在，他们还没开口。

"你还在行医吗？"

"早几年偶尔去，这两年不去了。老屠年纪大了，他急……"

又是沉默，地上闪过了鸟的影子，夏夜的四点，天快亮了。

"我去接过你，三次。"

"老屠人挺好的，他不像他哥哥，从不使唤我干活，除了带带孩子，我一天天的在家也没啥事干，就是最近我想尝点杨梅酒，泡了好几次都没成功，也不知道是不是杨梅过季了的缘故，总是坏掉，就是跑到镇上，都买不着几颗像样的……"

"你就甘愿过这样子的生活吗？如果当初你跟我走，现在你就是这里的主治大夫！"项之江陡然提高音量打断了戴恬的话，吓得远川一激灵。

鸟鸣声越来越重，想是附近的鸟都起了，天空也泛起鱼肚白。

"为什么不回我的信呢？"项之江冷静了下来。

"师哥，我早就不学医了，你写给我的那些技术，我没空学，也不想学。我有四个孩子。"语毕，她背上的孩子应景地哭了起来，随着孩子越来越大的号啕声，天空闪现了突破地平线的金光。

项之江走了出来，局促地对周远川说了句："喂奶呢。"师徒俩并排蹲在门口。周远川的脚微微发麻，正想站起来活动活动的时候，房间里的戴恬开口了。

"师哥，老屠一家不容易，他们兄弟俩守着那份祖业，在深山里住到现在，老屠硬是连村子都没跨出一步。我再过几年也就生不了了，吃喝他家十多年，却生生要断了他们家的香火，我比老屠更急。"

"我知道你怨我当时不跟你走，可我当时，出了老屠家的门就只有死路一条，不是被批斗，就是被唾沫星子淹死。那时候我才发现，书读的再多，都是要走到生活里去的。"

"师哥，如果这次还是个女孩，我就不打算要了，我怕她和我一样。"

"是个男孩。"

"好，好。"戴恬来不及把孩子背好，就喜出望外地走了出来。看到项之江又谨慎地笑了笑，仔细将孩子背在身上，拿被子重新盖好，又小心地把 B 超单揣进了布包里。

"师哥，谢谢你，我走了，日后也不必再联系了。"戴恬是走着说这话的。项之江能看到的只有她的两支麻花辫，比以前细小了，也扎得更低了。

六

再听到戴恬的消息时，是在半年之后。周远川连值了三个夜班，吃早饭的时候听到护士说昨天有个姓屠的病人家属，长得可凶，气势汹汹地冲去项医生的诊室，门口的护士还被他推了一把磕到了胳膊。周远川嘴里的包子还没嚼碎，忙吞了口水咽下去。之后就去了项之江的宿舍找他。信断了之后，师父就像断了输液的病人，芯子已经烂了，外面的树皮虽然还硬着，也很快就脆了，年近半百的人已经枯枯朽矣，也不再像周远川刚进医院时那样每周六天七天的上班了。周远川有了自己的办公室之后就不常见到师父，只有每周日晚上固定去师父那里吃个晚饭。周远川越想越着急，绊了几步才到项之江宿舍，但他并不在宿舍，倒是有两个警察站在门口。

"人已经被带去调查了，我们在这等搜查令，你不能进去。"

周远川又去找了院长问，只收到"安心等着"四个字的回复。

没两天，医院公告栏上张贴了对项之江医生的处分决定，停薪留职，留党察看，原因是"生活淫乱"。旁边张贴着许多蓝色信纸的碎片，周远川终于见到了书桌上信封里的内容。

"如果你想走，我随时都会来接你。"

"今天北大的教授来院里开了个讲座，讲的是中西医的结合，我把笔记也给你抄了一份。等你回来。"

再多的文字，周远川已经看不下去了，他的目光被站在公告栏旁边一个穿黑色棉衣的男人吸引了。他应该就是老屠。矮小但精壮，比起师父，他更像一颗地雷，不说话的时候嘴唇锁得很紧。周远川的眼神开始游离，好像踩进了麦田里，周围林立着人头高的麦丛，他们随着风左右摇摆，金黄的麦粒窸窸窣窣地抖动，发出窃窃私语。不远处有一个笔挺的稻草人，在麦田里是那么惹眼，黑色的身子和不断张合的血盆大口，那嘴是要吃人，是要吸光师父的血。周远川捏住了拳头，他死死地盯着这个男人，看得真切了起来。

"就是他，勾引我媳妇，半年前还约她见面，鬼知道他们做了什么！"

"现在好了，老子的儿子流掉了，媳妇也没了，你们还有没有管事的人了？怎么还没把他抓起来？"

"你在说什么狗屁！你跟我走！"周远川提起男人的领子就往项之江宿舍走。

项之江没有关门，正在打包东西，进门的时候书架已经收空了，望进去除了一卷铺盖，只剩满屋飞舞的灰尘。

　　周远川本来以为他们会说很久，甚至会大打出手。他把门关上之后，就一直在门外蹲着，但没过十分钟，老屠就出来了。他对着门大喊了一句："老子自然是比你有种，她跟了我不亏！"说罢他大笑着转身，在长长的走廊上不时抬手摸一下脸，越走越小。周远川这才发现，他们夫妻俩都喜欢背过身说话。

　　周远川转身进门："师父，我会一直上告的，上告到市里，省里，师父，你一定会没事的，很快就可以回来的。"

　　"远川，我已经老了，也无所谓了。"项之江拍拍他的肩膀，头也不回地走了。

第二辑 她们的命运之歌

公乌素

杨鑫焱

炉口被勾开的时候，者梅还没换向，一股火苗夹烟气扑过来，她躲头闪，臭味烧得鼻酸，眼泪就呛下来了。她往前一步，把测温仪伸进炉口，1280℃。者梅偏头呼吸，憋住气，对准看火口，再把测温仪递进燃烧炉底部，在1400℃以上。她点了头摆手，让右侧工友合住炉门。过一个个火口往楼下走的时候，汗液刺酸眼睛，者梅往出润泪水，手握住右侧栏杆。被焦粉、煤面蚀得黑亮的楼梯，看起来糊成一团，她凭着脚的感觉往下降，听见人喊："者梅，你儿子掉大口井里了。"

张育珍抹掉眼皮上坠的汗，拿裹头纱巾，把鼻子捂住。前面路当中的垃圾堆，边上倒下尿盆那臊臭气，引一堆绿头苍蝇飞来飞去。天热，垃圾也没人铲，张育珍绕开这堆快走几步，还忍不住干呕进手里，头巾也返着嘴中的味。她捏住鼻子走过三排房，把纱巾敞开，坐到西侧房头阴凉地下的矮石头上，闭住眼，让脑门里冒的金星慢慢消失。

她听见再往前两排房，自己院子那处，有人喊："张育珍！张育珍！"她低下头缓劲儿，没出声，俩胳膊搂住膝盖，眼慢慢望向这排房中，女儿家的门。门前也放块石头，常是那男人坐在上面，女儿大苗每次迎上来，或张育珍就站在房头，看孩子笑着跑近。她偏头把眼睛枕在手上。

大苗三个月前不见了。警察都讲，有较大被害或被拐可能。孩子不会说话，要是想和她求救，连个电话都打不成，张育珍胃里的酸水又往上返，她强咽几口，扶住墙站起来，踩踩脚往家挪。终于看到刚喊她名字的人，那边说，大苗找见了。

越往大口井走，张育珍揪得心疼，她想朝地上坐，像是被身旁搀住她的人，拖着往前走。她男人一见，跑来拦下，把张育珍抱住。她留在男人怀里，张大嘴只有音没有声地哭了。地上躺的人，上身的粉花棉袄，布是自己裁的，她和大苗一起挑的棉絮往里填，脚上的紫红毛拖鞋，也是她钩的，只剩下一只，这是大苗那天过年穿上的新衣裳，张育珍觉得自己要断了气。

大年三十的时候，她叫儿子宝蛋儿给大苗送盆羊肉，刚炖好的，宝蛋儿回来说，要不把姐叫回来过年。张育珍当时在扫炕，说哪有大年三十把闺女叫回家的，人婆家不乐意，街坊邻居也不好看，再说这天女儿回门，对儿子不好。除夕夜里，张育珍没再提大苗。她初一早上倒完尿盆，去女儿家敲门，亲家母出来，各拜了个年，说大苗昨晚没在家，去她当保姆的那矿长女儿家睡了。张育珍"噢噢"两声，提着尿盆往家走，想等孩子初二回门，再问问咋回事。

张育珍把男人挣开，往大苗身边爬，头前呛的腐烂味让她吐在地上。大苗泡白发了，整个人鼓鼓囊囊，棉衣里塞得不知啥，都凸出来。张育珍跪坐着解开道衣服扣子，几块煤压在大苗肚子上。她整个人垂到地面，男人把她捞起来往后带，张育珍听见另一声嚎哭，大苗右侧躺着的，是者梅儿子。

大口井里每年都会死几个人。者梅和张育珍来烧纸的时候，地上已经有几块被烧黑，留下纸烬。俩人背着风，分开点火，相距不远。张育珍坐在块石头上，蜷住身子，点燃一堆，然后一张一张往里放黄色纸钱。"大苗，爸妈都好，宝蛋儿也好，你在那边冷不冷呀？妈前两天听说，那个杀千刀的没被毙了，矿长家找人换了个死刑犯进去，把他替出来了，妈听见又大哭一场。去问人，警察说结案了。大苗，要是那个畜生没死，你托梦给妈，妈舍命也逮住他。苗，你爸说他累了，看明年能从洗煤厂早退不，妈和爸也休息休息。等过两年，宝蛋儿有了娃，妈再去呼和浩特看孩子。"

张育珍点完纸的时候，者梅面前那堆火已经熄了。她坐在一块石头上，左手横在肚前捂住，眼望向那片水色蓝绿的大口井。人们都说，井有土坡子那么长，和小山一样宽，里面浑不见底。在这个位置看，它像块倒立的天。

者梅和张育珍挽着往回走。坡上都是小碎石块，有几簇绿色的水沙蓬，但更多是一展一展，枯黄的灰灰菜。短坡头上是条铁轨，她俩走近，轨道上放着把小剑。孩子们总把大长钉子横放在铁轨上，火车呜呜跑过，钉子就变成剑。

张育珍弯腰拾起它，在空中轻轻挥动几下，不远处火车隆隆驶来。者梅和张育珍退后两步，车头到她们面前一声鸣笛，带着长长的多节车皮煤向前驶去，在蓝天和落日染黄的灰云下消失。

照理今儿是鬼节，晚上大伙不该出门，可张育珍她男人，今天上二班，夜里一点多才能回来。她进家门，拨出口午饭热上，打开电视放着新闻联播，自己靠坐在炕沿歇歇。红纸日历中间往右，有个小小的"五"字。每过一两个礼拜，宝蛋儿就在周五晚上，吃完饭这会儿，给张育珍来电话。她按亮手机屏幕，放在腿边，又把电视音量调小两格。

张育珍调换两个台，又按回天气预报的重播。呼和浩特，多云转小雨，十六到二十五摄氏度，东南风三到四级，空气质量良。她摁开手机，按五个数字，选中拨出去，嘟嘟过三声，张育珍挂掉电话。她把手机扣在腿上，等一等，拿遥控器给电视音量调小。手机铃响的时候，张育珍笑着赶紧摁绿键，喂，蛋儿噢。问过晚上吃的甚，身体都好，张育珍叫蛋儿，那边嗯，电话还没挂。是不遇着啥事了？

张育珍放下电话，把褥子展开，自己躺进被里裹住。她把被沿窝回来塌在眼睛上，隔阵换一处。等掀下被子，深呼吸几口，找缸子喝些水，张育珍再躺回来，手躲开湿的地方担在肚上。宝蛋儿说的事，她还有印象。

十一二岁那会儿，有一天他八扎着腿回来，问咋啦，说玩把腿磕破了。晚上换下那裤子，裆前有血，她让看一看破在哪，宝蛋儿捂住被子躲，不叫看。那会以为孩子长大，怕羞了，也就没管。

宝蛋儿公司体检尿常规，说尿液里有问题，让自己查膀胱和前列腺。他周末去查，最后发现说，精子活性不够，有弱精症，不好怀孕。孩子自己觉得是小时候踢那一下，流血疼好几天，忍着没和家里说。张育珍起来关了电视，拽线闭掉灯，钻进被子里，又张开眼。远处像有持续不断的回声，小窗外的白色月光淹进黑屋里，一切还是那么清清亮亮。

男人夜里推门进屋，张育珍就醒了。她右手探出去摸，左手盖住眼睛，拽亮灯，他问她话，她没应。等放下手，张育珍过一会儿眼前才能看清，男人已经打起鼾。宝蛋儿晚上来电话，说公司体检。他的鼾声小了。查出来弱精症，不好怀孕。男人的呼噜声没再响。张育珍偏头去看，他张大嘴，抬高下巴，闭紧眼，像条溺死的鱼。她撑胳膊坐起来，手伸过他脖子，把头提高，给下面的两层枕头垒正，再托放下脑袋。

她低头盯住他看，男人嘴里发出短而快的呼声。张育珍把墙上的小窗布帘合上，爬回自己被子里，背朝男人侧卧躺下，合眼蜷起身。

两天没碰着张育珍正面，者梅端上洗好的五六颗李子，去串门。没闩锁，她进院里喊，张姐，张姐。屋里让快进来。撩开塑料珠帘，推开门，房间阴，不太着阳，还闷着股人的睡味。张育珍支着上半身，倚在被子里。者梅把盆搁电视机旁边，沿炕坐下。"姐，病啦？这两天身子软，也没出来。"者梅拿手贴贴她脑门。"不烧。就有点发虚汗，没事儿。"

说过几句，者梅端李子盆，手托住放膝盖上。张育珍拿出个尝，酸得嘬嘴。者梅笑，这些日子都爱吃这一口。张育珍看看者梅肚子，抬眼和她对意思，突然也咧开嘴。"是不有啦？""三个多月。""有了不早说，那天还爬坡，万一跌倒！""岁数大，身体又不好，怕胎不稳，过头三个月再说。"

张育珍梳拢起头发，把被子叠方块，褥子合两折放上去，让者梅靠住往炕里坐。她盘腿，手按在膝上。"这些日子，饭还自己做噢？""大妮儿能帮着点，男人跑煤车，回不来，只能是这样。"

张育珍拦下者梅的话，说以后自己买菜，给她捎上，也帮她做饭。"挺着肚子，还蹲下窝住烧火，起来油烟再呛着，咋安胎？就这么定了。还有，李子不能多吃。老辈人说，桃养人，杏伤人，李子树下埋死人，吃多伤人呀。"张育珍端开李子盆，隔着者梅衣服，挨挨她肚皮，有点显怀。两个人笑，笑得眼前水花了，偏头说两句话，等它落下去。

张育珍每日大半天里，都在者梅家，除了帮她喂鸡、做饭，还拿来好些旧衣裳。有她的，也有宝蛋儿的，说以前就攒下，为裁尿布，或做那小衣服。旧衣棉，孩子贴身。

她和者梅坐在炕上，比住宝蛋儿以前的小衣服，拿粉笔围着画道儿。裁布，再撑在绣绷上，说钩朵花还是颗小太阳，最后照着柜上贴的倒福，绣下个"福"字。者梅张开左手，盖住做好的小衣裳，它就比手大一圈，短短袖子圆领口，真可爱。以后里面的宝，得多亲。张育珍把衣服抻展，齐整整叠好。

者梅怀大妮儿的时候，是头胎，吐得厉害，后来月份大了疼，要不跪在炕里，趴到高褥子上；要么侧卧着蜷住，一直折腾。怀这胎，开始没咋吐，之后疼，弓着腰也还能做点事。她在地上走，摸着肚子叫乖宝。头前几个月孕检，者梅男人腾出空陪她去，后来就是张育珍。俩人叫辆三轮车，让师傅给蹬到公乌素医院门口，她们下车，慢慢走进去，挂号，之后坐在B超室门边等。孕妇们也互相看看肚子，问几个月啦。

轮到者梅躺在检查床上，她亮出肚皮，被抹住凉凉的，像胶水样的液体，医生拿仪器按着它走。摁得有些疼，者梅绷紧肚皮，怕会伤着孩子。张育珍脸怼在B超显示器前，弯腰背手，听医生说这是娃儿的脚，她点头说，脚，回脸对着者梅笑，又转过身。

听说人胖，医生做B超时才更用力，者梅想出声，仪器一直摁在她下腹，很难受，显示器上看这是孩子的头。她下床出门，医生留住张育珍，说还有化验单要取。

走廊上等待的几个孕妇，她们都有一只手放肚子上，摸住自己这块要慢慢长大的肉。者梅揉了半天刚才按疼的地方，看看门，张育珍还没从里面出来，她低头抱住肚子。"医生叫咱，有话要说。"者梅看不着张育珍的眼神，被一点点搀起来进屋。

她记得自己是1992年进的焦化厂。那年儿子六岁，一年级，大妮儿带弟弟上下学，还能给做饭，她在厂里干了四年。上岗前，招工问者梅生过孩子没，她讲有一儿一女，不准备要了。后来当上测温工，她听说，这个岗位不招没生过孩子的人。她只干了四年。回想起来，像还热得淌汗，闻见呛人的煤灰味和臭气，眼前烧出一人长的火苗，带黑黄色的烟。刚开始工作那会儿，她感觉呛，会屏住呼吸。后来进厂就闻不见怪味了，直到上炉前，开火口的时候才会有。

者梅不记得自己怎么回到家，躺在炕上。印象中，大妮儿背书包站在门口，她招手让她过来，妮儿慢吞吞摘下书包，过了好一会儿，才爬上炕，她把孩子抱住。女儿做事要反应一段时间，是1996年溺水后救起，留下的后遗症。

者梅没哭，也没说话。她右手搂住大妮儿，只是这样躺在被下，左手摸住肚子。里面的小孩很安静，好像他知道自己不会留在这。医生说，孩子有很严重的脑积水，需要引产。者梅后来做手术的时候，要求全麻，白炽灯照在眼皮上，留下黄色暖光，她想睡一觉做个梦。可孩子出来的时候，她还是知道，自己有块肉没了。

倒尿盆，是公乌素人早上都会做的一件事。通往土厕，经过垃圾堆的这条路上，人们头发蓬乱，眼睛眯细，仍能清晰问早，互打招呼。垃圾堆前排房头，篮里的孩子，就在这样一次次会面中被发现。

张育珍提尿桶经过的时候，在人圈后，肩膀间，见篮里伸出个小拳头。她返身回来，又站着看了好一会儿，进家坐在炕沿。者梅这些天坐小月子，张育珍早起熬粥，放红糖，搁水煮蛋端给她吃。她站起去厨房，掀开锅盖，小米粥腾起热气，拿勺子一搅，又黄又稠。张育珍手托个碗舀，勺没摆正磕在边沿，手一松碗就甋了。她搁回这勺粥，扫完地，提起个小铁盆，又放下，坐回炕头。先抱回来，不行再把孩子送公安局去，说是别人扔下的。

张育珍拨开人圈，往孩子面前走，两边人都给她让道。她把娃抱起来，摇了摇，他还没睁眼。她一手抱娃，另一手提篮子，往家走。"抱回去养呀？"旁边人问。"回个先给喝点水，要不再送到公安局去。别跟着走啦。"

把孩子放在炕里，张育珍拿碗去舀勺小米粥清汤，兑凉白开，用嘴试试。回来抱住孩子，拿勺，给他嘴边点点儿。小舌头粉嫩，舔舔抿掉。她又摇下孩子，放回篮里。用铁皮饭盒，装粥，撒红糖，剥鸡蛋搁进去，扣盖，拿网兜提上，再挎住孩子的篮筐，往者梅家走。

那天，张育珍进屋，在门口悄悄放下孩子，端着饭盒往里间走。她原本想等者梅吃完饭，再说这事，孩子就哇哇哭开了。她赶紧把娃抱进去哄，者梅伸手接过来。做完手术的几天里，她胸口还溢奶。乳头刚碰碰孩子脸，他就张嘴找，嘬住。张育珍这才得空讲，自己怎么捡到的娃，不行就送到公安局去。

是个男孩儿。俩人低头看看，没再说话。孩子吃完奶就睡着了。"这个娃，像是给咱送来的。"张育珍的声音很小，两个女人守在孩子前。"得给娃做个检查，晚上回来，再和男人商量商量。"她们呆看住小孩，一直瞧他睡觉。要不叫他，苗蛋儿吧。

苗蛋儿是吃奶粉长大的。每回抱他出门外，人们都说，还是吃奶粉长得快，一天一个样。者梅和张育珍不在的时候，大伙会叨叨，垃圾堆里捡来的孩子，真是摊上个好人家。

每次家里饭没做好，苗蛋儿就拿着小青碗，跑到隔壁张妈妈家。她会舀一勺子饭，把他的碗扣满。他端出门蹲下，和外面人一起吃。苗蛋儿，你把家里吃穷呀。大人们听见都笑，他也跟着笑一声，低头扒饭。

苗蛋儿从小就知道，自己是捡来的。有他在，人们总会唠起这件事，他听听就走开。一起玩的小伙伴提起，他也不说话。可要是有人笑他，他就扑上去，干仗。之后灰土尘暴地回家。妈边打他，又把身上的灰拍掉，之后他穿着裤衩躺在炕头，看妈从灯下给他缝裤子。"妈，你为啥捡我？"者梅不说话。"他们说，我就是个念想。张妈妈没了大苗，你没了小蛋儿，所以捡回我。""别听他们瞎说，你就是我儿子。"台灯照亮者梅眼睛以下，她鼻头很高，眼睛凹深，张妈妈说这叫花花眼。苗蛋儿倒趴在炕上，平平压饼脸。

苗蛋儿出去玩，撞拐拐、弹玻璃珠和跳山羊，他总是做羊。我也想跳！没人愿意当羊被他跨过去。苗蛋儿睁大眼撑住泪，往回走。他们就叫："苗蛋儿哭鼻子，回家告妈妈喽。""我才不和我妈说呢！"他扑上去推他们，然后被撞在地上，几个人绕着他笑。

者梅给苗蛋儿买了新玻璃珠，清亮亮的蓝、绿、紫。他从水管下揉净，在身上抹干，出门自己找一处玩。过会儿，几个男孩围上来，说一块玩，就都蹲在地下。苗蛋儿把别人的旧珠，弹进坑里赢了，他捡起自己的新珠，往腰上促促，放进裤兜里。"不行！拿这个耍。"男孩们去掏他腿上的兜，苗蛋儿死死抓紧捂住，有人把他推倒，两个男生按住他左右手，用膝盖顶实肩膀，还有人坐到腿上。苗蛋儿使劲蹬咬，他们笑着跑走了。他撑胳膊坐起身，窝住腿，裤兜扯开，布挂着线掉在上面。他搂住自己，趴在膝盖，不出声地哭了。

他没回家。爬上小山坡，走下轨道，远远地看见大口井。妈从不让他来，这是第一次见，比操场还大。他找块儿石头坐下。风吹水面，有小小的波纹，太阳照在上面，亮闪闪的。这和他想象的不一样。以前做梦，大口井有深不见底的黑水，到夜里，会有无数双白森森的手伸上来抓人。苗蛋儿打个冷战。他扔块石头到水里，咚，四周没有人。

他趴在腿上，膝盖撑住头，扣脚，过一会儿看看水。这儿死过大苗，小蛋儿，还有好多人，淹死，或被祸害死扔进去。有点冷，他抱住自己垂下头，太阳照在身上，慢慢地有点打瞌睡。

之后，苗蛋儿常来大口井坐坐。他不近前，就远远看，水面映天上飘过的白云。有一次下大雨，他也想跑来，听稀里哗啦的水声。那天，井面有无数溅开的圆雨点，里面颜色浑黄，偶尔打过一道闪电，随后伴着轰轰雷鸣，像有野兽潜伏水底。

每到晚上饭点，公乌素的天，已经蒙蒙黑，各家各户就出来人叫孩子。先喊小名，音悠悠长，后来就短而快地高声吼全名，加快孩子进家的脚步。

这个方法对苗蛋儿，并不好使。者梅有时感觉她越叫，孩子反而往远跑。等到各家在门外吃完饭回去洗碗，他才从门口摸进来，掀起菜罩，趴在饭桌上吃。问到哪疯去啦？不说话。洗手没？他举高展展手掌。吃完，者梅说，来陪妈看会儿电视。他也不应声，钻回自己的凉房小屋里。要分床睡，也是苗蛋儿提出来的。者梅就收拾好凉房，给他搭了个床。她不知道孩子在鼓捣啥，成天不着家。还是张育珍和者梅说，要不给孩子配个手机，她看待在家里的小孩，一天尽摆弄手机。

这个有一手掌长，灰色彩屏的小手机，是者梅充二百元话费送的，声大，颜色亮，相比她用的还灵通。她买个脖上挂的小布袋，给苗蛋儿带着。别丢喽。这回在家，她能听着苗蛋儿在小屋里放音乐，从窗缝中瞧瞧，他低头也是玩手机。别把眼睛看坏喽。

苗蛋儿是在家了，可和她话更少。者梅进凉房，坐床边，问他："看啥呢？休息休息眼睛。"他闭住眼，者梅梳梳他头发。"妈，你知道公乌素在哪不？""不就在这儿。""地图上。在哪？""地图上没有公乌素。""噢，咱这地方太小了。""妈，你知道公乌素自己的地图长啥样不？""你给妈讲讲。""它像个弯腰弓背的女人，低着头，再看，就发现这女人身体像焦炭一样黑。""公乌素产煤嘛，那就是黑的。""可从地图上查那大地方，它们都像绿色的织金锦。""啥？""历史书上画的，一块布。""你说的妈都听不懂了。""妈，等我长大挣钱，带你去好地方过。""妈都在这扎了几十年根了，还咋走，你过好，妈就放心了。"者梅亲亲孩子头，出去带上门。孩子好像长大了。

苗蛋儿回想他那天的行动，并不是心血来潮。

睡醒坐在床边，书包里已经放了衣裳、鞋、水和妈以前给他的钱。手机还在胸口，他穿戴好，去大屋窗外看看妈。她还在午睡。他摆正窗台上晾晒的布鞋，在院里四周看看，没有什么。临出门前，他悄悄说："妈，我走了。"低头鞠一躬，手机也垂向地面。之后他转去张妈妈家。隔着铝门，还能听见她的酣睡声。苗蛋儿也鞠了一躬。

他走出这几排房，上山坡，坐到铁轨附近。远处闪光亮眼的大口井，像在与他挥手。他摸住烫人的铁轨，感受它的震动，静静等待火车到来。

者梅去找张育珍的时候，她正在往开缠毛线。"织得好好的，咋拆开了？""宝蛋儿说现没人穿红毛裤，漏出来难看呢，准备改钩个背心。"者梅帮撑住毛线两端，胳膊转圈向上缠绕。"苗蛋儿来新短信没？""还是上次那条，找见工作要往家寄钱。孩子出去闯闯也好，半大小子了。明年虚十五啦。"

者梅的手机滴滴响，是没电的声音。她拿上自己织了一半的毛裤往家走，充上电，短信栏中还是那几条。她拿起裤子向光下照照，映得红艳艳的。他不穿，我补一截，踢踏得穿上。者梅织一会儿，停下发呆，她也松开针，往下揪线。

红色的毛絮和光下的尘埃飞舞在一起，女人慢慢摇，那心与血的颜色，又在她手中聚成一团。

清炖鱼汤

刘颖

一

铜城的夏天天亮得早，人醒得也早，好像谁先出来干活谁就比别人多了些日头似的。铜城商城菜市场的清晨热热闹闹的，老太太们牵着宠物狗来买菜，不知谁家没素质的狗在西铺口家新到的青嫩嫩的菜叶上撒了一泡尿，引来老板在早晨第一声新鲜的咒骂。

陈国跃臊眉耷眼地趟过水产区，挑挑拣拣台面铺好的条儿鱼。银闪闪鱼身下面的冰块是刚冻出来的，还冒着冷气，衬着死鱼也鲜灵灵的。卖鱼的老板是个四五十岁的壮实汉子，正忙着把一箱箱鱼往货车上运，没空招呼散客，瞧见个男人正在他的摊子上看鱼，嚎着嗓子喊："才捞上来的，刚死。"陈国跃不会挑鱼，他的生活由吴真珍伺候着养尊处优了半辈子，不当家久了，竟像个少爷似的四体不勤，五谷不分。铜城早市这热闹的人气儿竟让他感觉到拘束起来，索性像个大姑娘似的局促地站在鱼摊边等老板过来。

等了半会儿，老板在围裙边上抹着手，扯了个大黑塑料袋过来了，"要什么鱼啊？"

"炖汤的鱼。"

"炖汤？鲫鱼？"

"都行。"

老板利索地从水箱抓了几条鲫鱼，打包好称重递给陈国跃。袋子还在扑通扑通地跳，陈国跃接过去，从钱包里数出几张钱，捏了两枚钢镚儿整整齐齐地码在鱼摊上，完成使命似的拎着鱼快步走了。他走过水产区，感觉身边围绕着一股鱼腥味；走到禽肉区，又感觉到处都是一股子鸡屎味，掺杂着鱼腥味混在一起散不去，归根结底还是自己手里的袋子有味。他重重地呼了口气，感觉胸口闷着，不顺畅。

快到正午，陈国跃提了一袋子鱼带给大姐陈国霞。老妈住院了，姐弟二人轮流去照顾。他不会做饭，买了菜去姐姐家里，等姐姐做好，再给老妈送过去，说到底还是姐姐做得多些。陈国霞还住在老厂房家属院的单身楼里，楼外墙还是红砖铺的，年月久了变得黑漆漆的，不少砖块已经脱落了，看起来稀稀落落、参差不齐的。

从外面望窗口，里面黑洞洞的，走到楼下就能闻到呛人眼睛的油烟味。老房子的通风管道都是几十年的古董，一到饭点家家户户一齐做饭，油烟就团聚在一起熏到厨房窗户口，各家各户都是油滋滋的一片。楼下的树长得茂盛，绿得发黑的树叶严严实实盖住了二楼的光线，藏在植物里的蝉聒噪地吵着，单元门口的水泥地龇牙咧嘴裂了好几道口子，踩在上面黏糊糊的，说不清是滴落的树胶还是积累的油渍。

上了楼，门没锁，一转把手就开了，门口堆了大大小小的陈旧的柜子，这么多年也没舍得扔。陈国跃侧着身子挤进去，差点被房间的热浪给推出去。厨房里呲呲啦啦的声音大得惊人，陈国霞端着锅子一炒，火苗几乎贴上了厨房顶，她转过身，身上的肉都在抖动着，衣服紧紧扒在她的身上，汗从额头滚着到了脖子上，胸口腋下都沾上了深色的汗湿印迹。

"怎么现在才来？我菜都做上了。"

"买了鲫鱼，给咱妈炖上吧。"

陈国霞拿了一只盆接上水，拎起黑塑料袋的一角哗啦啦一倒，鱼全都进了盆里，她翻了翻。

"还行，怎么没让真珍来买？"

"她忙。"

"忙啥呀——"她有点抱怨，转身去翻菜，"老爹耳朵不好使，伺候咱妈不方便，你还是得去。"

油烟机嗡嗡响，陈国跃听得断断续续，油烟还一个劲地钻嗓子，爆香的花椒味直冲鼻腔。

"咱妈不能吃油这么大的菜。"他喊着说，呛了一口油烟，又闷又辣，眼泪恨不得从鼻子里流出来。

陈国霞关了油烟机，空气里噼里啪啦的声音也逐渐安歇下来。她乜了陈国跃一眼："就咱妈吃我不吃呗，你也别吃，都当饿死鬼去。"

他没吱声，知趣地拿了个白盘。陈国霞抬起锅把油汪汪的菜一股脑地挪到了盘子里，一滴油也没洒。

姐弟俩吃饭的时候很安静，俩人心里都清楚，老妈是胃癌，就剩数着日子了。半年来，两人看着原本胖乎圆润的老妈快速地消瘦下去，皮也松了，曾经撑得摘不下来的戒指转眼就在手指上骨碌碌地转圈了。老爹耳朵背，姐弟俩合计反正老人也听不懂，不然就先瞒着，但是眼瞅着老妈瘦到一把骨头了，老爹肯定是知道了。带老妈化疗回家的时候，老爹没听到声音，不知道他们回来了，自个儿坐在窗台前面抹眼泪。姐弟俩心知肚明，谁也没提这茬，仿佛只要不提，老妈就只是小毛小病，不碍事的。

"快到期末了，学校的事情多，我走不开，你多去看看老妈。"陈国霞又盛了一碗饭，把锅里干了的锅巴都铲下来装进碗里。

"应该的。"

"真珍店里的生意怎么样？"

"还就那样。"陈国跃从菜里挑出一大块姜，放在菜盘边上，"到底是自己干，不稳定。"

陈国霞点点头，表示赞同。"还得是铁饭碗，让璐璐以后考个编制，吃国家饭。"

"她哪听得进去？小孩子不听话，难管教。"

"还小，过两年就听话了。"

暑气渗透进来，风扇卷着根粗带子在餐桌上方绕着圈地旋转，把热气拌匀了再扩散，灶台安静了半晌，油烟逐渐弥漫整个房间，陈国霞叮叮当当地刷着碗筷，水管流出来的水都是温热的。

清炖鱼汤　113

二

其实提上鲫鱼，陈国跃先去了吴真珍那里。怀阳路和宁远路的交界口，铜城贸易商城的北门口，吴真珍开了一家服装店，店头在堆堆叠叠的招牌里夹缝求生，紧巴巴地挤着四个字"丽人服装"。

一大清早，店里没什么生意，吴真珍先把应季的衣服挂成一排摆在店门口，又把门口的小黑板擦得锃亮，写上五颜六色的"今日特价"。天气很好，吴真珍盘算着清一下账目，夏天衣服的需求量大，这段时间薄利多销，店里也走了不少货，这个月流水不会差。

听到有人进店，吴真珍抬头看到是陈国跃，立刻又把头低下，噼里啪啦地按着计算器，几次"归零"的机械音后，才没好气地扔出一句："你来干啥？"

"早上买了点菜，给你带来。"陈国跃把一袋子菜提到柜台上，"给璐璐做点好吃的。"

吴真珍翻了个白眼。"放着吧。"她拉开抽屉，拿出来一包衣服，"给你妈带过去吧，码是最大的。"

"不用。妈现在瘦多了。"

"你爱要不要。"吴真珍立刻冷下了脸，噌一下又把衣服收进了抽屉。"赶紧滚蛋吧，还杵在这干嘛？"

"明天周末，我想带璐璐去咱妈那待一会儿，好久没见她了。"

"你还记得自己有个姑娘啊？"吴真珍斜着眼睛瞪了陈国跃一眼，语气缓和了些，"她现在周末也要上课，一个月回家一次，你和她联系。"

吴真珍心里憋着气，有时连带着对女儿也生气。陈璐小小年纪，和她爹的性格一模一样，一棍子也打不出个闷屁，有什么事不说只管闷在心里。自己口角伶俐，偏偏生的女儿不吭不响像块石头，好在模样像极了自己，吴真珍心里勉强好受些。

吴真珍长了一张很有韵味的脸，年逾四十仍保留着些许聪明的美丽。商城北门口人人都夸丽人服装店的西施老板娘穿着漂亮身材好，走起路来娉娉袅袅，风流灵巧。吴真珍大大方方地接受了这些夸张的赞美，四十多岁的人了，不像小姑娘脸皮薄，动不动就害羞。

太阳渐渐地抬高，商城的人开始多了起来。陆陆续续有人走进"丽人服装"，摆弄着衣服四处看看，大部分都不买，只是随便问问。吴真珍心情好的时候会帮着一起挑挑，没什么心情的时候就任由她们随便穿随便试。这类只问不买的客人统称"鸽子"，吴真珍生意做久了眼睛练得尖，一眼就能分辨哪些是真心想买的顾客，哪些是来消磨时间的鸽子，辨得七七八八，很少出错。

下午刚过一点，一位体型丰腴的女士来到店里转悠。吴真珍刚吃完午饭正坐着消食，看了两眼估摸着是个鸽子，天气热也没心思招呼。店里没开风扇，鸽子捻着胖乎乎的手指挨个拎着衣服比划，没一会儿就汗流浃背。

"老板娘，咋也不开个风扇？"

"妹儿，你买件衣服我就给你吹，凉快管够。"吴真珍笑吟吟地说。

"这件咋卖呢？"鸽子拿起一件外褂衫，是年初反季进的旧款，吴真珍早上刚挂上。

"吊牌上有价格，两件打六折，还有别的颜色，我来给您看一下。"吴真珍站了起来，扇着个扇子挪过来。

鸽子翻过衣服找吊牌，看了一眼嘴撇了下来，"样子不行，太老气。"

吴真珍还是笑嘻嘻的，把拿下来的衣服重新挂好。

鸽子前脚刚出店面，吴真珍的眉毛立刻竖了起来。老气？她才老气，吴真珍琢磨着刚才鸽子身上的打扮，穿红戴绿的，这才是俗气呢。样子不美，脑子也不美。她反复想着鸽子的坏话，扇子也摇得更快了，上面印着附近楼盘的招商广告，"黄金地段，开盘预售"的高楼大厦栋栋鲜亮，手腕一摇，扇出阵阵凉风，在闷热的天气里吹来了些真切的凉风，连带着广告上的那些高楼也像是要挥出来变成真的一样。

午后，商城的人陆陆续续多了起来，有人推了一箱车载光碟从商城北门路过，盗版光盘通过音响播放出来的声音劣质粗糙但震耳欲聋，播的是当下最时髦的网络歌曲，洗脑般地循环播放。下午的太阳更毒了，好像几十年都没有这样的炎热天气，隔壁老彭家的凉皮铺门口的狗都蔫蔫的，不搭理人。店里的生意却很好，门口挂了只呲牙笑的猴子玩偶，身下骑了弯月亮，见人就叫"欢迎光临"，这一下午的吆喝声就没断过。

吴真珍热得受不了，一挪身就移进了老彭的店里，招呼着来碗凉皮。老彭忙不迭地答应着，拿了只碗，扎扎实实抓了把萝卜黄瓜丝铺在面皮上，熟练地挨个浇上香油辣椒调制醋汁，一气呵成。他捧着凉皮顺带着旋大些电扇的档位，又开启了摇头吹风，生怕吹着了她。呼啦啦的风一下子变大了，吴真珍吃得满口红油，身上也凉快下来。一搭眼，老彭又巴巴地递了餐巾纸过来。吴真珍擦擦嘴，数落起陈国跃早上提了一兜子菜来，偏偏把最值钱的鱼又给提走了，老彭拉出把板凳坐下应和着，脸上的肉笑得堆了起来，挤在一起像一头蒜。

老彭和老彭媳妇开的凉皮铺子口味极好，说是家里祖传的汤汁配方，以前有不少同行买了好几碗凉皮打包带回去细细琢磨，终归也没破解出来，就传着老彭家的凉皮加了罂粟壳。可是即便这样，客人依然络绎不绝。周围的凉皮铺恨得牙痒痒，也没法撼动老彭家凉皮在商城一片的不败地位。

吴真珍前几年租下店面刚开业的时候，老彭两口子常来店里帮忙，尤其是老彭，殷勤得很，时不时就带着点菜啊果啊溜进"丽人服装"，没话找话地和吴真珍闲唠嗑。吴真珍心里像明镜儿一样，只是两人都拖家带口的，又都是左邻右舍，她没那个想法，再说一个卖凉皮的能有什么大本事，吴真珍心气儿高，就算是找情人也不能比陈国跃更差吧。

老彭媳妇心里觉察出不对味儿了，隔壁来了个西施一样的女人，穿得光鲜亮丽，店里又布置得浓香四溢，眼瞅着老彭的魂儿都给勾走了。她生气也没招儿，自个儿安慰自个儿，都是年老色衰的女人了，娃都那么大了，有什么可计较的呢。只是翻过天又一想，尽管年纪大了，但也算得上是商城数一数二的美人，越想越来气，趁着深夜其他店铺都关门，只有凉皮店还在备宵夜的时候到吴真珍的店门口狠狠啐两口，骂两声"狐媚女人不检点"。

三

陈国跃和吴真珍准备离婚这件事没告诉女儿陈璐，其实陈璐也知道。家庭的气氛就是航行在海上的船，一点风浪都能感受得清清楚楚，更何况如今船已经破了甲板进了水，眼瞅着就要翻船，俩船长还装着看不见，陈璐也装作无事发生，从不过问。事实上，她不太在乎这些事情。"离就离吧。"陈璐想。她不太明白为什么有些小孩会认为父母离婚是一种伤害，就像她不理解陈国跃和吴真珍为什么要瞒她一样。

她学着很多父母婚姻不幸的小孩在日记本上声泪俱下地控诉那样，写着写着又撕下来。这个家庭已经有那么多的谎言了，她不想在日记本里也说假话。不感到伤心也没必要逼着自己假装伤心，陈璐有点困惑，面对父母失败的婚姻，她怎么和其他人的感受如此不同。

所以当陈国跃带她去看望奶奶的时候，陈璐表现得异常积极，她也想看看自己是不是如自己害怕的那样情感淡漠，铁石心肠。老太太躺在床上，干瘦得脱了人样，时不时发出几声痛苦的哀叹声。陈璐还没感到悲伤，鼻子、眼睛先她一步地涩了起来，眼泪成着串地滚下来。她呜呜咽咽地哭了，伤心外还多了点欣慰，自己也算是个知冷知热的人，不像她妈骂她那样的石头心肠。

医院病房里全是消毒水味，光是闻着就感觉到命运的肃穆和生命的衰微。陈璐待不下去，站到走廊的水房旁，一边擦眼泪一边开窗换气，迎面碰上了陈国霞拎着饭盒和袋子来换班。打了一眼照面，陈国霞差点没认出来陈璐，青春期的小孩就像树苗一样噌噌长个子，骨骼伸展了，脸盘也长开了，俨然是个成年人的模样了。

"姑，你来啦。"

"来看看你奶奶，你和你爸来的？"

"嗯。"

"你妈呢？"

"看店呢。"

陈国霞看她眼睛红了一圈，说话也带着鼻音，也没说什么，只是从袋子里抓出来两个苹果塞到陈璐怀里，催促她赶紧洗了吃。交代完又忙不迭地蹬着步子去病房。陈璐默默地冲洗着苹果，没擦干水分就往嘴里送。刚咬了一口，眼泪又流下来了，顺着进了嘴巴里，又甜又咸。

医院也不算安静，不远处新的楼盘正在哐哐当当地施工，钢筋水泥外蒙着建筑绿网。陈璐抚摸着窗台边，舒展了一下身体，听到骨头里咯吱咯吱的声音。她和对面的楼一样，漫不经心地生长起来了。

晚上，陈璐去了趟"丽人服装"，店里已经打烊了，留了溜小灯干巴巴地照着，吴真珍正蹲在地上收拾衣服袋子，陈璐踩着过去弄得咯吱咯吱响。吴真珍抬起头，女儿还穿着校服，像蔫了的鸡崽，一副情绪不高的样子。

"咋还没去学校？"

"先来看看你呗。"

"你奶奶怎么样？"吴真珍单手撑着腰慢慢站起来。

"看起来不太好。"

"最近我身上总是疼。"吴真珍自说自话没接茬。

"妈，爸今天没给钱。"

"你爸今天没给你？"

"没。"

"你也没要？"

陈璐没吭声，蔫蔫的样子让吴真珍忍不住发火了。

"他怎么回事？十天半个月连个面也不见，生活费也不给，他指着咱们娘俩吃西北风是不是？"声音越提越高。最后，吴真珍呼着粗气从钱包里掏了两张钱狠狠地拍在了柜台上，震得狭小的店里嗡嗡响，吴真珍的脑子也嗡嗡响。老公是个王八蛋，女儿也是个闷葫芦，这日子一天也挨不下去了。

她心里堵得难受，前两天刚燃起来的那么点温情又熄灭了。结婚快二十年了，也不是第一次对这个男人失望，从恋爱到现在，他总能用点小恩小惠让她舍不得离婚，后来女儿也大了，更离不掉了。她恨自己的心软，也恨男人的无能。

恋爱那会儿，厂里好多人追她，她穿着红底碎花太阳裙，周身一转，上来献殷勤的男人有多少。当时陈国跃穿得笔挺，领子浆得硬硬的。厂里发了洗发水，他顶着大太阳送到吴真珍单位楼下。他们结婚的时候，吴真珍亲自选的拉花，从房梁这头拉到那头，红灿灿的一片，光灯笼就挂了七八个。陈国跃抱着她下楼，各家的小孩都跑出来看新娘，婚礼办得热热闹闹，风风光光。

如今这婚离定了，明天就去让陈国跃签字，谁的面子也不好使。吴真珍怂怂地想，想着想着又失落起来，结婚离婚，这半辈子就结束了。结婚那天的礼炮碎纸轰了楼下一地，陈国跃第二天弓着腰给人家打扫干净，她在楼上看着咯咯直笑。如今风水轮流转，轮到她来打扫这一地破碎的鸡毛。吴真珍捋了下头发，余光瞥见胳膊肘下面的肉软塌塌地垂下来，像块沉重的面袋子。

四

陈国霞的职称没通过，材料评审的前一天，她被学生家长举报了。

那几天老妈住院，治疗开销大，陈国霞两头忙，也是急火攻了心，学校门口的小饭桌招夜班老师，看着学生写作业，按小时计费，她就去了。结果被学生家长看着了，家长心里不痛快倒也没做啥，只是天天在小孩面前瞎念叨。小孩子上课传小话，被陈国霞逮个正着。刚教训两句，小孩嘴巴没谱，出口就是："我妈说你就是没孩子才不懂得当妈的心，也不把我们当回事。"

陈国霞又气又急，没忍住狠搡了小孩一把。这回家长知道了，连同她在外面带班的事情一同抖落到学校那边。扛不住家长天天来闹，学校让她先在家休养休养。她心里清楚，休着休着，工作也得休没了，心里火烧般地着急，嘴上燎了好几个火疱。瞒着老妈借口学校放了假，天天来医院照顾，每天早上买一份当天的晨报，得了空就坐着查报纸上的招聘信息，在密密麻麻的夹缝里找一份能坚持下去的生计。

陈国跃下了班搭着厂车就到了医院，没想到大姐也在。陈国霞正在给母亲翻身，天气太闷热，即使勤着翻身也耐不住病人身体和被褥长长久久地贴着，老太太的病号服掀着，露出的后背上已经是红红肿肿的一片了。

"今天这么早就来了？"

"学校放假了。"

"嘴怎么了？"

"上火了，天热。"陈国霞摸摸嘴唇，"已经好多了，昨天肿得更厉害。"

隔壁病床躺了个老头，眯着眼睛半张着嘴，干巴巴的手上还贴着胶布，时不时拖着声大口地喘两声气，看不出睡着了没睡着，一动也不动。

陈国跃帮衬着姐姐把母亲扶起来，老太太被翻了两下身子已经累得没力气说话了，哼哼唧唧像是在问他们父亲晚上吃什么。

"妈，您别操心了，咱爸有饭吃呢。真珍一会儿做好了让国跃送过去。"

陈国跃垫着老太太的腰，轻飘飘的，像纸片一样。他想着姐姐的话，没搭腔。

老太太入睡得快，一会儿一觉。陈国霞拾了几张床头柜的报纸轻轻地扇凉，陈国跃站起身来示意她出去一趟。外面的云越积越厚了，雨就是下不来，像打不出喷嚏一样难受。潮热的空气黏在身上，陈国跃犹犹豫豫，畏手畏脚地站在门口，热蔫了似的挤出一句话——

"真珍要和我离婚。"

"谁？"

"吴真珍要和我离婚。"

陈国霞像是没听懂似的问了好几遍，他索性不说话了。陈国霞急了，她抬手用力锤弟弟，碰到身体的时候却像打在了棉花上，软绵绵地耷拉下来。一个矮胖的女人推拉着一个高瘦的男人，场面有些滑稽，路过的护士看了一眼，警告他们不准吵闹。

五

电水壶"呼呼"地响了起来，吴真珍揪掉电源线扔在一边，往凉壶里灌水，她今天已经烧了三壶水了，最近总感觉口干舌燥的。她想，天气太热了，这样的暑夏什么时候才能结束啊。

老彭捧了个袋子走进店里，孔雀开屏似的拿给吴真珍。袋子里装了瓶香水，低眉顺眼地躺在盒子里。"这是法国的高档香水。"老彭说着，蒜瓣似的脸都红润起来，显得光彩照人了。

吴真珍接过来，慢悠悠地打开盒子，是个墨绿色的玻璃瓶，外面印着龙飞凤舞的外国字。吴真珍矜持地拧开盖子往手腕上喷洒，波光粼粼的水雾涌了出来，两颗脑袋互相拥挤着，贪婪地嗅着，说不清什么味道的甜香占据他们的鼻腔，只是没两分钟就散了。

"太热了，都给蒸发走了。"老彭干巴巴地说。

"才不是嘞，高级的淡香水都是这样。"吴真珍说着，神色骄傲又愉快。

她的手机响了，震得整个柜台都在抖动，吴真珍瞄了一眼随即按掉了电话。

"下次给你换个新手机。"老彭亲亲热热地摩挲着吴真珍的手机，好像摸着她的手一样。

"人家现在都用智能手机，手机里有个汤姆猫，会学人说话。"

"那就买那个。"老彭眉开眼笑。

陈国霞最近天天给吴真珍打电话，还是为了两口子离婚的事。做姐姐的操了半辈子心，临了了，老母亲病得话都说不上，这个节骨眼上自己又失业，弟弟两口子又闹离婚。她心里憋屈，不敢和家里人说，又找不到出口，守在病床前，无声地掉眼泪。

吴真珍很少接她的电话，陈国霞坐不住了，选了个周末提了两箱牛奶去了"丽人服装"。吴真珍正领着客人挑衣服，看见她来了示意她先坐。陈国霞坐在沙发上了四处看了看，店铺不大，收拾得却很干净，柜台玻璃桌板下压了张漂亮女人的画报,陈国霞仔细瞅着才看出来不是吴真珍。

"姐姐,你来了。"客人刚走,吴真珍亲亲热热地走过来,拿出一个纸杯给陈国霞倒水。

"来看看你,给你带了点牛奶。"

"不用了,你留着带给老妈吧。"

"就是从妈那儿提来的,她现在喝不了牛奶。"

"你妈现在怎么样了?"

陈国霞慢慢地喝着水,长长叹了口气,摇摇头。

"熬日子呢。"

"唉,人也可怜。"吴真珍顿了顿,轻轻地说。

两个人不再说话了,短暂的沉默后,陈国霞忽然拉住吴真珍的手,还没说话,吴真珍先开口了:

"姐,我把你当亲姐,别劝我了。"

陈国霞张张嘴,吴真珍又挤着说:"我知道你这辈子,苦,我也苦,可我不想这样了。"

"那璐璐怎么办呀?"

"我养璐璐,房子还给陈国跃。我知道那套房子里,也有你的那部分。"

陈国霞没说话了,她的手掌冒汗了。愣了一会儿她缓缓松开吴真珍的手。

"姐就是希望你们都能好好的。"

"姐,咱们都是女人,你也知道陈国跃一身的毛病,和他根本过不下去。"

"你一直都有主意,你们的事情,你们来决定吧。"陈国霞站起来,瞥见店里试衣间门上的镜子,亮晃晃的,刺得人睁不开眼睛。

六

隔壁床的老头前几天走了,家属乌泱乌泱来了一大家子人,病房里从来没这么热闹过。殡仪馆的师傅给老爷子办后事的时候,发现隔壁老太太也眼瞅着就不行了，这几天天天在房门口转悠，守株待兔般耐心地等待着病人的死亡。

陈国霞嫌晦气，从不搭理他们，心里却也琢磨着该考虑母亲的后事了。老太太走得突然，但是也在意料之中。有天下午，老太太突然揪住女儿比划着要吃苹果。她哪还吃得了苹果啊，虽是这样想，陈国霞还是下楼去挑苹果。刚拿上来喊了声妈，老太太不回应，急忙喊护士。老太太已经去了，手里抓着被单，隆起了几条小小的褶皱。

陈国霞坐在一旁看着人来抬走母亲，她默默地啃着苹果，摸着手机给陈国跃打电话，手抖得厉害，怎么也按不准号码。

追悼会办得很简单，老妈生前没什么朋友，来的人零零散散，都是亲戚。老爹倚靠在小礼堂门口，消瘦得厉害，衣服像是靠骨头支撑起来的。陈璐也来了，蹲在外面的台阶上背单词，眼神像小动物一样机警。陈国跃忙着照应来宾，没有空理她。一家子靠着过世的人聚在一起，却看起来各自都是孤零零的。

风吹着花圈上的彩纸哗啦啦地响，陈国霞走到陈璐身边坐下，轻轻拍了拍她的肩膀。小姑娘身子一抖，没说话。

"还背书呢？"

"要考试了。"

"别太累着自己。"

陈璐点了点头，轻轻叹了口气。

"我妈今天去医院了。"

"我知道，她身体还好吗？"

"她老说她身上疼。"陈璐从口袋里摸出一张卫生纸，用手指绞成一根小棍，用力把小棍撕碎了扔在地上。

陈国霞细细端详着陈璐，眉眼五官越看越像吴真珍。这么多年，陈国霞一直没结婚，把陈璐当自己的姑娘看待。其实以前也有机会结婚，对方是初中同学，高高壮壮的小伙子。父母单位分的房子只有一套，优先给了弟弟做婚房。陈国霞没反对，小伙子就跑了，听说后来和厂里的一户独生女结婚了。

陈国跃第一次带着吴真珍见家长的时候，陈国霞也在场。那是她第一次见到吴真珍，漂亮鲜灵，轻盈得像只小鸟。陈国霞觉得弟弟能娶个仙女似的弟妹，自己不要那房子也值得了。

陈璐也长起来了，像极了吴真珍年轻时候的模样。陈国霞想，要是自己当年也有个女儿，应该也这么大了。

七

吴真珍拿上化验单就去门诊科。医生是个看起来年龄不大的小姑娘，她接过化验单，看了半天把她老师喊过来了。来的是个主任医师，看起来经验颇丰的样子，吴真珍心里有了底。主任拿着单子越看脸色越难看，他抬头打量了一番吴真珍，问："家属一起来了吗？"

"没有，今天都有事。"

"你把你老公叫来。"

"离婚了。"

吴真珍心里涌上来不好的预感，医生怎么会这么问呢，她手脚发麻，心里堵得发慌，分明也没去追悼会现场，脑海里却一下开始想象老太太葬礼的样子，黑压压的一片，她感到紧张地喘不上气了。

傍晚的日光稀稀落落地照在大街上，吴真珍挪着步子回到了丽人服装，胳膊好像脱力一般抬不动卷闸门，使劲一拉还把自己弹得往后一个趔趄。刚还没站稳，便感觉到后脑勺被人推了一把，接着是一个迎面而来的耳光。

老彭媳妇怒气冲冲，还没等吴真珍反应过来，又推着她撞到卷闸门上，发出轰隆的一声巨响。不少人从店铺口里钻出来看看情况。吴真珍被撞得眼冒金星，任由老彭媳妇难听的话连珠炮地往外蹦，她只是一声不响扒着墙勉强站住。

"勾引我男人，真不要脸。"老彭媳妇音调又抬高了几分，争取让围观的人都能听清。

"骗着我老公给你买香水，现在又闹着买手机。那都是我没日没夜开店挣的钱啊！"老彭媳妇有理，又看见周围人越聚越多，情绪也愈发地控制不住，最后往地上一坐，捶胸摔地地大哭起来。

"你知不知道，那香水我都没用过，我都舍不得用，让你这个狐狸精给用了！"

老彭这个时候不知道从哪个地方钻出来一样，挤入人群拖着媳妇往店里带。老彭媳妇哭得更激烈了，"你还敢把香水盒子往家里带，你们这对狗男女怎么这么不要脸？"老彭拉不动她，脸涨得通红，"假的，是假的！没多少钱！"他压着嗓子，满头是汗地吐出一句话来。

人群交头接耳，都陷入围观商城西施的桃色事件的乐趣之中，没什么人听到老彭的话，吴真珍却听到了。她仰着头像凝视猎物一样深深地看了老彭一眼，发出了近乎动物般凄厉的尖叫声，冲着老彭飞扑了过去。

今天的铜城商城家家户户都很热闹，人们都在津津乐道地谈论着下午的新闻，在场的人个个都能绘声绘色地描绘出当时吴真珍是如何抓伤了老彭。老彭又是如何挂了彩，老彭媳妇又是如何哀嚎的。不在场的人个个都唉声叹气，遗憾自己错过了这一场精彩的好戏，并不厌其烦地向其他知情人打听以获取更多的细节和谈资。

晚上，丽人服装店里的灯还是懒懒地亮着。吴真珍不像往常一样收拾店铺，她坐在小板凳上，沉默得像门口微弱的路灯。还以为只是上火容易口渴，怎么就得了什么干燥症的病呢？她想不明白，医生说这是个罕见病，治疗费用很高，要做好心理准备。吴真珍知道仅仅是药费，自己也承担不起。怎么办呢，刚指望着日子有点盼头，一眨眼就回到原地了。

吴真珍一宿没睡，医生说也不是完全没有办法，要是有医保，费用就能减免一大半。她愁啊，她以前也有医保，开店前她和陈国跃都是一个厂子的工人，她做后勤，陈国跃做质检。陈璐刚上中学那阵，补课开销一下子变大，陈国跃就偷偷从工厂里夹带铁卡子，然后倒手卖掉。赶上厂里清点材料东窗事发，两口子一合计，吴真珍没有陈国跃挣得多，为了保下陈国跃，吴真珍顶了这件事，被厂里开除之后开了服装店。

清炖鱼汤

凌晨六点多，天已经泛起点微亮的白色，吴真珍去了老厂房的家属院，拜访的时间有些过早，敲了几声门后才传来一句不耐烦的"谁啊"。

"我。"吴真珍把耳朵贴在门上，听着里面的动静。

趿着拖鞋"哒哒"几声后，门开了。陈国霞还穿着件宽松的吊带背心，松松垮垮地耷在胸口。

"你怎么来了？"

吴真珍挤进门，晃晃悠悠地走到客厅，缓慢地蹲下身子，先是低声抽噎着，慢慢开始放声大哭了起来。陈国霞原本还睡得蒙蒙乎乎，一下子被她哭得精神了，站也不是，坐也不是，愣愣地看着弟妹一颤一颤的肩膀，一句话也说不出来。

天已经明亮起来，楼对面的厂房已经开始冒起青白色的烟雾，慢慢地升到天空里，云丝一样融化消散了。陈国跃和吴真珍结婚那天，也是这样早的时间。陈国霞用几百张一分钱纸币叠了一艘纸船，桅杆上贴着"一帆风顺"，她捧着船送给弟弟当新婚礼物。老爹穿了板正的黑西装，老妈穿了件红色毛呢外套，陈国霞抽抽鼻子好像还能闻到回忆里樟脑丸的味道。接亲的车风风光光送新郎新娘去了崭新的婚房，日子哗啦啦地翻着篇地过。后来老爹老妈也搬走了，就她还守着老家属房，也再没和谁谈过朋友，一来二去变成了老姑娘。

陈国霞理了一下背心，看到自己下垂又干瘪的胸脯，又看了看哭得上气不接下气的吴真珍，颤巍巍的手臂抖着，露出了白色的软塌的肉，人真的是老了啊，她想着。

昨晚熬的鱼汤，锅里还剩了一些，陈国霞点开火听着锅里汤咕噜咕噜地滚动。她盛了一碗递给吴真珍，鱼汤已经熬成奶白色，鱼肉一碰就碎，鱼骨也几乎熬化。吴真珍端起碗，先是一口一口地喝，接着仰起头一饮而尽。鱼渣堆在碗沿上，剩了点汤底在碗底微微地晃。

"再来一碗吧。"吴真珍说。

八

几场大雨之后,铜城被洗刷得干干净净,温度陡然之间降了下来,绿意陆陆续续地消退,城市也变得灰了起来。铜城商城人人都说吴真珍的店肯定开不下去了,但这话没说对,最先开不下去的竟然是老彭的凉皮铺子。铜城商城附近的商业楼建起来了,开业那天,花篮横幅挂满了半条街,先开进去的是大大小小的连锁餐厅,随着一起兴起来的是满大街送外卖的电动车,匆匆忙忙地在大街上奔波,却从来没有进到老彭的店里停留,曾经谁也打败不了的老彭家秘制凉皮竟然就这样被一辆辆电动车给挤占得连连败退。不知道从哪天起,店门就再也没开过。

丽人服装上新了几款秋装,吴真珍吃力地蹲在地上擦着特价小黑板。她吃的药里有激素,几盒药下去,人像气球一样的吹了起来。她把小黑板摆好,店门打开,凉飕飕的风吹了进来,柜台的包装纸吹得哗啦啦地响。日光均匀地落在城市里每个人的身上,不远处的新楼盘又冒了好几层,钢筋和水泥轰隆作响。吴真珍怔怔地听了一会儿,像是跟随着鼓点一样,她听到了自己心脏跳动的声音。

川岭人

杨颖

一

我感觉自己找到了快乐的办法，一个如何度过这无聊、憋闷、有时甚至有些痛苦的人生的快乐办法。

很遗憾，我已经三十二岁了，才发现这个办法。

已经入夏，天气渐渐热了起来，我打扮的心思却早就死在了冬天，尸首埋下去，整个春天都没有发芽的迹象。

近些天来，我都是穿宽松的T恤和衬衫，因为这样能更好地掩盖我没有套上胸罩的乳肉。舒服又不用担惊受怕别人会看出来。

担惊受怕，我耻于用到这个词，但不论我再怎么装得不在乎，这个词还是会在大风迎面吹来时，我双手抱胸微微弯曲身体的样子中逃出来。

下装只要是宽松的长裤就可以，颜色、款式以及和上装搭不搭什么的，我已经不在意。公司的空调温度实在开得太低，上周四我穿了一天的短裤，半夜时被腿肚子抽筋痛醒。我骂了七十二遍老板才缓过来。

在网上花54块钱买了一双凉鞋，原价57，我用了三块钱的券。鞋子有大约三厘米的塑胶底，上脚很舒适，不穿袜子也不会磨脚后跟。

一切都很舒服，甚至说很完美。每天洗完澡，我还不用洗胸罩和袜子，太省事了。甚至有时候犯懒，我连澡都不洗。

不修边幅，不讲卫生，同事说我最近活得像一个男人。

"男人"——这两个字点醒了我。

我观察周围的男同事，大 T 恤，大裤衩，人字拖，有的油头，有的油面，有的既油头又油面。

我终于找到了快乐的真谛，原来很简单，就是像个男人一样就可以了啊。像个男人一样，无拘无束，快乐每一天！

可惜还有月经。

比起三十二岁才找到这个幸福办法更遗憾的是，我还在来月经。每月一次，日期不准，吃两粒布洛芬也压不下第一天的疼痛感。每到这一天，我就只能躺在床上，一天迈开腿走的路可能还不够曹植写首诗。

成年后，每次经期疼痛，我妈都会告诉我：生了孩子就好了，生了孩子来月经就再也不会痛了。

每次听到她这样说，我都冷笑：那我宁愿月经痛一辈子，也不要受一丁点怀孕生子的痛。

如今，我已经有两年没听到过这样的话了。两年前，三十岁时，我从家里搬了出来。此后，和家里人联系见面的次数少得可怜。如果不是因为这次爷爷去世，今年我也没打算回去。

我出生在一个叫川岭的县城。不要被名字蒙骗，和四川没关系，我也不太能吃辣，严格计较起来，我的老家属于江南水乡这一带。

川岭县城，环境宜人，河流蜿蜒流过，河水清澈见底。青山绿树间，布满了古色古香的建筑和独具特色的小店铺。人们闲庭信步，生活节奏悠然自得，仿佛世界早已停滞于时光的某个角落。

当然，以上的描述属于是一种艺术渲染，我义务教育时期写《我的家乡》等这样的作文题时就会写出这样的句子。实际上的川岭，在我看来就是愚昧和落后的孪生兄弟，若不是返乡奔丧，我一辈子也不愿再回到那个地方。

我找到自己的座位，把双肩包放在地上。夏日的傍晚，火车轰隆隆地滑过一片青翠的田野，悄然地穿越时光的尽头。彩色的晚霞镶嵌在天幕上，在微风中轻轻舞动。

"李信……姐姐？"

我没想到会在这趟返乡奔丧的火车上遇见阿灿，一个我已经二十年没见过没联系的"妹妹"。

二

阿灿曾在我家住过几年，算是我看着长大的。我的记忆告诉我，她应该是隔壁红花大妈家里的孩子。

在我还没上幼儿园时，红花就有了七个孩子。虽然当时处于计划生育的年代，但这倒也不是什么稀奇的事。我们这个年代的人，都看过一个叫《超生游击队》的小品。

稀奇的是，七个孩子却有六个父亲。

搁谁都得再问一遍：真的吗？不可思议。

小时候我总觉得红花肯定保有一项世界纪录，但大千世界无奇不有，或许她只是芸芸众生中的一员。

红花家紧挨着我家，每天我都能在门前树荫下见到她，我总会近距离地去观察她。

红花给我上过好几堂生物课，我注意到一个奇怪的现象，她的肚子经过几个月就会变大，然后突然有几个月她杳无音讯。等下次再看见她时，她的肚子又恢复正常。然后又是几个月循环往复。

红花常常抱怨，数落她过去男人们的丑恶。她的前六个孩子就来自不同的五个男人。

对于我来说，这可真是我头一次离世界奇迹这么近，所以我经常观察她，有时装不经意，有时是直视。

你以为这样的她会是个满脸愁容的怨妇吗？恰恰相反，她对于自己的遭遇十分乐观，常常指着自己的肚子说："这事又发生了，虽然是件麻烦事，可经历多了也就习惯了。"

我妈常说："有些人就是很难满足的。"

你们可能会觉得红花把时间都花在了勾搭男人和生孩子上，并且时常抱怨。事实正相反，红花是我见过的最快活的人，自在又洒脱。她总是那么开心，而且她很喜欢我，关于她喜欢我这件事使很多人纳闷。

每当有地瓜干和葵瓜子，她总会让我拽着衣服下的两个角翻起来，抓起一大把放进我这个临时的兜里。如果她做了水萩粑，我也能吃上好几个。这使得我妈非常不解："我不明白红花为什么这么喜欢你，她的孩子还不够她操心吗？"

像红花这样的女人，是不会嫌孩子多的。她应该爱她所有的孩子，虽然大家不会相信，但是她对她孩子们的喊叫和责骂时的用词都是我闻所未闻的。

我妈曾说："小鼻涕虫啊，在用词方面，红花可是大艺术家，谁都比不上她。"我也认为我妈说的没错。

红花常常对自己的孩子喊："文文你这个小浑蛋，大嘴畜生给我滚过来！"或者："文文你这个罗圈腿肥东西，你不赶快回来，我就让你火烧屁股，听见了没有？"

我常常想，红花训斥孩子甚至时常大发雷霆，可能是没有条件照顾他们，所以心中烦闷。红花找谁去弄钱来养活孩子们呢？

有好些男人晚上开着车慢悠悠地来到红花门口，他们可不是来给孩子们送钱的，他们只想要红花。

我问过母亲，红花是靠什么生活。母亲训了我一顿，说："小孩子少打听，晓得不？"

我想到了最坏的方式，希望那不是真的。

我爸说："红花有新男人了。我今天看见他们一起买菜回来，应该都同居了。"

我感觉红花长得也不算特别美，借用隔壁的隔壁邻居的一句话："她那张脸像极了矿泉水瓶盖。"而且她的身材也不妖娆多姿。

当然，这是她有六个孩子之后的情况。

和红花同居的男人姓许，我个人不喜欢他，他说话听起来总感觉在吹牛。何况他身材矮小邋里邋遢，这大概是我不喜欢的格格巫的映射。

但我最反感的是他对女人的态度，他总是对路过的女人指手画脚。

但凡一个正常人，都不会去指着别人说三道四的，这真让人反感，倒像个长舌妇了。我妈老说虽然她不喜欢红花，但不晓得红花那样的女人看上了许先生什么。

我常常听见红花那座矮瓦房子里传来打斗声和孩子们的尖叫声。

等大家看见许先生时，他总是说："刚刚给了那女人一点颜色，只有拳头才会让她镇静。"

像往常一样，男人出去买菜，戴着帽子试图遮挡挨了打的眼睛。

真相终于暴露了，出拳的是红花。

许先生还是和红花生活在一起。直到红花的第七个孩子出生。

我记得那是四月的一个周二，前天我还看见红花坐在院子里。婴儿是在清晨出生的，真是神奇，中午饭的时候，红花就隔着墙和我妈唠嗑。

我妈只是问："男孩女孩呀？"

红花说："我哪有那种福气呀？又是一个女孩，我只是想让你知道情况而已，先进去了，事还有点多。"

我妈说："红花可真实在。"

大家都以为孩子出生了，许先生该离开了。

然而几天后的晚上，我看见红花站在自家门前，摆出了打架的气势，她朝许先生大喊大叫，让许先生过来。

许先生应该是怕了，他尝试着向我家这边过来，但又很不安。

红花说："你以为你是个男人吗？你听着，别在我面前装什么好人，姓许的，对，我说的就是你，你那瘦屁股，就像是裤裆里塞了两个臭鸡蛋。"

我母亲常说："我不知道他为什么不回老家去，在那边他至少活得快乐一点。"我也搞不懂许先生为什么要留在这里。

红花对许先生越来越厉害了。

我都听见红花对他说："别以为让我生了个孩子，你就拥有了我。这孩子就是个意外。"

许先生说："但孩子谁来养？"

红花说："那是我的事，我不需要你待在这儿。你在这儿还多张嘴。如果你现在不立马离开，我有的是办法让你滚蛋。"

我躲起来，偷偷张望，许先生是流着眼泪离开的。

红花的孩子们都长大了，就是那七个孩子。倒不是因为她疲倦了，也不是因为她丧失了生儿育女的热情。事实上，红花似乎没有老，也没有丢掉一丝快乐。大家觉得只要给红花机会，她就能继续刷新纪录，第八个孩子某天就能出来蹦跶了。

许先生离开的第二年某天的晚上，红花的大女儿文文放学回来，说："妈，我怀孕了。"

我仿佛用肉眼看到了那座老旧的矮瓦房因为巨大的声波而颤抖的样子。

我第一次听到红花的哭声。她好像把一生的泪水都哭出来了，把以前用笑掩盖的哭都发泄了。我听过葬礼上的哭声，一个我从未见过的我应该叫舅爷爷的老人去世了，爸爸正在给我折要戴在头上的白帽子，几个我应该叫阿姨、姨父和舅舅的大人一直哭，我只觉得他们好厉害，一直没停过，他们哭到最后甚至哭出了一种节奏。

可是那天晚上，红花的哭声让我感到很恐怖，甚至有点阴森。

我们家的人都听到红花的哭声了，不知道该为谁难过，为红花还是为她的孩子？

哭声停的时候，我们家多了个孩子。

大家不知道那座矮瓦房一晚上发生的事，大家只知道阿灿是我们家暂定的一员。

阿灿顺理成章地成了我妹妹，这只是暂时的。上学放学，劳动休息，我们一前一后，这也只是暂时的。

后来到了时间，阿灿这个暂时的妹妹，理所应当地就离开了，就像隔壁的红花大妈一样。悄无声息。

而我放假从学校回来才知道这件事。

这么多年，我几乎没有去回想过我当时的心情。我从未想到我们还会再见面，她居然还记得我，甚至认出我。

"我爷爷去世了。"我向她解释我出现在这趟列车上的原因。

她愣了下，然后表情凝重："节哀。"

火车到站，后面还有人在不断地向车厢口涌动。落下这两个字后，她对我点点头，就继续前行了。我想这次应该就是我们此生最后一次见面了吧，思绪还没来得及发散，她又挤过人群，伸手往我小桌板上放了一瓶黄桃罐头。

"我带了好几瓶。"

这次她是真的走了，隔着玻璃窗，等她的酒窝在我脑海里散去，我才想起来我连声"谢谢"都没说。

我对阿灿最后的印象，是在暑假一个寂静的夏日，那日的天空像奶油一样，薄雾蒙蒙，有着琥珀的色泽，炎炎烈日下的大白杨仿佛被灌满了湿润的野花蜂蜜。那时是早稻收获的季节，放了农忙假，我和阿灿便去爷爷家帮忙。

田野上机器的嗡嗡声越过围栏向我们飘来，小狗像鞭炮那样噼里啪啦欢快地绕着田野蹦跳，干草闻起来既清爽又甜美。眼睛能看见的地方，大家都在辛勤干着自己的工作，打理、装卸、运输。留着络腮胡子的高大男人开着机器来回奔波，他们戴着的草帽看上去就像一片荆棘树丛。空气伴着他们手上的动作流动，一捆捆一袋袋谷子长出翅膀，像飞鸟一样飞向车子的最高处。奶奶给了我们每人一把木棍叉子，我们便把剩下的稻草捆扎上。

我在一座草堆后头撞见了阿灿。她对着我咧嘴一笑，用她独有的那种狡猾、闪烁的眼神看着我。她穿着格子裙，戴着塑料花边的黄色手镯，裸露的双腿是棕色的——那是大自然馈赠的颜色，上面沾了草屑。

"走开，"我说，"走开，走远点。"

阿灿比我小五岁，但是长得很快，当时她个子甚至快赶上我了，我都有些怕她。从她那猫一样的眼睛、微翘的嘴唇中，我看出一种反常的神色，比我所能猜想到的任何东西都更加不对劲。上次在家门口，我用沙球打疼了她，但她丝毫没有怀恨在心，只是咧嘴笑着。

"我带来一样东西给你看。"

"你走开，我在忙。"我说。

一直跟在奶奶后面忙活的我口干舌燥、汗流浃背。这时她的眼睛闪烁着光芒，而我的脚下却如同生了根，一动不动。她的脸颊笼罩着一层颤动的朦胧薄雾，她的身体仿佛随着风中的种子若隐若现。

"你渴吗？"她大声呼喊着，风吹过麦浪。

"我不渴，就这样。我渴不渴自己晓得。"

"你渴了，姐姐，"她说，"来吧，快点。"

我不再挣扎，把小木棍朝嗡嗡作响的地面一插，跟她走了。好似在避灾逃难一般，躲着周围人离开。

我们走了很长的路，绕着田庄和篱笆，一直走到田野的尽头。林子间的空地上，那里停着一辆拉货的车，车上装了大半稻草。没修剪过的草秆像一条条彩带垂下，又如环绕着货车的黄色布幕。

我们爬到车底下，爬过车轮之间，来到一个散发着草木清香的石头和碎土堆着的小土包旁边。阿灿挠挠痒，把头发上的草籽打掉。她从土包里翻出一个小布袋，里面露出一个装满黄桃的玻璃罐头。

"这是黄桃哦。"她说，"虽然你身体不太好不该吃，就偷偷地尝一下，我不会告诉其他人的，它超甜超好喝的。"其实她没喝过，我也不知道她为什么说得好像有品尝过一般。

大而敦实的罐子躺在草地这儿，就好像一个尚未引爆的地雷被我们排出来了。我们提起它，拧开瓶盖，一股子香味便扑面而来。我把罐子举到嘴边，转动眼睛朝两边看看，浑似一只四脚动物来到水潭边。

"快喝啊。"阿灿说。

我深吸一口气。

我永远难以忘怀，那一次悠长而神秘的啜饮，饮下了金色的火焰，饮下了那片原野的风息，饮下了有着笑声的田野、红褐色的夏天、多汁的黄桃罐头，还有阿灿发热发红脸颊上的酒窝。

三

列车驶进德州站，广播里开始介绍德州扒鸡。微信里，我妈发来消息问我是不是到德州了。看来她是算着时间的。

我毫无触动，甚至觉得烦，回了个"嗯"字就锁了屏。

我明明是很爱妈妈的，以前在家里，我很喜欢抱她亲吻她。她上半身的肉很多，抱紧的时候很舒服，身上的味道很好闻，即便没有涂香水，闻起来也总是让我很放松。她有一件穿了很多年的棉质T恤做睡衣，前面印着的小兔子耳朵都没了。每次她洗完澡穿上这件衣服，我都喜欢往她怀里钻，我说有妈妈的味道。我喜欢亲吻她的脸颊，两边脸都要兼顾到，印满我的口水。她的皮肤很嫩很细腻，五十岁了也不会输给我。

这也是让我难受困惑的地方，我明明如此地爱她、亲近她，为什么会在离开家这么久却很少想起她。

是因为她总是催我谈朋友生孩子吗？可能是有这个原因。

结婚生子这件事是我和她之间最大的分歧，或者说是我和整个家族里所有亲戚最大的分歧。读研后每次讨论起这个事情，我们都免不了在饭桌上开一场辩论赛。我实在不解，川岭的家长（或者地域范围再大点）为何总是擅长在一个其乐融融的日子里突然点燃一个胜似炸药包话题的导火线。

我实在无法接受生孩子这件事发生在我身上。在我看来，生孩子和死亡没什么区别。看到和我同龄的大学同学一毕业就结婚生了孩子，我至今无法理解，我不懂她们为什么年纪轻轻地就选择结束自己的人生。

我小姑知道我有这个想法后比我爸妈反应还大，眼睛瞪成了铜铃。请注意我不是在用比喻。

当时的我看着铜铃下面的眼袋和黑眼圈，以及更下面喋喋不休的、骂我不懂事不孝顺书全念到腿肚子的、那张起了死皮的嘴，不知为何还有心思在心里改编了《黑猫警长》的主题曲：

> 眼睛瞪得像铜铃，射出闪电般的恶言恶语。

很难想象，这是我小姑，一个在我印象里怯懦温和的女人突然变成了石矶娘娘。

石矶娘娘自然是比喻。

在列车上想这个问题是很容易越想越气的。毕竟众所周知，车厢是滋生熊孩子的最佳地之一。我看着斜对面一直在自己大喊大叫踢椅背的儿子旁专心刷短视频的"失聪"母亲，一气之下竟拧开了总要借助起子这类工具才能打开的黄桃罐头。

气死我了，气死我了，李文娟有什么资格说我啊，她自己的生活都一地鸡毛，还好意思教训我？

李文娟是我小姑，名字不出意外是我爷爷取的。

在成年前我对李文娟的印象都挺好的，她还认了一个孤儿做儿子。这捡来的堂哥叫周世聪，比我大一轮。李文娟在四十七岁这年再婚，周世聪早已自力更生，小女儿则还跟着她。她现任老公也就是我的小姑父陈豪生比她大两岁，离婚已经四五年，他俩的女儿都让他前妻带出国了。

我都快忘记我前小姑父长啥样了，以前只有过年的时候能看到他。他是外地人，说的话我不太能听懂，印象里又黑又壮，给我糖果时手心也是黑乎乎的。我接了糖就偷偷丢掉。我妈发现了，问我怎么糟蹋东西。我说怕有毒。

但其实他是个好人，每次想起那些丢掉的糖，我就感觉我丢掉的是我的功德。

海兴奶奶再重男轻女，李文娟也是她身上掉下来的一块肉，多次电话让她回家她不愿意。海兴爷爷骂奶奶浪费长途话费，说李文娟不回来就算了，就当她是个畜生。我只恨我爸当时不在场，没人能管住这个口不择言的老家伙。

后来海兴奶奶中风瘫痪，我小姑带着周世聪还有堂妹张丽瑶一起回到了川岭。

陈豪生还不是她老公时，李文娟叫他陈先生。大雪飘飘的傍晚，经人介绍后，陈先生带她去吃了麦当劳。冬天穿的鞋子厚，鞋垫垫了两层，陈豪生告诉李文娟自己有一米七二，她也就信了。

陈豪生看似很博学，能言善道。那天李文娟吃了一个汉堡，可乐里的冰块让她的牙齿和胃一阵酸痛，在吸气中她知道了陈豪生在英国念过商科硕士，知道了他单位有好几个才二十多岁的女生想嫁给他，知道了他有套 120 平方米的房子和一辆开了三四年的奥迪 A6L，知道他家里是书香门第……除此之外，李文娟印象更深的是，知道了麦当劳的冰淇淋叫新地，肯德基的叫圣代，是不一样的，以后不能叫错。后来他们再约会，去过肯德基，也去过必胜客，虽然都是快餐店，但每次都是陈豪生请客，李文娟也不好说什么。最后一次约会确定关系是在汉堡王，站在门外，陈豪生一边在那些个 APP 上签到领优惠券，一边顺着李文娟的目光指着手腕上的白印，笑着说这里之前一直戴着一块 30 万的天梭表，只是前几天坏了拿去修了。天真的好冷，陈豪生说话的时候一直在吐白气，李文娟忙把他袖子卷下来，说太冷了，咱们先进去暖暖吧。

　　后来在一起了，陈豪生和婚前也差不多。夏天到了，陈豪生穿着人字拖在洗手台刷牙，李文娟擦掉马桶垫上的小便，起身后突然发现镜子里的自己和他差不多高，也许是生活压弯了他的肩膀吧。李文娟不懂手表，但陈豪生每次洗手也没见他取下来过。李文娟说这样会不会对表不好，这么贵进水了怎么办。陈豪生说没关系，他有的是钱不在乎。

　　陈豪生似乎是不太在乎钱的，经常给办公室的年轻女孩带 K 记 M 记的早餐，说是打好人际关系。可是他们婚后别说快餐店了，根本就没出去吃过。有一天，李文娟的女儿早上买了麦当劳的咖啡，说是喝了提神，白天看书不困。陈豪生很贴心，买了一大盒速溶咖啡回来，让她以后给女儿泡这个。

　　提起我的堂妹张丽瑶，李文娟头痛了很久。

　　张丽瑶刚高考完，文科生，衣角和发梢都散发着一股文艺青年的味，喜爱阅读。张丽瑶十四岁的时候还不认识陀思妥耶夫斯基，知道砒霜不是因为《九品芝麻官》也不是因为《包法利夫人》。张丽瑶初中时很喜欢读郭敬明这类作家的书。那时候正青春，中二病时期，张丽瑶喜欢非主流，对一切明亮的色彩嗤之以鼻，每天上课都在开小差，内容是把自己代入刚看的青春疼痛苍白小说里的女主角。初二时，张丽瑶跟我说她很想打耳洞，而且打算只打左边，然后戴上一只紫色的耳钻。但是家长、老师是不可能同意的。青春疼痛苍白小说就是那只紫色耳钻，张丽瑶读完，莫名感觉自己像在不适宜的季节里打了耳洞，发炎，流脓，疼痛。醉心于这种矫饰的文字和华而不实的修辞，直到现在，张丽瑶还保持着在社交软件发动态的习惯，无病呻吟。不过，我这人心善，看到了一般都会点个赞。即使从没有喜欢过什么男孩子，张丽瑶也能"创作"愁苦的文字。做完这一切，立马去叫同学一起打排位。影后级演技。成年后的心境从不敢启齿到现在光明正大地表示热爱粉色，荨麻疹发作时也会觉得至少身上那些粉红的包包看起来不是很难看。张丽瑶痛恨自己在最能堂堂正正喜欢粉色的年纪故作深沉地选择暗黑。尽管如此，如今小布尔乔亚在她的世界里依旧占据主流。她在大学里穿粉色裙子，显胖，捏着小肚腩想起初中经常吃的一家煎饺店，为当年不节制地吃这种油炸食物发胖而感到微弱的痛苦。反复梦见初中时代，张丽瑶觉得自己是真心喜欢文字的，但这种喜欢在三本院校的录取通知书面前突然变得没有重量，和衬衫背后的汗水一起悄无声息地蒸发。李文娟和陈豪生都让她报师范学院，认为女孩子未来做老师比较好，还特地拿我举例子，说表姐李信读了师范不去当老师，结果天天加班。可惜我表妹张丽瑶还是不愿意，和母亲、继父争吵。实际上面对这样的分数，她也不知道自己该去哪所学校，该选什么专业，但是她就是不想顺着长辈指的方向前进。对此，我还是点了个赞。

　　送张丽瑶上大学的那一晚，李文娟和陈豪生久违地做了爱。周世聪很争气，临近35岁还考上了财政局的公务员。听说我这个表哥已经谈了个女朋友，在私立幼儿园当实习幼师，打算年底结婚。不知道海兴爷爷的葬礼上我能不能看到。随着小女儿张丽瑶也终于成年进入了大学，李文娟感觉自己像溺水很久的人，终于冒出头呼吸到新鲜空气。她最近喜欢上了抖音，就和我斜对面的那个女人一样，非要开外音，从菜市场下班回家后一有空隙就刷短视频。家务也开始做得潦草。一个叫靳东的男演员最近频繁出现在我小姑的梦中。她以前很少做梦的，不论是在前小姑父家里，还是和陈豪生结婚后。

　　"你在想啥啊，不出声也不动一下？"完事后，陈豪生抬起头趴在李文娟干瘪的乳房上问她。

　　"没什么，我想咱妈最近胃口不太好，我明天煨点清淡的汤送给她。"

　　陈豪生应了声，翻过身先去洗澡。

我的小姑叹了口气，伸手揩掉她胸上的汗珠，幻想这是下辈子一个像靳东一样的男人欠她的眼泪。

四

我升到了商务舱。

乘务员给商务舱的乘客每人发了两瓶免费的果汁，我想我今天的水果摄入量真是够够的了。

这实在是个明智的决定，安静，舒适，我不得不感叹：有钱就是好。整个车厢就两个人，除了我还有一个男孩，应该是大学生。我不得不又感叹一句：年轻比钱还好。当然，又年轻又有钱是最好不过了。

男孩看起来个子很高，双腿显得有些局促，手里还拿着一本希腊神话集，真有雅兴，坐个高铁还看书，还是纸质书。

像我这个年代出生的人，大部分第一次接触到希腊神话都是在初中的历史书上，或者是在少儿频道的动画《奥林匹斯星传》上。

我不是。

上高中前，我的每个暑假基本都是在外公外婆家度过。

八月是川岭县一年中最热的一个月，我记得当时正是正午，太阳高挂在头顶，让人无处可躲。我和外婆拐进一条小巷子里，终于得了些清凉。可比起晒得发红的脸蛋，我觉得屁股蛋更烧得紧。

"走快点，慢吞吞的，本来可以趁早上凉快点出门，都怪你太欠。"

我抿紧嘴，不接话。

"欠"是我们那的方言，表示调皮顽劣，家里人一般都用来形容我。

那天早上刚起不久，我就在厨房看见一个高个男生拿着一本书从窗前经过，我想看清楚，于是手撑着桌子，半个身子都探出了窗外，一时间桌子被压得翘起，上面的油盐酱醋瞬间哗啦啦地全滑落到地上，吓我一大跳。瓶瓶罐罐的破碎声很快把外婆吸引了过来。随后，厨房里便传出比这更响的、手掌落在屁股上的声音。

"看路!"外婆拉住我的袖子,提醒我前面有块石头,拿眼瞪我,"走路都不好好走!"

我抿紧的嘴唇放松,特地把下嘴唇翻下来,又吐了吐舌头,讨好地对外婆笑了笑。

老人左胳臂上挎着一只塑料红桶,里面装着刚刚绞好的辣椒酱,桶的提手已经生锈了,在她压出白印的胳臂上又添了些和皮肤一样的黑红色。我闻着那辣味,感觉屁股蛋更辣了。

大约走了半个钟头,我和外婆远远望到了目的地。我把辣椒桶抢了过来,一路飞奔到门口,远远地冲外婆招手。

"给我吧。"外婆接过桶,拿擦汗的毛巾给我擦了擦胳臂上的铁锈。

我觉得老人家的气应该已经消得差不多了。

"我在这看着,你出去玩吧,别跑太远!"外婆抬手拍了下我的屁股。然而,我已感觉不到任何疼痛了,屁股后面的发条已经被外婆这句话拧到底了。

粮站背后是一片茂密的树林,太阳时隐时现在这些林叶中,我穿着蓝色的背带裤惬意地穿行在其中,仿佛一切色彩都柔和了起来,明净却不鲜艳,一切都带着一种动人的温柔感,在干燥的空气中,散布着泥土、收割后的小麦和一点点辣椒的气味。

在这一片绿色中,我的视野里突然闯入一个和这一切格格不入的人。他戴着一顶灰旧的鸭舌帽,汗珠顺着他黑色的鬓角掉落在本就不白的衬衫上。他靠坐在松树下,两边裤脚卷起,双腿似乎因为太长,只好以一种奇怪的姿势蜷曲着。

"看够了吧。"

对方突然出声,吓了我一跳。我想着被发现了也没什么好躲得了,随即大大方方地从树后走过来,自来熟道:"早上就看到你了,你叫什么名字啊?你刚搬来这里吗?你在看什么书啊?"

一连三个问题让对方有点不知所措,他抬头看向我,眼里透露一种"你问题怎么这么多"的无奈。

我此时才看清他的容貌。

这是一张白白净净的脸，面部的五官清晰分明，一双眼睛是黑灰色的，稳重而坚定。尤其是他拿书的手，和他寒酸的穿着完全不同，指甲修剪的很好，宛如半月，手指又长又白。阳光照亮了他发黄的衣领，但也报复似的陷进了他锁骨下面的骨臼。

"还没看够？"

对方又开口了，我瞥见一排方方正正的白牙。

"咳咳，"我故意清了清嗓子，老成道："我叫李信，相信的信，你叫什么？"

"乔桐，梧桐的桐。"对方言简意赅。

我毫不在意他的冷淡，一屁股坐到他的旁边，拿走对方的书，"希腊古典神话……希腊，是不是法老金字塔那个国家？"

乔桐叹了口气："那是埃及。"

"噢噢，好吧好吧，我记岔了，"我不好意思地挠挠头，指着书上问道，"俄狄浦斯，这一章讲的什么？"

乔桐盘起两条长腿，像是突然来了兴致，用拇指揩掉鼻翼上冒出的汗珠，对着我道："俄狄浦斯是一个人，他出生后神谕说他将来会杀父娶母——"

"杀父娶母！"

显然，乔桐被我的杀猪叫吓到。他低头揉揉眉心，叹气道："淡定，这是神话，不是新闻。"

"噢噢。"我小鸡啄米似的点头，刚直起的上半身又耷拉下去。

"神谕说，他未来会杀父娶母。于是，他的父母将他抛弃于荒山。不料他被一个牧羊人捡到，送给了邻国的国王、王后，成了那个国家的继承人。他长大后知道了这个神谕，以为养父母是自己的亲生父母，怕神谕成真，于是就离开了……"

乔桐停下来，看着远处，"我怎么好像听到有人在叫你？"

我充耳不闻，还沉浸在乔桐的声音里，"哪有啊，你听错了，快接着说啊，他离开后怎么了？"

"李信!"

几只鸟从树上飞了出来,我彻底听清了,是外婆在喊我,听起来又生气了。

乔桐莞尔一笑,把书塞给我,"快回去吧,这本书送给你了。"

我拿着书不情不愿地走了,心里却想着明天把书带上找乔桐再讲给我听。

可惜第二天一早乔桐就离开了,他只是来乡下度个假避个暑,并不是常住。

童年的我翻看着这本书,俄狄浦斯离开后,在破解斯芬克斯谜语的路上和人吵架,争执中杀死了对方,而他杀死的正是自己的亲生父亲忒拜国王。破解谜语后,拯救了忒拜城的俄狄浦斯受到人民的推崇被选为国王,按照习俗与失去了丈夫的王后成婚,最终应验了他"杀父娶母"的神谕。

这给当年的我带来了巨大的震撼,我一直坚信俄狄浦斯会用自己的抗争来破解神谕,最终逃出命运的牢笼。我难以接受这个结局,看着已经破旧到卷边的书,我觉得看过很多书的乔桐应该能给我一个让我释然的解释,我迫不及待地想要打电话给他。

"你说那个瘦瘦高高的小伙子?"外婆放下锅铲盖上锅盖,拿起毛巾擦了擦脸上的汗。

我满眼期待,"是啊,他走之前送了本书给我,我想知道他电话,然后跟他聊聊这本书。"

回忆里,我处于上帝视角高高在上地俯瞰着当时的一切,我甚至看到自己不好意思地笑了笑。

外婆望着我,手不停地蹭着围裙,声音很轻,像是飘在空中一样随着风飘进了我的耳朵里:"他死了。"

死了?!

"那小伢的父母找人算命,算命的说,他这个月会有血光之灾,让他来乡下躲躲。昨天刚好一个月,他父母觉得没什么事,就把他接回家了。听说回去时路过书店,这小伢想买书,结果就这么出车祸撞死了。唉。"

外婆叹了口气,转身掀起锅盖,她的侧脸被一层油烟遮住,我闻到一股很浓的辣椒味，呛得眼泪直流。

"哎呀，我走错车厢了，还坐错了位置。好尴尬！"

迎面看到车厢又进来一个女孩，模模糊糊的，我的目光追随着，看着她提着行李朝着男孩走去坐下。我转过头来，才发现车窗玻璃倒影上自己满脸泪水。

"妈耶，尴尬的是我才对吧，那女孩刚刚不会看到我哭了吧。"

我心虚地又转过头看过去，那个女孩的容貌宛如一幅精致的画作。

在大城市工作，我每天都能遇到妆容精致的白领，但是刻意精致和天然精致的区别实在太大了。

她那一头如瀑布般柔顺的黑发，细腻光滑，宛若夜色中的星云，随着列车的颠簸轻轻摆动，如诗如画。额头宽广光滑，没有丝毫瑕疵，让我想起幼年时在公园见到的雪白的莲花，纯净无瑕。浓密的眼睫下，眼眸更显迷人，仿佛是一对守护着世界秘密的宝石。鼻梁高挺而娇嫩，轻轻一抬，便为她的脸庞增添了一丝俏皮和灵气。

我吸了口气，借着车座的遮掩悄悄转头，在缝隙间忽明忽灭地偷看她。原谅我，我确实好久没见过这么好看的女孩子了。

活力自信，年轻靓丽，这就是青春吗？这就是我曾经也拥有过的青春吗？我那中二、青春、疼痛、苍白的思绪开始随着女孩拨动秀发的动作死灰复燃，又在瞥到她耳后的一颗红痣时戛然而止。

女孩，耳后红痣。

我对青春的伤怀仿佛突然沿着虚空出现的45度角落下，砸在地上，变成坑里我对一个素未谋面的小女孩多年来的缅怀。

我在前面就讲过，川岭县，我的家乡，它是愚昧和落后的孪生兄弟。

不论在什么年代，大部分人的婚姻都要讲究门当户对，于是我对我父母的结合一直都很困惑，说清楚点就是觉得我妈亏大发了，她当年嫁给我爸到底图啥呢。

我妈是镇上的人，我爸是山里的人，这么说可能还是不直观。我妈的父亲，就是我外公，毕业于名校后担任镇上一家国营纸厂的党委书记。外婆也念过不少书的，在镇上的妇联工作。我爸的父母，也就是我的爷爷奶奶，都没受过教育，爷爷跟着别人做点石灰生意，从别人的牙缝里捡钱，全家的开支都指望我爷爷和我奶奶种的那点地。我爸上头还有个大他五岁的姐姐，下面还有两个弟弟和一个妹妹。我妈虽然也有一个姐姐、一个妹妹和一个弟弟，但从小衣食无忧，没受过什么不公平的待遇，放学后还有时间看小人书，夏天能嗦到菠萝味的冰棒。而我爸，上了高中才知道苹果是什么味道。

得益于我爷爷奶奶严重的重男轻女的思想和我妈耳濡目染的灌输，我对我爸老家那边的亲戚都没什么好感。我的"爷爷奶奶"是用来叫外公外婆的，轮到真正的爷爷奶奶时，我会在前面加个老家的地名，海兴爷爷，海兴奶奶，以此来区分两边的老人。

我从小就抗拒去海兴爷爷奶奶的家里，脏、破、旧，旱厕里爬满了白蛆，门前的池塘倒是能吸引我，可惜我不被允许接近它，便只能坐在散发着难闻气味的房间里看信号不好的电视里放着的黄梅戏。枯燥、无聊，因为我完全听不懂，这时我妈走过来让我去门口晒太阳，她说那难闻的气味是老人味。

大约十二岁前，每年初一，爸妈都会带我去山里的莲花庵拜佛拜菩萨。挤过人群走到庙里，我爸拿手指着一个蒲团说，去拜拜菩萨，保佑你考个好大学。

"保佑你考个好大学"这句话，我在寺庙和祖宗坟前听到的最多。

我一个一个飞快地跪拜过去，嘴里数着数，我知道这里的菩萨一共有多少个，数到17时，我知道我的任务完成了。于是飞快地冲出寺庙，找个远的地方等我爸妈。

年幼的我并不在乎这样做会不会受到菩萨的惩罚，我天不怕地不怕，不怕神也不怕鬼。

但我怕鞭炮声。

我耳朵听不得巨响，雷声也怕。有次和外公一起看抗日剧，外面开始闪电，每闪一次我都会吓得捂一下耳朵。外公笑着问我：你要是活在那个时候，可怎么办呐，到处都是枪声。上初中后，我在语文书上看到王勃在船上因为雷声惊惧而死，同学们都在笑，我也笑，笑他们无知。整个班，只有我真的走进了诗人的心里。

　　小时候的冬天还是很冷的,我跑到了一个池塘边,大人们三令五申不准我接近的地方。此时水面结了一层厚厚的冰,我兴奋不已,拿脚去试探,冒着生命危险测试出了川岭的冬天池塘水面结的冰并不足以承受一个小孩的体重。

　　在医院醒来后,听我妈说还好我当时抓住了水边一块凸起来的大石头。我爸在旁边纠正说,那不是石头,是一块墓碑,一个才三岁小女孩的墓碑。

　　小女孩的父亲重男轻女,三岁的小女孩早早开始做家务,艰难地拿着衣服去池塘边洗。她的父亲,或者应该说那个畜生不如的男人,故意去撬动水边那块她每天都要踏上的石头,小女孩一个趔趄,溺水而亡。

　　"这不就是杀人犯吗!畜生!人渣!是谁?他死了没?"

　　我妈气得发抖,问我爸到底是村里哪户人家。

　　这件事我至今想起来都觉得可怕,心悸。当时我躺在病床上问我爸:那个小女孩长什么样,你还记得吗?我爸说,他当时年纪小,早就忘了,就记得她耳朵背后有个红色的痣。他第一次见到有人长红色的痣。

五

　　我爸家穷,毕业之前过得都比较苦。当我知道竟然有人活到上高中才吃到苹果,而这个人还是我爸爸时,我心脏好像被人捏紧,难受得甚至掉下眼泪。我爸,这个叫李郑送的男人,抬手捂住我从他那儿遗传下来的两只肿眼泡的眼睛,笑着说"哭什么呀"。

　　从小我就觉得我爸的名字怪怪的,明明姓李,为什么后面又带个郑姓,最纳闷的是,最后一个字还是送,听起来就像是姓郑的把我爸送给姓李的当儿子。

　　"其实就是这个意思。"

　　我妈给我解释,你海兴爷爷奶奶怕你爸长不大,所以认了屋后面那家郑爷爷作亲爷，然后取这么个名字，才能养活。

"作亲爷"在川岭很常见，大概就和"认干爹"的意思差不多。我追问我妈：为什么海兴爷爷奶奶怕我爸养不活，他出生时得了什么病吗。我爸在旁边瞪我一眼。

"好了好了，你一个小孩子问那么多做么事。"

后来我才知道，大姑比我爸大五岁，这五年里，海兴奶奶应该还生了好几个孩子，但都夭折了。

二佬比我爸小五岁，小姑比二佬小两岁，小佬最小，比小姑还小两岁。

二年级我学会了十以上的加减法后，算出大姑比小佬大了十四岁，很是惊讶。突然觉得海兴奶奶很了不起。而我外婆生了四个孩子，大姨却比我小舅只多了五岁而已。当然，这中间得益于我妈和小姨是双胞胎的缘故。

小佬是1977年农历十月出生的，出生一个多月就生了一场病，险些丢了性命。症状就是发烧，长时间不退。那时限于医疗条件，婴儿的死亡率很高，大队医疗室青霉素都极少，只有链霉素和氯霉素，药效也远没有现在的好。我爸说小佬出生后就一直睡在摇篮里，后来都哭不出声，只能发出微弱的像猫一样的叫声。我爸他们都认为他活不了了。

后来打听到一个偏方，说是喝活泥鳅的唾液可以治好。那年雪很大，海兴爷爷运气还挺好，一上午捉到了三条泥鳅，还真的让小佬缓过来了，但还是没脱离危险。过年后正月初五我爸一个堂姐出嫁，早晨海兴爷爷告诉奶奶说，今天大喜的日子，如果小佬死了千万别哭。我爸在一旁听了，顿时对外面的热闹失去了兴趣，时常跑到房间，看看小佬还有没有呼吸。晚上在堂姐夫吃席还在想他怎么样了，第二天回来看他还好才放心。后来天气变暖，小佬才慢慢好起来了。

那场病摧残了我小佬的身体和智力，可以说毁了他一生。后来我一直认为是海兴爷爷奶奶没有尽力给他医治。我爸说限于当时的条件和社会大环境，也不能怪他们，毕竟他们尽力把我们养大，也吃了很多的苦。也许，这就是小佬的命吧。

不知道海兴老家上世纪到底过得有多苦，我爸说：他们常年只能吃腌菜和红薯。

改革开放前，农村都是以生产队为基本单位，田、地、山都归生产队集体所有，田地都是集体劳作，收获的粮食生产队统一分配。每户人家只分少量的自留地种蔬菜，也不准个人开荒地种。海兴爷爷在老屋池塘边平整了一点土，大概一两个平方，种了两棵丝瓜，结果被人举报了，农忙结束后还到公社去学习一星期。学习期间自己带的咸菜，海兴奶奶用一个大瓦坛子装的，中途不能回家。他回来给我爸他们说是去学习，其实中间发生了什么我爸也不知道，也不敢问，只是觉得海兴爷爷奶奶当时的表情都很凝重。

生产队粮食在分配时，分两种：口粮和工分粮。口粮是按人口分，工分粮是按每户当年在生产队做的工分，一个工分对应多少粮食。当时男劳动力做一天是一个工分，妇女做一天是0.7工分，双抢农忙时十五六岁的学生每天是0.5工分。家庭劳力少的，工分粮就少，而且家庭人均工分达不到生产队的人均工分还会被评为欠款户，还要扣粮。像海兴爷爷奶奶家孩子多的就是常年欠款户，每年粮食不够吃，于是红薯、腌菜就时常充当主食。大部分时候只能吃稀饭，农忙时要干重体力活，这时就煮点干饭，大部分时候都是将豇豆、南瓜等煮好放在一起拌了吃，节省一点大米。冬天不干活时基本上吃红薯和南瓜，下雪天睡觉时间长，很多时候都是一天吃两顿。

将茎秆很长的青菜中间最嫩的部分用剪刀挖出，洗净晒蔫后切碎，加盐、姜末和蒜末，拌匀挤干，装入瓶中密封。一段时间后用植物油爆炒一下或用来炒饭，吃起来会特别香。外面剩下的部分也晒蔫腌制，放入大缸中，每放一层撒入一层食盐，然后用石头压住，加入清水漫过青菜。一个月左右取出，菜秆黄亮，菜叶微黑，洗净切碎，同样用植物油爆炒一下，加入辣椒酱，好吃下饭。以前没有大棚，农村冬天很少有新鲜菜，这些就是我爸他们的主菜。腌萝卜的方法同样。萝卜腌制一段时间后，水面会生成一层厚厚的菌菇，川岭俗称萝卜菇，盛在碗里煮饭时炖上，吃时味道鲜美。一年到头偶尔两回会加点鸡蛋炖进去，这是我爸他们少有的加餐。

除此之外，我爸小时候家里还会种豇豆，产量还可以。每天早上，海兴奶奶起早去采摘回来，再去生产队上工。我爸他们就在家择豇豆，把很嫩的挑选出来，用草扎整齐。腌制后冬天食用，腌制方法和青菜一样，只是不用晒，直接放入缸中用石头压住就行。比较老的豇豆就炒着吃，不嫩不老的放入锅中用水煮熟即捞出晒干，然后剪成一寸左右的长段，储存起来，冬天没菜时再取出来吃。

那时候最怕冬天的早晨，我爸放完猪还要去地里摘一篮子红薯叶拿去喂猪。早晨霜很厚，一会儿就感到手指刺疼。等到快速摘满一篮，手指早就冻僵了，只能用手臂将篮子夹回家。到家后，手要用温水泡才能恢复知觉，其间手指的刺痛像针扎一样。冬天，我爸的手背永远都是黑黑的，上面还有一道道细小的血口。海兴爷爷奶奶手上的血口更多，手指上裂开的口子甚至有一两公分长，又深又宽，他们形容为"伢嘴"，就是像小孩的嘴。实在疼痛难忍，就到隔壁大队医疗室，找中医讨一点他自己制作的膏药油，在煤油灯上烧化后滴到裂口里。

秋天放学后，我爸和小伙伴一起挎个竹篮，到野地里掐小蒜，说是蒜，其实形状像葱，极细，闻起来有香味。晚上海兴奶奶会用它做红薯渣粑，把小蒜切碎和红薯渣粉混合搅拌，捏成饼贴到烧热的铁锅上，一会儿香气就出来了。红薯渣是红薯用机械压成浆后，过滤出淀粉后剩下的残渣。晒干后易储存，虽然没营养，但在那个年代很容易填饱肚子。我爸说现在都用来养猪了。

红薯的储存方法也是有讲究的。秋天从地里刨出红薯后，挑选完好的红薯擦净泥土放入地窖，得挑没有虫眼和破损的，挑选时注意要轻拿轻放，不能碰破外皮，否则容易变质腐烂。川岭家家户户都是采用直立形地窖，从上面看着就像一口井，井口不大，只能容小孩上下。地窖向下挖三米左右，到土质比较结实的地方再横向挖掘，一般直径三到四米，高度一米左右，大一点的孩子在里面都要弯腰。秋天将红薯储存在地窖，冬天要吃，下去取。取时我爸坐在绳子上，海兴爷爷将我爸放下去，取完后又用绳子把我爸拉上来。我爸小时候每次下地窖，既高兴又紧张。高兴的是拉上拉下的过程觉得很好玩；紧张的是下面很黑，下去后要过一会儿眼睛才能适应，还害怕里面有怪兽。

上世纪七十年代末，大概七八、七九年，海兴家隔壁的日山镇苍岭村银珠山上发现铜矿，驻扎在川岭县的623地质队去勘探。我爸当时看到高高的铁塔外面用帆布罩着，里面柴油机响不停，晚上灯火通明的，感到很神秘。有一次地质队来镇上放电影，那种露天的，白幕布挂在两棵树之间，放映机对准幕布转动，一盘胶片放完后要手工换片盘。我爸和他的小伙伴几个人看完电影，忍不住好奇跑到钻塔门口观看。只见长长的钻杆不停地转，一会儿就升上来，工人将钻头里圆形石头轻轻敲出来，然后又放下去钻。最让我爸觉得神奇的是旁边烧一煤炉，上面一直烧水，一个小盆里有和好的面粉，工人工作间隙可以自己揉两个包子放在煤炉旁烤着吃。虽然煤炉看起来不怎么干净，他们手也没洗，只是擦一下，但看到他们有包子吃就很羡慕了，我爸当时感觉"国家人"就是好。

我爸至今记得红薯渣粑如何粗糙难咽，以至于饭桌上出现红薯类食物，我从未见他伸过筷子。但他说那时冬日的晚上一家人围着灶台，边烤边吃，也是其乐融融的。

我说这么可怜还其乐融融，人可真会美化童年。

我爸否认，说苦虽苦，就像喝苦丁茶，余味一定能品出甘来。

我又不是没喝过苦丁茶，这什么破比喻。

我爸小时候一到夏天就喜欢抓知了。这也是一种川岭上一代人小时候常玩的游戏，用竹枝弯成圈，插在长竹竿里固定好，找到蜘蛛网后将蛛丝缠到圆框上，有很强的黏性。然后听声音上树找知了，用蛛网慢慢对准，接着猛然一按，知了想飞，一张开翅膀就被黏住了。我爸会用线捆住一只脚给弟弟妹妹们玩，但他们经常不注意，让知了带着线飞走了。还有玩一种叫抓子的游戏，开局十粒小石子，手中留一粒，其余的撒到地上，将手中石子抛向空中时，快速从地面抓起几粒石子，然后接住空中落下的。抓的同时嘴里要喊抓法，每种抓法都要抓起对应的小石子，有团抓，有跳抓，手速不快没抓起来或抓起来的和玩法数量不一样都是失败，没接住抛向空中的石子也算失败。抓和接用同一只手，失败了换人玩，成功了可得宝。得宝时将一粒石子抛向空中，手在地面连拍三下再接住，得宝成功可留下一粒石子为宝，直到十粒全部得完，最后谁的宝最多谁才是最后的赢家。我爸和同龄的女孩子玩从来没赢过，不服输总要再来一局，大人们收工了也来当观众，顺便嘲笑我爸比不上女孩子手巧。

　　夏天的晚上也很好玩，整个生产队的人都聚在一起乘凉。太阳将要落山的时候，我爸他们就把凉床、凉凳搬到一排祖坟上抢位置，高一点的地方会有风，蚊子也少点。大人们下工吃饭洗澡后，就聚集来了，队长和会计开始记当天的工分，喊到一个人名字时，大家就讨论这人当天有没有出工、有没有迟到或早退，确认后记上当天所得的工分。记工完成后就是家长里短或是谈古论今，有时也会猜谜语或相互开玩笑。当然，开玩笑只能平辈之间，晚辈不能插嘴，否则会被大人呵斥，认为没礼貌或没教养。长辈也在一旁静静地听着不会说话，也许他们是在晚辈面前维持自己的尊严吧，只是在听到出格的玩笑时出声制止一下，免得有人羞恼或因误会产生矛盾。那是我爸整个夏天最惬意最放松的时间了。

　　十一岁那年暑假，我爸正式接过了大姑做饭的活儿，因为她要到生产队挣工分了，一天能挣四工分。海兴奶奶教我爸做饭的程序和注意的事项，我爸以前看过大姑做饭，自认为很有信心，可等经历了才知道，对一个孩子来说，事情是很繁重的。上午基本不能歇息，因为要挑菜、洗菜，还要看管好小姑和小佬。那年小姑四岁，小佬二岁，二佬六岁了可以自己玩耍，有时还能帮着做点小事。川岭的农村大部分时间都是烧煤，是那种土砖砌的灶台，每天早晨要把前一天的煤灰清出来，再用柴火将小块煤块引燃。这需要一定的技术，煤块放早了会压灭下面的柴火，放晚了柴火烧完了煤块才引燃，所以机会的把握很重要。刚开始，我爸会弄得满脸黑手印，还会被浓烟呛得泪水滚滚。烧饭用的是桶形的铁锅，在川岭叫吊罐，左右各有两个耳孔，用铁丝穿上就可以拎起来。我爸最讨厌用它煮饭，米下水煮开后过几分钟要将多余的米汤倒出来，再用小火慢慢把饭烤好。煤炉的火焰大小不好控制，只能不停地转动吊罐，稍不注意就会将米饭烧糊了。刚开始没有经验，吃烧糊的米饭是常有的，好在海兴爷爷奶奶也没有责怪我爸。烧开水是用一个普通小铁锅，在灶台上下移动时两边垫着抹布用手捏紧，平衡是极重要的，有次不慎手滑，也是力气不够，铁锅一边脱手了，水一下浇到我爸腿上。当时就冲到水缸浇一瓢凉水，但还是起泡了，歇了两天。后来海兴爷爷买了一个铝制脸盆，烧水就方便多了。煮饭时取米多少是有定量的，用木的方形量具，中间用薄板等分隔开，川岭叫作"升子"，一升又合十角，一升米大约一斤八两。满升量时要和升子上沿抹平，不能多也不能少。对门的善花表姑每次量完后会抓下一把放回米桶里，很多人都说这孩子会过日子。农忙时中午要煮干饭，我爸需要量两升两角米，也就是七个人要四斤米。那时没有油水，所以米饭吃得很多。生产队种的油菜，因缺少肥料，产量低，每家只能分到几斤菜油。再就是过年杀猪时有一点猪油，我爸家养的猪一直都长得比别人家好，过年能有十多斤猪油，海兴奶奶将其切成小块，用盐腌在瓦罐里。用时也要节省，用筷子夹出在烧热的锅内擦一遍，再放回瓦罐，下次才能用完。那时的猪油很纯，油渣只有铜钱大小，我爸有时馋了会偷吃一半，留一半在菜里，怕全部吃完被发现会被笑话"好吃"。夏天时，晚上要煮一升米的稀饭，满满一吊罐。半下午就煮好了，太阳快落下时要去占乘凉的地方。我爸小小年纪就会钻到凉床或凉凳下面，用背部的力量将它们驮到乘凉的场地，然后回来给小姑和小佬洗澡，二佬基本是自己洗，只用给他打好水。洗完让他们先吃饭，碗是海兴爷爷用竹筒做的，掉到地上也摔不烂。吃完送他们去乘凉的地方，规定不能下地乱跑，让二佬看管他们，好在他们很听话，不会把身上弄脏。这时我爸才能回家洗澡，洗完澡，大人们差不多下工了。吃完饭，他们洗澡，我爸洗碗。忙好后，大家都外出乘凉，一般要到半夜才回家，家里还是很热。那时的房子都是建在一起，只有外围的房间有很小的木制窗户，中间的房间都是没有窗户的，空气不流通，屋里极其闷热，唯一的降温方法就是用手摇芭蕉扇扇风。但人们劳累了一天，也是很快就入睡了。

一九七八年，川岭大旱，川岭大大小小的池塘几乎都干涸了。为了饮水，每家在池塘里挖一口井，早晨用长柄瓢在井里取水。后来井里也没水了，只能去三公里外的泉水塘挑水。一天，我爸偶然发现井底有很多泥鳅，可能是水慢慢干了，也把它们赶到了井里。于是每天放学后，我爸就拿个盆子溜到井里，泥鳅很多，一口井里都能捉三四斤。我爸精得很，趁人不注意，一天下一个井。井很深，人在里面，外面的人不走近根本看不见。后来隔壁邻居发现我爸家经常晚上吃泥鳅下挂面，还有不少晒干了的，他们才知道塘里泥鳅都集中到井底去了。可这时候井底基本被我爸翻完了，他们翻第二遍收获也是寥寥。我爸说起这个，比他当年作文差点上杂志还骄傲。

那篇作文我看过，是我爸中考结束时在家写的，开头是一个老汉坐在桥头抽烟，享受着秋日的闲暇。这时他儿子来了，喊：爹，回去加件衣服，别凉着了。老汉点头让儿子放心。看着儿子的背影，老汉心里很高兴，知道他是去隔壁村和最近谈的对象会面。然后就是老头陷入回忆。大概的情节是这儿子是老头的独子，因为穷，他们村很多小伙都找不到媳妇，老头着急，但人老实又没办法，儿媳成了老两口的心病。这时改革开放了，儿子因有文化，搞起了养殖，家里慢慢有钱了，还带动了村里其他人。现在家里新建了瓦房，日子越来越好，老两口心情也舒畅了，儿子也受到表彰，成了小名人。近三十岁了，隔壁村一个漂亮姑娘相中了他。大概内容是这样，其实主要就是歌颂改革开放。当时我爸的表爷看了非常肯定，投到一个叫《作家》的杂志，对方退稿提出三点意见让我爸修改，说是要加深度。我爸很有自知之明，觉得当时凭他的功力是很难改好的，于是高一开学就丢开了。

初中，我爸是在隔壁村同水读的，那里就近设了初中班。同水、海兴、五合、泉镜四个村小学毕业考合格的学生都去那里读初中。我爸去时有一个初三班，没有初二班，因为中间停招了一届，我爸他们也是最后一届。因为没有老师，课程都是小学老师代教的，初二时从川岭师范学校分来两个年轻老师，后来教我爸他们物理和化学，基本是照课本复述一遍。因为他们也是初中毕业生，又刚参加工作，缺少经验，要求他们怎么教得特别好也是不现实。学校最缺的是英语老师，因为没老师懂英语，我爸到初二才开始学英语，请的是川岭初中的英语老师，星期日来给他们上课。一段时间后，他也不来了。学校没办法，只好让一位学过俄语的老师教他们。我经常笑我爸英语发音奇奇怪怪的。他们学英语也有自己独特的方法，就是在单词旁用汉语标注读音，例如"飞机"标为"普累音"，"苹果"标为"矮婆"等。初一、初二，我爸都是早去晚回，中午在学校吃饭。初三时住校了，晚上要上自习课，我爸和同桌两人共用一盏煤油灯，轮流提供。有时会为了灯亮度的大小产生矛盾，因为都想节省煤油。宿舍是学校提供的一间教室，床铺和被子自备。于是我爸他们都从家里驮一个凉凳，背一床被子睡大通铺。被子一半垫一半盖，连被单都省了。那时中考前要预选，也就是先进行一轮统一考试，争取中考资格。选中的学生才能在一个月后参加中考。预选后，学校只有我爸和另外一个叫李诗兴的同学选中了，他家就在同水。预选后，川岭发洪水，老师都不来学校了，他们俩就在学校复习，自己做饭。班主任住在学校旁边，经常会去看看他们。中考时也是他带我爸到川岭，和川岭初中的学生一起乘车到县里去考试。

  我爸高中开学整整延迟了一个月，因为川岭高中在建教室。九月一日都开学了，而我爸还没接到通知，人都懵了，明明超过了分数线不少，志愿也填了，怎么就没有入学通知？大人们分析可能是漏掉了，海兴爷爷已经准备找师傅让我爸学做木匠了。我爸虽然着急不甘心，可也毫无办法。后来还是我爸和海兴爷爷拉石灰到同水小学，托他们校长打听到了。校长笑眯眯的，高高的个子，在我爸的记忆里就是一个忠厚的长者。报到那天，我爸感觉川岭高中的校园真大，也感叹"大"学校的气派，教室还有两层楼房的。高中生活较以前有了很大的变化，管理正规了，每周六下午回去，周日下午到校上晚自习。宿舍是旧教室改的，学校提供了双层床，没有初中宿舍的那种混乱的感觉了。我爸也是第一次见到这么大的食堂，有五六个窗口打饭，每个窗口都排了长长的队伍。菜是从家里带的，大多时候是炒黄豆。海兴奶奶将黄豆炒熟再用辣椒酱拌着烧好，特别下饭，满满两瓶可以吃一个星期，而且天暖时还不会发霉。开饭时也有附近人家烧好青菜用脸盆装着来卖，五分钱一勺，但奈何我爸兜中空空，也只有羡慕少数家境好的同学的份了。学习上我爸不怕吃苦，但肚子饿确实让人难受，早餐半斤饭票，两个人各有一大勺子稀饭，量不少，可里面米太少了，有时下小雨，树上落下一滴水掉进碗里，能将稀饭打出一个气泡。上午四节课，到第三节我爸就饿了，尤其是冬天，还冷，下课冲到食堂，半斤米的饭吃下，身子才感觉到暖和一点。星期天，我爸还要帮海兴爷爷拉车送石灰，两轮平板车四周用木板围住，一车有一千斤左右。送到海兴周边，一次能赚七八块钱，有时也能赚十块，那就很高兴了。要很早起床到泉镜吴冲村去把石灰拉回来，下午送达后我爸去学校，海兴爷爷把车拉回来。有一次起得太早，到吴冲后烤好红薯吃完，天还是没亮，海兴爷爷就狠心买了一台马头座钟，要二十多块，这钟我看过，现在还放在他的卧房里。我爸他们最怕下雨天，有一次离目的地还有两三里，天突然下雨了，石灰不能淋雨，爷俩就在路边捡点草盖了，然后拼命地跑，到达时人都要虚脱了，好在石灰没事。那家收石灰的人也好，我爸还记得男的叫操汪杰，看他淋透了，还把他的衣服找出来给我爸换上了。操汪杰的衣服又长又肥，我爸同学们看到了都觉得滑稽可笑。班主任下课后找我爸问他怎么回事，听我爸讲后，他就沉默了。我爸读初二时，大姑就出嫁了，二佬也上学了，海兴爷爷奶奶就更辛苦了，所以我爸尽量帮他们多干点活。高二时，周六下午回家，家里买了复合肥，二佬说是准备施肥到油菜地里，我爸放下书包就挑起粪桶背上化肥下田了。油菜种在四方墙下面一块叫七斗的田里，那块田是三家平分，我们家分了大约一点二亩，田旁水沟有水，距离近，挑水比较快，但也要近三个小时才能完成，好在那晚有月亮。海兴爷爷奶奶那天回来很晚了，看到家里我爸不在，海兴奶奶就去找他。到了田里海兴奶奶都哭了，说："伢嘞，这么晚了怎么还不回去？"我爸说："妈，没多少了，一会儿就行。"海兴奶奶坚持和我爸浇完了才回家做饭。到高三时，周六回去拿菜，周日早晨七点半要赶到学校上课，我爸就不能帮他们干活了。

海兴奶奶在我初三那年去世，在此之前她已经瘫痪卧床三年。直到她去世我也没什么太大的感觉，因为感情实在没有多少。川岭的葬礼本就繁琐，海兴更是有过之而无不及。听和尚念经跪了一个多小时，中途我不小心睡着差点倒地，被我爸接住的同时也收到了他狠狠一记眼刀。

唉，还好土葬早已经禁止，不然这次回家还要对着我爷爷的棺材跪一个小时，我实在是受不住。但是火葬的话，会在殡仪馆指定的地方一起放鞭炮，川岭的传统就是一定要在鞭炮声最响的时候跪下去给过世的人磕头。

我又想起了王勃。想着现在是夏天，只希望家里人考虑遗体不好保存，我到达葬礼的时候海兴爷爷已经火化完毕。

人生保险

刘云

和父亲分开后，母亲独自搬到一间出租屋里。我来她这里的次数不多，路边的一个叉口，拐进去，有一条暴露出来的长沟，像是水流天然形成的。这是间小平房，面朝南，太阳被前面的大楼遮住，爬山虎顺着阴凉往屋檐上爬。我没进去，在离房子不远处的石墩上坐下抽烟，终于等到一个中年男人，我准备跟着他往前走。

男人一米八开外，身形瘦高，穿着黑色上衣，在广场路边朝远处的女人招手，他说："今天在这发传单？……"后面的话我没听清楚，他就坐上出租车走了。我观察他半天，偶尔装作不经意地看看旁边。和他说话的女人微胖，红色衣服和帽子，马尾扎在后脑勺，左右摇晃，她被路人的面无表情拒绝多次。我迎上去，不出意外，对方递给我一张宣传单，"保险公司"几个大字跳出来。她看我没有提脚就走的意思，指着单子上的字说："只要到公司听听课就会了解，最近还有免费旅游活动，你想去吗？"话不间断地从她嘴巴里蹦出来，她的两颊煽动像是呼吸的鱼鳃。"免费旅游？"我捏着手里的瓶子说，"姐，你开玩笑吗？"她说："去年我就跟过这个团，这次是新的旅游景点，你遇到好机会了啊，你只要去听课，还送东西呢，苏泊尔的锅直接给你。"我说："你不会骗人的吧？姐，我待会儿还有事。"我抬头看向周围，天色暗下来了，人影稀稀落落，男人早已坐车走远。我本来打算提脚就走，女人的语气加重："小伙子，这种话不能瞎说，你不去就算了。"我看她生气，又说："刚才和你说话的男人是你们公司的？"女人说："哪个？对，怎么，你认识？"我摇摇头丢下一句话："去看看也行。"女人说："加个微信吧，我到时候联系你。"微信头像上的女人穿着西装，昵称是王芳。

几天后，王芳和我约在广场见面。上坡路看不见人，我走近，看到她穿着白T恤、牛仔裤。我坐在她的电瓶车后面，那天阳光大，车子后座是皮革制的，和小巷里的斜坡一样，坐上去，身子有时颠簸而下。靠近的时候，她发缝间的味道弥漫了我整个鼻腔，酸臭味溢出来，在夏日的马路上蒸发。我一只手拿着手机，另一只放在身后的把手上，努力把身体往后挪，又一边和王芳说起来。王芳了解到我是S大的研三学生，学的是社会学，她问了社会学都上些什么。我只能用半吊子的水平和她解释，她云里雾里说了一句："现在咱们就在去调研的路上，对吧？"她的马尾辫半是松动，头发乌黑，在太阳之下甚至发亮。

王芳说："我现在晚上去夜大学习，还要照顾我女儿，主要就是在保险公司上班。"交谈中，我得知她想通过专升本考试。她又提到，这样我在公司的职位上升就快了，拿到的钱比现在多。她骑车的时候，半个身子往前俯，像是一只击中猎物的鹰，浑身充满干劲。我的思绪浸泡在夏日的知了声里，躺在百无聊赖之中。梧桐树的叶子忽隐忽现，王芳头发上的味道顺着风飘来，一股接着一股。"快到了，下个路口就是。"我和王芳离得很近，她说话时，我好像可以感受到她嘴里的黏腻味。这让我想起，小时候母亲骑车带我去老中医那里的场景：人们把药渣倒在路上，这股过滤后的味道混合着苦涩铺在石子上，温度高的天气，药渣几天就变成了黑色的一小团，而后萎缩消失。

王芳把车停在院子里，楼房外围是微黄色的，像是锈迹攀附在表面，一根粗大的水管嵌在墙角，保险公司的海报贴在外围，红色箭头一路指引。王芳刚拐进院子，保险广告就藏在隐蔽的角落，她指着三楼说："就在那一层。"楼梯染着红漆，有些部位被踩得光滑，红色整片整片地剥落，像是晚秋的叶子簌簌而下，墙的半边围着黄色，再往上是接壤的白，雪花似的纷纷扬扬。或许是我的叔叔出车祸那时候，我见过父亲伏在医院的走廊上哭泣，肩膀耸动，声音抖落，我对大片的白，总是心存芥蒂，感到窒息。即使是哭泣，父亲的声音依旧像埋葬在他的身体里，没有彻底决堤。我没有见到他过于失态的样子，在母亲面前的争吵和脸红已是极限。

三楼的走廊一条道通到底，两旁的小房间零零落落三五处，桌上堆积着白色纸盒，画着锅的图样。我跟着王芳走到最后一处房子，一张长桌摆在屋子里，几十个人在那里坐着，台上有两人拿着话筒，说起自己近期以来的业绩。男的接着唱了起来，整个屋子撒满嘈杂声，长桌旁边坐着的大多是女性，坐在我右手边的女人穿着短裙，头发高高挽起，长指甲上点着大红色，她身后的墙皮凋落。王芳用胳膊肘碰了一下我说："小伙子，你看，现在说话的这个就是我们的经理，好看吧?"我转过头去，穿西装的女人在说话，"我以前是宝妈，在家里嘛，也没钱，后来做保险，现在我的月入工资你们可以看一下。"她说着把自己的手机掏出来，点了几下，递给旁边的人……她的声音敲在整个屋子里，人群拥挤，屋里的气息稠密，我把头落到椅背上，只觉得脑子空旷，偶尔冒出"吱吱"的声音，话筒接着转交给下一个。我听了半天，在他们的面容上似乎看到生活赏赐的希望，"保险"把晦暗无光清空，她们话语间的愤怒和无奈一一泄露，和我的母亲重叠起来。王芳拿着笔记本不知道在写些什么，她把手机扣在桌子上，眼睛盯着说话人，留给我一个后脑勺。

　　这时，我注意到桌子旁边的女人，穿着闪片裙，坐在前排。她的对面是讲台上走动的一对男女，男的穿紧身裤，二人拿着话筒，笑着说些关于保险的事，还有自己的经历。"自从我接触到保险行业，今年三月份我的亲妹妹参加了……"后面的话像是夏日里的蝉鸣，叫声聒噪，我开始任由自己的思绪淌过他们的絮叨里。女人留着黑色的直发，左耳带着闪光的亮片，她盯着台前的人，看起来很认真。当她侧过半边脸时，我发现她竟然是我的母亲。我往靠近后门的地方躲了一下，努力把自己埋在关于"保险"的说话里，冷却他们热火朝天的宣扬，同时希望人群变得稠密，空气里多些迷雾。

　　我划过手机屏幕，显示 15:08，接着把手机反盖在桌面上。这时，铃声响了，"爸爸来电"。慌乱之中，我挂掉电话，把手机放在屁股和椅背之间，好像可以掩盖突袭的扰乱，而后抬头扫向四周，旁边人扭过头来看了一下，我下意识抓取母亲的背影，她并没有受到干扰。我推推王芳说："姐，什么时候可以走?"王芳说："好的，我先带你去见我们老板。"我轻拉后门，像个窃入室内的小贼，转头看向母亲。她还在听课，两个小时以来，她一直维持着左手托腮的动作。母亲上课时像个认真的学生，父亲和亲戚对她进所谓的"传销组织"的描绘在我的脑海里漂浮起来。我跟在王芳身后，走到右边第二个房间，从外面窗户往里看，大约五十岁的女人坐在办公桌旁边。王芳进去之后，就拉着我说："李姐，就是这个小伙子。"叫李姐的人抬了一下自己的黑框眼镜说："好的。王芳给你说清楚了吧？"我看着她身后的两面小旗，出了会儿神说："啊？大概说了一下，就是保险对吧？"李姐有个大龅牙，说起话来口水偶尔喷出来，不知道是不是因为黄昏的光线射进来，她的脸色暗沉，失了光泽。她拿出几张 A4 纸，上面的字密密麻麻，蹦到我的眼睛里，让我想到隔壁屋子里的空气，窒息感充斥在我的胸腔之间。

"李姐说，你如果经常来这边听课，大概就知道流程了。你把自己的个人信息填写一下，银行卡转账二百就可以参加旅游了，这个钱不是我收你的，是你的日常生活费……有异议吗？"我接过她手里的纸才反应过来说："啊？有意义，我觉得非常有意义。"李姐像是习惯性地推了推她的眼镜："有异议？什么异议可以说一下。"我说："我觉得这次活动办得非常有意义，可以让我们……"我看着李姐的面容像是丢进水里的纸张，浸泡，慢慢舒展开来。她说："哦，你说的是有意义的'意义'啊？嗯，看来你还是很支持的。"我看着她，她半是秃了的头顶旁便是文件，办公桌上堆积着蓝色外壳、白色纸张。这期间，我趴在桌上，填了一大堆表格，那些入目的信息索取让我敏感警惕，除了名字和手机号，我填的信息基本上是假的。和银行卡号一样，在家庭成员这栏里，我不知道该填什么，那几行空白占据了页面的最大部分，横线无止境地延伸，和这里憋闷的空气一样使我陷入大片的茫然之中。

我起身看到王芳点头过来，没想到她真给我拎了一只锅。李姐这时候也站了起来，我急着往外跑，和王芳说了句："快下去吧，我得赶快找个厕所。"她们在后面的话，只是嗡嗡发作，我并没有听清楚，转而看到宣讲室里的情形。这时候母亲站了起来，拿着话筒，她们的表情有严肃认真，也有戏谑轻松，所有人的面孔好像混为一体。我几乎是一口气跑到了楼下，看了眼正在排水的管道，踢了一脚，它晃动一下，我的整个身体似乎跟着微颤。

我抬头看了眼太阳，还没有完全落下，正打在楼梯口王芳的半只眼睛上。

　　王芳在混乱的车子里找到自己的那辆，叫了旁边人帮她移车。我看着这个发胖的女人晃动着自己的身子，挪了半天，一撮头发飘到她嘴边，乌黑发亮，她今天穿的牛仔裤从后面看有点发白，和这栋房子一样，等待油漆凋零，外墙蜕皮。她终于从车群里挪出来，面部已经发红，额角的汗顺着脸颊而下，她从屁股后面掏出自己的手机，对面传来了孩子声。她一只手撑着车子，带点急躁和温顺说："星泽小朋友，你先把作业做了，冰箱里有东西，妈妈一会儿就回去了啊。"

　　我走向前，扶着那辆超过她身型的车子说："你女儿？"她笑着，带点憨声，翻开手机相册，"你看。"我看着她手机里的照片，是在一个大巴上拍的，女孩笑起来还有个酒窝，母女俩戴着帽子。我已经记不清和母亲是否有这样亲昵的时候。电瓶车座位发烫，等到车子拐了一个巷口，"保险"的信息才算是暂时从我的大脑里消散。当我贴近王芳的后背时，她身上的高温和汗液一股脑地扑来，我的鼻腔之间沾满了她的味道，包括头发的酸味，我猜测她已经几天没洗头了。王芳和我说起她的女儿，我没有听她提过自己的丈夫。我问她："夜校学习得怎么样？"她说："这个证考下来，在李姐这很快就能升成一个负责人了。"接着又提到，"你这样的学历，来这里会升得很快。"我按下想问她广场上那个男人事情的心思，就轻轻说了句："你们公司的人怎么样？"王芳没有听清楚，鼻腔之间发出"嗯？"我没有说话，静默了会又说："那天和你讲话的男人，你和他很熟？"王芳说："我们公司的，人倒是挺精明，油嘴滑舌的，李姐她们被他哄得开心。哦，听说以前是做生意的。"

　　车子拐了几个弯口，终于出了逼仄的巷子，梧桐叶下的路面宽大，几道阳光落下来，人群和车子显得凶猛，像是海浪扑过来。我这时才发现，她的白色T恤透汗，上桥的时候，她说："你坐稳点，我带你抄个近路。"突然之间，母亲的背影闪烁在我的眼睛里，不过她的脖子细长，没有多余的肥肉，头发估计也不会发出这种酸味。"估计"这个词在我心里掂量了会儿，我感到对于母亲的陌生。王芳说："我女儿今天放学早，我不去夜大了。"

在人群里，我们变成鱼，滑腻的身体躲过人潮。下车后，王芳没有取下头盔，说："你回去千万别忘记把银行卡号发给我啊。"她的声音闷闷的，如午后的雷鸣，一会儿就灭了。我习惯性地把手插进裤兜里，突然意识到手机不见了，"姐，我手机好像忘在保险公司了，就是开会的地方。"王芳愣了一下，她额角的汗液流下来，头发在阳光下摇晃，发梢黏在脖子上。"你等一下啊，我打电话给人问问，让她帮忙留意一下，在宣讲室？"她停顿了一会儿，借着翻找通讯录的时间说，"要不我再带你回去找一下吧。"我低头看着她的面容，大约不到一米六的女人只在我的肩膀附近，她转过身去和手机里的人对话，语速极快地掠过，就像路旁飞过的摩托车，语调含糊，只是低低的几声压下来。我看着她，本想推托的，她嚷着让我上车。夏日的溽热已经消散大半，地表上蒸腾的高温随着时日渐晚凉却，王芳身上的气味没有那么强烈了。我说："姐，你女儿等你呢，她是不是就一个人？"王芳说："没事，你赶紧上来吧，星泽已经习惯了。"我问："现在那里应该没什么人了吧？"她说："没了，每周这个时候宣讲，讲完大家都回家了。"我吐出一口气，好像放下了什么，我在保险公司初遇母亲的讶然消磨大半。

手机被拿到李姐那里了，她笑说我"年轻人忘性大"。下楼的时候，王芳推着车子，"××保险公司"的大字又跳了出来，黑色的煤炭样烙在墙面上。我想起小时候和父母住过的房子，"拆"字也像这样血淋淋地飘落，字变得狰狞起来，像海藻一样开始肆意蔓延。我从贴满广告印章的楼梯间走下来，中午刚到时，我并没有注意到这些。王芳推车叫我，我看到母亲坐在那个男人的车后，一时间忘了该往哪走，她像是注意到我，从摩托车上下来走向我们。我的脚好像移不动了，黏在被高温浇筑的路面上。她走过来，叫了我一声，又说，怎么在这里？她的声音软软的，好像失去了苛责的能力，转而又对王芳笑笑。我抬头看了她一眼，嘴巴张开又闭合，本想转身走开，最后只是"嗯"了一下。

王芳说："你们认识？这是我……"还没等她说完，我看着她身后的男人，又冷漠地看了她一眼，"我决定以后在这里工作了，我想试试保险怎么让人脑子不清楚的。"男人的眉头粗犷，和我跟踪他那天的穿着一样，还是那件黑色T恤，偶尔我去母亲家会碰到他，那时候就退出来，在巷子里坐着。空气凝滞了会儿，母亲说："这是我儿子。"我不知道这几个落下来的字是和王芳说的，还是和她身后的男人，又或者是我。等到男人走近了点，笑着伸出手。我正视他几秒，直愣愣地看过去，忙说："刚才我爸给我打电话了，也不知道有啥事。"母亲性格里男子般的狂野好像熄灭了，剩下烛芯悠悠荡荡，"你好好念书，别做些旁门的事……"

我没说话，转身走过，坐在王芳的后座上，说："走吧。"母亲和她身旁的男人看着我。我清楚地知道自己在伤害她，可是我好像一步也进不了，没办法和她亲昵，尤其是当我看到这个陌生男人时，只能用漠然的眼神扫过他们。如果当时装作不认识最好，可是母亲为什么要走过来呢？王芳说："我先把孩子送回家，你们别担心。"电瓶车的左视镜裂了两条缝，正好可以框住他们，母亲的身体碎裂在镜子里，越来越小，直到这条路走完看不到身影，她还是没动。我似乎看到男人拉扯母亲的手臂，她在那里站着，不知过了多久才走。王芳的脊背是佝偻的，从后面看过去，不像三十出头的人。我突然出声，嗓子带了点沙哑，"那不是我爸，他们离婚有几年了。"这句话送出去的时候，路灯一排排刚亮起来，王芳路上几次开口说话，都以静默收尾。等到影院门口，她碰了碰我，把锅递过来。这个矮胖的女人身影在我的眼眶里加深了，我急着离开，想逃离关于"保险"的一切。我推说不要了，王芳直接放在了地上，说："回去当心点，我记得你就住在苑平新村，离这不远。"最后说："你母亲……"没说完，我用不耐烦回绝了她。我低声说了句："你知道的，我原来并不想这样。"王芳拍了拍我的肩膀，"没有人想这样。"她走了，车好像没电了。很久之后，她才从我的视野里消失。王芳和女儿说话时候的温柔还留在空气里，今天遇到母亲后，她好像变得比过往的年月都轻声细语，我的脑海里回放她的面容，又想时间倒回去，对她也少些苛责。我越想越烦闷，不知觉间加快了脚步，从口袋里掏出烟，企图让白色的雾气一点点将我吞噬。

每天晚上回家，我都会经过一座桥，桥面的半边身子破败，岸边小卖部家照过来的光线落在河水里，店老板正躺在椅子里抽烟。关于抽烟，母亲不知道是什么时候学会这个动作的,白烟从她的嘴里吐出来,她戴着大号耳环,成了一个摩登的女人。在我的记忆里,母亲最近表现出强悍的样子,是过年从老家返城的时候,姑姑让父亲帮忙带东西。她直接从大巴车上把我姑姑的东西搬下来,指着父亲的脸说:"给谁带东西都可以,就是她不行。"母亲只有在很少的时间才会发火。这时候,她和我的父亲刚离婚不到一年,我不知道为什么她过年时候还去了父亲家里,也许是为了我。姑姑在家里扮演长舌妇的角色,提到最多的是"保险"二字,最后下了一个定论,母亲被拉到传销组织了,不务正业。这个结论让父亲在夜里辗转反侧,我经常接到他半夜或是凌晨发来的微信消息。

父亲的性格就像他的那辆二手车,发动的时候,车身每个关节像是撕裂了一番,噪声通过车子底盘轰然往外扩散。车是几年前新买的,已经人到中年的父亲起意买了一辆车,当时的他生活并未富足起来。母亲是无证驾驶,不认识几个字的她半买半学硬是通过了驾照考试,父亲家里那边人说她,花了一万多买了个驾驶证。她也不管别人说什么,车子开得依旧顺滑舒畅,母亲似乎剥离了来自身体本能的恐惧,完全不像个新手。父亲的面孔是红色的,一年到头都是这样。当他在人群里听到,母亲开车直接撞到路边的树上去了,他整个人只是稍微愣住,后来他神情激动但也没有多少言语,他的反应就像漂在河面上的死鱼,在井水边泛着腥味,一股股往外扩散,掀不起多少波澜。我的母亲和他不同。我第一次知道母亲身体里的狂野,是坐她车子的时候。那时家里还没有轿车,她骑着电瓶车直接冲上了高架桥,当时的风紧逼我的面颊,等我睁开眼睛往下望去,车子已经处在桥的最高端,往下去是漫漫田野、小道、房屋,更多的是轻薄的白色雾霭。

等我努力把这层白雾拨开,想起上次和母亲说话,已经不知道是什么时候。对面一阵忙音,我在夜校门口半蹲着,等到电话那头自动挂断,用脚碾碎剩下的半根烟。起身,把自己抛到人群里,夜里的灯光摇曳不止,人影慢慢消失了,白天女人发间的那股酸臭味好像还在我的鼻头。王芳的消息紧追不舍,"小伙子,你把卡号发过来。"我在聊天框里输入:"姐……"后面的话说不出来。我点开她的微信,她朋友圈里除了保险,就是她的女儿。"9月

21日，带着星泽小朋友去游乐园。11月6日，星泽小朋友自己站在板凳上煮面……"还有几张穿着母女服装的照片，我一张张看下来。然而王芳像变了个人，剥离了我见她时的宽容，把我当成了"保险"顾客。缠绕在我脑海里父母的争吵，像马蜂一样蜇人，父亲在吵架的时候依旧缩在自己的壳子里，他涨得满脸通红，声音也放不大。王芳一连几条消息赤裸裸地问我要卡号，我一狠心把她删除，又在电影院门口那条路对面坐了会儿。大型超市的广告牌还在发光，所有东西都散发着光芒。王芳现在应该和她的女儿在一起了。

几个小时后，母亲打电话过来，让我周末去她那里吃饭。我去的时候，楼房前的芭蕉叶子正绿，天空白里透蓝。还没进门，我就在水流之间的长沟旁看到红棕色电瓶车，和王芳的车一样，以前为数不多的几次过来从没有注意到。我左右探看，加快脚步，进了门，母亲的床上摆着很多衣服，裙子、外衫……颜色基本是灰黑色调。我问母亲："保险生意怎么样了？"她半天没回话，不像以前提起"保险"就急着与人争辩。她给我塞钱的时候，我没要。她接着说："就是你之前看到的那个男人，我们就要结婚了。"我的筷子停了一下，随口问起隔壁住的人，她说："是王芳，她带着孩子，男的不常见，跟离婚了一样。"我问母亲："门口的电瓶车就是她的那辆？"母亲说："对，当时租房的时候她介绍的，你和她什么关系？"我说："什么？"母亲说："你那天怎么会在保险公司？她带你去的？"我说："哦，她带我去……"我话还没说完，母亲就急着说："你以后别再过去了，王芳说的话你别听。"我说："王芳的话，什么话？你能去，我怎么不能？"

这时候，放在桌面上的手机又响了，"爸爸来电"。我想起今天没有回他电话，空气停滞了会儿，我抬起头问母亲："这个男人是不是比我爸强，没他懦弱，保险还要做多久？"母亲看了一眼手机屏幕说："你电话响了。"我拿起手机，对面传来父亲的声音，我抬头看到母亲，与她对视了一眼便往外走，"嗯，爸，我在外面忙，忘了回你电话，有事吗？"说这话的时候，我有意把音量提高了，不知道母亲有没有听到。父亲说往我卡里打了三千块钱，他问我最近和母亲联系了吗？我支支吾吾，终究没有勇气和他说母亲要结婚的事。和母亲为数不多的几次见面，似乎都以我的情绪失控作结，她面容的愁苦无力又浮现在我的眼前。

  我一直往前走，不会去想以前坐母亲的摩托车跑上高架桥的疯狂，那是遥远的记忆，就像随之而起的白雾一样迷蒙。有时候，父亲怯懦的眼神又会从我的脑海里浮现，水从我的脚下流走。那天下午的云浮在半边天空上，像只小鹿上下飘荡。我往外走的时候，河沿边蹲坐着一个女孩，正好被大片的芭蕉树叶遮盖住。她右手拿着树枝不断挑拨地上的蚂蚁，我问她："这个好玩吗？"她看着我，两只大眼睛来回闪烁，"叔叔，你要玩吗？"我低头看着她，脱口而出："星泽？"她说："你认识我？"我一时语塞，女孩看起来比照片上要大，更活泼。我说："我玩过。小时候，我也帮蚂蚁搬家，蚂蚁经常被我弄得半死不活。"我抬手摸了摸她的头顶，想起幼时的玩伴曾经踩着高跷去摘杨槐花，说起离婚的父母每月给自己两份零花钱，语调快活。他生日那天请了班上十几个同学，在蜡烛吹灭的时候，突然间放声痛哭起来。当时的我听着楼道里哗哗流过的下水道声音，好像有什么缓慢地流淌而去，他的母亲是个非常漂亮的卷发女人，有一米七的个子，继母远没有他的生母好看、时尚，留着男人样的青年头，很少说话，以至于摸不出性情。我对父母分开的恐惧多半来自他，即使十几年过去。我在遇到星泽的下午，还是无法完全褪去这种茫然。

  王芳从对面过来，她看到我，顿住半响，面容又舒展开来。我朝她点头，叫了声"姐"。数月后，母亲搬走了。从那以后，我没有再去她生活的那条小巷，我曾无数次幻想过在这座城市再次遇到王芳，像她或者像母亲这样做保险的人。时至今日，一次也没有。

梦萦曼谷

邓倩倩

阔别故乡已久，我在收拾房间时，无意间发现护照从帆布包里掉出来。如若不是上面的印章，我都要淡忘了自己的十九岁，在溽热的曼谷当过一次奔跑的火光。现在的我在外把自己的身心交给工作，忙着活，让青春期精心搭建的乌托邦被现实蚕食掉，也包括出行的勇气。但在夜深人静，焦灼的想念能让那些漫漶的青春过往拉洋片式地显现在我眼前，再无分离又永远逝去。

天蒙蒙亮的火车站水汽荒荒，高架桥上的火车劈开一座又一座深山，尖锐的鸣笛声穿透我的身体。我侧着脸，脸庞与玻璃窗外的雾锁青山，飞石绝巘频频重叠，又一同卷入隧道的黑暗里。无座的我在车厢里对在座位上优哉游哉的乘客投以艳羡的目光。或许这姿态过于贼眉鼠眼，检票员走到我身旁，让我出示车票。这不经意的质疑为我甩下莫须有的罪状，我应激性地设想自己是罪恶滔天的逃犯，多年来都在想方设法地躲避追捕与审查。鄂西的奇峰连绵阻挡不了年少对远方的冒险之心，只能目送它一路飞驰，叹息它不知艰险为何物，直到汉口站。

我潜隐于地下美食城中，埋头嚼着炕土豆，每一口都尝得极为仔细缓慢。自此，有关荆楚的味觉想念，生动于摊贩的声声吆喝里，留香于我追忆故乡的早班火车中，也盘桓于我对异域食物不适的一瞬间。我接着赶往机场，等待属于我的航班。这架飞机运行异常平稳，我得到了长久而温馨的睡眠，梦见了一片颜色、一片光与一怀秋意。在偶然的惊醒间，我隐约看见身材苗条、五官立体的空姐冲我点头微笑，其东南亚风情的长相让我微微失神。类似白面书生在山林邂逅幻化仙子，入其中者，如沉迷海，将不知所以矣。

廊曼机场的国际航班处光线暗淡，设施陈旧，像是从旧海报上拓印而来。

我在货币交换的柜台前用蹩脚的英语请求其中唯一懂英语的大叔为我换电话卡，转而向路过我的三个泰国女生问路。她们形体各异，在迷离裙下露出胖瘦不一的腿，自信大方，似乎没有身材焦虑的困扰。她们热情地给我指路，打量我的长相后，还问我是不是中国人，她们软糯的发音仿佛榨取了热带水果的糖分，令人神魂迷醉。

我无所事事地坐了一下午，盯着东南亚长相的男人们出神，总结出一套长相标配：头发浓密，眼睛深邃，鼻子扁平，嘴唇厚实，古铜肤色。直到有人感受到我怪异的注视，甩给我防备的目光，我才把猎奇的眼神收回来，一笑而过。偶然间，我看到对佛像跪拜的信徒，为神性的信仰矢志不渝。

我在网上看周围的某酒店附近有鳄鱼，吓得我魂飞魄散，在便利店连蒙带猜地买了稀奇古怪的零食，打算在机场闷头过一夜。来自五湖四海的背包客用身体的温度刺探着机场的角落，活得旁若无人，也给我带来横睡座椅的勇气。我将行李箱紧贴在胯下，如同母鸡护崽，如此度过一夜。我在凌晨中惊醒，晃到隔壁的国内航空区，好似穿过了连接不同年代的门道，来到深受现代洗礼的地盘，这里与之前的区域风格相左。一家明亮雅致的餐厅外站着一位阴柔的男服务员，冲我礼貌地微笑，亲切友好，做了一个邀请的动作，并询问我是否需要寄存行李。我欣然接受服务，进去后点了一份海鲜寿司和鸡蛋花，环顾不同桌位上杯盏交错，佳肴耀眼。饭罢，我试图勇闯市区，前脚刚迈出去，便被滚滚热气劝退。

我枕着臂膀，望着天花板一动也不动，肉体想要快乐却没有勇气，就让灵魂飞跃，空想浪漫。就在这时，一个五官线条硬朗的英国人凑到我跟前，找我借充电宝。我警惕地摇了摇头，把帆布包往怀里拽。他不甚在意，让我帮忙看着行李，自己去营业厅办电话卡。他掀开短袖，把腰包展示出来，特意指了指颜色，说着英语："我选肤色，就是让小偷看不出来。"我心念动容，回答："谢谢你对我的信任。"我望着他汗涔涔的背心，拿出纸巾递给他。他向我答谢后，问我来自哪里。当得知我是中国人后，他莞尔一笑："中国人好啊，我去过广东，那里的人对我很好。"我和他坐在长椅上，有一搭没一搭地聊着。我紧张地搜肠刮肚，看能否检索出有关英国的关键词，结果只是把零碎的知识点粗糙加工，对伊丽莎白和狄更斯信口雌黄。他若有所思地点点头，然后用"你说得很好，但我认为"这样的句式给我台阶下，我心里十分受用。当话题的氛围开始落到冰点，他又自然地把话题引到自身，用平淡的语气抚平漂洋过海经历上的沟壑。"我毕业后就从英国飞到了日本教书，没过多久，我在那里和一个日本女人结婚，有了我们的女儿。在一起几年后，我们的感情出现了问题，调和不开，所以我们离婚了，女儿判给了妈妈，我现在独身一人。其实我认为，人和人很难达成真正的沟通，每个人都活在自己的意识里。"

我细细地咂摸他口中的"alone"，滋味是这般苦涩，"我想我能够理解你，我写作的时候也会有这种感觉，越写越觉得心里寂寥得很。"两个孤魂野鬼飘荡在一块，互诉衷肠。我调侃了一句："要不我以你为原型，写一篇小说怎么样？"他不以为然："一个单身汉，没什么好写的。"我不由得脱口而出《傲慢与偏见》中的一句经典台词："有钱的单身汉总要娶位太太，这是一条举世公认的真理。"初时的一男一女在机场里说着文绉绉的对白，像在舞台上表演英文话剧，充满着忸怩的模仿味道。在我们相视而笑的时候，他突然提议："要不去写写外面的世界？"我不假思索地拖着行李箱，跟着他进入到未知的地方。

他帮我把行李拎上 A1 公交车，还让我挑选座位。肥胖的售票员捧着圆柱形的筒子走向满脸疑惑的我，他从口袋里掏出一百二十泰铢递给售票员，然后女人把泰铢从筒头滑到尾部，接着传给我们筒子吐出两张车票，又去张罗别的乘客。我对这位英国男人报以感激的眼光，然后拿着手机记录沿途风景，但它们一闪而过，难以成片，只能反映瞬间的心情。

当我们到达地铁站后，我懒懒散散地等着列车。他拉了拉我的衣袖，示意让我看看周围秩序井然的队列，我羞赧地选择了一列队。等我们踏上车厢，里面的灯散发出暗橘色的光，却不影响欢声笑语。有两个活泼的女生踩点进来，说着今天买的衣服好漂亮云云，我猛然听到中国话，问她们是哪里人。她们两个搂在一起，笑着说："我们都是苏州的，在一块工作，有共同的爱好，有时约着一起旅游。你呢？"我简略地自我介绍后，顺带提及身边的英国人。她们笑而不语,在下站前对我耳语,"妹妹,还是要注意安全。"这也是多年后我想告诉当时自己的话,只是十九岁的自己认定了一个人,贪恋一晌的心领神会,只会把其他话当耳旁风。

到站后,迎面而来的是地铁里的美食集市,成团块状分布,散发着丰饶的热气。外面是恶狠的阳光在鞭打人的肌肤,也照射在歪歪扭扭的泰文招牌上。我大概用了几分钟才慢慢适应热带天气。他拦住一辆出租车,在英语和泰语之间来回切换,坐在靠右的司机似懂非懂。带着我们兜了一圈后,我们发现旅馆就在出站口,三个人在车里哈哈大笑。我们下车后,路过一片香蕉批发区,黄的、青的、红的,铺天盖地的香蕉掩映着背后算账的老板,蕉叶味缠绕着过客,经久不散。他在马路上捡了两片阔叶,分我一个,用来扇风去热,开口介绍自己选旅馆的要求:"我一般会选带厨房的旅馆,因为每年我住这里都将近两个月,不可能每天下馆子,要不然开销就太大了。"说完,他伸出双手向我比画炒菜的样子,俨然久经厨房。

他带我爬上一段狭窄的扶梯,在尽头碰到帮他提行李的工作人员。他们开始交谈起住宿的具体问题,我则走进去随意打量。旅馆的位置有些隐蔽,环境典雅,被一圈蓊郁的植被环绕着。在大厅里,有一座庄严的佛像端坐在小水池中,不紧不慢地从口中流出清水,为室内带来清爽的凉意。清一色的老式家具,其中沙发旁的桌子上摆放着一架电唱机,它旋转着几十年前的老黑胶,慵懒地从喇叭里输出我听不懂的音乐。吧台的正上方挂着国王的相框,其人威风凛凛,气度恢宏,正在默不作声地俯视着他忙碌的子民们。

当他忙完住宿后,告诉我:"你也可以把行李寄放在这边,等我们吃完晚饭,你再回来取。"虽然我犹豫不决,但是身体却诚实地听话,跟着他走出旅馆。此时天色幽蓝,凉风习习,行人时不时和我们点头微笑。他伸手试图拉我过马路,我连忙摆摆头,随口胡诌:"在中国,男女是不可以随意有肢体接触的。"他疏朗地笑着,不接我话,过了很久才说了句,"我们现在去吃一种特别的三明治,很好吃。"我满腹怀疑,三明治对外国人而言应该是司空见惯的东西,不必大费周章地跑这么远吧?可在这座城市里,我谁也不认识,家当都在他那儿,一切都处于被动,只能硬着头皮往前走。

我们坐上轻轨，还有一对少年情侣紧随我们，然后欢快地进来，并飞快地给一个对方蜻蜓点水似的吻。他低头对我说："你知道吗，这就是我喜欢泰国的原因，这里的人很热情，舍得给予温暖，所以每次暑假我都会来这里待两个月。有时候我也会去埃及，那里给我的感觉是沙砾般粗犷的火热。我愿意到处跑，感受被需要。但是在日本，人和人之间很疏离，甚至说是冷漠。我想，这也是我和妻子离婚的重要原因，我们走不到对方的心里。"他陡然的忧伤让我猝不及防，却是深埋已久的痛楚。我的语调也跟着悲伤起来："那你为什么还想着留在日本呢？英国也有很多适合你的工作啊！或者你也可以来中国？"他苦笑，调开眼神，望向稍纵即逝的夜景，喃喃道："要是我离开日本，我就彻底见不到我女儿了。"这句话好像浸泡在泪缸多年，蔓延着微弱的希望，最后又随尘土飘散于世。

说话间，我们到了站。他快步走向曲曲折折的小巷深处，我的眼睛却不住地徘徊在周遭。穿着暴露的丰腴美女拿着招牌拉拢客人，身后是灯光暧昧晦涩的按摩店；减价大甩卖盗版光盘、路易威登手袋、鳄鱼皮钱夹和古驰手表的商贩在热切地与客人聊天，头顶是乱噗噗的飞蛾环绕着灯泡飞行。我暗叫不好："这个英国人该不会加入了什么犯罪团伙吧？然后把独身单纯的女生骗到新加坡或者马来西亚当妓女？可这样一个甘愿承受无望而永恒的等待的父亲，又怎么会忍心加害于我？"他自顾自地往前走，根本想不到背后的我，脑海里在上演着两场对峙的大戏。

他终于在一家煎饼店前停下来，指着拿着三角铲子的师傅，说："可以给我来两份吗？"师傅熟稔地往锅底上刷了一些油，摊成薄饼，再砸碎一个鸡蛋，撒韭菜末、葱末和火腿末，然后放脆饼，最后刷上甜面酱。我恍然大悟，说了句："啊，我知道，是杂粮煎饼！在中国，遍地都是。"我不知道杂粮煎饼用英语怎么说，自己造了个词组"Chinese Pancake"，他不加以判断，只是点了点头，递给我一个刚裹好的煎饼。我有些难为情地对他说："这一路以来，都是你在为我破费，我想去便利店买两瓶汽水，可以吗？希望你给我一个做好人的机会！"在得到他的应允后，我小跑到马路对面的便利店，买了两瓶橙汁汽水。

出来之际，我差点撞上一个浓妆艳抹的女人，她饱满的乳房骄傲地挺立在胸前，为完美的身材增色不少。我瞟完后，双颊酡红，连说对不起。她的思绪似乎不在此，径直坐在台阶上啜泣。我有些心疼，问她出了什么事。她惨然一笑，竟然对我说了一段掏心窝的话，也许是积压太多心酸，想找一个宣泄口，或许能得到些许回应。虽然她语言和逻辑混乱，但是我大概理顺了。她入行妓女有五年之久，就是为了给儿子买药治病，她不甘心错过任何机会，只要孩子能多活一天，她就必须攥紧任何一丝希望。对她而言，儿子是无可取代的，哪怕自己有一天染病，她也要闭眼把这条路走到底。我鼻头一酸，在她一旁放了一瓶汽水，安慰道："一切都会好起来的，送你一瓶汽水，我刚买的。"

　　我和英国人打道回府，一同眺望着轻轨下的星河般的城市之景，从巷陌变换到商圈，似乎怎么也看不够。五花八门的柴米油盐，悉数在我们脚底下，它是任凭流水三千、日月更替，都无法撼动的生计。在这段大片沉默里，我们都等着最后谁先说再见，这一声再见的实质是再也难见。到了旅馆，我站立在门口，缓缓地开口："谢谢你今天让我体会到被绅士款待的感觉，还给我带来了这么多难忘的回忆。"他听完后，让我稍等。他从大厅里要了一支笔和一张纸，画了从旅馆到机场的路线图，在什么地方换乘，又在什么地方坐公交，一清二楚。他在纸张的末端还标明了自己的邮箱，嘱咐我："这么走应该没问题，以后我们可以用邮箱联系，和我分享你在中国的生活。"我看了一眼邮箱名，朝他挥了挥手，这一转身，再也见不到彼此。我从始至终都不知道他的名字，似梦非梦，但记忆依旧鲜活，给我的心颤永远新鲜。

　　这物华天宝之感把偏艳色的夜空美化得有了仙境的气象，整条街也在这种光线中恍惚荡漾。我坐上飞驰而去的BTS，凝视着明灭的霓虹灯照射的不同肤色的脸庞，想象一颗脆弱寂寞的心，哪怕只有呐喊后的回音相伴，也要在无人的旷野中追逐深藏于心的梦魇。回想这冲动梦幻的一天，我们的相识是如此偶然，概率问题中合拍的能有几例？但是这段关系又是彼此一步一个脚印推进的，就像种庄稼，是老实的农民按照程序，从犁耕到播种，再从除草到施肥，最后到收获，日夜轮流照护的。

　　有关我短暂的背包客故事已然告一段落。这是我买错机票后产生的美丽插曲，也是我一去不复返的惊异时光。现在我要做好迎接朋友小美到场以及做义工的准备。我在接机口精准地发现一个娇俏精致的身影，我用力地摆动双手以吸引小美的注意力。她欣喜地喊着我的名字，并顺畅地罗列出一串酒店的名字。"倩倩，我这几天在网上找到好多不错的酒店，有的有温泉，有的有游泳池，有的楼下有一排按摩店，说不定晚上我们还能小酌一番。"我不忍心打断她的美好幻想，但囊中羞涩的自己还是嗫嚅地开口："那应该很贵吧？我没有那么多钱，我们今晚可以在机场凑合吗？然后剩下几天去活动安排的酒店。"小美虽脸有愠色，但望向机场那么多歪歪倒倒的睡姿，只能妥协。

　　半夜，我有些失眠，起身看见浑身贵气的小美委屈地睡在座椅上，心下歉意十足，又觉得滑稽好笑。我犹豫再三，没有把那段任性的经历讲给小美，它适合收藏，深埋于我冗长的心理独白里。事后很久，小美告诉我，机场那一夜是她从未体验的经历，她觉得很好玩，而且是那段时间难得的香甜睡眠。

　　活动的大巴是下午接我们去酒店的。等我们下车，天幕全黑，无从辨认身处的环境。小美打算沐浴，我决定下楼夜跑，也想看看这片区域的样子。酒店在高耸的楼盘中，带着古色新装的低矮店面，点缀在一层，别有风味。再跑开几公里，环形过道以强悍的力量把这里劈成两半，在另一边，蓬头垢面的流浪汉在街边休憩，偶尔从喉咙里发出含糊不清的音节，眼底射出诡异的光，气味垢腻潮咸，令人惧怯。我蓦地想起杜甫的诗句："朱门酒肉臭，路有冻死骨。枯荣咫尺异，惆怅难再述。"千年后依旧适用。我折返回酒店的健身房，打算在跑步机上消耗掉些许卡路里。健身房里只有我和一个举哑铃的男士，不懂泰文的我只好求助他帮我打开跑步机，他慨然答应，并询问是否还有其他需求。我想了想，问他这里有没有水。他从吧台里拿出一瓶矿泉水，送给我，我合掌表示感谢。

　　离做义工还有两三天，我和小美准备自由行，感受曼谷风土人情的况味。

邻近的商圈如同八爪鱼，伸出似长龙似的纵横公路，把龙鳞般紧凑的汽车收入彀中。它雄伟地盘踞着广袤的大地，建造着令人眼花缭乱的花天锦地，诱惑人的钱包日渐消瘦。时髦精小美一路上口若悬河地给我介绍时尚品牌，似懂非懂的我胡乱地回应着"嗯啊是"。人生的神奇之处在于命运会随机绑定意料之外的东西，比如我对衣服的崇拜与追逐就是从这个普通的上午开始的。

蕾丝裙、包臀裙、百褶裙、牛仔裙、雪纺裙、碎花裙、吊带裙、条纹裙、荷叶边裙、长袖连衣裙、短袖连衣裙、无袖连衣裙、高腰连衣裙、桑蚕丝裙、沙滩裙等款式不由分说地侵占我的视线，我早就天旋地转，不分南北。在二楼的门口，站着两个长相可爱的导购，她们热情地招呼我和小美进去，并帮我们挑选适合我们身材的裙子。早已习惯被国内导购说胖的我，应激性地对她们递给我的收腰吊带裙摆手。在她们三个人的央求下，我忐忑地走进试衣间，身上的衣服如蛇皮般掉落在脚边，取而代之的是这条新裙子，它严丝合缝地锁住我的胸、腰、腿，这一刻，灰姑娘找到了合脚的水晶鞋。我爱不释手地抚摸着裙上的花纹，自言自语："这是我的，我也可以有变漂亮的一天。"等我慢慢掀开帘子，两个泰国女生催着小美去试姊妹装。她们语无伦次，急切地想找个合适的词来表达自己的看法，吐出几句我们听不懂的泰语，高个子的女孩子急中生智："是美丽——"这三个字是我听过的导购最真诚的赞美。等小美也出来后，她们两个摇晃着彼此的手臂，伸出两个手指头，开心地叫道："美丽！美丽！"我们付完款后，仍有种如坠梦中的错觉。

倏忽间，外面暴雨如注，声势浩大的雨水从层层台阶上滚落下来，将行人都冲刷殆尽。接着，细密饱满的雨珠在玻璃窗上急速碎裂，使得街景在我们眼中变得融合模糊。小美拉着我，带我欣赏包包，算作消磨时间。没有相应鉴赏能力的我却被异域风的设计震慑到，各色式样的碎花泼洒在水桶包、托特包、褶皱包、腋下包、马鞍包、菱形格包等上，很用力，很浑厚，很强烈，以至于枝枝蔓蔓的图案呈现出雕塑般的质感。我们又逛到彩妆区，试试这里的眉笔。一位身材火辣的泰国女性走到我跟前，意图帮我挑选眉笔，还准备让我试试效果。我用余光瞟了她一眼，心想，明明她五官和身材都在主流审美上，但用力过猛，总显得有些别扭，比如漆黑的挑眉、高挺的鼻梁、丰满的乳房，充满人工的味道。她不由分说地抬起我的脸，老道地拿着畅销第一的眉笔在我脸上描绘起来，嘴里还念叨着自己的审美。我听到混杂的男音从她的声带里传出，瞬间明白了她是人妖。我不知道怎么定义她的性别，只好紧张局促地在她的臂弯里，等待这个程序完成。等完事后，小美走到我跟前哈哈大笑，于是我转身到镜前凝视着自己像泥巴样的粗黑眉毛，左右还不对称，哭笑不得。在离开之际，我瞥见斜对面落地玻璃窗后正在跳普拉提的人们，挥汗如雨地拨弄摄取和消耗之间的天平。

　　小美买了一个冰激凌，也给我吃几口，然后她开口说着："我在网上发现一家店，我感觉你一定很喜欢，也非常适合你。"我眉毛一扬，回应着："哦？还有这回事？那劳烦这位公主带我前往那里！"她介绍的地方是一家叫papaya的古董店，店面和自营奶茶店混杂在一起，不起眼，里面却别有洞天。几个房间颇有布局地容纳着十七世纪后的西洋艺术品，包括钟表、油画、灯饰、雕塑、玩偶、钢琴、咖啡机、音乐盒、游戏机等，精彩纷呈。我向来觉得这些典雅的玩意儿和安娜·卡列尼娜、包法利夫人这些贵妇人有关，头戴插有羽毛的礼帽，穿着束腰大摆蓬蓬裙，摇晃着杯中名酒，尊享眼前的一切。

　　我们抓起衣帽架上的牛仔帽，戴在头上，在不少家具前摆弄姿势，疯狂拍照，已经进入癫狂的状态里。一向畏惧镜头的我，突然捕捉到灵感，找到属于自己的风格。拍累了，我们坐在阳台的藤椅上休息。我心念一动，说了句："要是以后我有自己的房间，我就要设置一个棕红色的书架，上面都是我看过的书。然后也不需要太多家具，对了，还得有个书桌，我一个人的时候就打字，打啊打，没完没了。"小美摇了摇我的藤椅，说着："那你可以买个打字机，像20世纪初的那些作家一样！啊！你去当编剧吧，我迫不及待地想看你写的故事被拍成电视剧。"两个对职业有着天马行空想象的人，开始一派胡言，只是玩笑也会伴随着我的真情实感。多幸运，有个人愿意陪着我一起造梦。

　　在回去的地铁上，我们叽叽喳喳地讲着新奇的见闻。忽然，坐我旁边的僧侣对我摆摆手，又指了指对面的座椅。我不解其意，小美在一旁猜测是不是他们不能和年轻女生挨得近，于是我们转到对面的座椅。他这才微笑合掌。回到酒店后，我把两把雨伞撑在阳台处，防止它们发臭。在拉上百叶窗的一瞬间，一股又一股的清风涌入房间，好轻柔。我倚栏远眺，楼下的灯火连缀成星海，在灼灼地闪耀着，"街市如昼"大抵如此。

　　翌日，两个女生对镜涂涂抹抹，换好新裙子后，奔向大王宫。门卫黑人大叔向我们打招呼，用蹩脚的中文说着"你们好"。这番热情让我们躲闪不及，甚是不好意思。出租车司机留着艺术家气质的锁骨发，放着悠扬的美国乡村音乐，与日光下清爽多彩的街景十分相称。等色泽艳丽的贝阙珠宫徐徐地显示出身影，我们感受到碧空如洗后的气吞山河。

　　大王宫是曼谷王朝拉玛一世至拉玛八世居住的地方，占地面积21.84万平方米，涵盖128座宫殿，是曼谷最大、最壮观的古建筑群。它分为内宫与外宫两个部分。内宫为王室人员的住所，外宫是政府重要部门的所在地，四周多为白色宫墙，里面的宫殿则是金碧辉煌，三阶式屋顶由绿色和橘红色琉璃瓦所覆盖，再延伸几对凤头飞檐。络绎不绝的游客忍受烈日的暴晒，穿梭在繁复的壁画间，一心沉迷取景器里的景色，再定格下拍摄对象的刹那姿态。我和小美便是其中的两份子，不求甚解地照例盛赞油画般的美景，费尽心思地构思怎么拍好看的游客照。我们在人海里浮沉，没有路线图，有时会走到重叠的景点，抬头撞见通体苍绿的玉佛。在这一刻，灵光闪过，我突然相信神性。偌大的广场出现一队队森严戒备的军队，给景点增添了浓郁的王室味道。

　　午后，我们晃荡到郑王庙，对白塔雕花啧啧称奇。在没有文化讲解的情况下，这些美景对我们来说好似浮华的废墟，领略不了内在的深度。于是我们不再追求附庸风雅，待酷暑渐退，我们坐在草坪上放松。落日余晖镀在湄南河对岸的平房上，在环境的熏陶下也蜕变成一层层的僧衣。爬山虎在墙面上蔓延，斑头雁在屋顶上划过，时间的纹理开始变得缓慢细腻。码头的工作人员示意我们加快步伐，并给我们两种船型来选择。一种是小快艇，它可以让我们嗖地俯冲到下游；另外一种是慢悠悠的轮渡。我们最终选择了后者，并赶上最后一班的轮渡，悠然自得，任河风撩拨蓬松的头发，无思无想。这个场面如此熟悉，是梦耶，非梦耶。我想起来了，是聂鲁达的一首诗歌，与之相称。"有时我在清晨苏醒/我的灵魂甚至还是湿的/远远的/海洋鸣响并发出回声/这是一个港口/我在这里爱你。"良朋佳景俱在，我却突发奇想地想叩问爱情，希冀它能解决我无法示众的孤独，等待它充盈着我心间。那时的我对爱情充满着不切实际的幻想，推崇真爱至上，它可以使人性情大变，甚至也可以突破一切世俗。

我们与水上市场擦肩而过，匆匆打了照面，倒也尝到了眼福。在河畔浅水处打桩建造高脚木屋的居民们，其实可以在地板空隙看到流动的河水，但省了购房的成本。热爱生活的他们或在阳台上摆着盆花，或在梁上挂着鸟笼。舟楫上的商贩头戴斗笠，穿着便服，划着舢板，沿河叫卖，景象简朴有趣。

下了码头，入夜的曼谷愈发潮热，弥漫着若有若无的松脂香味，奔流的人潮更是加剧了空气的黏糊。蚁集蜂攒的突突车上坐着肥胖精明的司机，他们的眼神在筛选过滤游客，然后精准对准一个目标漫天要价。呼啸而来的摩托车，其轰鸣声短暂地覆盖了周遭的一切声响。血气方刚的年轻人激情四射地飞驰在马路上，散发着无法被驯服的野性。我们坐车到最近的艺术中心，从盘旋蜿蜒的楼梯爬至顶楼。顶层的观看者比较少，或许与本身抽象晦涩的风格有关。没有了喧扰的动静，我更加潜心于此，享受着自己的解释权。我在一幅八开大小的画作前停下来，孤身的长发女人蜗居在室内，好似这辈子都要在一个巨大的颜料盘上静心避世。简单的粗线条并没有耐心地还原实景，而是着重突出颓废忧郁的气质。上衣的折线勾勒着乳头的粒子形状，还有微微隆起的小腹，她的不远处还有一只静默的白色飞鸟，与都市边缘人一同构成封闭的坐标，地老天荒。

等我们到下一层，人影渐多，随处可见举起来的手机显示屏。扑面而来的是色彩生动的画廊，一扫我心里阴翳。我一只手揽着小美，另一只手圈住一幅画，激动地说："我喜欢这幅画，它的九宫格展示了现代时尚女孩的精彩生活，像在欣赏她的朋友圈。"注解揭开了作者的性别和年龄，原来是个十三四岁的女孩，在用童真的笔触描绘女孩们的穿搭、妆容与社交。我缓慢地移动脚步，继续寻觅下一个兴奋点。小美拍了拍我，凑到我跟前，提醒我:"后面有个穿正装的女孩子好像在找你。"我一脸诧异,难道我的前生在异国他乡有故人至交不成?我回身,看到有个手握一沓彩色明信片的女孩子正冲我挥手,并把明信片上的图案拿到画作前比画。我恍然大悟,原来是作者。两个语言不通的人互相用手势表达感情,不断用竖大拇指与比爱心给对方鼓励与祝福,最后以她给我送明信片告终。

我和小美坐着公交车去唐人街,邻着窗沉醉在晚风中,有时听听歌,有时睡睡觉。直到终点站,我们突然惊醒,出大事了!司机好笑地问我们是去哪里,我们把地名给他看,他笑意更深,他指了指公交上路线图的地名,然后站立在门口,示意这时就可以自行下车。他来来回回示范了好几次,我们才明白,原来这里没有站点提醒,到了自己的地点,人就站在车门前,司机从后视镜看到后就会停车。我们本想作悔恨状,但还是忍不住开心,因为一路上我们是那么放松。我们倒也冷静,毋宁说被美食吸引,走出终点站后,我们去对面的美食摊子买饮品。我们点了一杯柠檬茶,无比震惊地看着大叔把一颗青柠檬、两勺糖、几片薄荷片、一块大生姜、冰块和冷水掺和在一起,心想这能喝吗,味道该不会像辛辣的感冒灵吧?我们谨慎地喝了一小口,没想到味道出乎意料地爽口,生姜在一定程度上化解了冰凉酸甜的刺激。

曼谷的唐人街由来已久,据传,泰王拉玛一世修建大王宫时雇用了庞大的华工,这些华工的生活区慢慢演变成如今的唐人街。从地图上来看,唐人街好似一片精巧的飞地,但是在曼谷拓展之前,它曾是重要的商业中心,拥有着第一批百货商店和电影院。"一张席子一口锅,闯荡南洋讨生活",潮州人、海南人、福建人等纷纷加入移民潮,不少华侨跻身财富人物行列,受到当局的称赞。整个中国城由耀华力、三聘和耷军三条主街道和若干巷陌连接而成,其规模在东南亚一带首屈一指。这里的时间如同定格在八九十年代的港剧一样,繁体字招牌,绚烂多彩的霓虹灯,邓丽君的《何日君再来》吹拂巷陌,比杧果还要软糯多汁。露天店铺出售着熏香、纱丽、手镯、香料、印度教象头神雕像等,迷宫般的布局中也容易出现差异化的存在,比如小鸡孵化场旁有出殡一条龙。

我和小美在路边吃着咖喱蟹和烤虾,不经意抬头看见烧腊店的师傅气沉丹田，将多年来的功力从手臂传到手腕，最后顿在厚背刀的刀锋上。嚓嚓嚓，排列整齐的薄肉片就落在了砧板上。我正对着小美说这个人好像个武林高手，继而有个骑着机车的女孩子取下头盔，把秀发别到一边，露出惊为天人的脸来。她冲我们一笑，又被来往的人挡住，淹没在人海里。整个过程昙花一现，好像没有发生过一样，但那份心颤又是那么惊心动魄。

我们当天睡得很沉，差点错过义工主办方安排的车。接我们的女生叫Kate，为人健谈爽朗，让漫长的路程不再乏味。"我是上海人，高中毕业后就直接去加拿大读书了，没有千军万马过独木桥的经历，未尝不是一种幸福的遗憾。"她晃着手中的冰美式，接着说，"你们两位是一个学校的吗？"我们点点头，我补充了一句："当时临近期末考试，我和她在自习室通宵浴血奋战，互相分享零食，就是那个时候认识了彼此。你以后会接着留在加拿大，还是考虑回国？"她苦笑着，回答："我不确定，走一步看一步。我之前很想留下来，还谈了一个加拿大男朋友，我们在一起三个月后，他甩了我。我问为什么，他漫不经心地说：'因为我是中国人。'"她自顾自地笑着，迅速换了一个话题："哎呀，话题不该这么沉重的，第一次见面嘛。待会儿还有一个做义工的队伍，他们居然还没出发！听说领队的女生有个自己的机构什么的，主持每次的活动，自负盈亏，但我估计盈得更多……"

说话间，我们抵达孤儿院。外面天光炎炎如熔炉，我们正一步步走进蒸炊釜甑里。金阳下的铁栅栏后的墙上有着一排烫金泰文，大抵是与介绍孤儿院有关，在绿意的掩映下别有韵味。一楼是孩子们的活动区域，二楼是上课的教室。我们在一楼的座椅上等着另一支队伍，过了好一会儿，门口来了一辆中巴车，下来七八个年轻人。带队的女生招呼他们在门口集合，然后掏出自拍杆，大家合影，笑容满面。

我们一起踩着吱吱呀呀的木阶梯，来到二楼。二楼没有空调，只有两架大风扇在天花板发出声响。午睡的床铺还没有收拾完，让原本逼仄的室内更显拥挤，行走不畅。我们两队被分配到不同的班，中间有一层薄纱帘隔着。刚喝完牛奶的孩子们警惕望向推门而来的外国人，两颊还扑着白粉。我和小美给孩子们准备了铅笔、本子与贴画，他们不知所措地接过去，放在桌上，没动它们。隔壁班的动静很大，领队的女生带着队员周旋在孩子中间，把氛围调动得很活跃。

我们的 Plan B 是给孩子们教简单的英语歌，但是败走麦城。他们记不住英语单词，也跟不上调，尽管出来解围的泰国老师打着拍子。在我们感到无比沮丧时，对面的领队女孩不知道何时换了一身衣服，也换了新包。他们又拿出设备，对着教学环境和对象一顿拍，算是杀青。他们来得匆匆，走得匆匆，不曾带走一片云彩。

在我一筹莫展之际，小美突然问我："有没有不需要太多语言的内容？"我灵光闪现，对她说："你这么一说，我想起来了，我们可以教他们拍手游戏，每一拍都有一个细微的变化，我们先给他们打个样。"于是，我们让老师协助把所有孩子围坐在一起，然后先给孩子们示范动作与规则，并对每一组进行指导。孩子们很快掌握要领，有说有笑地融到课堂里，顶着满头大汗的我们深感欣慰，得意地接着喊："One, two, three, perfect。"

放学后，指导老师与我们沿路攀谈。清瘦的他常年伏案处理文件，与电脑打交道，背微驼。唇下有一片硬邦邦的胡须，整个人有种坚如磐石的沉稳气质。他原本是新加坡人，教育学硕士，因一次机缘巧合，结识到一群泰国孤儿院的孩子，从此毅然选择孤身驻扎在这里，顽强地坚守着栽种桃李的信仰。我和小美先是一阵感动，体内某种黏滞的开关好像被撬开了。晚上，我们回到酒店后，一边写着工作总结，一边构想着明天的教案。我用手指了指小美的胳膊肘，问道："这样挑灯写报告，有没有像我们第一次在自习室焦头烂额准备期末考试的样子？"她扑哧一笑，没有言语。

第二天，我们起得很早，生怕赶上曼谷的堵车高峰。我们来到教室里，布置好课上所需的用品，然后给孩子们温习昨天所学，接着教他们简单的汉字和做中国结，比昨天顺利很多。这时也有孩子慢慢向我们敞开心扉，给我们画像，写卡片。我以前看泰戈尔的《孩童之道》，只觉得这首诗平平无奇，现下意识到它的妙处了。"孩子永不知道如何哭泣。他所住的是完全的乐土。他所以要流泪，并不是没有缘故。虽然他用了可爱的脸儿上的微笑，引逗得他妈妈的热切的心向着他，然而他的因为细故而发的小小的哭声，却编成了怜与爱的双重约束的带子。"童心，晶莹剔透，又五彩斑斓！

午休过后，他们穿上鞋架上的黑色小皮鞋，睡眼惺忪地去一楼的庭院中跳午间操。我和小美在一旁笑看他们幼小的肢体灵活地摇摆着，有的小朋友还要偷瞄他人的动作才能跳出完整的操，还有相熟的小朋友乐呵呵地朝我们做鬼脸。等我们上楼，老师已经端上两个塑料盆，里面装着好几种颜色的面团。老师告诉我们，一会儿我们可以一起加入，给孩子们做 rice candy，类似中国的汤圆，但是口味和色泽很不一样，酸酸甜甜。回想起以前在学院里参加的支教活动，我在村里跟着那里的人学过一点技艺，于是向指导老师提议，让孩子吃一次中国的花卷，不过需要老师提供麻油。小美在一旁和着面，我则在刀板上撒半拳面粉，将麻油均匀地铺在面团上，然后将其多次折叠，用刀将它切成整齐的条状。然后老师们帮我把它们轻轻地拉长、打卷，做成花卷的形状。等花卷蒸好以后，孩子们尝了几口，七嘴八舌地讨论起来。我们紧张地问指导老师，他们觉得味道如何，老师翻译着："他们说从来没吃过这种馒头，感觉很神奇。"

在活动结束以后，我们绕过工作室，最后一次来到教室，在留言墙上贴上两句诗："海内存知己，天涯若比邻。无为在歧路，儿女共沾巾。"我们这群人来自五湖四海，生长于不同的文化下，也遭逢着相异的际遇，却在一些时刻打破语言文化的藩篱，有过相亲相爱的温暖，绚烂却短暂。

我们离开的航班在素万那普机场，于是我们决定在素坤逸区住一夜。当天晚上，我们跟着导航四处找拉差达火车夜市，走了不少弯路。无奈之下，我们只好向商城里某家服装店的老板娘求助。她叫了一旁的丈夫，叽里呱啦地说了一些话，然后信心满满地带我们去那里。我有些吃惊，对小美说："这个时候，他们居然不关店？不怕东西被偷吗？"小美也是一脸诧异，不得解。我们只好跟着他们，最后在商城的背后发现一片闪烁的夜市。彩色的帐篷与灯光汇聚成奇异的视觉图画，像车厢般排列组合。老板娘哇哇地笑着，接着手舞足蹈地示意我们俯视下面。她的丈夫拿出手机，让我们给他们拍一张合影，又反问我们是否需要合照，这自然是求之不得的事了。

这对夫妻逗留了一会儿，才与我们告别，我沉默良久。在这个素有"黄袍佛国"美誉的国度里，我第一次近距离感受到佛，它不再是高高在上地俯视众生，神圣不可侵犯，"红尘一洗凡心净，八功德水涤六根。一片悲心观世界，愿力无穷度众生。"当如是。

纵使夜市在商场的背面，也依旧不卑不亢地与商城争辉，纹丝不动地抢夺着流动的人口。摊主们开着老爷车聚集在这里，区块分化明显。分为小吃区、杂货区、酒吧区三个部分。我们主要去了前两个区域。沿路可以看到盏盏灯泡挂在铁线上，照耀着桌前摆放的火山排骨和手抓海鲜，形态夸张，我们却以奶茶和烤串草率结束晚餐，更多的时间和精力都用在了观赏充满异域风情的衣服上。说是衣服还有些勉强，更像是细密纹理的一块布料，然后一缠一绕地系在脖子上，有走光的危险。

我们的航班时间在晚上，为了打发白日漫长的时光，我们急速在芭提雅转了一圈。等船的游客，不少人去了旁边的拖曳伞项目，尖叫声不断。小美也鼓动我，一起尝试一回刺激。我望向在空中呈"大"字形的身体，点了点头。当工作人员在我们身上套上绳索设备后，提示轮船运行起来，我们的身体很快被拖在高空中。倏忽，惊惧扩散、充塞在我的每个细胞里。我慢慢试着把身体放松，让它顺从被拉扯的方向，朝着大地飞速坠落，最后被人接住。在这大概几分钟的时间里，我脑海中始终盘旋着一个念头，如果人能够按照自己想要的活法过一生该多好。

登船后，强烈的日光、摇晃的船身、密集的人潮，穿着薄翼衣衫的肉体在我眼前模糊起来，我转身呕吐，四肢发软，被搅起来的胆汁又酸又苦，在口腔里经久难散。我无法理解《老人与海》里的圣地亚哥视海洋为女人，对它自言自语很多年。抛锚的人不会像游客一样欣赏海景，或许是看惯了，着重关注启航方向、船下礁岩与天气变化。

我一上岸，就咽了一口西瓜，在躺椅上呼呼大睡。醒来时，我发觉自己置身于山环海绕的岛屿上，头顶上肥硕的绿叶或正，或侧，或仰，或俯地聆听海浪撞击岩石的声音。忙碌的海水盲目地咀嚼着海草，把泡沫的鼻息喷向四方。在这一条暹罗湾东北部海岸线上，岸边椰林与芭蕉成荫，沙粒细腻乳白，海水蔚蓝清澈，让人很难相信在 20 世纪 50 年代，这里是春武里府无人问津的小渔村。在越南战争时期，美军将此建为海军基地与度假胜地。而昏睡一天的我不知道它背后的故事，离开时听朋友谈自己骑海上摩托的快乐，我才懊悔不已。

　　载着我们去机场的出租车疾驰而过，我们看不清远处山峰上城镇如何承接银辉的模样。我着魔一般地回味着这段岁月，把每个细节用慢镜头无限拉长，生怕若干年后我会遗忘。我把护照收好，怅然若失，可以描述成"青春即将打烊"。

哑琴

刘佳

平安夜的前一天，上海瞬时在一夜之间进了深冬。

我把手支在窗台上，透过医院六楼的窗向外眺望。天色完全暗沉，只留下高架上橘黄色的灯光整齐地排列着，和万家灯火遥相辉映，一直延伸到黑夜的尽头。我看着竟然有些出神了，直到微波炉"叮"地一声结束工作，绵延的思绪才被打断。

黑色的瓷勺在汤里搅着，清澈的鸡汤冒着热气，袅袅地升腾着，在病房上空聚拢在一起，却又慢慢弥散开来。姨妈用勺子撇去鸡汤上的一层沫，把渣滓倒在碗盖上，然后扶着奶奶坐起身。

"你爸做事还是不清爽，炖汤怎么不把汤里的油水撇干净，喝起来一股油耗气。"奶奶放下汤勺，接过姨妈递过来的假牙，放入口中。等一切准备就绪后，她抓起鸡腿小心翼翼地捧在手里，先把光滑的外皮剥下，再用舌头把细嫩的肉卷到口中。

姨妈给了我一个眼神，我顺势走到奶奶身边，双手覆上她的肩膀，寻找颈部凹下去的穴位。一用力，我似乎都能感受到她薄薄病服下干瘦的骨头在嘎吱作响。

"你爸他人呢？为什么自己不来，让你来？你不用上课啦？"

"今天学校期末考，早放学。"我不断调整指关节和她肩胛骨的位置关系，以一种均匀的力度持续着。"他公司里有事情，加上最近有些感冒，怕传染给你，就炖了汤让我送过来。"

奶奶舒服地长吁了一口气，鼻孔里挤出类似于"哼"的声音。姨妈从卫生间端来半盆凉水，和着热水瓶里的开水，用手把冷热调水流匀开，示意我奶奶该洗脚歇息了。

这些日子，都是她和护工轮流照顾奶奶。正值期末月，文菊学校里事务繁杂，只能抽空来看奶奶。听表哥说，姨父对此颇有微辞，但也只能打落牙齿吞进肚中，毕竟长久以来树立起的老好人形象不可崩塌。

"那你爸呢？还生你妈妈的气吗？"

我干笑一声，没有立刻接过话茬。

"夫妻哪有隔夜仇呀，你就放宽心，琴琴他爸要是还生气，哪里还会给你炖汤呀。"姨妈冲我使了个眼色，抢着撒谎，"妈，你现在最重要的啊，就是好好养病，别管文菊的事了。"

奶奶似乎放心了。这几年，她深陷在阿尔茨海默症所营造的混乱时空里。我曾听说有人把 AD 患者的记忆比作"剥洋葱"，当时间一点点经过，所有的记忆都被蚕食殆尽，不保留一点。毕竟洋葱是没有芯的。

但奶奶不是这样，她只是把周遭的关系听到了她认为最舒服的那个时间点，所以认为文菊和海宝之间还处于能够挽回的局面——虽然她看不上海宝，但还是会为我考虑，不想让这个家轻易地散掉。毕竟"单亲家庭"这个词多么可怕，生长在里边的小孩，会被别人不由分说地打上"原生家庭阴影""缺爱"的烙印。

但被勉强维系在一起的人，终究会走到最后的那一步。

海宝从这个家出走前说的每一个字的语音语调都印刻在我的心里，在每个辗转难眠的晚上被我反复回想、诵读。

"你妈妈从来就没爱过我，她就要个男的，和她结婚，给她传宗接代，像只哈巴狗一样围着她转。我没她有钱，没她有能力，活该在这个家说不上话，也活该她爸妈看不上我。"

在关上门的那一刹那前，海宝最后愤懑地看了我一眼。我知道还有一句话，他酿在口中，成了苦水。

"也活该你跟她姓。"

"到了怎么也不给我回消息？"

听到熟悉的声音，我蓦地抬起头。似是音画不同步的老旧电视机，我看着文菊大步走到床边，她干瘪的嘴唇微翕，声波过了许久才顺着空气而来，慢速顺着我的耳蜗前行，进入鼓膜。她的咽喉炎比几年前更厉害了，肿大充血声带使得原先清亮的嗓音变得粗嘎嘶哑，每次开口就像是被人捏着喉咙在说话。

文菊到底是什么时候有大变化的呢？

旁人都说，文菊、文兰两姐妹长得相似，活脱脱一个模子里刻出来的。和姨妈鲜活灵动的形象迥异，如今白发爬满鬓角的她，似乎只是一个容颜枯槁的老妇，从前纹的眉毛颜色从发红变为发青，看起来和整张脸很不协调，浮肿的眼皮旁延伸着根根鱼尾纹，面部肌肉以夸张的姿态下垂。

她以前就长这个样子吗？还是在我和她聚少离多的几年间蹉跎成这样？

我们开始讨论奶奶的病情——说是"奶奶"，其实是文菊的母亲，我名义上的"外婆"，但因为某种特定的原因，我从小便这样唤着。奶奶的右腿的关节腔仍有积液，无法正常行走，长期卧床导致肺部感染，也影响了其他脏器的指标。

"该用的好药我们都给她用了，剩下的听天由命吧。"姨妈摇了摇头。

文菊沉默不语，她好像已经看淡了这场由生至死的游戏。前几年我那因肿瘤而瘫痪的爷爷逝世，我陪着文菊大半夜在公路旁往火堆里扔黄色的冥币。文菊没有哭，只是怔怔地看着那团火焰。我问她，爷爷去世了，她是不是就可以去市里教书了。她摇了摇头，说还有奶奶要她照顾。

她被爷爷的病困住了前半生，被困在这座小岛上十余载。有时候我会大逆不道地想，如果爷爷在发病初期就驾鹤西去，文菊是不是就能按照她的心意活着，不用留在小岛上，也不用嫁给并不喜欢的人。但我不敢问。

从医院出来以后，我和文菊回到了她的住所。

上大学后，我就开始了在外地的住校生活，只有寒假才回小岛，去奶奶家过年，也就再也没回到过这套位于镇上的房子里，我前十六年生活的居所。

余光瞥到文菊大步走进客厅，我微微侧头，她从置物柜里捧下来一叠碗筷，素色陶瓷大碗上叠着只黑色的小碗，上面摆着不同色调的勺子，一只纯黑的，映衬着另一只的森森白色。

我迟疑地想接过大碗，但她却执意把那副黑色的碗筷递给我。我蹙着眉仔细回忆，似乎这并不是从前惯用的餐具。见我迟迟不接过碗筷，文菊解释说，这是家里的留客的备用碗筷，已经消过毒了，还拿热水烫了好几遍。从前我用的那只碗被她手滑摔掉了。住校这么久也不回来，便也并未特地为我再买一份。我突然心下一阵伤感，从何时起，我也是这个家的客了。

灶上重新炖着用瓦罐装的鸡汤，里边有一半被送到了奶奶那儿，另一半文菊是留着给我喝。吃饭时一室阒静，无人说话。我知道文菊在等我开口，讲讲在外地读书的经历，以及生活近况。

我在肚子里搜肠刮肚一些笑料，几次想要开口，但最终趋于缄默，只是干巴巴地夸赞了她的手艺。视线绕过餐桌旁摆着的钢琴，停顿了片刻。它的存在让这个本就狭小的客厅变得更为逼仄，光是看着就让人呼吸凝滞。文菊用巨大的红布将它牢牢包裹起来，它就像魔术师的道具箱，底下似乎有随时会跳脱出的庞然大物。

在喝完碗里最后一口汤后，文菊突然轻咳起来，打破了一室阒静。她哑着嗓子开了口，让我明天陪她见个朋友，顺带一起吃个晚饭。

闻言，我拿着筷子的手一顿，反复咀嚼着母亲所说的话。虽然本性让我的大脑本能地开始斟酌如何拒绝，但我怎能不知道这位"朋友"是谁，是过去文菊和海宝争吵的导火索，也是现在玄关鞋柜里摆着的男士的运动鞋、阳台处悬挂的男士内裤的主人，这些无一不彰告着这个家里即将有新的男人出现。

我爽快地应下了。

爷爷第一次癌症复发的时候，文菊和海宝无暇照顾我，就让我辗转于亲戚、朋友、文菊的同事家中生活。其中，我住的最多的地方就是姨妈家。姨妈虽然和文菊一母同胞，但在五岁那年，她被过继给了另一位亲戚做了女儿，从此算半被剥离出了这个家。姨父心中有暗火，也是因为姨妈需要照顾四位老人，实在是分身乏术，时不时还要为我这个"拖油瓶"添一双筷子。

姨妈是个直性子，对我不设防备，能把心里的话竹筒般倒出，也叫我知道好多家族秘密。

"你也知道，你妈妈是被当成男孩子养大的，不能嫁人，只能找人入赘咱们家。那个姓林的男生和你妈妈算是同事，感情甚笃。但他们家不愿让儿子入赘，你爷爷也嫌人家是外乡人，这事就一直耽搁下来。后来你妈遇到了你爸，也算是看对了眼。"

在医院时，她忍不住为我打起了预防针。

"这么多年数过去，兜兜转转，你妈妈还是和他再续前缘咯。"

姨妈是这样总结文菊目前这段黄昏恋的。话到这儿，她又唏嘘不已，最后落成一声叹息。

虽然关了灯，但窗外的光亮仍透过窗帘流进来。我把头斜倚在靠枕上，强打起精神把几条积攒的工作简报看完，倦意宛如潮水一般将我包裹着，而大脑却悄然逃离掌控，仍然清醒得可怕。

有时我在想，我和文菊是一对怎样的母女——在外求学数载，我们见的面屈指可数，只在微信上聊着并不热络的天，大部分时间里，都是作为缄默的木头人而存在着。

我一直在寻找和她相处最舒服的距离，只要不出一条特定的界线，就谁也不会激怒谁。

思绪再次飘散，目光也顺着天花板上曲折蜿蜒而去的裂缝来回逡巡，直到抵达墙体上贴着的一小块报纸。我眨了眨眼，原先那儿有一个突兀的小洞，它牢牢地吸附在暗黄色的墙壁上，每晚都罩着我的脸，似是想把我吸附进去才罢休一样。

上学时，文菊勒令我所有的作业必须在下午放学前完成，每晚的七点到九点是我固定练习钢琴的时间。她在镇上的中学上班，下课后还要负责学生们的晚自习，十点到家是家常便饭，于是一切只能靠我自觉。她偶尔会突击检查，但得到的结果都是让她满意的。

只是那天，美术老师布置了一个让我欣喜万分的作业：观看八点播出的

《小神龙俱乐部》，并撰写观后感。于是我仗着有此"名正言顺"的理由，在七点就打开电视机，手指意兴阑珊地在琴键上敲击，眼睛却黏在电视机上。

我一直留意着楼道里传来的脚步声，在钥匙插入锁孔转动的那一秒，若无其事地跟文菊打招呼，并向她解释看电视的缘由。没想到她拉长了脸，瞋目竖眉地问我是不是一直在看电视。面对她的责难，我佯装镇定地回复说："才打开电视，一直都在弹钢琴。"

不知道是不是电视机身的余热出卖了我，话音刚落，伴随着低低一声怒吼，文菊的脸刹那间涨得通红，拿起除灰的掸子就快步往我的方向走去。见此阵势，我吓得逃窜到卧室里。

她冲了进来，把遥控器重重地往墙上砸去，"咚"的一声巨响，墙上挂着的钟掉了下来，摔了个粉碎。我连忙把脸埋在枕头里，不敢起身，在心里默默背诵所有能被即时想起的诗句，但背和臀传来火辣的痛把我拉回现实世界。

我松了口气——至少她没有像以前一样，直接抽打我的手臂，留下难看的，难以向同学解释的伤口。

后来，文菊想请工匠重新填补，但墙仍然不可避免地破相了。当年的我，每见到一次这个用报纸糊过的破洞，心中对她的恨意就愈加上一分。

房间里的空气湿热异常，但我仍然用厚重的棉被把身体裹得紧紧的，甚至后背都沁出了黏腻的汗意。忽觉尿意袭来，我正准备将床帘掀开，突然间地动山摇。听到柜子上的东西砸到地板的声音，混着楼上住户此起彼伏的叫声。我也忍不住大喊起来。

蓦地，晃动感消失了，仿佛一切都未发生。我将头埋在枕头里许久，最后还是壮着胆子爬下床，是和入睡前一样的黑夜，只有远处大楼的灯光混着月光顺着阳台的玻璃斜照过来。

我的双腿不受控制地向窗台走去。一只黑色的大鸟隔着玻璃从窗外掠过，它血红色的眼睛紧盯着我，鸟喙狭长而又尖锐，正往我所在的方向猛烈地撞击。听到鸟发出一声刺耳的鸣叫声后，我感到耳膜阵痛，心脏也随之激烈地鼓动起来，身体开始渐渐变得僵硬。一些不成话语的声音从我的嘴里冒出，但既不是呼叫，也不是呻吟。大地再一次开始战栗，我用双手捂住额头，忍不住跪坐在地上……

陡然从梦中惊醒，我的耳朵仍是嗡嗡作响，仿佛刚才巨大的鸟鸣声不是来自梦里。我猛地翻身坐起来，转开床头柜上摆着的灯。手从灯罩上滑过，却有异样的触感。我惊异地发现有一片黑色的羽毛黏在灯罩上，白日里并未注意到，而此刻看来却显得格外恐怖，仿佛是梦中的怪异大鸟略带嘲弄地宣告自己的存在。

一丝微光透过窗帘照进房间，翌日八点，我醒来时头痛欲裂，食指不自觉地开始按压着太阳穴。昨晚我在床上辗转反侧数个小时，脑内纤细脆弱的那根神经在梦的催化下，愈发紧绷。

打开卧室的门，便听到客厅里豆浆机高速运转的轰鸣声。红木餐桌上摆着各色餐点，是我许久未尝的手艺。油条似是刚炸的，酥脆蓬松；鸡丝炖蛋如此鲜嫩细腻，我也曾经尝试过无数次，也无法做到这种切面毫无气孔的完美炖蛋。掀开锅盖的瞬间，脸被氤氲而升白色的雾气蒸腾着，酥酥麻麻的，里面正是一锅我最爱的八宝粥。

见我完全不碰盛在碗中的黄豆浆，文菊眼神一凛，嗓音不自觉地想拔高，旋即又急急往下沉，只低声说："这豆浆是用黑龙江小粒黄豆磨的，多少也喝点吧。"我顺从地点头，放下在不停搅拌粥体的勺子，捧起碗开始小口啜饮。

过去，她喜欢寻住别人的一个错误就开始数落。在回家之前，我设想过无数个有关于我们言语上的拉锯战，没想到还未开始，便以她的偃旗息鼓告终。

收拾完早饭用的碗筷后，等她开始用鸡毛掸子清理钢琴上的余灰，任何一个犄角旮旯都不放过。掸子——我蓦地浑身一激灵，大概黏附在灯罩上的羽毛也是文菊清理灰尘时遗留的。

过去，鸡毛掸子是文菊威胁我练琴和学习的工具。只要不认真练琴，就会有劈头盖脸而来的训斥，也惧怕被掸子抽打后臀腿所感知到的疼痛，怕琴

哑琴

谱被撕，怕手被打红，怕被生生从琴键上拉下来，所以只能加倍努力。那时想，只要钢琴盖一直处于闭合的状态，琴键上便永远不会沾染灰尘，将我过去痛苦的记忆全部关在琴盖外。

我按下电视机的遥控器，却并没有留神屏幕上放映的画面，视线停留在电视机屏幕反光处文菊做家务的忙碌身影上。

刚上初中时，老师要求家长每天给家校联络本签字。文菊在签名时，戏语说如果自己生在我们这个年代，菊花、菊花，肯定要让人嘲笑死。

她的名字之后确实成了同学谈论的重心。

那时我们班的班长是个有些尖酸刻薄的女生，她利用帮老师收作业的职务之便，翻看每个同学的家长姓甚名谁，字迹如何。我们这儿被周围居民称为"菜小"，那些所谓"外来打工人士子弟"同学自然成了她重点嘲笑的对象，因为他们的父母字写得歪歪扭扭，用她的话来说，叫作"比小学生写得还拙劣"。

上体育课的时候，我看到她鬼鬼祟祟地和我的同桌说着什么，还频频回头看着我在的方向，眼里闪烁着诡秘的光芒。我若无其事地和她们顺路一起回到教室，班长忍不住开口问我，我的父亲是不是叫李海宝。

我面无表情地点头。

她的嘴巴张成了"O"形，说："天呐！你竟然跟你妈妈姓，你爸没有意见吗？难道他是入赘到你们家，他肯定是个没用的男人。你好倒霉啊，有一个没用的爸爸。"

我忘了这件事情是如何收场的，只记得文菊把办公室的门打开了，问我反省得如何，为什么要出手伤人。她打了我一巴掌，像是故意骂给学校看似的说了很多难听的话，当时的我趋于发疯的边缘，奋力还手。但站在现在的时间点回溯过去，我知道文菊是拦着我不要往学校的枪口上撞，毕竟班长的父亲是我们学校的副校长。

我亦步亦趋地跟着文菊下楼，一辆黑色的轿车已经在单元楼门口等我们了。文菊轻声提点，说上车要喊人。她知道我有晕车的老毛病，便让我坐在副驾驶位，自己绕到后排坐下。我踟蹰了一下，将车门拉开。

男人穿着一件黑色羊皮夹克，靠在驾驶座。见我坐上来，便掐灭了手里的烟。我略带局促说了声"林伯好"，对方听了笑着对我点点头。因为离得近，我甚至能嗅到男人身上皮革、烟草、舒肤佳香皂以及淡淡的汗味儿，和海宝身上常年的药味不同。

他没用导航，从镇上口子出来后，便一路往南开，驶上北沿公路。连着被好几辆车插队，但他仍然悠闲地保持缓行，没有沾染上丝毫心急和烦闷。车里空调开足了，有些闷热，文菊便把车窗摇下。林伯讲起了近期风向正盛的几只股票，她时不时插上几句。

他突然想到什么，侧过头对我说："上一次见你的时候，你还只有四岁呢。"

文菊插话说："小时候的事了，她哪能记得。"

"你妈妈买了架钢琴，没人帮忙搬，我说那就我来吧——你家住在六楼，又没电梯，累得我出了一身汗。等到了你家，我正愁把钢琴放在哪呢，一转眼就看你站在卧室门后边，好奇地看着我。"

我费劲地回想，是有些许残存的记忆，后来在争吵中，被海宝篡改成了一次文菊"出轨"的证据。

那是我第一次见到钢琴，就被这个巨大的、沉重的、被包裹的严严实实的大家伙吓了一跳。我那时候很怕生，只敢躲在卧室门背后偷偷看这个伯伯。等他将覆盖于上的红绸布抽开，黑色的钢琴在阳光下明晃晃的，我忍不住走过去摸了摸钢琴。

那天，文菊似是对全世界宣布，说这是我四岁的生日礼物，希望我以后能好好学，不要辜负她的期望。

驶到镇中心的时候，正巧路过一家排队卖鲜肉月饼的老字号。文菊说是林伯惯吃的店，现在人少，不如买几个给他带回去。男人连连摆手，但拗不过母亲的好意，便把车子往街边车位一停，目送着母亲的红色外套消失在人堆里。

我听到座椅靠背往后调的声音，男人长舒一口气，率先开了口："文琴呀，你多回回家，陪陪你妈妈。"

文菊下车前开的窗未关，灌进车内的冷风拂乱了我的长发，使得发丝轻柔地拂过了男人右手的手指。他无意识地抓了一下。我感觉自己浑身的血液瞬间涌入了头顶，又在下一秒凝固了起来。不过，对方只是微皱着眉，把手重新搭到方向盘上。

"你应该知道我是谁，以前的事你应该也知道。"他顿了顿，"但我和你妈，之前从没有做过对不起你爸的事情。"

我讶异地挑了挑眉，正想着回应，此时夜幕像一只巨大的兽将天光悉数吸尽。我呵了一口气，白雾在车内升腾而起，我从车窗往外望去，沉积在天上灰白色层叠的云里飘下了一层薄雪，与烟火气息相融。

注意到后视镜里文菊风风火火走来的身影，我把想说的话堵在喉咙里。"啪"一声，她推开车门，问我们在讲什么。

"在请教你女儿呢，北京有什么推荐逛的景点。"

林伯选了一家五星级酒店里的中餐馆，菜式颇好。他让我全权负责点菜事宜，我点了几道家常菜后，他又加了山泉牛肉、西湖醋鱼、三门膏蟹、黑松露东星斑等大菜，还交代服务员热了一壶绍兴的花雕酒。文菊嗔怪着说破费了，而他但笑不语，举起酒杯说，庆祝文琴回家。

席间的气氛比我想的要轻松。林伯为人风趣幽默，文菊喝了点酒，话也比往常多了起来。吃到一半，服务员进来说今天是平安夜，酒店为每位宾客提供"拍立得"照相服务。照片里，文菊和林伯并肩坐下，我恬然立在他们身后，俨然一家人的样子。

印象里，海宝从来没有和我还有文菊三个人在外面吃饭过，每次都是他板着一张冷脸，匆匆拖着行李箱回来。他会挑剔每一道文菊做的菜式，或咸或淡，或是不合他口味。他也不会过问我的任何事情，"在外地工作所以不常回来"是他和文菊共同编织的遮羞布，好像"赚钱"是他人生的第一要义，但他赚来的钱呢，全在月末和工友出去潇洒完了。

如果那年，娶文菊的是林伯，是不是一切都不一样了——不过，就没有我了。不要去美化自己没有走过的道路，这是表哥长久以来宽慰我的话语。

在我的印象里，文菊和海宝第一次发生正面冲突，我正是其中的始作俑者。那时候，语文老师让我们写一篇作文——"＿＿＿的爸爸"。同学都把父亲作为描写对象，把他们比作超人，比作勇士，比作一切美好的化身。

我不想美化海宝在我生活里的作用，于是我先写了"有用的妈妈"，从多个角度叙述了我和文菊是如何相处的。老师有一句批语，我记得很清楚，问我：为什么妈妈是有用的，那爸爸呢？

我是怎么写的呢？

我写了——我的爸爸，他一点用都没有，所以不值得书写。

后来我才知道，海宝会偷偷看我的日记本还有作文本，哪怕他每个月只回家几次。从某个维度上来说，我才是第一个背叛这个家庭的人，也是第一个，说我的爸爸"没用"的人。

直到林伯结完账，说是要顺道送我们回镇上，文菊半推半就地答应了。他让我们在酒店大堂里面等他，自己先乘电梯到地下车库取车。

我和文菊索性坐到沙发上稍等片刻，她闭目小憩，我便开始打量酒店内的设施。

今晚是平安夜，酒店的精心布置使得圣诞氛围浓厚，空气中弥漫着节日倒计时的期待与喜悦。大堂中央的圣诞树上布满装饰的小夜灯，承重廊柱和天花板也相继缠绕灯带，就连树旁的钢琴也被人放上了许多红色的小圣诞帽。许多宾客聚在一起，想与这棵巨大的圣诞树合影留念。

突然熟悉的乐曲响起，钢琴的旋律轻柔舒缓，如同行云流水般在厅内倾斜开。我本以为是酒店放的音乐，却发现琴凳上坐着一个小女孩，乐曲正是从她的指尖流淌的。

"这首曲子叫《平安夜》吗？"

"对，挺有名的。"

我抬起头，文菊不知何时醒来，酒店昏黄的灯光使她的脸看上去异常柔和，我没错过她眼角沁出的一颗泪珠。怕我看到，她连忙用手背抹去泪，强装镇定地说："她的琴声没有灵气，远没有你弹得好。"

琴声停止，那些围在圣诞树旁的宾客纷纷为她鼓掌喝彩。她对着人群行了一个优雅的谢幕礼，蓬松的红色裙摆仿佛绽开的烟花般铺洒在地面，脸上浮现出骄傲的神情。

"音乐不是一定要弹给别人听的，自己觉得好就足够了。她很享受这个过程，就够了。"

"我很享受听你的琴声，以前甚至会偷偷录音。在我快撑不下去的日子里，陪伴我的是你练琴的音频，是最开始的笨拙的指法和琶音，是每一首曲子的每一个音阶与和弦。会让我感觉到，能养到你，是我这辈子最成功的事情。"

文菊酒量并不好，只消几杯在饭店喝的花雕酒，酡红悄然在她的面庞上浮起。回去后，她倚倒在沙发上，声音嘶哑："今天听到那首《平安夜》，我想到的是你刚学钢琴时候的样子。还记得吗？这是你学会的第一首曲子。"

我的脚步一顿。

"发乐谱的时候，你一下就翻到了《平安夜》这首曲子。那时候你刚起步，还在练什么《哈农》呢，指法、琶音、音阶统统不会，这样的你怎么开始弹曲子呢。张老师跟我说，说你想在平安夜当天给我和……他一个惊喜。就一直缠着她，让她教你。"

"你偷偷练了好几天，说要等你爸回来的时候弹给我们听。弹完后你说了什么，还记得吗？你说，以后一定要成为很厉害的钢琴家，你不会轻易放弃的。从那天起，我就发誓一定要让你得到最好的音乐教育。"

五年级时，我的钢琴老师被调到市区教书。我缠着文菊还要报她的课，那时候文菊和海宝还没离婚，前往市区的大桥也还没通。

每个周日的凌晨，瘦小的她就把我驮在背上，在码头等着开往市区的船。上海常有阴雨，文菊撑着伞侧身护着我，我们就像风中的两片树叶，飘摇在行进的路上。遇上高峰时期，文菊就一路抱着我，昏昏沉沉地挤在船舱里，在闷热空气的包裹下，我的背上起满了痱子。

"你妈妈从来就没爱过我,她就要个男的,和她结婚,给她传宗接代,像只哈巴狗一样围着她转。我没她有钱,没她有能力,活该在这个家说不上话,也活该你看不上我。"

那天,海宝终于收拾完最后一点东西,把他那个惯用的行李箱拎到了门口。其实家里根本没什么他的重要物件,几个月才回来一次的人能在家里留下什么痕迹呢。

我一直坐在琴凳上,冷眼看他从房间里进进出出。他故意弄出很响的声音,像是想逼迫房间里的文菊忍受不了,冲出来让他不要这样拖箱子,会刮坏地板。

但是文菊那边,还是静悄悄的。

他转头望向我,目光中没有些许期待和热络,但我知道他有话想说。我在心中模拟了很多种和他正式告别的方式,他会不会问我,想不想和他一起走?这样我就能再次用我的姓氏羞辱他在这个家的地位和话语权。但他只是盯着我,什么都没说。

我把目光移向黑白琴键上,从琴键左边逡巡到右边,好像这是此刻我唯一能做的事情。他拉开大门的弹簧锁,然后拎起他那个箱子,最后他张了张嘴,问了我一个问题——

"你可以再为我弹一次《平安夜》吗?"

我没有做出任何反应,他转过身从背后关上了门,轻巧利落,没有一丝迟疑。我听到他"噔噔噔"急速下楼的脚步声,像一段不入流乐章的序曲。在这种繁杂的心绪下,我的手在琴键上寻找到《平安夜》的第一个音符,然后重重按下。

文菊从房间里出来,虽然她的胸口上下起伏,但表情麻木而又平静,淡淡开口:"那个没用的男人,走掉了?"

我对于那些特定的言谈举止有着毫不耐受的过敏和少得可怜的忍耐力。每听到此,颅内暴躁的神经递质就开始活跃,大脑中幻想着爆裂的场景,语言化作刀子,攻击与我进行对话的那个人。

"你太强势了,就是因为这样,爸爸才会离开你!我要是他,我也走!"

"我的事情要你管吗?"

"你好可笑,你才是那个真的没用的人。你管不住爷爷奶奶,管不住爸爸,从小到大你只能管我,逼我学习,逼迫我练琴!"

"闭嘴!"

"你管不住我的,你以为我是你吗?懦弱鬼,被迫嫁给一个不如自己的男人,就为了可笑的传宗接代。你们有什么家业好继承的?村里那些土地和自建房,谁看得上?"

那一刻,胸中的所有不快相继着喷涌而出。我等着文菊的回应,如果她再次开口冲我叫喊,我就能再次心安理得地回敬她。

文菊给了我火辣辣的一巴掌,我不设防,被她突如其来的愤怒给打懵了。

等回过神来,我开始尖叫:"有时候,我真的希望自己不是你的女儿!"我像疯了一样,我不断捶打着钢琴,从低音区,捶打到钢琴的那一端。听到钢琴奏出了我在心底无从发泄的悲鸣,我畅快地笑了。

从那天之后,文菊用红布把钢琴紧紧包裹起来。我们绝口不提那个巴掌,"练琴"和"父亲"都成为我们口中的讳莫如深的禁忌。

鼻子两侧酥酥麻麻的,我用手拂了一下,满手的眼泪。

文菊可能以为我这样的"逃离"是因为讨厌她,但实际上,是出于极致的愧疚感,我不仅没有为这个家做出任何贡献,还一次次伤透她的心。

如果我在他们每一次争吵的时候,不做冷眼旁观的那个人,而是冲上去抱住他们,一切会不会和现在的境况有不同?

被一股巨大的力量牵引着,我鬼使神差地走到钢琴边,于凳上落座。把覆盖在琴身上的红布拉下,轻轻揭开琴盖。按下了第一个乐符时,我感到一阵惊愕,无法形容的熟悉感袭上心头。

只是琴依然沉默着,下陷的琴键中没有逸出音符。

意识到不对劲,我尝试着用手从 $A2$ 拂到 $E5$ 刮奏音键,依旧安安静静的,什么声音都没有,只有黑白琴键宣示着自己苍白无力的处境。

可能在过去剧烈的捶打下导致琴槌不归位,也有可能梅雨的潮湿气彻底地腐蚀了它。不过，这些都不重要了。

我转头看向倒在沙发上的文菊，此时她已经睡着了，呼吸声均匀而又绵长。

我再次把手放在琴键上，轻轻按下。刚触碰时还有些不适应，许久不舒展的手指带着些许的僵硬生疏，导致和记忆中指法有些错位。随着肌肉记忆渐渐恢复，熟悉的音符重回我的头脑中，不禁开始怀念起幼时练习指法时的简单心境。左手在低音区的白键来回跳跃，越来越快，越来越强，右手也配合着，高音区加上颤音，再砸出好几个低音。

我沉浸在不存在的琴声之中，仿佛从一种遥不可及的神秘力量中汲取灵感一般。一个晦暗的变奏后，乐章即将接近尾声。

塌陷的世界一点点被修复，重建。梦中的黑色大鸟停留在窗台上，它试图引颈而鸣，叫声却被时空的漩涡吸走。身上附着的黑色羽毛开始片片掉落于地，化为齑粉，它的身躯也渐渐变得透明，直到完全消失不见。

我闭上双眼，感觉身体里的每个细胞里都盛满了虚幻的音乐，它们高速旋转，逸出喉头，在空中散成一道灵光而去。

世上只有妈妈好

吴彩旎

一

你拖着行李箱，久久地站在码头上，看到施惠芳开着新买的二手汽车从远处过来了。母亲示意你坐副驾驶位，她说今天刚带外婆去镇上的医院看病，顺便来接你。你转过头叫道："外婆好。"但她的表情并没有发生波动。

"你大点声，外婆最近越来越聋了。"施惠芳说道。

"外婆！我回来了！"你尽力喊出来。

"诶，小宝！你回来啦？"外婆终于听到了，脸上绽放出笑容。"学校里放暑假啦？"

外婆总以为你还在学校读书，但实际上你连婚都结了。"对的，放暑假了。"为了保护自己的嗓子和耐心，你顺着她的话往下说，反正之后都会忘记的。

施惠芳这次是带外婆去看眼睛的，医生说只是老年人常有的白内障，过段时间做个简单的手术就会好多了，但每次去医院，施惠芳都要花上好大功夫去劝她，她说外婆年纪大了，已经不喜欢到处走动了。

施惠芳是什么时候和外婆和好的？你暗想。上次回家她们还吵得昏天黑地。外婆虽然视力衰退，耳朵也听不太清，但依然和以前一样倔强。一个月前，外婆拖着老朽的身体一个人去立了遗嘱，说要把乡下的房子全部留给小舅。施惠芳看到桌上的遗嘱气得头都要生烟，扬言以后再也不管外婆。结果现在，外婆和施惠芳坐在同一辆车上，好像什么都没发生过。

你看着窗外飞速向后的房屋,想着什么时候说自己的事才好。等过了这个红绿灯?还是等过了下个路口?你犹豫不决。正前方突然升起了烟花,谁会在白天放烟花呢,也许是一种预示吧,于是你开口:"我准备离婚。"话音落下的一瞬间,你突然想到曾在许多年前听施惠芳说过一模一样的话。你低下头等待着接下来的反应,一秒,两秒,三秒,时间过得很慢,但你觉得无论如何,至少施惠芳会理解的,这也是为什么你想亲口告诉她的原因。

"他出轨了?"施惠芳说话了。

"这倒没有。"你说。

"那是为什么?"

远处的烟花声越来越近了,它们在白天完成了第一次也是最后的献礼,却只有声音,看不见踪迹。问句结束后,施惠芳不再说话,好像在等你说什么似的。但你能说什么呢?那个男人震天响的呼噜?随便乱丢的袜子?摊在桌上的外卖空盒?手机上的美女跳舞视频?零零碎碎,一点一点地突破着你的底线,你一退再退,最后决定从婚姻中抽身而出,尽管他并没有犯什么所谓的大错。在别人的眼里,你们的生活稳定、美满且幸福。只缺了一个小孩。你想,还好没有生小孩。毕竟他曾经抱着你说想要一个儿子,而你是那种在餐厅遇到聒噪的小孩脑袋便要爆炸的人。但这些原因似乎都没有到要离婚的程度,你搜尽词汇,不知道该说些什么好。

"你这次回来就为了跟我说这个?"

你沉默。

"好好问你,你怎么不回答我?是不是没事闲得慌,在家乱想?人家工作勤勤恳恳的,我没看出哪里不好了。"

外婆听见你们在讲话,自顾自地加入谈论:"什么工作?我们小宝开始找工作啦?"

"没跟你说。"施惠芳说。

"找工作么,要找稳定的,对吗,小宝?"外婆说。你没来得及回答,她又往下讲:"像我们小宝那么优秀,以后肯定是坐办公室的。"

你干巴巴地笑了两声。

"外婆年纪大了,我看你也定定心,生个小孩,让她享享四代同堂的福,别乱想什么有的没的。"在外婆喋喋不休的背景音下,施惠芳下了最终结论。你把目光转向手机屏幕,你没有话想对母亲说了。如果开口,你就会说出一些施惠芳一定觉得不对的话,而你不愿意将那种辩论继续下去了。

把外婆送到家后,你从后备箱拿出了行李,看着施惠芳的车轰鸣而去。你决定在外婆家住两天,反正假都请了,至少那里是安静的。夜越深,乡野间的蛙鸣就越发响亮地侵占你的耳膜。施惠芳为什么要这样说?你本以为她应该是最能理解你的人。在那天和外婆的争吵以后,施惠芳问你有没有觉得外婆不爱她,你很少从她的口中听到"爱"这个字。

"你知道吗?老太太死的时候,外婆什么都没拿到。他们把老太太的房子都搬空了,连雕花的床板都没放过。我那天就跟她说,你自己当初是什么样的,我现在就是什么样的。"她说:"小宝,我没人可说,只能跟你说说了。但你不要放在心上。"你觉得当时是你和她距离最近的时刻,你们坐在同一个餐桌上,咀嚼着属于女儿的相似的苦涩。

此刻,你躺在外婆家的床上,努力回忆着当时那种同病相怜的感觉,但这样的感觉转瞬即逝。"结果你还是和以前一样。"你在心中对她说。施惠芳好像一个不记疼的孩子,继续着她单方面的付出,她带着外婆到城里来看病,每周买一次鱼肉菜回去,并监督着她吃完。就像小时候施惠芳每天给你准备一杯牛奶那样。大约就在那时,你发现施惠芳对你的爱是有要求的,如果你喝不完牛奶,她会让你站起来绕着客厅散步消化,一圈,两圈,三圈……

你不知道自己是什么时候睡着的,直到碗猝然落地的声音把你从梦里惊醒。当你发现外婆晕倒的时候,已经是第二天的中午了。这该死的睡眠。

你奔下楼去,解开外婆穿的短袖衬衫,第一次无遮无拦地看到了外婆的身体。你将双手交叠,连续按压双乳头连线的中点,一二三四五……心里默数到三十,你尽力将全身的重量压在手臂上,动作和职业资格考试时一样标准,仿佛是一种天生的本能。你明明白白地感觉到了手臂在控制不住地颤抖。救护车不是叫了吗?为什么它来得这么慢?

汗水顺着脸颊往下淌,被发烫的水泥地召回空中。

二

当《世上只有妈妈好》这首歌吹到今天第八遍的时候,火开始烧起来了。小暑的天把大地蒸得发熟,管乐队的叔叔手捧表面发黑的萨克斯,吹到口吐白沫,镲和军鼓将整场仪式奏入最后的高潮。等到最后的大火燃尽,一切成灰成土,人们便能够回到他们从前的生活轨道之中,就像什么都没有发生过那样。

"梦芹死得很好。"你听见有人这样说。

村里人在饭桌上经常会谈论这样的事儿,谁家老爸打麻将赢钱心梗了,谁家老人新年里吃糕一口气上不来噎死了,这些故事是吃饭时的佐料,气氛的调味品,大家听了是要笑得喷饭的。小时候的你不解其意,在前仰后合的众人间伸长手臂,去夹桌另一边的糖醋排骨。虽然听着有些滑稽,但他们终究是没了,是很伤心的事情,大人怎么会笑得出来呢?

在外婆的葬礼上,你发现自己好像是唯一想笑的人。

"今朝吙得风,你看这烟,往上跑的。"那个人补充道。人们纷纷仰头看那直冲上天的黑烟。刚割过水稻的田野很平,一条水泥路将它分割成四四方方的两块,像一本摊开的书,烟就从正中间直直地升起来。

村里人把这个环节叫作"化库",用火烧掉死者的衣被,再烧一些纸钱纸屋过去,确保外婆在路上能有足够的钱用。其中有一幢专门请人扎的三层小楼,芦头搭的屋架,花纹纸糊成墙面和门窗,屋面上用黑墨画上瓦楞,院子里还扎了纸鸡和纸狗。你记得外婆没有养过狗,除了鸡鸭羊一类的家畜,她只养过一窝兔子,你小时候每次回来都要摸摸它们柔软的绒毛,喂它们吃路边摘的野菜。直到看到空空的兔笼,才知道它们只是用来卖钱的。但并没有人觉得院子里的纸狗多余,万一下面人人都有呢?

外婆的衣服用塑料袋打包成七八袋,放在纸屋旁边一并烧去。在外婆火化后，施惠芳和小舅妈几乎是立即开始收拾外婆的东西。像是外婆床上叠好的被子，已经晾干但没来得及收的内裤、袜子，它们依旧以最自然的状态存在着，似乎是人们故意要把它们毁掉一样。你在旁边帮忙整理，看到他们从柜子里找到了外婆的一盒金银首饰，两人静静地分好首饰，收在各自的包里。

施惠芳平静得让你惊讶，好像从前的争吵和号啕只是一场梦而已。你越发觉得葬礼不过如此，将一个人的踪迹以不同的方式从未来的生活中彻底抹去，或是用火焚烧，或是将它们占为己有。

一开始火烧得并不旺，小舅便按照邻居三伯伯说的那样，捡了根路边的竹竿，轻轻翻动塑料袋，让新鲜的空气输送到每一个缝隙中去。火雀跃地舔舐衣服的暗面，红色的塑料袋融成黑色的一团，露出棉麻的、天丝的、莫代尔的、聚酯纤维的衣服，花花绿绿的互相缠绕。你站在一边看，觉得自己不太像家人，更像是一个葬礼上的看客。那件缀满鸡蛋花的橘色短袖在火焰的灼烧中灰飞烟灭，它曾经遮蔽过一具身体，干瘪，下垂，布满深深浅浅的皱纹。这具身体曾孕育了你的母亲，母亲孕育了你，但现在你和母亲依然存在，外婆却在你们的手下化为了灰烬。

小舅一边扒拉着火堆，一边和旁边的朋友拉家常，看上去挺快活的样子。小舅是外婆家的小儿子，和施惠芳差了八岁。施惠芳曾这样描述小舅的出生："外婆在生完我之后，响应村里的号召上了节育环。但也许是上环的人太多，没给外婆的环放好，她还是怀孕了。当时我八岁，那年上小学的钱是在外婆交完超生罚款之后问别人借的。"

作为外婆唯一的儿子，在参加葬礼的一众子孙男女中，小舅自然是走在送葬队伍最前面的主角。然而，外婆终究是把小舅宠坏了，八零后的他早早地就去城里念书，乡下的老邻居不认识几个，对葬礼的环节也一窍不通。应该向哪些亲友报丧？白色的麻布怎么穿？扎纸匠、乐队上哪儿请？无数个复杂的问题抛向姐姐施惠芳。还好施惠芳从小在村里长大，她好像熟悉仪式中一切复杂的规矩，整个仪式在她的指挥下变得井井有条。

他们说，多亏了惠芳，梦芹享福了。

三

火燃尽的时候,乐队也停止了吹奏,整个仪式终于要结束了。你跟在人群后头慢慢往回走,施惠芳依旧像之前那样上上下下地忙碌,你无意去应对周围琐碎的聊天,于是决定去前头屋坐坐。

不久之前,这里还是灵堂的模样,现在已经变成了一个普通的房间,六张铺了白色塑料餐布的方桌放在这里。今天上午,外婆躺的棺材还摆在这里,你亲眼看到人们将棺材抬到了面包车上,向西边开去,黄纸撒了一路。而现在,只有地上七零八落的稻草证明有些事确实存在过。

你从前不知道这间屋子是做什么用的,只觉得是家里最大的房间,两扇红色的对开门通往院子,平日里停放着外婆骑的电瓶车,靠墙放着两张方桌子和一摞叠得很高的木头长凳。也许是大而空荡的原因,这间屋子总是格外地凉。小学时的暑假,你就坐在这儿,椅子当桌,板凳当座,写着好像永远也写不完的暑假作业。外婆在躺椅里睡着长长的午觉,头顶的电扇吱吱呀呀。数字在你眼里变得模糊起来,思绪涣散成作业本上的鬼画符。

你在想,也许就在下一秒,头顶的电扇会飞速旋转着掉下来,像杀人狂手里的那把电锯,然后自己和外婆将无一幸免。你习惯于想象千奇百怪的死亡场景,即使对于迷信的家乡人来说,这样做并不吉利。所以想象只能是想象,且由它走入各种不会发生的生命困局中去。你不会将幻想和任何人说,尤其是施惠芳。

施惠芳不允许你触碰到禁忌的边缘,哪怕是一丝一毫。在护士学校的授帽仪式前夜,你窝在上铺和室友讲起了小时候的事。三年级时,班里女同学流行戴各种各样的发箍,眼馋的你第一次走进小精品店的门,戴遍了架子上的每一个发箍。你把发箍从架子上拿下来,戴到头上,对镜子里的崭新的自己笑。回家后,施惠芳一把扯下你头上戴着的新发箍,用锋利的小刀撬掉上面的黑白猪装饰,扔进垃圾桶里。"以后不要让我看到你的头上出现白色。"她大吼。她的怒气总是来得突然且强烈,将你逼到退无可退的境地中去。你不敢问母亲为何对某一种颜色具有如此强烈的恶意，只是在自己的禁忌清单中添加了一条：头上不能戴白色的东西。与之相并列的其他禁忌有：不能在新年里哭，乡下祭拜的时候不能站在门中间，诸如此类。

你在磕磕碰碰中逐渐摸到了生活的窍门，解决问题的最佳方式是绕过问题，不要想着能够征服它们。幸好，你足够早地参加了工作，白色禁忌就此打破。施惠芳没来参加护士学校的授帽仪式，你站在台上，看着底下同学的家长，想象着施惠芳就站在那里，看着这一抹白色与自己的职业发生永久性的关联：

余谨以至诚，于上帝及会众面前宣誓：终身纯洁，忠贞职守。勿为有损之事，勿取服或故用有害之药。尽力提高护理之标准，慎守病人家务及秘密，竭诚协助医生之诊治，务谋病者之福利。

"我能纯洁吗？我能忠诚吗？"戴上帽子的那刻，你这样想。

四

晚上是葬礼的最后一顿饭，露天的灶台烹饪着夏天炙热的空气，烧一条龙的半裸围裙大厨叼着香烟，手里的锅上下颠动。你看着大厨额头上油津津的反光，不去想烟灰和汗珠会不会掉进锅里的事。

人们三三两两地坐在屋檐下的长凳上，用聊天打发这段时间：

"你们有听说吗？红星三队的沈家姆妈骑电瓶车被撞了，现在躺在床上醒不醒得过来还不知道。"

"喔唷，那他们家小孩惨的哟。"

"估计请个护工来照顾一下，总不会去养老院送死吧。"

大家七嘴八舌地发表意见。老人躺在床上苟延残喘几年甚至十几年，完全靠着别人或者机器维持生命，小年轻在床前忙前忙后，有些因为这个吵得子女分家。在生老病死的复杂运作中，这一类是所有人最怕的。

小时候，大家都以为你是一个天真烂漫的小孩。"乖，笑一个。"你熟练地调动面部肌群，绽放出大人们期待中的笑容，像是巴甫洛夫的狗。然而谁都没想到，饭桌上随口一说的话会被一个小姑娘带到床上翻来覆去地想。

人死了会去哪里？你会死吗？我也会死吗？你经常这样问施惠芳，施惠芳起初耐心安慰，最后被你喋喋不休的问号逼得忍无可忍："不要杞人忧天。"语文老师上课刚教了部首查字法，你翻开《新华字典》，认认真真地查到了这个成语的意思。成语中的杞国人不再担忧天会塌下来，但你还是睡不着，一个人躺在床上，睁着眼睛看着天花板琢磨听到的事儿。人都要死了，亲人之间怎么会吵成这样呢？你想不明白。

后来你发现，现实好像比想象来得更加残酷，以至于你觉得自己或许遗传了某种尚未被发现的神秘家族基因，不然为什么从前的坏事总会在你身上重演？

施惠芳是在一个雪天告诉你这个消息的，你之前从没见过这么大的雪。小时候意识不到大雪的后果，只觉得大雪将整个世界都照得亮了起来。你穿上了新买的雪地靴，以为这样自己可以随便往地上的雪里踩。不知来自澳大利亚还是浙江义乌的雪地靴抵御不了南方湿漉漉的雪，你的鞋面很快就湿了。晚上放学，你坐在施惠芳的电瓶车后座上，试着从风中四散的词语里捡拾出句子来。"你爸被大雪堵在了火车站。"施惠芳说。

但那个火车站压根不是他出差的目的地，而是他奔赴的另一个二人世界，就此留下了不容抵赖的证据。"我要和你爸离婚，你跟谁？"风不容许施惠芳说更多，雪花朝着你们的脸嘴里啪啦地打下来。也许她是故意挑在这样的场景中说出这句话的，如此自己就不能看到她脸上的表情。在施惠芳的试探中，你第一次捕捉到了自己的重要性，于是坚定不移地选择站在她这边。你把脸贴上施惠芳的背，将伞握得更紧，和迎面飞来的雪花战斗，手里的雨伞几次差点被风吹翻，南方的雪沉甸甸的，充盈着云层中的水分，有的在羽绒服的表面凝结成透明的水珠，像极了眼泪。

五

这年的年三十，小区水管冻到暴裂。"小宝，今天我们回外婆家过年好哦？"看着楼道墙上贴的暂时停水告示，施惠芳这样问你，语气是不容置疑的。你当然回答好，接着想起外婆家好像并没有能让你们两个人睡觉的地方——在小舅订婚之后，你们从前睡的屋子翻新成了婚房。

但施惠芳像有办法的样子，她快速地收拾起东西，便骑着从同事那儿买来的二手电瓶车，带你回外婆家过年。从前开车十分钟的路，电瓶车骑了二十多分钟，缩在后座的你被寒风吹得浑身发抖。

刚进屋，你便窜到土灶后面，让炉膛里的热气抚慰发麻的脸蛋。你缠着外公说想生会儿火，他便站起来把小板凳让给你坐。你像模像样地用火钳把晒好了的毛豆秆推进去，干柴烈火，噼噼啪啪，变化出不同的形状。把手放进去肯定会很疼。接着，你听到外公在和施惠芳讲村里最近发生的事情，一个老人在下大雪那天死了，他只有一个女儿，嫁去了外地，因为大雪怎么也赶不回来。邻居们便凑了点钱，一起料理了老人的后事，前天拉去火葬了。

火烧起来的时候，人会感觉到疼吗？你拿火钳夹了片地上的枯叶放进炉灶里，想仔细看看火是怎样燃烧的。火舌以极快的速度缠上了叶片，你看到它的一角迅速变黑，便立马将它拿了出来，叶片便从大的火焰中分出了一朵小小的火苗，在空气中悄无声息地燃烧着。你吹灭了它，叶片黑色的边缘发出星星点点的红色光芒，你把手背侧面贴了上去。好痛。

小舅在外地工作回不来，外婆原本只准备了两个人的菜，通常你和施惠芳会去父亲那边过年。外婆简单地炒了几个菜，一人一个桌边坐了下来。你庆幸和施惠芳坐在对面，如此她便看不到你手背上新鲜的弧形烫痕。除了夹菜吃菜，你无事可做，无话可说，你的目光越过背对着电视机坐的外婆，盯着电视里花花绿绿的春节联欢晚会，一粒米饭被你在嘴里咀嚼了半天。这台21寸彩电是父亲去年买的，正播着前两天加急排练的诗朗诵节目《温暖2008》，一个卷头发的阿姨拿起话筒道："到处都是皑皑白雪，高速公路，封道；车站旅客，滞留；空港，被迫关闭。贯穿南北的电气化大动脉，因断电而瘫痪。"

"你们今年怎么回来了？"外婆问。

"小区水管暴裂，停水了。"施惠芳说。

"小陈呢？他怎么没一起回来？"

"他堵在外地回不来了。"

"还好哦？单位的人应该也在一起，会互相帮帮忙吧？"

"我看电视上说有好多人往火车站送物资，什么方便面，都是一箱一箱的。"外公说，他平时最喜欢看晚上七点的新闻联播，"我估计小陈他们一起去出差的几个人应该没什么问题。"

"住我们后面那家的女婿也在外面出差，他们单位特意派车去接了，人家待遇真的好啊。"外婆和外公七嘴八舌地讨论起了公司待遇问题，听说谁家儿子去了哪个企业，过年发了一袋米、一桶油还有一刀猪肉。又从待遇聊到了小舅的工作问题，年后去找谁通通关系会更好。施惠芳没有说话，筷子碗里的米饭扒拉地框框响，你觉得她好像在酝酿着什么。

"我准备离婚。"她宣布了。

"离婚？你和小陈是不是要假离婚买新房子啊？"外婆试探性地问道。你想起曾听班上的男同学说起过，他的父母离婚了。你觉得这应该是件悲伤的事情，于是挖空了自己安慰的词汇。过了几天你才从别人嘴里得知，他的父母买了一套新房之后又领了一次结婚证。因此，你听到外婆这样说，心里不由得生出一丝希望："也许会是件好事呢？"

"你们不用管，反正小宝跟我的，我也有工作，不会跟家里要钱。"你仍然盯着电视，假装什么也没听到。"对哦，小宝？"你感受到落在自己身上的灼热目光。

后来你回想到这句话的时候，感觉自己像一枚被推出去的筹码，从此说"对"成了你的本能反应。她说："我们生活得蛮好，吃穿都很够，对哦，小宝？"对面那个四五年没见过的男人已经胖得变了样，你迎着他上下审视的目光说"对"。她说："女孩子做护士蛮好的，还能够学习学习保健知识，对哦，小宝?"这些问句不容说"不"的余地，而是早已预设好了答案。施惠芳给你报了一门语文补习课，但你的语文成绩明明总名列前几。"他们都在语文老师家补课，你不去的话别人就超过你了，对哦，小宝?"你说不，你不想去。于是相同的话无数次向你抛来，像是抛了无数次硬币，只为了得到一个她想要的答案。你拿起美工刀，幻想它划开自己的皮肤和静脉，灵魂随着鲜血源源不断地流向体外。你不再需要去应对任何问句，而是飞向空中，看着施惠芳搂住你的身体哭泣。你把头埋进被子，关掉听觉的开关，潜入黑暗，等待暴风雨过去，想象自己不再醒来。

你和外公默契地扭过头去看电视，节目还没有播完，现在是个梳背头的叔叔在拿话筒："今晚是除夕，真的过年了，也许此刻的你已经回家。如果你还在归途中赶路，那就请放心前行吧！前方的冰雪已经被亲人的祝福融化！"外公牵着你的手送你上楼，打开了那间小舅未来的婚房。

楼下传来争吵的声音，外公起身把窗子关紧。你坐在书桌前，摊开学校发的《寒假生活》，开始写题。不知写了多久，黑漆漆的天空被烟花照亮，一朵烟花，两朵烟花……巨大的爆炸声从你头顶上生生炸开，震耳欲聋，又恍如白昼。你脱掉鞋子，爬上床，给自己盖好了大红色的被子，闭上眼睛做梦。梦起初是黑色的，接着升起了无数朵烟花，一朵一朵炸裂开来，你的梦在喧闹中被刺眼的红色填满。醒来时，你发现施惠芳背对着你躺在旁边，但没有睡着。你听到抽纸巾的声音，吸鼻涕的声音，发现自己是被床摇醒的。施惠芳每吸一下鼻涕，她的肩膀就跟着抽动一下，带动着整张床有节奏地一摇一晃。这是你记忆中施惠芳的最后一次哭泣，你看着她抽动的背影，想象不出她脸上的表情。

六

于是当你看到施惠芳跪倒在灵堂里大声哀哭的时候，心里是震撼的，即使你已经在抢救室中看过无数次相同的表情。

第一次目睹患者死亡的那天，你整夜无眠，闭上眼就能看到心电图上那道水平的直线。好心的护士长特意给你放了一天的假，安慰道："以后这样的事还有很多，不要太放在心上。"如她所说，生离死别的场景开始不断在你面前上演，你便在那些大同小异的悲伤中逐渐习惯起来。你学会低头，让洁白的护士帽面对歇斯底里。然后关掉耳朵的开关，潜入意识的水底，等待人们的悲伤被时间逐渐冲淡。通常要不了太久，他们的声音便远去了，医生们和你谈笑着离开。就这样，你在半信半疑间成为一个不将小事放在心上的大人。

死亡不过是那样，为了纪念一个人的消逝，一群人凑在一起走个过场。到了外婆的葬礼上，人们同样各司其职，井然有序。施惠芳穿上了禁忌的白色，白色的麻布围过腰间，长长地拖在地上，她走到哪里，布就拖到哪里，上面缠满了水泥地、泥土地、瓷砖地上的尘土。

你想到自己婚礼上租的那条尾摆很大的白色婚纱，华丽但不实用。考虑到穿它时上厕所会遇到的窘境，你不想租它，但施惠芳和未婚夫都说好看。于是你拖着沾满了恶心灰尘的婚纱走向舞台，走向那个未来你决定要分开的那个人。聚光灯打向你，他们说，你在那一刻就是公主，但你当时只觉得头晕。聚光灯令白色格外耀眼，你想到炸裂的烟花，想到垃圾桶里的头箍，想到朝外的护士帽，想到回去以后要把婚纱洗干净再还回去，不然要赔钱。你头痛欲裂。站定之时，你鼓起勇气看向台下的人们，外婆就坐在那里。她的耳朵已经听不清，视力在未来也将急剧下降，会不会是婚礼灯光的缘故？你知道她在看着你，正如她看着施惠芳出嫁那样。总之，这一刻每个人都处于幸福的顶峰，尽管此后注定要向生活的深渊滚去。

施惠芳进来的时候，你正照着她嘱咐的那样，坐在棺材旁边的长凳上陪外婆。在刚才的仪式上，施惠芳打开棺材的透明盖子，让你摸摸外婆的脚腕："你来摸摸，外婆之后会保佑你的。"她轻轻掀开外婆的裤管，把你的手放到了外婆的脚腕上，外婆穿着一双水晶丝袜，给你一份滑溜溜的修饰过后的祝福。她的脸看着很陌生，被鲜艳的寿衣映衬得格外僵硬。是因为你没有从这个角度好好看过外婆,还是因为隔着一层玻璃的原因?你将手贴到棺材的玻璃上,玻璃的温度很低,像夏天放了西瓜的冰箱,让人忍不住想把身体贴得更近一些。

这时,施惠芳径直走来了,她一进门就扑倒在了祭台前的草垫上,哭了起来。

"姆妈啊,亲娘啊,你一把屎一把尿抚养我们长大,还没好好享享福,怎么就这样过去了呢?……"响亮绵长的哭声吸引了越来越多的人,男的女的,老的少的,许多你不太眼熟的人,都围在旁边看施惠芳哭。施惠芳的哭声是很动听的,每句话中间的一两个字最长,拖出曲曲折折的声调,有点像外婆平时在电视上看的戏曲:

"姆妈啊,亲娘啊,我前两天还带你去医院看眼睛,医生说开个刀,你就能看清楚了哟……姆妈啊,亲娘啊,你怎么走得那么急呢……"

你从来没有看到施惠芳哭成这个样子。她的一口气很长,每个字都念得很慢,从自己出生唱到了现在,外婆的一生便化成了哭声,传到了周围人的耳朵里。你想着也许外婆真的能听到,她或许就在这个房间里,看着自己的女儿跪在草垫上,眼眶源源不断地涌出泪水。那个瞬间,你感觉自己和施惠芳好像突然对调了身份,不由得地想冲上前去搀扶起跪在草垫子上的母亲。然后你突然在哭声中听到了自己:

"姆妈啊,亲娘啊,你昏倒以后,我们小宝还给你做急救了,她一直在按,一直在按,没有停过哟……姆妈啊,亲娘啊,我们小宝急得来,汗哒哒滴哎……"

你感受到落在自己身上的诸多目光。施惠芳之后唱了些什么,你听不清了。鼓号队在吹奏《世上只有妈妈好》,小号声嘹亮,镲声刺耳,敬业地撞在节拍上。还有人点起了炮仗,巨大的爆炸声引得孩子们纷纷躲到家人怀里。外面实在是太响了。

一只麻雀闯进了房间里,扑扇着翅膀转着圈乱飞,重重地摔到周围的墙壁上。"外婆,是你吗?"你在心里问道,几根羽毛轻飘飘地落到了外婆的棺材上。

施惠芳迅速收住了哭声，抄起旁边的一把扫帚，三步并作两步，冲向四处扑腾的麻雀。她的声音恢复到了原来的样子，尖锐而有朝气："出去呀！出去呀！门口在那边，怎么这么憨的！"你有些想笑。外婆也许没有消失，她安静，她理所应当地扰乱一切，她孕育了母亲，母亲又孕育了你。她永远都在。

第三辑　未来回响

孤星连线

詹馥瑜

一

如果能再活久一点，穹蜂 1012 号能向世人夸夸其谈的事情就有两件，其中之一便是他刚刚发现的。相比起另一件事，这个大概更重要一些——原来海的气泡不是紫色的，而是浅粉色。

气泡争先恐后地从开合口里冒出来，从机械臂的链接缝隙中冒出来，从喷射器的圆孔中冒出来。蒸腾的粉色在消散前有绵密的触感，穿梭于各个电路枢纽间，轻微的痒意沿着传感器的线路板窜进最末尾的神经单元结中。穹蜂 1012 号想伸手抓住气泡，四肢却被海水包裹出了钝感。水波荡过动力装置上的破损处，喧嚣而混沌的海水声便沸腾起来，气泡破碎在他的指尖。

穹蜂 1012 号在绸绵的气泡中坠落，坠落，粉色在升腾中泛滥，泛滥。他想，自己大概会落入最深的海底。

他从紫靛靛的海波里向上望去，天空是粉荡荡的蓝。

二

穹蜂 1012 号的光学镜会在每日早晨六点准时上线，映入光学镜的第一个影像永远都是一个巨大的、壮阔的、紫色的星球，上面流动的脉搏是野莓红色的。

穹蜂1012号很喜欢这种颜色，这会让他想起自己被送上太空前，于机舱底部的窗口望见外面那一小簇淡紫色的花蕊。花瓣呈伞裙状，微微向下垂落，好几朵串在一处，在空气里摇曳。那是他对这颗被人类抛弃已久的星球最后的记忆。他不确定如今地球上是否真的渺无人烟，只知道地球表面不知从何时起漫山遍野地生满了那种淡紫色花蕊。花蕊的根茎将土地攀爬成野莓红色，随风融进江流，将大海缀染成深深浅浅的紫——偶尔也会呈现出嫣红色或紫红色。穹蜂1012号喜欢在闲暇之际望着海水翻涌时随着光线明灭而摇摆的色彩。

地球再次被垂直切为两半那日，距离穹蜂1012号在地球上空执行工作指令八百年还差一千五百天——左半边安然无恙，右半边只剩一片漆黑，穹蜂1012号的右光学镜彻底损坏了。

前段时间，他的右光学镜就已经开始闪雪花。面对这种情况，他早已习以为常，抱着只要没坏就还能继续用的原则，他只拍了拍自己后脑勺的电路板，将雪花的电流声屏蔽掉。今天上线后，右光学镜彻底损坏，他花费了二十分钟试图自我修复，结果以失败告终，于是立刻脱离充电仓，前往仓库寻找可以替代的光学镜。

仓库不大，空间站的电力却已经不足以维持它的运转。实际上，空间站除了他的充电仓外，都已经停止运转了。穹蜂1012号只能打开自己胸前的照明灯来识别道路。他熟门熟路地绕开倒塌的仓柜，来到零部件分区，在最底下找到与之匹配的光学镜的仓柜。

穹蜂1012号的光学镜此前一共坏过十六次，左边七次，右边九次，这次是第十七次。那十六个被换下来的光学镜如今静静躺在仓柜里，他翻找了个遍，再也找不出第十七个了。

他还想在其他仓柜找一找漏网之鱼，然而系统面板跳出提示，他的工作时间到了。工作指令使他本能地退出仓库，套上机器人宇航工作服离开空间站，开启今天的工作。

或许今天能在同伴那里翻出些有用的东西。虽然这种希望很渺茫，但不妨一试。想着，穹蜂1012号点燃喷射器，并在系统内为自己播放了一首古早的金属摇滚乐，在浩渺的太空中前行——*Flyin'，I'm never satisfied.*（歌词均选自 ZZ TOP *Flyin' High*）

他顺路用后背的机械臂收集了一些太空垃圾。尽管几百年来他一直都在这么做，但下一次经过时，无疑还会有新的太空垃圾——人类留下的人造废弃物体实在太多，曾经在地球上空蔚为壮观的庞然大物也在时间的洗礼下不断分解，沦为废渣。

他一路还经过不少退役穹蜂机器人的残骸，每一个都被他检查过无数遍了，他们身上被称为"机器人的心脏"的动力装置早已失去活力，呈现出一片死寂的灰。

穹蜂系列机器人当年被统称为第一代太空工程修理师，负责给太空中的各类器械与其他航天机器人做最基础的维护修理工作。八百年前，人类一共投放了一千一百个穹蜂机器人。当时技术所限，若动力装置故障或达到使用年限，需要召回地表进行动力装置更换，否则将会在太空中自动退役。

穹蜂 1012 号见证航天机器人退役的次数他自己并没有计算过，因为退役只是光学镜永远下线的一瞬间，擦肩而过的偶然一瞥或许就已经是一次道别，而这在人类的语言中有个更浪漫一点的词语，叫一期一会儿。他无法准确说出那一刻到底见证了些什么，他只知道自己的动力装置在轰鸣。

在大声地，不断地，颤抖地轰鸣。

——"Flyin' high, I'm taking one last ride."

因储电量有限，穹蜂 1012 号在太空中前行的范围渺如烟尘。他再次检查了自己力所能及范围内所有的退役穹蜂机器人，却一无所获。这结果在他的计算范围内，毕竟，仓库中的十六个光学镜已经是他多年努力的成果。

如果光学镜永远损坏无法上线，那么他算不算退役机器人呢？

"退役"这个词在机器人身上，等同于人类语言中的死亡。

那些已经退役的机器人，是否又能称得上是死亡呢？

如此，他自己什么时候会死？

穹蜂 1012 号为一个退役穹蜂机器人的面板拧上螺丝。他无法重新激活自己的同伴，只能日复一日地根据工作指令为他们修复破损的身躯。

破损，修复，再破损，再修复。

他的动力装置在大声地，不断地，颤抖地轰鸣。

——"Flyin', I'm bone dry and I'm waiting to die."

穹蜂1012号将修理工具收回肚子里，带钻的机械臂变回普通的手部形态，他用仅剩的左光学镜遥遥向地球张望。

紫色的海面在流淌，在变幻，与红色的江流交颈而卧。海浪有它特有的纹络和温度，一层层一道道，布满了淡青色云层浮光掠影留下的痕迹。

穹蜂1012号此刻很想听听海的声音。他打开了自己的信号接收器，对准了大海，像曾经做过的无数次那样。

听说海的声音无法用语言来形容。

而此刻万籁俱寂，他悬浮在浩瀚无垠的宇宙里。

信号接收器只有声势浩大的忙音。

他很多年前就已经意识到，在人类逃离地球的二百多年后，第1012号穹蜂机器人是地球上空最后一个幸存者。

"幸存者"这个词，在穹蜂1012号看来，意义或许也不是那么重大。

他不过涓埃尘土，渺小无望。

——"滋滋滋……哗——我叫春生，如果你还活着，请呼唤我姓名。"

三

穹蜂1012号无法作出回应。

空间站的电力近乎消耗殆尽，穹蜂1012号为了节能，从百年前就开始逐渐关闭身上不再使用的功能——发声系统是他最早关闭的功能之一。

他的动力装置在大声地，激烈地，焦躁地轰鸣。

穹蜂1012号迅速重新开启自己的声音系统，然而就像年老失修的卡碟机般，长时间关闭的发声器现已无法正常使用，他只能发出嘶哑的、破碎的声响。

春生，春生！

穹蜂 1012 号呆愣了一会儿，飞速打开自己的工具箱，将眼前的退役穹蜂机器人身上的发声器拆解下来安到自己身上。然而这个发声器同样无法使用，他又迅速赶到另一个退役穹蜂机器人跟前，拆解，安装，拆解，安装。

在拆解到第十七个发声器后，他终于说出了百年来第一句话：

"春生！"

因安装速度过快，发声器与系统连接并不稳定，使他发出了婴儿般啜泣的叫喊——

"春生！春生！春生！"

晨昏线倾斜着迈过海面，漫过山峰，穹蜂 1012 号信号接收器对准的方向早已不是原来的方位。

他的开合口逐渐停顿下来。

声响石沉大海，此刻万籁俱寂，他悬浮在浩瀚无垠的宇宙里。

系统提示他电力已快不足，需要尽快返回充电仓。

穹蜂 1012 号呆呆地望着只剩一半的，巨大的，紫色的星球。

直至系统不断发出电量即将耗尽的警告，他才点燃喷射器，回到空间站的充电仓。光学镜下线前，他摸着自己的发声器，拍了拍后脑的电路板，祈祷自己明天上线后右光学镜能够恢复如初。

右光学镜没有恢复如初，而此后他日日都在同一时间来到同一坐标，打开自己的信号接收器，发出一声声呐喊："春生！春生！春生！"

他不太能确定自己等待了多久，他并不是一个特别擅长计算的机器人，而当他等到回应那一天，他的左光学镜也开始闪起了雪花。

"滋滋滋……哔——是……通了吗？你在叫我……对吗？"

但穹蜂 1012 号已全然忘记去拍自己的后脑勺。

他的动力装置在大声地，激烈地，焦躁地轰鸣。

那头静默了片刻，问道："你叫什么名字？"

传过来的声音带着丝丝缕缕的电流声，有些微弱，穹蜂 1012 号全然不敢动弹，生怕自己一动就断了信号。

"穹蜂1012号。"

"不是编号，是名字。"

"我的编号就是我的名字。"

"好吧，那么，你好穹蜂1012号，我叫春生，大概是地球上最后一个……"

那头停顿了半响，就在穹蜂1012号以为信号又断了时，对方接上了话。

"人。"

四

"所以说，你是个修理工？"

穹蜂1012号的光学镜转了转，迅速在系统资料库里搜索修理工的含义，而后点头："也可以这么说。"

经过反复试验，穹蜂1012号确认自己每日在固定时间能和春生对话八分钟。春生是好奇心很强的人，大概是从冬眠舱中苏醒后终于遇到可以对话的对象，她的兴奋溢于言表，连环炮仗似的问了穹蜂1012号诸多问题。她似乎颇惊讶于穹蜂1012号的老旧，毕竟八百年前的机器人早应退役了。

"也是，要是你很新的话，他们也不会把你留下。"春生喃喃自语。

穹蜂1012号拉开系统版面，在春生的页面记下了"直率"的标记。

"那他们，为什么把你留下了？"穹蜂1012号问。

春生似乎愣了一下，笑道："你没有情感系统？"

穹蜂1012一本正经地回答："Alpha3型情感芯片。"

"那大概是老古董了，难怪你说得出这么扎心的话。"春生叹了口气，轻声道，"不是所有人最后都能坐上飞船的。"

二百多年前，地球的资源已然枯竭，人类最后的诺亚方舟并不足以拯救所有人。春生一家耗尽所有资源购得一个冬眠舱，将春生塞了进去送上飞船。冬眠舱关上的最后一秒，春生在缝隙里望见远处那一大片淡紫色的花蕊。

"醒来之后，打开舱门的第一眼，是铺天盖地的花。你能想象吗，玻璃大楼上也长满了花。"

鸢萝花，全株有毒，根茎尤甚，可深入地底百米，遍布之地水土皆染，寸草不生。

他们对话往往很短暂，于是穹蜂1012号每天都在期待明天的到来。他的电力储蓄功能早已老化，每日完成工作后的八分钟对话弥足珍贵。在对话完毕之时，就已经到了他电量使用的底线。在光学镜下线前，他都会再看一眼舱窗外流转的紫色，而到了后来，他往往来不及再看就下线了。

春生告诉穹蜂1012号，自己是在航天指挥楼跟他通信的，她的家人曾经在这里工作。

"那你的工作呢？"

"嗯？我没有告诉过你吗？"

"没有。"

"我是一个记忆剪裁师。"

"这超出了我的知识库范围。"

"你真的该更新了。"春生又笑了，"记忆剪裁师，顾名思义，就是给人类和机器人的记忆进行抽取和裁剪。"

穹蜂1012号并不理解，因为他身上只有最原始的记忆芯片："为什么要裁剪？"

"你活这么久，总归有不需要的记忆吧？便携记忆芯片的容量有限，想一直留存很多记忆，必然需要压缩一部分内容。虽然记忆银行有更大的容量，但之前也不是没发生过数据丢失的情况，所以把最珍贵的剪辑出来，一直留存在大脑里，就没那么轻易丢失。"

"当然了，这是冠冕堂皇的说法。以我剪辑的经验来看……"春生顿了顿，又缓缓道，"人不原谅自己的话，要怎么活下去呢？"

穹蜂1012号无法体会这种复杂的情感，但这并不妨碍他成为一个很好的听众，可惜他的左光学镜又闪了一会儿雪花，电流声实在嘈杂。

"对了，你能给我拍一张地球的照片吗？"

"我今天翻到了一些以前地球上空拍下的照片,很漂亮,我很——"

声音戛然而止。

五

我很喜欢。

信号中断了。

春生记忆芯片中的内容被剪辑得很精巧。

最让她回味的片段是八岁那年乘坐太空电梯,到达顶端之际,在透着白雾的窗外看到那个巨大的、广阔的、蔚蓝色的地球。

山岭静卧,波涛隽永,蓝绿黄交织着被葱茏的白覆盖。风有了卷曲形状,云在静默呼吸,冰川在万万里处崩塌消融,积雪于尘土之巅生生不息。

天际线在遥远的、遥远的边缘,升腾起一抹惊鸿无尽的光辉,柔软的锋芒循着地表奔涌而来。

她一瞬不瞬地望着这片壮阔的绮丽。

不知为何,她那时突然想起自己在城市的交错灯影间见过一朵格格不入的花。花儿生在角落里,蒙着尘土,裙子是淡紫色的,紫中弥漫着深深的红,枝蔓卷曲着,颓败着,傍晚的夕阳蔓延在花蕊上。

那时候她还不懂什么叫万物有其生长命理,世间有其起落潮汐,她只知道,她听见自己有很急促的心跳,和眼前的一切都交织在一起,脉搏与地球同生共息。

春生最喜欢这段记忆还有一个原因。

在无数次的回望里,只有这段记忆让她有了自己还是人的念想。

可如今她也不确定自己究竟是做人更不忘本,还是不做人来得更坦荡——她的冬眠舱大概在某些露寒霜重的夜晚被搬离了飞船,让位给更需要活下去的人。

地球上已经没有人了。三百年前的战争让地球人口锐减至半数,剩余的人口中有大半死于能源辐射带来的变异疾病，残存的人类只能依靠防护服生活。没有任何生物能在这场浩劫中安然无恙，唯一的例外便是鸢萝花。能源辐射催生了鸢萝花的变异，顷刻间便足以遍布大地。

第一株淡紫色花蕊在城市柏油马路怦然盛放那一天，人类启动了逃离计划。

"我不需要冬眠舱，你忘了吗？"春生被塞进冬眠舱时，她喊道。

"你要离开地球，活下去。"

活下去，那是春生一生中第二次也是最后一次听到这句话。

六

春生是在三周后收到穹蜂 1012 号发来的照片的。

这个小机器人说话的时候，声音平平的没有语调，这次倒有些期期艾艾起来。他告诉自己，他身上的摄像功能并不足以帮她拍一张地球的照片，而空间站在多年前就已经无法收集太阳能，没有太多电力了。他只是最基础的修理机器人，所以花费了好大一番功夫才修好了一个微型卫星，给她拍了一张照片。

春生看着屏幕上的图像。

一望无际的紫锭红在晨昏线处有其独特的浪漫。陆地的绒毛颤抖着，勾勒出海面腼腆的光晕，将远处巨大的天际线环光映衬出纷飞的粉。

春生眨了眨眼。她哑然了片刻，对穹蜂 1012 号说了一声谢谢。

穹蜂 1012 号迟疑地问："你不喜欢吗？"

"没有，这个颜色很梦幻，很漂亮。"

春生知道穹蜂 1012 号只是一个小小的，小小的机器人罢了。

"可是系统说你的语气并不高兴。"

"我没有不高兴，1012，我就是有点，有点……"春生想了一会儿措辞，"震惊。"她拨弄了一下耳后的记忆接口，又道："你要知道我睡了太久了，

孤星连线

接受新事物总归需要一点时间，不过还是谢谢你，你还特地为我修好了一个微型卫星。"

"你要怎样才能高兴起来呢？"

"我为什么一定要高兴起来呢？"

"你是我唯一的伙伴，我希望你高兴。"穹蜂1012号的声音还是平平的。

春生沉默了。

不说话的时候，全世界的静谧能将人包裹得密不透风。

那样的时刻，她能清晰地感受到自己脉搏的震动、血液的流速，细胞分而又生的寸寸鲜活。

半响，她拨开了自己耳后的接口，拿出了记忆芯片："你还记得地球以前的样子吗？"

"我可以调取记忆数据。"

"八百年的数据那大概不好找。"春生笑了笑，"要看看我的记忆吗？"

穹蜂1012号看到了八岁春生眼里的地球。

他问："如果能再看一次，你会高兴吗？"

春生开始觉得他可爱了。

于是穹蜂1012号又说："你能再去休眠吗？"春生不解，穹蜂1012号解释："我还需要点时间，不算太短，你会死的。"

"我不会死的。"

"人都会死的。"

"我不会死。我死过了。"

穹蜂1012号很茫然。

春生缓缓道："我是不是没告诉过你，我也有编号？"

"我有编号的，320号。"

"第九代陪伴型成长机器人Enigma320号。"

她的语气平静而淡漠。

春生九岁那年，人类爆发了战争，仅过半年，春生体内便多处器官出现异变。人体改造技术可以帮她存活下来，然而战时资源紧缺，最终只能拆解陪伴她一路成长的机器人320号。为了不在改造过程中损伤重要记忆,她需要在改造前把记忆抽取掉。

"活下去。"那是她陷入昏迷前听到的话。

最终她同时拥有了春生和320号的记忆。

在日后那漫长的十年中,为了让身体更能适应机体和不断变化的环境,她需要不断被进行改造。她变得更聪明,更强大,更百毒不侵。然而每一次醒来,她的大脑都会一片空白,恍若初生婴儿,而后记忆数据一窝蜂似的强行填塞进她的大脑,粗暴地霸占每一寸缝隙。她已逐渐分不清自己身体哪一部分还属于春生,哪一部分是320号,还有那许许多多叫不上名字的材料。

而她到底是谁呢。

她是春生,也是320号。

她既不是春生,也不是320号。

在她第十七次躺在记忆抽取台上时,她已不再闭眼。

技术人员问她是否有什么愿望。这是人情关怀放松心情的固定流程,春生以前一向懒得回答。但唯有那一次她回答了。她说,我以后想做记忆剪裁师,然后把这浑蛋的十年统统删掉。

九岁的春生在重新睁眼的那一刻,她就确定自己已经死了。

春生回答穹蜂1012号:"你之前问过我从冬眠舱后醒来要怎么在地球存活,我当时没有回答你。我不需要食物,也不需要睡觉,我只需要充个电。那你说,我都不算活着,又怎么会死去呢?"

穹蜂1012号曾在系统查过字典上对于死亡的定义,上面写的是:生物的死亡是指其一切生命特征的丧失且永久性不可逆转的终止,而最终变成无生命特征的物体。

"可是你在呼吸。"穹蜂1012号回答,"尽管你现在或许不需要了。"

"我也在呼吸。"他继续说,"尽管它只是程序设定。"

"我们都会死的。人和机器都会死。"

穹蜂1012号不知道那些已经退役的机器人是否真的能称得上是死亡,更不知道他自己什么时候会死。

孤星连线

他只知道自己的动力装置在轰鸣。

在大声地，不断地，颤抖地轰鸣。

而日月斗转星移，他见证过无数次璀璨流星，看到过大海奔涌、浪花雀跃，目睹过冰川消融、风散云停，紫色顷刻盛放于山峦之巅，日光在地球背面铺展的一瞬间，光环包裹着这个绚烂的、不朽的世界。

"可是我们现在还活着。"

在浩瀚的宇宙里，在破碎的地球上。

我们还在孤独而勇敢地活着。

七

穹蜂1012号改造了自己。

他将卫星上的太阳能面板拆下装到自己身上，他就不再需要频繁返回空间站充电。他找到了太空喷射机器人的残骸，也将其重新组装为自己所用——那是人类爆发战争前，艺术家齐马蓝留下的太空艺术工具，能在陨石和星球上作画。

而后他用了一百年的时间，将曾经收集起来的太空垃圾压缩成一个个方块，并将它们摆放成一面遮天蔽日的垃圾墙。

压缩，摆放，压缩，摆放。

工作的间隙，他还是会每天花一些时间望着地球发呆。

当他第一次往垃圾墙上喷射蓝色颜料那天，他想起春生再次进入冬眠舱前问他的话："你究竟要做什么呢？"

穹蜂1012号干巴巴地回答："你会知道的。"

春生又问："那我什么时候该醒呢？"

穹蜂1012号想了想，说："我会来叫你的。"

"我会来叫醒你的，就像你每一次重生那样。"

春生沉默了半晌："你还会活着吗？"

穹蜂1012号回答不上来，已经运行了八百年的动力装置究竟会在哪一时刻停摆，他说不出来，他只能说："我不知道。"

"活下去。"春生说，"活下去。"

一共是三百年零二十天，他完成了那幅一望无际的画作。

他的左光学镜到底是哪一天彻底损坏的，他确实记不清了。他的记忆芯片在不断退化，以至于他究竟是为什么开始作画，都忘记了。

他只是在不停地画。根据一张从记忆芯片里抽取出来的画面，在黑洞洞的世界里，按照胸口扫描仪的指示不断喷出蓝色的、绿色的、黄色的、白色的颜料。

穹蜂1012号继承了一部分被他拆解的太空喷射机器人的记忆。

齐马蓝穷极一生都在追寻宇宙的真理。穹蜂1012号没有那样的智慧，也不知道自己该追寻何物。要画这样一幅画的原因已经模糊，他并不是一个喜欢作画的机器人。

他很多年前就已经意识到，在人类逃离地球的二百多年后，第1012号穹蜂机器人是地球上空最后一个幸存者。

于是只有静谧和孤独。在浩渺的宇宙里只剩静谧和孤独。唯有在不断喷射颜料的过程中，他听到自己的动力装置在大声地，不断地，颤抖地轰鸣。

而在这样的时刻，他真真切切地感知到自己的存在。

就像他曾经无数次看到那个巨大的、紫色的星球时所感受到的那样。就像他曾经在某一时刻听到遥远的回响时所感受到的那样。

是涓埃尘土，渺小无望，却也无时无刻不在轰鸣的存在。

在完成绘画的那一天，穹蜂1012号再次播放了系统内的古早金属摇滚乐——"Flyin' high. Don't you know it's hard to signify."

这样的感受，在他看来，意义或许很重大。

地球上空漂浮着一幅巨大的、广阔的、璀璨的墙画。

那是春生记忆里那颗蔚蓝色的星球。

它在宇宙中有着深深浅浅的呼吸。

穹蜂1012号来到曾经的坐标处遥遥张望。他不知道自己为什么要来，也不知道到底要张望些什么,他的光学镜早已一片漆黑。

但他还是打开了自己的信号接收器。

——"滋滋滋……哔——我叫春生,如果穹蜂1012号还活着,请呼唤我姓名。"

——"穹蜂1012号,回家吧。"

八

穹蜂1012号跌入大海那一刻,他知道自己要死了。

如果能再活久一点,穹蜂1012号能向世人夸夸其谈的事情就有两件,其中之一便是他刚刚发现的。相比起在太空画画,这个大概更重要一些——原来海的气泡不是紫色的,而是浅粉色。

他从紫靛靛的海波里向上望去,黑洞洞的光学镜反射出的天空是粉荡荡的蓝。

而他知道,再过不久,光学镜再次上线的那一刻——

他会获得新生。

永生塔

高雯玥

透明玻璃外的晚霞与夜幕交替之时，编号318从55层乘着升降梯一路向下，想象自己正在堕入地狱。

1层和55层没有任何分别，无论是大厅方柱的位置，还是工作区和生活区的分布，都像从来没有出发过，也永不会到达任何终点。他站在升降梯口，等待屋顶左右两角的白色探头旋转到面面相对的方向。缓冲停留的几秒钟会形成一个短暂的监控盲区，编号318迅速躲入墙边的角落，寻找隐藏的暗门。那门与白色的墙壁融为一体，如果不仔细观察和触摸，很难发现这是一个入口。他飞快输入同事提前告诉他的密码，从暗门下旋转楼梯进入地下，再沿着幽暗的廊道走到尽头，就真正到达了这座白塔的神秘之地。

左手边的白色墙壁上浮起一串凹凸不平透明色的字。

"欢迎光临，免费定制体验。"

原来这就是传说中的秘密基地，竟然藏在塔底的地下。

环形的大厅被晶莹透明的屏幕铺满包围，从头顶到脚底没有一块遗漏。它们组成的景象过于逼真，如同外面的世界。脚底屏幕显示出的青草被不存在的微风吹着晃动，树林就在远处但又不远的地方发散恶魔爪牙状的枝叶，头顶的蓝天时不时划过三两缕流云，虚假的阳光投射下的阴影落在他的脚上。面对充满诱惑和魔力的一切，318开始怀疑自己到底置身何处。

夜半时分尚未到来，这里却已经聚集了不少人。所有人都闭着眼睛，身躯似乎不受控制，有的四肢猛然抽搐，有的原地不动，如僵硬的岩石，还有的与游魂无二在地面飘荡。

他们是同一个人，318也是他们。

白塔是一个世界。生活在这座白塔里的人有着一模一样的脸、身体以及声音，就像互为复制品。地球重生之后，他们消灭了姓名、性别、年龄，以及一切可以想到的外形上的不同，永不腐烂衰败的肉体让他们成为一种永恒的存在，近乎神明。他们延续人类这个物种的名称，拥有人类的知识，却远远高于人类。

　　他们称自己为新人类。没有人知道自己何时被创造，也没有人知道自己何时会死亡。他们与生俱来的使命就是日复一日地建造高塔和新的同类。塔一层层向上生长，没有尽头，似乎也没有顶端。

　　318是在建筑部工作时偶然听到同事的私语，才得知塔底有一个秘密基地的。他们都说在那里可以不受任何约束，实现一切愿望，人只要在那里待上一夜就再也不想回来。但这种行为大概率不被白塔世界允许，因此大家都只能依靠私下里的秘密相传。

　　他的确有一个埋藏了很久，且迫切的愿望。

　　318回过神，目光重新聚焦在这座环形的大厅，穿过人群向正中心走去。

　　在大厅正中心有一圈环形的桌子，一个头戴黑色长形礼帽的人正在其中忙着调试桌上的小型机器，不时拿起放大镜在眼前摇晃调整，又在另外几个小屏幕前来回踱步。318还注意到这个戴帽子的人前面有一支不短的队伍，向他对侧的圆形柱子延伸。每一个人都隔着桌子等待那人忙完，再跟他交谈，之后戴上他递过来的眼镜。在戴上的一瞬间，眼镜会消失不见。每一个戴上眼镜离开的人都会走向大厅，变成进来时他看到的那样——失常。

　　"他们戴上眼镜之后究竟看到些什么？"心里想着，他的脚就已经不自觉朝着队伍的尾端挪动，并且避开每个疯狂的人。

　　队伍行进得很慢，眼看夜晚由浅入深，又由深入浅，新一天的工作马上又要开始了。大厅里游荡的人渐渐恢复正常，陆续朝着他来时那个暗门的方向走去。318想，要不还是跟着一起回去吧，这秘密活动也许是我冒不起的风险。

　　"你好！你好！听到我说话了吗？"一个虚弱而年迈的声音把他拉回头，面前戴帽子的人正在盯着他。

奇怪，为什么他的声音和我们不一样？318用眼睛轻微打量着他，一时间忘了回答。

"朋友，天快亮了，你不想体验的话就赶紧回去吧。"戴帽子的人似乎看出他的戒备，又解释道，"噢，一个变声器而已，这小玩意儿也把你吓成这样。"他伸手从后脖颈摸出一个三角形的芯片，努嘴示意，"我喜欢沧桑的声音，听上去像一个智慧老人，哈哈哈！"他把芯片放回去，发出急促的笑声，又随即停止。嗯，听上去好像并不是特别智慧。

"啊……我啊……"318眼神躲闪着，有些紧张，他与陌生人交流时向来如此。戴帽子的人瞬间收起刚刚嘻哈的模样，又盯着318看，盯得他直发怵，好像在盯一只随时都能碾死的小虫。318感到自己正在被一把钝刀剁碎。

回避着，回避着，他的眼睛竟又对上了这个戴帽子的人。318看见对方眼神里似乎闪过一道白塔的影子，就像在自己的眼睛里闪过，在还没有反应过来的时候就消失了。无名的恐惧从他的脚底缓缓生长到手指尖，或者说，并不只是恐惧，还有一种永不见底的无尽之感。他当然知道自己是无生无死的物种，但在这一瞬间，似乎有一座巨大的囚笼正在猛烈地杀死自己。

不能再多待一秒了。

318完全不能适应这诡异的氛围。大厅上方的太阳检测仪已经开始显示日出倒计时，对这里的人来说，一个绝妙的夜晚即将结束。但对318，这正好是离开的借口。

"朋友，别发呆了，你到底要定制什么样的体验？"戴帽子的人扣指敲了敲桌面，邦邦两下。

"我，我还没想好，下次再说吧。"编号318低下头，迅速转身，跟着人群走向暗门，离开了。

沿着旋转楼梯向上，到达1层地面，用同样躲避监控探头的方法，大家回到自己的塔层和区域，好像这个夜晚从来没有存在过。

就连走上躲藏的路都是一样的，除了编号之外，这塔里的所有人还有什么是不同的？究竟所有人是一个人，还是一个人被分成千万份？

编号318从来都想不通这些问题。他坐在自己狭小的方形工作区，这里干净整洁，一统的白色，让人眼里时时充满反射出的光亮。他已经无法对着眼前的白塔建筑材料聚精会神。

这座塔已经修筑到422层，也许是522层？他记不清了，统计塔的层数并不是他所在部门的分工。他想起那个戴黑色礼帽的人，再次陷入当时的情绪，却又有许多不甘心。他甚至还什么都没有体验，也什么都没有提问，就这样被莫名其妙的恐惧打跑了？

旁边方格中的同事从白色墙板探出脑袋，用最轻的声音问他昨晚过得如何，是不是有很难忘的体验。318看着这张跟他一模一样的脸，以及扭曲成90°的一模一样的身体，心中只有无穷的叹息，好像看到一个滑稽的自己，而他是绝对不允许自己做出这样的动作的。

"没有，等我排到的时候，天已经亮了。"编号318故作镇定。

"那一定是你犹豫了很久吧，别告诉我是害怕。"同事原本打趣的话，却正正好戳中编号318的心事。

他更不服气了。臣服于激将法，他决定晚上再去一次那个秘密基地。

接连好几天，318只是站在大厅的边缘地带，看着前面三三两两汇聚的人群，看大厅中心越来越长的队伍，还有那个戴帽子的人在圆桌内忙碌的身影。戴帽子的人每天晚上都戴不同颜色和不同样式的帽子，那些都是他只在百科全书里才见过的形状。有时红得发紫，有时绿得与大厅屏幕显示的青草树林融为一体，有时是他形容不出的庞杂色彩。

虽然身体相同，但头顶的帽子让他变得与众不同。

318依然没有勇气站在队伍里成为定制体验的一员，先前迫不及待想实现的愿望在这份无名的惧怕面前似乎也可以延迟。一无所获的他不再与同事提及这个秘密基地，也很久不再去那里做尝试。

直到一天，从无数个相同的同一时间醒来的早晨，他发现自己的手臂上生长出了一个粉红色的疙瘩。疙瘩起初只有一个小指甲盖那么大，慢慢地向外扩张领地，颜色也变得越来越深，渐渐变成大拇指盖儿那么大，向外凸出一块，用手按也按不回去。编号318产生奇异的感觉，总是忍不住往那疙瘩蹭两下，再抓两下才舒心。他每天盯着手臂观察，眼瞅那疙瘩又越来越小，凸起的肿块消失，最后变成一点浅红色融进皮肤里。

白色房间屏幕上的百科全书告诉他，这是旧人类世界中被蚊子叮咬留下的印记。蚊子这种生物早已灭绝了数万年，然而这个印记居然重新出现在了新人类的塔里，甚至重新焕发出了生命的活力，似乎在向新人类发起某种无声的宣战。

318有无数的困惑，顿时又对自己愿望的实现充满无限期待。强烈的冲动超过了曾经的惧怕，他感到现在唯一能够帮助自己的就是那个秘密基地，还有那个戴帽子的人。

他再一次站在了大厅边缘，而这也是他最后一次站在这里。

顶部的太阳探测仪已经全部转为深蓝色，夜晚如约而至。

这个夜晚，队伍并不长，很快就轮到了318。戴帽子的人隔着圆桌打量他，虽然是面对面一模一样的两个人，他还是认出了他胸前的数字。

"318号，朋友，又见面了？"还是那个沧桑的声音，如今听来，和蔼了许多。

"是的，之前第一次来，有些紧张，不知道该做些什么。"他还是不敢完全看着戴帽子的人说话。

"你后来是不是又来了好几次？每次都站在边上不敢往这边走，盯着大厅里的人看一会儿就走了。"戴帽子的人嘿嘿一笑，"胆小鬼。"

他抬头看，十分惊奇。原来戴帽子的这个人早就注意到了自己的行迹，但是……

"不用奇怪，虽然所有人长得都一样，声音也一样，但是只要我在这里见过你一面，就还是能知道你是你。"

编号318抿嘴，没有说话，过一会儿才开口："那，怎么称呼您，您的编号是多少？"

戴帽子的人笑容即刻退去，用手指在桌上使劲点了两下，"我讨厌那玩意儿，每天叫着数字实在太无聊啦！我让来这里的人都叫我阿风。"

"阿风？"

"怎么，难道你就没有想过给自己起一个数字编号以外的名字吗？"阿风把脖子后面的变声芯片反复拿下来又贴回去,只一句话就变了好几次声音。他似乎以此为乐。

"没有。起的名字还有可能重复,但数字一定不会重复。况且大家都一模一样,实在没有什么起名字的意义。"几句对话之后,他发现今天阿风的眼睛还没有什么白塔影子闪过。

阿风听完哈哈大笑,连连说着从来没见过像318这样无聊又有趣的人。

"那么,你想要什么样的体验?想成为男人、女人,还是动物?想在什么时代和什么年龄?穿着打扮,还有长相,只要你提出来,我就给你定制!"

"那,需要我用什么交换吗?"

"不不不,一切都是无偿的。只是因为我一个人在地下太无聊了,所以才给有缘来到这里的人做体验定制。"

318感到眼前这个人渐渐清晰起来,而自己就像一个手足无措又愚笨的拼图者,举着形状扭曲的碎片一直不下手,现在终于拼出一个边角,才体会到一些乐趣。

他停顿一刻,说出自己沉寂许久的愿望。

"我,想出塔,然后去塔顶看看。我想知道塔的顶端到底是什么样子。"

阿风歪着脑袋,微微张大双眼看着他。这个愿望出乎了他的意料,而他也听出318的语气显然不只是满足于定制一个到达塔顶的体验,而是真实的,到达塔顶看看。

"有趣!每个悄悄来到这里的人都是想体验独一无二的身体或样貌,你怎么只想看塔顶?况且,你明明知道塔是出不去的。话说回来,难道你就不想成为一个与众不同的人吗?哪怕只是一个晚上,也有很多人愿意的。要不,你还是再想想吧。"

阿风说着,转身调试起了旁边的小机器,似乎下定决心让他再重新给予一个回答。"快点想,后面还有排队等着定制的呢!"

318没想到他竟会回绝得如此迅速,原本以为阿风会是一个拥有神秘知识和力量的与众不同的人,现在看来也许真的只是一个无聊透顶的人。

"可是,我真的只是想看看塔顶的样子,没有别的需要。如果你实在不愿意的话，我再自己想想办法吧。"318转身，准备离开。

其实，在他来到这个地下秘密基地之前，已经尝试过好几条通往塔顶的道路。他曾经乘着升降梯一直向上，每当他到达自己以为的最高层时，都会发现还是一模一样的白色塔层，毫无差别的办公区和生活区，还有塔柱和监控探头。他在当时的最高层侧边沿着楼梯向上，试图找到通往塔顶的入口，也许是一道门，也许是一个通风管道，他不清楚是什么，只是走。然而楼梯总是在不知道的一个什么位置就开始转向层下的方向，于是越走越低，不知不觉就回到了自己的所属的塔层。后来，他记下那个位置，等再一次寻找时就在附近查看，可是似乎每一次转向的位置都不同。而且，塔一直被修建，只会越来越高，所以他从来没有找到过塔顶。他还托同事问过正在修筑新塔层的人，但他们即使是离塔顶最近的人，也从来不曾看到过塔顶的样子，甚至也没有见过任何通往塔顶的入口。

如果塔内走不通，也许要出塔才可以看到。

"这位318号朋友，不是我不帮你，实在是你的愿望要实现也太难了。你应该也知道，这座塔是没有终点，也没有尽头的，也许根本就并不存在一个塔顶！"

"不，从前我也这么想过。但是即使是一直被我们无休止地向上修筑，塔本身不能被我们改变，也就是说既然是一座塔，就一定会有一个顶端存在，只是我没有找到而已。"

谈到这个话题时，318道出的语句坚定而流畅，像是换了一个人。阿风有些意外，露出一丝不易察觉的笑，又很快收起。

"好吧，既然你这么坚信塔顶的存在，我就试试。不过我只能帮你在眼镜里看到的世界尝试，不能帮你去真正的塔顶。而且，我没有什么成功的把握。"

阿风对着他面前的小屏幕敲敲点点，输入编号318的信息数据，又一手拿着放大镜一手配合着调整仪器的装置，捣鼓了好一会儿才拿出一副透明到几乎看不见的眼镜。318接过并反手戴上，眼镜像所有人定制流程中一样在这一刹那消失了。接下来，他应该要进入一个眼镜中虚拟的世界了。

一片漆黑。

他只看见一片漆黑。

这种黑色不同于什么都看不见的黑，不同于闭上双眼的黑，也不同于玻璃窗外夜晚的黑，和瞳孔的黑似乎也不尽相同。318不知道这是什么黑色，也不知道在哪见过，也许从未见过，又或者是根本不存在的一种颜色。沉浸又翻腾，他几乎要溺死在这片无尽的漆黑之中。可是，这就是塔顶的样子吗？

"嘿，傻子，看到了吗？塔顶什么样啊？"

一片漆黑的世界里传来那个熟悉而沧桑，甚至略带暖意的阿风的声音。

"嗯……怎么说呢，我看到了一片黑。"编号318渐渐从黑暗的泥潭里站起。

"一片黑？塔顶是这样吗？"

"可我以为会有壮观的景色。这真的是塔顶吗？"

"不知道，我也没去过塔顶啊……不过，眼镜出故障的时候，也可能会看见一片漆黑……"阿风挠挠后脑勺，声音越来越小，没什么底气。他按下桌面上一个红色按钮，透明眼镜渐渐从318脸上显现出来。他摘下，没有说话。

也许就像阿风说的，塔顶根本不存在。塔层只会越来越高，但它永远不会完工，所以也不会有顶端。

318心灰意冷，与阿风道别，决定离开这里。他走出大厅，顺着旋转楼梯一路向上，寻找那个熟悉的暗门。

暗门不见了。

它好像从来没有出现过，没有留下任何痕迹，哪怕是一个钉子，或者一条小缝隙。墙面一如既往的洁白，却光滑得令人窒息。

318不想在此刻体会这些，因为哪怕是一点点裂痕都能让他有回到自己塔层的希望。但是现在这一切都没有。

他不知道是被困在了地下，还是被囚禁在一个根本不存在的梦里。

后面陆陆续续有人跟上，大家一起寻找暗门。但它确实是消失了。

"看来，我们要永远生活在这里了。"

"糟了，分给我的建筑材料我还没处理完！"

"走了走了，说不定是阿风在耍我们，也许我们还在眼镜的幻境里，哈哈哈！"

318身后的人你一言我一语，他们的声音相同，像是把自己的心里话复述了几遍。等待片刻，暗门依然不见踪影。阿风被人叫来查看，而这也是他从来没有见过的情况。

"啧啧，多么光洁的墙面，就好像是新愈合的皮肤。"阿风取下放大镜，摇摇头，表示没有找到任何暗门的痕迹。

"有什么办法，能把它凿开吗？你那么多机器，肯定有办法吧？"318忽然提议。

"傻，连我们的皮肤都是不会腐烂的，更何况这被我们亲手修筑的白塔。任何尖利的机器工具都不能破坏它，除非它自己。"

站在一旁设计部的人点点头，表示认同。

大家回到大厅，告诉剩余的人暗门消失的事。但是大家似乎并没有编号318想象中那么震惊或是失落，甚至反而向外溢出愉悦的气息。

他们可以永远在这里过自己定制给自己的生活了，哪怕只是透过眼镜看到的虚拟景象。那个世界里，没有谁再跟自己有一模一样的面孔和身体，每个人都能做一个与众不同的自己。

阿风将大厅所有的屏幕显示都调整为海洋，海上偶尔泛起金色的亮光，摇晃此起彼伏。大家在"海浪"上翩翩起舞。

编号318看着眼前的场景发愣，这些他从来没有想象过，也没有看见过，一切都超过自己有生以来的认知。他走到阿风旁边，看见他正坐在一个金色酒壶形状的机器上。那机器顶端仿佛是个弧形的盖，右侧伸出一支小腿粗的管道，活脱脱壶嘴样。也许是机器，也许只是单纯的座椅。阿风这样的人拥有什么都不奇怪。

"来，坐。"阿风拍拍他旁边的位置，让318一同坐下。

"这到底是机器还是座椅？"

"不可以都是吗？"

"说实话，我不想待在这里。出去还有机会，但在这里我永远找不到塔顶。"

"你还真是个傻子！看他们听说出不去多开心啊，你难道就对定制体验一丁点兴趣都没有吗？"318被阿风重重推搡了一下，配合着沧桑的老人声音着实令人发笑。他实在不像个"老人"，却还非要装作是老人，就像在水上倒立一样奇怪。

318摇摇头。

"试试吧，你不说我就给你随便设置了。"

阿风走到圆桌里，又对着屏幕和仪器一通操作，不多一会儿就拿出透明眼镜递给318。

318从隐去的眼镜中看到自己穿着白色的短袖和蓝黑色的短裤，似乎是某所高中的校服。参差不齐的刘海遮挡眼睛，是一个看上去就不高兴的男孩模样。他在江边的一大片草丛里奔跑，那深绿几乎把自己没过。他跑了很久才到江水边，有女人坐在石头上洗衣服，旁边走路都尚且不稳的小女孩在吹泡泡，五彩而明亮的圆圈飞到女人脸上打转，她顺势也使劲吹了一口气。江水一路流淌，在下落处形成一弯小巧的彩虹。

这不过是旧人类世界里再平常不过的事，拿来做什么体验定制，他也确实无聊。318心里嘀咕。

水边和草边飞虫多，一只蚊子趴在了他的大腿上。随后腿上泛起淡粉色的圆圈，但很奇怪。他说不出哪里奇怪。

318取下眼镜，回到现实的大厅，指着自己的大腿问阿风："这是，蚊子咬过的地方？"

"是啊，不过这是我随便设置的，你要是不满意，可以重新来。"

"不用。但是，被蚊子咬过为什么没有感觉？"

"眼镜里本来就是虚拟的世界，没有感觉很正常。不过你想拥有感觉，我也可以再帮你操作操作，接入神经系统就行。"

"我是说，我知道那个感觉。因为我被蚊子咬过。"

阿风沉默着，觉得他又在说傻话。

"蚊子都已经灭绝多少年了，怎么可能咬你啊？"

"但我的确被咬过。"

他伸手给阿风看，手臂上一个很小很小的淡红色的点，快要和皮肤融为一体，已经小到几乎看不见了。诧异在阿风眼中闪过，但转瞬即逝。

318说，这就是他为什么更想出塔并去塔顶看看。一直以来，塔是这里所有人的世界，从来没有人质疑过这个世界运行的规则。大家出不去，也没有人好奇塔外的世界。如果已经灭绝的蚊子还能复活，那一定意味着塔内塔外的世界都在发生着变化。在剧变到来之前，他想至少可以看看自己的世界，也就是这座塔，它的顶端是什么样子。

"那你觉得，这座塔，是什么样的存在？"阿风提问。

"一台机器。永远不会停止运行的机器，有自己的运行规则，而我们都是机器里的零件。有核心操控台，但那是我们触及不到的地方。所以大家好像都不知道是谁在最开始安排着我们。"

"你说得有些道理。"阿风不再笑了，他看着318，瞳孔里再次闪过一个白塔的影子，但眨眼间消失。318正低着头，再没能捕捉到这短促的一瞬。

"但你有没有想过，这座塔虽然是被我们修筑，离不开我们。但我们也已经依赖着这座塔存活，寄生在塔里。或许，这座塔本身，就是一个生命体。它有维持生命体征的内部器官，甚至也有自己的思想意识。"

318怔住了。这些话很难从一个看上去只知沉迷虚拟娱乐的假老头口中听到，但他的确是听到了。

"你怎么知道这些的？所以，你为什么在地下？"

"地下也是塔的一部分，我所属于地下就像你所属于55层一样。"

318看着他不说话。

"哈哈哈！吓到你了吗？我说着玩的！"阿风笑到声音沙哑，使劲拍拍318的肩膀。

318想起初见阿风时的场景和被惊吓的感受。今时今日，他不再害怕阿风了，但与他越熟悉，他也越发高深莫测起来。

他们就一直坐在酒壶形状的机器上看着大厅的人跳舞，直到第二天的太阳落下。

永生塔

谁也没有说话。

"其实，我有一个办法可以让你出塔，而你可以靠自己的力量去想去的地方。"

"什么办法？"

"这个办法代价太大，我怕你承受不起。所以之前一直没有告诉你。"

"你不用告诉我代价是什么，只用告诉我是什么办法。"

阿风拉着318站起来，"就是它了，"指着他们一直坐着的酒壶形状的机器，"只要你进到这个机器，就能去任何你想去的地方。"

318忍不住虚起眼。眼前的阿风就像这座塔的存在一样神奇，好像它们天生就该如此，也永远无知。他不可能把它们看完全。

但是这一次，他还是选择相信阿风。

机器底部的支架缓缓升高，向壶身的地方张开一道门。318刚刚好可以踏进去，不高不低，像是为这里的人量身设计。门关闭前，他转头看着机器门外的阿风，再次在他的眼中看到一闪而过的白塔的影子。

那影子与阿风的模样重合起来，他竟分不清是阿风长成了白塔，还是白塔变成了阿风。他闭上眼睛，已经来不及反应和感受一切，时间将知觉与情绪迅速驱散。他做了一个很长很长的梦，梦里一头洁白无瑕的野兽独独站立在没有边际的黑色大地中央，身上满挤着密密麻麻的白色寄生虫。野兽不断向上生长，冲破穹顶，冲到肉眼看不到的地方，也许是世界之外，宇宙之外，梦境之外。

门关闭，机器运转，发出渐渐升起的轰鸣声。大厅中舞蹈和游荡的人闻声朝这边看。

一摊晶莹剔透的水从金色的机器管道流出，仿佛从酒壶里倒出的香酒。它反射大厅里每一块屏幕的颜色，闪着彩色的光。水顺着倾斜的地方流入大厅墙壁边缘的下水管道，从此消失在这大厅，这地下，还有这座塔。

那摊水沿着弯弯曲曲的管道一路入江，真正无影无踪，再也认不出它是从白塔里流出来的水。太阳晒着土地的一切，谁也不说它无情，谁也不说它有情。江水蒸发，还会有新的水流汇进来。而蒸发后的水升入天上，变成了一朵云。它等待新的水流继续上升。云越来越重,哗——残酷的一声,又变成暴雨。

下雨了。塔里的人从来没有见过真正的雨。他们都离开自己工作的小方格,挤着到玻璃边看,像簇拥的一群小虫。

暴雨很快停下。一架巨大的彩虹从一个尽头跨到另一个尽头,在苍穹之下闪闪发光,俯视一切。塔里的人也没有见过真正的彩虹,又挤着在玻璃边看,像挤着的一群小虫。

阿风望向远处,目光并无焦点,却似乎可以穿透地下的土壤到达白塔之外。他不用看就知道雨滴和彩虹是什么样,也不用离开就知道站在雨中和彩虹下是什么感觉。他那站立的姿态和白塔几乎无二,他笑了,白塔也愉悦起来。这是久违的快活,像捉住一阵风。

没有人知道编号318到底有没有看到塔顶,或是塔如今到底有多高,也没有人知道他还会不会回来。可能出现在雨底,在云端,可能永远不会出现。

摩尔甫斯计划

邱姿慧

一

我睁开眼睛。

8:27，这个时间是——我猛地翻身而起，困意瞬间被紧张粉碎。

我很难相信我竟然睡到了这个时候，我的生物钟苏醒时间应该在六点左右，况且我为了今天，睡前设置了不少于五个闹钟。

恰在此时，闹铃响了，我顺势检查了一下闹铃的设置时间——的确没有任何纰漏，从早上六点半到七点，其间紧密排列着七个开启状态的闹钟，并且皆设置着每隔十分钟的持续叫醒。

但我就是在这种情况下硬生生睡到了现在。

但现在不是在意这个的时候，我手忙脚乱地行动起来，整理着形象。

九点钟，约定的日程就要开始，虽然说迟到一会儿无伤大雅，但我仍希望尽可能避免留下一些不好的印象。

我也很想自省追究能睡到现在的原因，但必须优先考虑当下。我想我已经竭尽全力地在加快速度，也因此把原本整理得当的衣橱、档案夹弄得一团糟，甚至在急切地喝水润喉时被呛到，还脱手打碎了我心爱的玻璃杯——当然，我很清楚这种混乱在其他人眼中不过是莽撞的体现，但事实上，这种情况下的"甘愿混乱"绝对是我作为强迫症所展现的最高敬意。

最终，我成功在 8:40 出了门，并一路飞驰，前往研究所。

半年前，我受邀参与了一次非正式交流会。其间有幸听闻了"摩尔甫斯计划",一个关于在梦境中复现现实,并辅助现实决策的项目。

这个计划由著名的脑科学泰斗墨菲斯·米索尔教授于十二年前发起,并经过了十年左右相对保密的研究探索,并于两年前正式公开。但令人唏嘘的是,两年前项目所展现的研究成果寥寥无几,并且仍然没能实现任何预期,同时研究的内容极其脱离实际,看上去完全是天马行空,故而这个计划没能激起任何浪花,也失去了大多数原本的支持者。

如今,这位泰斗已没有当年的意气风发,但谈话间他仍然坚持着这个项目是意义非凡的,并且从不后悔坚持了这么久"没有进展"的研究。

并非怀着敬意的敷衍,而是切实地对此颇有兴趣,我向他真诚地求索,希望知道项目更多的信息和研究历程。

米索尔教授也毫不避讳,况且事到如今,能遇到我这个兴味盎然的"听众",对他来说也是惊讶与欣慰的。

就这样,我们保持联系,并在这半年时间里,我对这个项目作了极为深入的了解,即便我没有一丝半毫的相关学术背景与基础,但还是坚持从晦涩难懂的专业知识中,归纳出了许多令我受益匪浅且脑洞大开的信息。

米索尔教授时常打趣说,我比他的助手们可要勤奋太多了,而且可以看得出来,我是真真切切地怀揣着兴趣和热情;但另一方面,我明白他很清楚,像我这样毫无基础的人,是绝无可能真的参与到项目研究中的,毕竟一旦论及专业,我想我那所有本可引以为傲的认知定然被这些燃尽整个青春在其之上的学者们碾个粉碎。

我自是无比有着自知之明,便也从来只是不越界地追踪着项目的进展。

而上周,教授忽然问我对参与实验是否有兴趣。他说得非常委婉,却也十分恳切。毕竟这个所谓的实验,存在着极大的风险,使用一台事关脑部的半成品仪器,绝对是令人心生疑虑的。

虽然我其实是迫不及待的,对于风险,我并非未加慎重考虑,但我知道,这样的机会失去即不再来;即便我早已下定决心,为了让教授不对我的动机抱有不必要的怀疑,我还是故作犹豫,并在几天后终于给了他肯定答复。

教授很高兴,并与我约定了实验的日期——今天。

我想我是过于兴奋，以至于昨晚的睡眠质量不佳，同时也导致临近起床时间，好不容易才陷入了深度睡眠。

但好消息是，此刻，我已准时到达了研究所。

这所研究所并不坐落于米索尔教授任职的大学，而是位于一个较为偏僻的工业园区。这是可以理解的，毕竟自从摩尔甫斯计划没落，学院估计不愿再为项目搭上大笔经费，为此，教授应该是拉到了一些外界的资助，完成他这个未竟的"梦想"。

稍作调整，我根据教授提供的地址走进了研究所，并见到了教授和他的助手们。

寒暄一阵后，我便与他们前往了实验场所。

今日的实验其实仅为我一人准备，项目过去曾招募过志愿者，并顺利圆满地完成了预期实验，没有发生过任何意外，但同时也没有什么突出效果。而这一次，他们选择在公开招募前，希望先获得一下"可行预期"，再根据这个预期，制定后续实验计划。

当然，他们内部已经体验过仪器，没有任何问题，并且据说这一次的成果已经足够完善且震撼。

但这毕竟是内部人员的自测，他们不希望这种作为专家的先入为主成为一种"判断"，故而他们急需一位像我一样的，对项目有了解，但并不专业之人的意见和建议。

换句话说，这次实验并没有被上报，是没有保障的，也不会存在任何有待签署的协议文件；这一切全都基于我与教授的相互信任。

不过教授还是为我考虑了很多，他在我犹豫并同意志愿作为实验对象时，感到了一些后悔，但我那时已经开始表现出坚持，这也正遂了他的心愿，故不再阻拦。

我曾在与教授的线上交流中，从照片简单获知过他们的研究场地和仪器，但这次前来实地还是颇受震撼。

主"实验室"并不是狭窄的房间，而是一个极其宽敞，甚至可以说是宽敞到压抑的巨大房间。而这巨大的空间中，也仅仅放置了一张单人大床，旁侧便是那相比之下像是床头柜一般大小的"造梦仪"——摩尔甫斯。

接下来，我将要躺上那孤寂的床，做上一个美梦。

我既兴奋又略带紧张，等待着教授的助手们完全调试好仪器。我和教授站在实验房间外的巨大玻璃窗前，这里是他们之后观察实验动态的地方，而我面前，铺设着数量众多，大小不一的显示屏，它们呈现着复杂的数据；我大抵能认出其中的一些，但大部分对我来说仍是不可参透的存在。

"很难想象，我看你并没有太紧张。"教授调侃道。

我微笑。的确如此，我的紧张并不习惯于外显出来，而是有意识地克制着。而正如教授所说，面临一项"人体实验"，这种电影中才会出现的压抑环境大抵对于大多数人而言绝对是噩梦。

我想我的冷静一方面源自固有性格，另一方面源自我对实验的了解，虽不算专业但已然非常熟悉，而理论上的风险概率甚至是小数点后三位。

除此之外，我非常清楚我正在做什么，志愿参与受试的决定一经做出，我便抛弃了疑虑与担忧。

"还记得我曾经和你说的吗，关于我们过去的受试者？"教授似乎有些意味深长地提问。

"您是指，哪一方面？关于他们使用'摩尔甫斯'的用途吗？"我问道。

"没错。正如我告知过你的那样，这次实验过程对于受试者来说其实和以往任何一次都是一样的，所以同样，我们对受试者的筛选标准也是一样的。"

"是的，我清楚地记得，包括那些我虽然未签署，但你仍完整向我提供的各类协议，我都详尽地阅读了，不存在任何疑问。"我回答，或许教授是想重申一下实验的可靠性，尽可能在试前消除一些顾虑。当然，我其实并不需要他的过分关照。

"是啊，但其实我并不是在考虑你的顾虑，恰恰相反，我担心的是你作为受试者，会对实验产生的影响。但请你不用担心，今天的实验无论如何都会进行，只是……"教授顿了一下，似乎在那一瞬想把随后说的话吞咽下去，但他最终还是继续说了下去。

"只是事实上，出于对实验有益的视角，你并不符合受试条件。"

"您的意思是，我的参与其实对你们的实验不会有帮助是吗？我的志愿参与，实则可有可无？"我不动声色地问。

"不，完全不是，"教授苦笑，"并不是可有可无或是没有影响，而是对实验……或许有威胁。"

"威胁吗？"我默念着。

"我想我破例向你提供过很多本不该告诉你的情报，其中就包括，对于受试者，我们会违反隐私协议，不仅如此，我们甚至会刨根寻底地把受试者的生平大小事研究透彻。"

"我记得，这是为了防止受试者利用摩尔甫斯做出危险的决策，并在确认后，在现实中真的实施，对吧？"

"真令人吃惊，我必须要说，你比我那些助手们要可靠太多，你记得我说的每一句话！"教授惊叹着，但又恢复并说道，"一点没错，摩尔甫斯计划的目的即在于此，通过在梦境营造决策场景，并模拟出决策结果，能完美辅助绝大多数非随机性决策。当然，这也就意味着，如果决策者利用它去尝试一些对社会有威胁的决策，那将是极其危险的。他们完全能在知晓一个决策的行为后果后，去在现实中实践所谓的威胁。"

我点头默认我的确对此十分了解。

"在过去的实验中，我们至少有三道保险。其一便是严格的筛选，我们详尽地调查着受试者，即使违法，我们也必须确保受试者从未有任何具有威胁的行为记录，以及健全幸福的人生轨迹，保证他们绝不会有任何过激想法。其二便是我们会给他们明确的行为指导，主动为他们营造一个决策场景让他们去遵守，尽管这样会降低实验的自由程度，并使结论准确性受限。其三，他们并不知道这个实验中，我们无法监测他们的梦境的行为，他们以为他们的一举一动都是被现实的人监控的，所以总会表现出拘谨。"

教授的担心没错，对于第二、第三点，他在早前的交流中便曾向我透露，所以这两道保险对我而言形同虚设。

"那么，您的意思是，我不符合你们严格的筛选条件？"

"是的，但其实我想说，并非如此，你自己一定对此也深信不疑——对于筛选标准来说，你是完美的，完美到可怕的实验参与者。"教授声音逐渐颤抖起来。

我想我和教授对彼此的了解达到了一个微妙的程度，他对我的判断没有半点错误，我非常有自知之明，这个实验的筛选条件，我是完美的适配者，即便他们将我的隐私扒个底朝天，也会一无所获。

"我必须向你道歉，我们的确也调查了你的隐私。"

"没关系，我接受这样的调查。"

"纯粹，你纯粹得无懈可击。"教授的声音在逐渐增大，"其他人，其他所有人，我们都大抵能推测出如果在梦境，他们会做出怎样的行为。"

这时，实验观察室响起了一声短暂的警报。随后室门打开，教授的助手探入了半个身子。

"我们已经准备完善，请跟我们来吧。"

我望了一眼教授，教授示意我准备前去实验，但同时，我会给他机会把话给说完。

"告诉我吧，算是我的恳求，你准备用摩尔甫斯尝试什么决策？"教授的声音忽而由高转低，回归一种无奈的平静。

我顿足，浅浅低头做思考状，随后向他回复。

"我的话，会尝试向前女友请求复合吧。"

教授笑了一下，我也笑了一下。随后在他的注视默许下，我随着助手离开了观察间。

我和教授都无比清楚——我根本没有交过女朋友。

来到实验间，我被引导躺上了大床。助手打趣地对我说可以点歌，正如伴我入睡的摇篮曲，这首歌或许会让我实验中更加放松。

我微笑着点上了一曲 *Non je ne regrette rien*。

随着音乐悠然奏响，摩尔甫斯启动了。

助手们退出了实验间，偌大的房间只剩我一人。

我望向天花板，又望向仿佛是连接实验间和观察间这两个"世界"的巨大观察窗。

在闭眼前，又努力睁开一下，仿若是告别世界前望向世界的最后一眼。

二

米索尔教授怀着忐忑不安的心情坐下。

今日唯一的受试者已经安详地静卧在实验间的大床上。

这位受试者，或者说"朋友"，与他的交情不过半年，但却因摩尔甫斯计划频频交织，以至于此刻竟感到恍惚，好似面前的是已深交数十载的老友。

而这场对他来说本再普通不过的实验，却是自摩尔甫斯计划以来，令他持续高度紧张的唯一一次。对于过去项目中出现的大大小小的事情甚至是意外，他都处理得游刃有余，仿佛一切都在他的掌控之中；只是此刻，他显得如此手足无措，这种无力感是前所未有的。

或许他上周做出了一个错误的决定。

事实上，他早已使用摩尔甫斯模拟付诸多次实践这一决策——在现实真的向这位受试者朋友发出邀请前，在摩尔甫斯制造的梦境里，他就曾以不同方式，明示或暗示，向其发出过参与实验的邀请；而每一次的结果，都是一致的。

他十分清楚这位朋友一定会答应试验邀请。

当然，对于先前的每一位受试者，他都进行了提前问询，即便是同一人，答复的结果时常是不一的，通常情况下，只有通过特定合适的角度，才能完美地说服参与者；并且，通过反复地模拟与观察，米索尔教授及其助手们可以成功通过诱导式提问套出了每位受试者的意图，以此确保他们最想确保的实验安全性和道德性。

只是，在同样的反复的尝试中，米索尔教授对今日的受试者彻底束手无策——无论如何，他都无法获知眼前这位受试者的最终意图。

而同样奇异的是，尽管摩尔甫斯模拟中，这位受试者面对邀约会产生不同程度的犹豫，但从未有一次真的拒绝。

这两个观察结论令米索尔教授感到愕然。

原则上来说，他可以不冒这个风险，直接取消掉这场实验，一切顾虑便可随之烟消云散；甚至直到刚才，直到摩尔甫斯仪器运转之前，他都有这样的机会和权力。

然而，他没有这么做。或许是被好奇心打败了。

米索尔教授正如大多数与他拥有同等学识和地位的人一样，心底自诩聪敏过人，极高的天赋加之对脑科学、心理学等领域的持续攻读攻坚，他对人类的认识和观察拥有着丰富的技能底蕴和绝对的自信。毕竟无论是在日常生活还是学术生活中，他都"未尝败绩"。

即使是对于摩尔甫斯计划执行的碰壁，很大程度也是他有意为之。换句话说，只要他个人愿意，摩尔甫斯计划或许在五年前就能商业化普及。但是，他的顾虑在那时，甚至是现在，都没有解决完全。于是他便一直拖延至今。

完美主义者想要的"完美"即将现世之际，他遇上了一个"意外"。

一个普通却外溢着无限神秘的人，与自己不期而遇，并且最终成为自己的"实验品"。

他本以为一切照旧的顺利，直到他切实地发现，这"普通人"披着坚固的伪装，而自己那引以为傲的人心攻坚术彻彻底底失败了。

难以置信，米索尔教授无法容忍这样的事情发生，但他的确无计可施。

他需要知道结果，必须知道结果。

只要在摩尔甫斯实验后，监控他，监控他！就能知道这个神秘莫测的人葫芦里卖的是什么药！他必然会露出破绽。

而自己，终将重拾自尊。没错，结果会告诉自己，没什么大不了的，他只是故作姿态的神秘，他做不出什么事关重大的决策，事实上只是自己疑心、多虑罢了。

说起来，现在过去了多少分钟了。

教授望向了头顶正前方的时刻表——12分钟。

摩尔甫斯营造的梦境时间的确和现实有着巨大差异，排除一些微弱的干扰项，对梦境时间的理解可以归纳为主要受到两个变量的控制，通俗来说，其一是意识的控制力，举例来说，越强的意识控制可以达到越专注的状态，而专注强度的提升将会使梦境时间流速减缓；其二是脑力的负载，强度越高的思考会导致越高的脑力消耗，脑力消耗越大将使梦境时间流速加剧。

这两个因素理论上制约了梦境时间是有限的，且时间流速会因人而异，而因此并不存在一个准确的换算。

经历了大量实验后，项目团队统计出一个大概的标准。米索尔教授对此甚为重视，譬如目前他们所接过的受试者中，一般的受试者多在5~8分钟便会从沉睡中苏醒；而目前现实沉睡时间最长的受试者是16分钟。

至于梦境内的时间，据16分钟纪录拥有者本人所说，他在一层梦境待了体感时间有8个小时，并随后突发奇想尝试进入了深层梦境，并又经历了3个摩尔甫斯的梦中梦后，在第4层梦境待了3天，最终猛然失去意识的自控并被拖拽回了现实。

由于梦境内时间因人而异，并呈现较大的波动，固然本研究随后便一致采用现实时间作为计量的参考。

考虑到那位创纪录的受试者有着极为特殊的身份，一位修行瑜伽及精通理疗和身体秘术的大师，其对自我精神和意识的控制力绝非常人所能及；米索尔教授由此推测，人类目前的实验沉睡状态的现实时间极限应该不太可能超过30分钟。

这同样是遵循理论结论的——意识控制和脑力负载其实处于稳定的相互制约的状态，即便越强大的意识控制力能放慢时间流速，但同时也必然加剧脑力的消耗。同样，当脑力使用过载，意识控制力便会在瞬间崩溃。这也正是最终那位纪录保持者所经历的，虽然直到最后一刻他似乎仍然认为自己保持着意识控制，但脑力运转的过载让这种控制猝然弦断，便没有经过一段任何可感知的衰弱过程便猝然结束。

另外，这位受试者提到了进入深层梦境，这其实并没有太多额外的理论规则。之于梦境时间，亦然，虽然理论上通过进入深层梦境的确可以放缓梦境中的体感时间，但依然无法规避两个变量的影响，这也变相意味着深层梦境的时间降速叠加影响微乎其微。

在最开始的时候，摩尔甫斯计划的项目成员们曾经对深层梦境展开过进一步研究。毕竟这是一个绕不开的议题，并且影视作品中常对此大作文章。但事实上，与影视的构想相异，科学研究得出的结论并没有想象中复杂。而之于摩尔甫斯的探讨背景，深层梦境可以简单分为两种，一种是常态做梦，这种情况对梦境的固有状态和属性毫无影响。由于在梦境中睡眠会导致自主放弃意识控制而在现实中自然苏醒，这甚至作为了受试者主动脱离摩尔甫斯梦境的手段之一。另一种则是在梦境中继续使用摩尔甫斯造梦，摩尔甫斯造梦必须通过再次使用仪器，这看上去会被实验人员友善地制止，但由于梦境中模拟的包括研究所和项目成员们其实是数据造物，所以他们在受试者未主动提供信息的前提下无从知晓受试者已然身处梦境。这种情况下，受试者完全可以通过构想再度实验的需求，欺骗数据造物，而要求使用摩尔甫斯进行实验，以此完成下一次的向深层梦境的跃迁。

深层梦境在刻板印象中是充满风险的不定因素，但据项目组内成员亲身体验，多次进入深层梦境后作出反馈，深层梦境的时间流速似乎没有体感和数值上的实际变化，并且多次跃迁后人能明显感到精神难以集中，意识浅将离散；这或许是一种原生的保护机制，所以理论上的深层梦境其实是安全的。

于是这种情况下，摩尔甫斯使用者如果想进入深层梦境中去验证一些决策，其实远远没有在第一层梦境进行来得实际、高效。

经历了数个阶段的系统排查和后续的持续验证后，深层梦境其实被视为了一种鸡肋的存在。这一点与人们先入为主的印象大相径庭。

总而言之，无论是第一层还是往后的深层梦境，最令米索尔教授在意的"梦境时间"问题都有了合理的解释和理论规则。

另一方面，摩尔甫斯项目团队很早便确认了可以以现实时间作为实验进程的核心考量，而这也是他们为数不多能在实验过程中执行的事——观察与等待。

时间尚在一分一秒地流逝，而教授开始紧张起来。

目前朋友的现实沉睡时长消耗，已经逼近纪录保持者所创下的 16 分钟，这已足够令他惊愕,他可不觉得这位他表面上不胜熟悉的好友背地里是个修身养性的高人。

但目前仍在理论的时间范畴之内,他尚且不能做出过激的判断以强行终止实验去唤醒沉睡者——这是极具风险的,强行唤醒睡梦中的人,况且是在摩尔甫斯开启的情况下,虽然理论评估的伤害不大,但偏误实在过高,真正的后果是难以设想的。

正当米索尔教授开始犹豫,并不自主地双手手指交叠托腮,焦急等待之际。突然,他似乎看见实验间内闪过了一刹夺目光芒——有什么东西反射了天花板手术灯的打光。

而值得在意的是,此刻的实验间内只有受试者一人,并且一切的流程都是电子计算机精密控制的,他可不记得过去曾有这样的异象。

出于疑虑,他迅速站起身来,仔细凝视着躺卧的受试者,仔细分辨着受试者是否存在不同寻常的地方。

随即,他的目光锁在了受试者微屈的手指上,似乎在轻轻握着什么东西。

那是,一块碎裂的玻璃。

梦游。

教授立即反应了过来,即刻,他向着助手疯狂地嘶吼:"快阻止他!"并率先意欲冲离观察室,向实验间奔去。

与此同时,观察室的设备响起了刺耳的警报鸣笛。

——一抹鲜红绽开,在白皑的实验间尤显刺眼。

三

我睁开眼睛。

我清晰地知晓此刻我正身处梦境——摩尔甫斯所构建的梦境。

我必须承认,一些影视作品给我留下了极为深刻的印象,这令我不禁怀疑,梦境和现实会不会容易混淆,受试者极有可能因此感到迷失,失去判断能力并最终受制于无限的幻觉里。

但米索尔教授坚定地否认了我这个疑虑，因为摩尔甫斯所创建的梦境说到底是一种数据梦境，它对人处环境的幻化是即时进行的；换句话说，我眼前正在生成一片图景——由我思维控制的"作画"。

不过，除此之外，我的体感的确与现实无异，这种身临其境的感受是超乎预期的，而对于熟知这一切都是数据营造的结果的我来说，我感受到的"真实"令我衍生出一种毛骨悚然来。

这令我的神思拐向了一个奇怪的方向，说到底，所谓的肉体是否真的存在——恰如此刻，明明我感受到的仅仅是数据，却足以别无二致地复刻任何"感官"能带来的体验。

除此之外，我还有另一层震惊，源自对摩尔甫斯完成度的惊异。这个项目完全可以断言是成功的，我甚至不禁怀疑为什么完成度如此之高的项目没有在现实中大放异彩。

不，我想我知道原因，米索尔教授是位德高望重的学者，这个项目还有巨大的道德伦理瑕疵；但我推测，下一阶段便是摩尔甫斯最后的完善阶段，通过添加限制，让这个已经绝对完美的造物变成泯然寻常的民用商用机器，控制影响范围，使之绝不能成为像我现在体验时所能执行的"为所欲为"。

而如我所料，机不可失，这的确是我最后的机会。

我的思维竭力地回忆着研究所，而一幅景象正填充着我的视图——一切如我所愿，研究所被完整地复现，甚至很多我不曾记起的细节也被完美地补充呈现。我再次走进了这个陌生又熟悉的地方，再次见到了教授和他的助手们，一切有些恍惚，却是那么地真实。

简单交涉后，我想我达到了此刻的目的。

我将再次使用摩尔甫斯以进入深层梦境。我曾在与教授的交流中，得知了进入深层梦境似乎没什么特别的，于是他们对此暂时并没有作太严格的要求，以及即使他们做了这样的要求，受试者遵不遵守，他们都无从得知，而当前资源有限，他们便没有过多投入在这个鸡肋上。

但据我对教授完美主义倾向的了解，深层梦境一定会在未来被从根源上禁用，譬如删除摩尔甫斯造梦时投入的数据，使梦境内不再存在可供深层跃迁的"摩尔甫斯"。只是当下，我使用的摩尔甫斯仍然是数据完备的。

真令人不禁惋惜。或许就是下个版本，这个被投喂了近乎整个人类社会智慧结晶的仪器，将会遭遇一次大清洗，仅留下一些毫无意义却能支撑起日常使用的低级数据。

我庆幸我能赶上这趟末班车，因为只有这样，它真正的价值才能被挖掘——被我挖掘。

静卧在实验间的大床，*Non je ne regrette rien* 再度奏起。

我集中一点精力调出了一个虚拟时刻表，时间一秒一秒地跳动。

而随着摩尔甫斯启动，我如愿闭上了眼睛。

四

我睁开眼睛。

一个时钟在我面前幻化，一个极为特别的时钟。

这是一个普朗克时间时钟。上面的数字有节奏地跃动着，一次跃动着一个单位。

终于，我来到了，我希望到达的"深层梦境"。

这是一个理论的盲区。

在过去数次与教授关于深层梦境和梦境时间的交流中，我有了一个有意思的假想：虽然他和他的团队在实验过程中对深层梦境进行过多次探索，但所谓的"多次"其实只是一种人类感知尺度下的"多次"，跃迁深层梦境或许的确能固有地降低时间流速，只是因为"微乎其微"致使所谓的"多次"跃迁不足以观测和感知。

而我只需要将"多次"变成一个难以构想数量的反复，即能将时间流速的固有尺度降至一个极点。

当然，在此之前这只是我的一个假设，并且我并不能保证，在这个反复的过程中，我的意识控制力或脑力不会熔断。

我赌了一把，而我幸运地赌对了。

在我反复熟练了思维视图操控后，在第 58742 次时，我已经无需睁开眼睛便能进行下一次跃迁。而第 89028749527362591 次，我感觉我在跃迁时几乎已经不再消耗梦境时间，虽然执行这个步骤的体感时间仍然存在，但我想那时之于第一层梦境可以称得上是静止的。

正如同程序的开发者无论进行多么严谨的测试，用户总能从一个不可能的角度操作令程序崩溃。我此刻即像那个"不可能"的用户。当然，我没有令程序崩溃。说到底，我只是跳出了程序人为知情部分的控制，而摩尔甫斯在它的发展中，实则已经悄悄脱离了"人类造物"的束缚，我在此时只是更加贴近了一些不可知的"本质"。

而探索"本质"，是要付出不可理喻的代价的。

我不能停下跃迁，直到——甚至直到永远。

直到我已经恍惚、错愕、麻木。不，这些人类的词汇并不足以形容我所感知与成熟到的一切。即便如此，我仍然不敢停下，不曾停下，我需要继续跃迁，直到，直到永远。

这是一段难以言喻、难以意会的折磨——那连贯的沉睡—苏醒，似乎只是几秒或者说更短的体感时间，但这个体感时间是存在的，当这个可以被感知的时间被指数效应膨胀，我或许，不，是必然，经历了比宇宙诞生至现实的今天为止还要长的时间。

我就在有意识的主观沉睡中，度过了近于"永恒"的时间。

而现在，我终于停下。

但这远远不够。

因为我还存在苏醒的风险，如果教授是正确的话。

据摩尔甫斯团队的结论，梦境的时间是受意识控制力和脑力负载控制的，这两个要素相互制约，似乎注定着梦境时间不可能达到无限。

不，其实完全没有这么简单。正是由于这个结论的条件，这两个变量的存在，将可以作为正反馈调节的无限叠加，使得梦境时间必然可以达到无限。

在此刻，在这个普朗克时间以单位速率流逝的尺度下，我拥有理论上近乎无限的梦境固有时间，而受到制约的时间体系，只需要利用固有时间，强化"变量"，便等于握住了这个世界永动的命脉。

而这个循环得以存在的关键在于，现实和梦境共享着同一具肉体——我曾反复确认这一事实。

一方面，这说明了梦境中个体实则不存在独立的生理需求或者说新陈代谢，一切控制来源于本体；譬如饥渴、困顿等类似的感官是与本体保持一致的，换句话说，梦境中的个体的状态将保持一致，不需要进食，不需要睡眠，不会疲惫，等等。

另一方面，我在梦境中锻炼以增强自我意识控制，同样能作用到现实生命体之上。当然，这种传递很多时候具有冰山特性，即梦中习得的知识，在苏醒时往往很难被回忆起来，但这并不意味着这些梦中获得的信息消失了，它们实则是被封装进入了多层意识之中。

但意识控制力不是一种具象信息，所以它的传递将是直接的，且有效的。

我需要实现对自我肉体、精神、意识到完全控制。正常人能启用的"感官"之于整个身体可谓九牛一毛，例如，正常人并不能感受到内脏的运转，更不必说控制；也不能在指尖触到物体前，去感知到指尖本身；也不能感受到每一道毛细血管的内部流动……

而无限的时间，我将付诸这样的实践，去完整地、不留余力地感受自我，肉体、精神、意识，以及那些从未被人类定义的一切"感受"，去彻底地意知自我并超越，去抽离，去越渡每一束缚。

于是，我开始了这前无古人、后无来者的修行。

曾无数次，我已厌倦甚至崩溃，但我仍然如此坚持。

普朗克时间以单位流动着，而我将再度踏上一段未知尽头的永恒折磨。

直到，直到永远。

五

我睁开眼睛。

我已非我。

我与万事万物,与"梦境"浑然一体。

我的意识控制力。

不,是一切,皆已成空。

即使现实的我脑力衰竭,我也不再会苏醒。因为所谓控制,已经彻底脱离。

正如我所预料,那相互制约的两个变量,当其一冲破桎梏,所有的理论限制便失去了任何可能的效力。

而我,已使这梦境时空,实现了真正意义上的无限。

普朗克时间表淡入,它已不再跃动。

我"此刻",准确地说,于我而言已不存在也无所谓"此刻",我正身于静止;而我却是世界唯一的动态。

那么,就让一切开始。

我拥有了无限的时空,而现在,我将用无限的时空思考无尽的"知识"。

我将——

参悟一切。

六

我闭上了眼睛。

此刻,我已无需一切。

我成了世界本身,但我仍知晓。

这个世界是某种"现实"衍生的"梦境"。

为此，只剩下最后一步。

割断纽带。

从此再无"梦境"的虚拟与"现实"的真实之分。

我是世界，我是真理，同时，我是真实。

而这最后一步，将由"现实"的我的终结作为结尾与开始。

作为"一切"，我随意地调取开启了一条跨维度的通道，向那一位睡梦中的"我"的潜意识传递了将一切形成闭环的信息。

打碎杯子，携带碎片。

在一切的终点与起点，用那刹那的锋利，划破真实与虚假之隔。

啊。

为什么现实世界的我愿意放弃他的真实，成全"梦境"里"虚假"的我，当一位无往的"神"。

这是当然，因为这就是我，我们都是我。

复活

宋瑜航

我第一次见到马尔克斯是在汪叔叔家里。它在水族箱中静止不动。那是一只粉色的小怪物,身体安放在珊瑚丛的缝隙之间,嘴巴微咧,羽毛状的外鳃一翕一张,模样周正,像一个小孩在画纸上郑重其事画下的笑脸。我弯下身子将额头抵在玻璃上,和它大眼对小眼,无知地要和它玩一玩"谁先眨眼"的游戏。一分钟过去,我的眼睛睁得已经有些痛了,马尔克斯的眼睛还是圆圆的,一动不动。正当我抬起手要用手指撑住眼皮想继续和它对峙时,它倏地溜走了。汪叔叔大笑着走到我身边,摸了摸我的头说:"你输了,但你知道你为什么会输吗?"我看着他摇摇头。汪叔叔指着那只藏在渐变红色的珊瑚后面,只露出一点点尾巴的生物说:"它是一种古老的两栖动物,刚从国外运过来,年纪很小,还不到一岁,它们视觉能力较差,没有眼睑,所以不会眨眼睛。"汪叔叔猜透了我的心思,继续说道:"它是通过瞬膜来保护眼睛的,就像人类通过眨眼来保护眼球。"我点点头。又问道:"那它来自哪里呢?"汪叔叔说:"蝾螈的种类有很多,国内很多地方都有。你看到的这只来自墨西哥。这是一种有魔法的动物,它能够不断地更新。假如我们将它赖以呼吸的鳃部切除,不过几天,它便会像最初那样,继续生存,且不留一丝瘢痕。不仅如此,它的大脑、心脏等所有的器官都可以再生。"我觉得很惊奇,追问着:"那它能够永生吗?"汪叔叔的手指挨个扬起又落下,扬起又落下,像是在敲打着什么。他惋惜地说道:"可惜,它的寿命太短,只有五年左右。这个世界的法则不允许永生,只要开始,就会结束。"听汪叔叔说完这些,我感到某个无形的部分被割掉一块,见证逝去总是不可避免让人难过。汪叔叔看出了我的心事,他说:"但是,我们能够尝试在局部范围中改变这个世界法则。"我不明白他在说什么，若有所思地点着头。

汪叔叔家布置十分简单，水族箱充当一面墙隔开客厅与实验室。客厅空旷、一览无余。待久了便觉得这空旷好似有生命，一呼一吸之间在与你争抢空间资源。汪叔叔很久以来都是一个人住。他的妻儿几年前因为在黑夜中进入卡车视线盲区被碾压，过世了。参加追悼会那天，汪叔叔面容平静，接待着每一位前来吊唁的客人。他说："感谢大家来参加囡囡和小飞的再见仪式。但我们终归会再次见面，无论以哪种形式。"我看着汪叔叔平静的面容，边抹眼泪边说："我很想念小飞弟弟。"父亲递给我一张纸，我侧过脸去看着父亲，黑色领结板正地绕过白衬衫的衣领，系在脖颈上，一副冷漠克制的模样。

父亲待在实验室里，不停翻看汪叔叔的实验记录。他询问汪叔叔："你的计划好像是遇到什么麻烦。"说完起身朝水族箱的方向走来。那天他穿一件黑色毛衣，黑色的西装裤，那黑色比平日里见到的要更加深沉，行走时如同一个正在移动的黑洞，仿佛现实世界在他的位置弯曲、塌陷了一小块。后来我才意识到，很可能是因为房间的空旷导致我产生这种视觉幻象。不过，父亲总是冷冰冰的，他对生活与情感的需求低得可怕，执意赶走一切热闹的事物，除了工作还是工作，简直是个科学怪人。这时，汪叔叔叹一口气："唉，还是最初那些问题。无法控制两者在结合时会发生排异反应而导致记忆丢失，或者执行机构出现故障。"说完，两个人都沉默了。

我们的目光一齐看向那只在水中躲藏的蝾螈，它在人工铺设的水生植物之间穿行，搅荡，柳叶草软鞭子似的抽过它光滑的身体。那时，太阳开始西沉，一束橘色的光透过朝西的玻璃，透过水族箱照亮蝾螈，它身体的粉色在光的加持之下霎时变得艳丽了些，在水中显得有些惊魂摄魄。

汪叔叔是研究仿生机器人的科学家，他的工作是根据商业需求制作一些仿生人来实现商业用途。靠着这个，他赚了很多钱。临行前，我问汪叔叔能不能将那只六角恐龙鱼送给我。父亲责怪我不懂事，说那是汪叔叔实验的观察对象。汪叔叔说没关系，蝾螈不是稀缺物，并且这只目前尚纳入实验范畴内，后面会陆续运送来一些新的样本。

我坐在车的后座，手里端着一个透明的鱼缸，那只粉色小怪物的脑袋紧紧贴着缸壁，触角伸缩，在不断试探周围改变的环境，它意识到自己正在移动。我对父亲说："爸爸，我想要叫它马尔克斯。"父亲目不斜视，看着前面的道路，他问道："为什么？"我说："你刚刚没有听到吗，汪叔叔说他来自拉美地区，我想起这样的名字，好让它有故乡的感觉。就像我跟你姓一样，你叫丁仪，我叫丁芳芳。"父亲问我："'故乡的感觉'是什么感觉呢？"我低头思考了一会儿，望着恐龙鱼黑豆似的眼睛："故乡就是鱼儿和水。虽然鱼儿始终面临着被其他动物吃掉的威胁，但只有在水中时，它才能够自由和谐柔软地游荡。"父亲没有说话。车辆行驶过程中，不时有鱼缸中的水蹦出来溅在脸上，我知道那是马尔克斯在对我笑。

马尔克斯跟我一起生活了五年，我将它放在一个两栖饲养盒里，定点喂食，勤更换水，兢兢业业，蝾螈最容易出现的水霉症与败血症并没有发生在马尔克斯身上。所以，我从未见过到它身体残缺的情况，有时很想要试试看它的魔法——再生能力。于是从木质抽屉中拿出母亲小时候给我剪头发用的锯齿状剪刀，剪刀刚伸进水中，马尔克斯立马嗅到环境的变化，开始四下逃窜，我看到它那无害的表情，就下不了手，转身将剪刀深深地锁进抽屉。目睹它的自愈像是与自己的残忍面面相觑，我做不到，只是看着它在春夏交替之际蜕了两次皮。

我拿钳子夹着小鱼送到马尔克斯的嘴边，它啾地一下吸走了，"小马胃口真好，乖乖吃饭。"母亲从她的卧室走出来，啪一声摔上门。嘴里骂骂咧咧地说一天起来就知道围着那只破鱼转，早晚有一天给你扔出家去。我看了母亲一眼，继续逗马尔克斯。饭桌上面空空的，自从父亲离开后，母亲就很少下厨房，大多数时候我都是靠点外卖生活。我和母亲说："我点了两份米线，大概半个小时后可以送到。"母亲刚过45岁，白发已黯然丛生，与黑发夹杂着，半挽着扎在脑后。她穿一条松垮垮的棉质睡裙，在厨房清理几天前用过的碗筷。母亲的人生在父亲离开那天就终止了，后来的每一天，她抽空就会重复那句话："一群冷血组成的粒子，抛家弃子的人渣。"说了两年，我的耳朵都听出了茧子。对凭空消失的父亲抱怨如同无数根针插在她满是缝隙的生活之中。这构成也支撑着她。门铃响了,我从外卖员手中接过塑料袋轻声说谢谢。然后扭头朝着厨房大喊:"饭来了,拿两双筷子。"母亲趿拉着鞋子走过来,像是刚从父亲的告别式中醒过来,她突然说道:"你的心好狠啊,葬礼上一滴眼泪都没流。"我手腕用力挑起米线吹凉,说:"妈,我只有15岁。"说完呼噜呼噜吃着,热气不停腾在脸上。

我对父亲的印象是模糊的,我记得他的穿着,走路时正襟的姿态,唯独记不起他的脸和表情。翻看家庭相册的时候,他总是一副严肃思索的样子,眼睛聚神,嘴唇紧闭。最近一张照片是两年前他带着我和妈妈去实验基地时拍的,我们站在那个银色的圆形建筑前,他拉着我的手,脸部线条僵硬。我无法定义父亲的离去,那不算死亡,更像是消失。告别式上,没有父亲的遗体,只有一套他曾经穿过的黑色西装,折叠整齐摆放在黑白照片前。那种款式简单的西装在路上随处可见,它无法代表我的父亲。父亲消失后,脑子里只要出现他的身影,紧接而来便会闻到一股香烟的味道。父亲从不抽烟,我不明白这种具体的气味从何而来。我猜想,人需要靠着一种嗅觉来寻找安全感。香烟是沉静的,我很讨厌香烟,每次闻到都会干呕。总之,那是一种很矛盾的心情。父亲站在真理台前,凭空消失的那一瞬间,我感到体内有一股热流涌动。随后,内裤湿漉漉地贴着皮肤,我的初潮就这样不合时宜地到来,那天我刚满13岁。

饭后,母亲让我出门帮忙买水果。她已经很久没有向我提过要求了,即使我在家旷课一周不去学校,她也从不过问。我隐隐觉得自己好像被遗弃了。

已经是六月份,午后的阳光渐渐开始恶毒。走出单元楼经过小区门口的垃圾桶时,看到地下有一摊血红,冒着丝丝热气。走近一看,发现一小片血泊中躺着一只白鸽,它羽翼一侧直直地被恶意截断。我把血淋淋的鸽子抱在怀里,四处张望,一抬头,看到背后居民楼二楼有两个小孩冒出头来,正对着我坏笑。我朝他们竖了一个中指:"一群冷血组成的粒子!"于是带鸽子回家简单地包扎一下,它可能要永远地失去翅膀了。或许,它连小命都保不住。我突然想到汪叔叔，制造一个机械翼对他来说应该不是什么难事。我从母亲手机通讯录中找到他的电话，拨了过去。最近一次见到汪叔叔，还是两年前在父亲的告别仪式上，他一句话都没讲，只是摸了摸我的头。他的手像是有魔力，触到额头时，我就会变回那个丑陋天真，只有五六岁的小孩。

开门的是一个年龄与我不相上下的男生，戴黑色棒球帽，脸压得低低的。我仔细观察他流畅的面部线条，总觉得似曾相识。他满脸惊慌从帽檐下窥探。这时汪叔叔走过来，他轻拍着男孩的背说："不要害怕，这是芳芳姐姐，你还记得吗？"说完，他摘下帽子，我认识这双眼睛！他眼睛很漂亮，开扇形双眼皮显得有些女孩子气。小时候他总是喜欢黏着我，要我和他玩开火车的游戏，我经常拨弄他长长的睫毛。每次看到他的时候，我都会想到自己的模样：小眼睛，重重的鼻头，还有一点龅牙。随我爸，是走在人群中会被完全淹没的形象。我指着他说："你……你不是……"于是用手在脖子上附近比画了几下。他有些不好意思："我……是我爸……作品……"边说边指着汪叔叔，又指了指自己。我缓缓点着头，捏了捏他的肩膀："你长高了不少呢。"他说："爸爸根据之前的骨骼发育情况，判断出了我这个年纪应该有的高度。""那你妈妈，她……"他说："我妈妈还未……额……目前我们还无法团聚。"我轻轻"嗯"了一声。从白色手提帆布袋中取出了那只受伤的鸽子，对汪叔叔说："这是我在楼下小区捡到的，翅膀被几个调皮的小孩剪断了，用您的技术能不能为它复原。"汪叔叔从我手中接过那只浑身沾满血的鸽子，戴上白色的橡胶手套，小心翼翼地拨弄着它残缺的翅膀根部："应该可以，修复成功后，还需要观察它自身身体与机械翼的磨合程度。"

我坐在实验室，看到小飞那张完美，毫无瑕疵，又带着成长印记的脸庞时，头脑昏沉，有些恍惚，仿佛我们不是生活在不断流逝的时间长河中，而是静止在时间某一刻的坐标里，存在的只有当下，过往的一切都是虚幻。小飞注意到了我思考与打量的眼神，尴尬地对我笑了笑，我不自觉地开始想象他面部之下的机械齿轮旋转，扭动，黏合，一节与一节紧紧相扣。其实，从他的笑容里我能感到，他一点都没变，还是那个腼腆无辜的小男孩。几年前，我带着他在楼下公园玩，他手中拿着一个红色消防车模型在草坪上滑动，嘴巴模仿着车子发动的声音。我站在不远的地方荡秋千，看到一群小孩将他团团围住，狠狠从他手中夺走了玩具。等我气呼呼冲过去时，孩子们都散了，他也是用同样的笑容望着我，并且好像随时准备安慰我：我没关系的。

希望父亲还活着的愿望从来没有这么强烈。我看着在实验台旁忙碌工作的汪叔叔，有很多问题想要问他，却难以启齿。

鸽子的翅膀修复完成，我邀请小飞和我去公园将鸽子放生，我知道在城市西南角有一片鸽子园，我希望它能够融入群体。汪叔叔面露难色。小飞说："我想去，我会保护好自己。"汪叔叔停顿几秒钟，无可奈何朝我们挥了挥手。

鸽子安稳地卧在手心，丝毫没有要飞走的意思。我们找了一片空旷的绿地，想让它毫无遮挡地飞翔，可它安然不动。"可能他还没有适应自己的新翅膀。"小飞说。于是我把它放入怀中，和小飞并排走在草坪上。那天很多鸽舍都空空的，我问旁边的管理人员，他说："每隔一段时间就会短暂地将鸽子放出去，让它们自在地飞一会儿。"我问道："他们不会丢吗？"他扑哧一声笑了："鸽子可是信使，方位感强是它们的看家本领，并且鸽子恋家。所以，到了时刻，他们就会回到鸽舍。即使有一两只落跑的，过几天也会回来。"

下午四点钟，正是一天中最热的时候，公园里人烟稀少，我脱下卡其色衬衫外套系在腰间，里面穿一件白色的背心。我们沿着一条小路一直走，越走，四周越发荒凉，两边的草丛肆意疯长，丝毫没有修剪过的痕迹，那绿色没有城市花丛的乖巧整齐，有生命力似的，仿佛下一秒就会伸出长长的枝叶将人包围，捏在手心。路面也从水泥路变成凹凸不平的小土道。"我们好像迷路了。"但他没有要停下的意思，问道："要不要继续走，看看前面到底有什么。"我们沿着这条无名小路走了五分钟，看到了一座长亭，亭子破败，檐柱上的红漆斑驳，露出已经泛黄的木头。地面上散落着绿色的啤酒瓶，瓶面上蒙了一层厚厚的灰。有色饮料洒在地面上干透后只剩下水残渍边缘线，灰色的多脚爬虫如同在水面般轻盈地窜行。我感到自己的整个心都敞开了，这是从人类世界中割出来的一小块不受限的空间，不知道为什么，我总能够从类似这样被遗弃的角落中寻找到故乡的感觉。

这时，鸽子在小飞怀中突然"咕咕"叫了两声，扑扇着翅膀，飞出亭子。起初飞得有些吃力，也并不平稳，好像正在偏离它所预设的轨道。但，慢慢地，它飞得又稳又高，直到我们看不见。

和小飞并排坐下，我从包中抽一小片餐巾纸，仰起脸擦一擦脖子上的汗水。微风吹过，整个人凉津津的。小飞看着我，喘息稍稍加重了些。我下意识用力推他一下："喂，你干嘛。"他低下头说："对不起，是你的项链很漂亮，在阳光下。"我用手摸着，这是一块和田玉玉璧项链，是我和父亲爬真山路过一个寺庙，父亲不信神佛，也不佩戴什么信物。这块玉玉体通透，光线直直穿过，我请求父亲帮我买下。戴了几年后，光中的分明与锋利褪去几分，多了些温润。我说："是的，这是我父亲给我买的。"我注意到，虽然天气很热，但他一点汗水都没有。于是问道："你不热吗？"他深深吐一口气说："很热。""那为什么你一滴汗水都没有，因为我们的皮肤……材质……不同吗？"他解释道："不是这样，用于其他用途的仿生人，与人类的皮肤质感都是相同的。在这具身体之前，我也不爱出汗，因为先天汗腺缺乏。父亲为了还原原本的我，便保留了这一习惯。"我问道："你能够很好地适应你的身体吗？"他说："可以，但有时回忆事情的速度会慢一些。那天见到你的时候，我用了很久才想起一些片段。"我问道："出现的第一个画面是什么啊？""你从一条窄而长的坡上摔下来，满脸都是血迹，站在路边哭的样子。"我仰头大笑，用手扶起额边的碎发，指着发际线附近一个疤："你看，这就是那次摔跤留下来的痕迹。我隐约记得你当时也被吓傻了，和我一起站在路边哭。"我们像两个不成熟的老年人，回想着那仅有的两三年时光，直到车祸发生那一天。

"对不起，我知道我不该提起，但好奇心指引，我总觉得死亡是一件很奇特的事情。"

"没关系。"他总是如此善解人意。

"你能回想起死亡前一秒吗？或者说，你知道你是因什么而死吗？"

"我只记得我妈冲过来抱着我，天很冷，她穿了一件粉色的羽绒服，拉链硬邦邦地刮擦在我的脸上又冰又痛，我好像到了一个很乏味的地方。除此之外，醒过来的时候看到的白色天花板。就是我爸的实验室。"

"那你醒过来多久了？"

"六个月。但是这六个月里，我出门的次数并不多。"

"为什么？你不用上学吗？"我像个打好草稿的记者一般频频抛出问题。

"制造非商业用途的机器人是违法的，会扰乱人世伦常。父亲造出我一个月，他的商业对手就泄露了我的存在，伦理警察开始追捕我。之前他将我藏在靠海的一所房子，后来将我转移到实验室中，最危险的地方就是最安全的地方。"

"他们的目的是要销毁……对……对不起……杀掉你吗？"我感到一阵唏嘘。

"是的。"

我连忙向四周看了看，仿佛有人潜伏在看不见的地方，正将枪口悄悄对准我们。一阵警惕后，我放松了戒备，不管我们以什么形态存在着，都面临死亡的威胁，会有飞驰而来的汽车，真理台上的谎言，或是伦理警察。

夕阳开始沉了，我准备叫一辆出租车返回市区。他摇摇头，说想坐公交。于是我们乘坐最后一趟晚班车，车厢里的位置几乎坐满，很安静，只有到站提示声透过有些炸音的喇叭传出。乘客们戴着耳机，目光空空，路灯投下的暗黄色影子不停从靠窗人们脸上爬过。站位拉扶手的只有我和小飞，我却觉得拥挤得舒展不开。小飞盯着地板，不知道在想什么。我压低音量对他说："你知道人类思想史中最丰富的一刻是什么时候吗？"他想了想说："柏拉图、亚里士多德时代？"我摇摇头。他又低头想了几秒钟，说："文艺复兴？"我摇摇头："不是，是当下。"我将目光掠过所有人，对他说："你看，这车上每一个人，平均每隔十几秒脑中就会有一个想法闪过。关于自我、他人、世界。或宏大，或微小。可是这些想法转瞬即逝，难以捕捉，甚至无法用人类语言解码。"小飞看了周围，最后眼神落到我身上。我说："不只我，你也一样。"

这两天，我发现马尔克斯食欲不振，总喜欢钻在两栖盒的角落里，腹部鼓胀，身体倾向一侧，游起来像喝醉了似的。我猜想是肠胃炎，于是将乳酸菌素片捣成粉末撒在里面，每两日换一次水。几天后，它的鳃部开始脱落，腹部胀得如同一只气球，将它拽上水面。我有些手足无措。不敢贸然学习网上看到的方法，担心对它造成二次伤害。再次拨通了汪叔叔的电话。他说这种情况只能自求多福，随着六角恐龙鱼的年龄增大，它的再生能力也会相应削弱，无法逃避自然规律的追捕。我失落地挂掉电话，手透过水去轻轻地抚摸它。它感受到外物的接近，便好像失灵的机器一般在水中胡乱冲撞。父亲还在世时认为对于马尔克斯来说，我算是一个不错的主人。有一次他指着我的眼睛："你和马尔克斯的眼睛竟然有些相似。"可我眼睛明明是棕色的，我觉得父亲一点都不了解我。或者我们都一样，永远无法准确地识别对方的样貌。我想到"April"这个词，从我开始接触英语，就总是忘记这个词要如何阅读与拼写，我将它写在触目可及的每个地方，但这依然不起作用，在考场时，总要想很久。他们都像是我生活里漏掉的那一拍，我与物质生活链接中断掉的那个点。一切都是注定。父亲消失的日子，也是四月里的某一天，家门口的樱花开得正盛。

马尔克斯还是去世了，我没有见到它最后一面。等我从学校回到家时，浴缸里已经空了，只剩下一小缸水，水面飘着白色絮状物。我问母亲："马尔克斯去哪里了？"母亲说："下水道。"我眉头皱紧，狠狠地拍桌而起。母亲紧接着说："你别露出这种表情，死亡有什么大惊小怪的。你爸去世都没见你这么大动静。"我一下子泄了气，什么也没说便走出了家门，走下台阶，刚刚下过一点雨，地面湿漉漉的。水泥路纹理清晰，弯弯曲曲伸出去。我跟着来到一个长椅旁，椅子上全是水珠，我还是就着坐下了，被挤压的水滴透过椅子的缝隙嘀嗒嘀嗒落在地上。

　　几天前，小飞打电话给我，说自己常常陷入一种恐惧之中，骨骼适应行走或奔跑发出嘎吱嘎吱的响声时，他觉得会随时散架。并不是父亲的技术不过关，而是自己的意识习惯。他不想再逃跑与躲藏了。他说自己会不回头地走向销毁车。

　　那天我听到头顶飞过一群晚归的鸽子，我在想，曾经那只被救助的鸽子是不是也已经混入其中……

　　父亲、马尔克斯、小飞他们的死亡像暗夜里的一道缝隙，透过那条缝隙，我看见一个更宽广的世界，在那里，太古代到未来永远存在，恐龙、猛犸象、始祖鸟，自然地行走于潮湿茂盛的原野森林。他们并行不悖地各自生长，一切都欣欣向荣，生与死不再界限分明，善与恶都被宽容原谅，那里是万物的故乡。

梦想莉莉安

郑可欣

第12代莉莉安站在聚焦塔的边缘，她的短发被热浪吹得微微浮动，义眼的焦距不断收缩。五分钟后，她侧过脸，转向右侧隐形的无人机，随即向后倒去，62块定日镜和1万块聚集镜以光速在她的心室位置汇成光斑，12代莉莉安从世界上消失。无人机未能捕捉她的脸，无从解析。视频结束。

"13代在哪儿？"一面黑幕亮起绿色的文字。

"已投入使用，将有80％的概率发生人脑感染。"机械女声回应。

"投入14代备用。"

"不赞成率高于50％，意见驳回。"机械女声响起。

"启用第二方案，过去12代都失败了，少做无用功。"另一面黑幕亮起。在短暂的沉默后，机械女声终于发出回声。

意见通过，即将启用心理师。

莉莉安

我不擅长绘画。AM向我询问理由的时候，我这样回答。

回收很简单，只需要推入生产仓。指示我站在方池里，32℃的生物原液将会包裹义体，沉入方池，管道两侧的机械臂，摸着我的头皮寻找暗扣，脑外壳的弹簧受压弹开，再拆去生物组织，意识便消失于原液中。届时，我就完全从画工岗退休。

抱歉，不能受理。AM一反常态，它只是个全自动机器。

在我工作期间，政府卖出的画作数量同比减少了……

抱歉，不能受理。已为你匹配 M423 心理师，请前往 F309 室。

右侧的舱室门打开，电幕上只留下巨大的绿色右转箭头，机械的轰鸣声隔着层层舱门，变成闷闷的背景音。阳光照进玻璃走廊，窗外那座缪斯之眼依然挺立。第一次看见这尊雕塑时，我刚从生产仓出生，与我同一批次的义体人穿着绿色实验服，我们仰望用金束带编织的眼睛，血管缠绕着眼睛下方的树干，无数机械手如草丛盛开。眼以一种低赫兹发出波，我的神经不断震颤，缪斯之眼骤然显得无比巨大、辉煌，波传入所有义体脑中，像歌声、言语、吼叫。

玻璃总是容易映出物体的面貌，光面反射后，我的倒影与我交叠错位，金束带辉煌的眼迎着阳光，在倒影中留下一束圆孔光斑。指示箭头又在义眼中亮起，我不得不快速走过去。在过去 22 年 273 天 9 小时 53 分 7 秒里，我已经见过四个完全人类，现在见到了第五位。F309 模拟了旧世界的人类教室，他坐在靠近讲台的第一排，内部光从教室窗外照进来，一切都表现出异常干净的一面，就连人也是。

"你好，我叫陈益萍。"他的嗓音很奇怪，像融合在教室里，胸牌 M423 上的烫金花纹在反光，坐在他旁边的时候，我能看见他的门牙比一般人长一些，微微露在外面，像一种无害的动物。

"我们轻松一点，先来讲讲你的烦恼，如何？"他试图直视我的眼睛，我并不想谈什么，我根本没有烦恼。他并不能从我的义眼中看见我，焦距没有变化，房间安静得只留下他汗珠滑动的声音，而我的话在我自身之内不断回响。这样的状况持续了 10 分 23 秒，他终于在第 24 秒展开了新的对话。

"我看过一些你的资料和你的画，你天赋很好，是遇到什么困难了吗？"

那不是我画的，我只做修正的工作。我的声音又留存在自身内，我将手搭在课桌上，双眼盯着讲台和黑板，假如这是一个课堂，他确实像一个开小差的同学。但讲台、课业之类的记忆并不属于我，旧世界的电影资料里有许多，但我是一个半人，我不记得。

"莉莉安，一直以来你都被设定成独自工作，是太孤独了吗？"他揣测道。

"为什么他们会派心理师来？"我希望快些度过接下来的时间。

他显然愣住了，但很快又重拾笑容。"无论人类还是义体人，我们不都是用脑思考的生物吗？谁都会有开小差的时候。"

我点点头。"'心理'只是人类强行定义的虚妄之物，人类一切情绪都来自激素，只要按下这里，"我指着两胸中线的位置。"就能释放氯丙嗪舒缓神经。"我看向他。"我无法信任心理师的效率，我认为你对我没有意义。"

发声器的声音结束时，他的表情变化很快，像 GS（可以看作 GPT 项目的变体，属于 AI 绘画）画过的一幅画，画中男性的眼睛仿佛与他的眼睛完全重合，他跪在画作边缘，而 GS 只画了一只眼。为了修正，我重新为他加上了一只愤怒之眼。原来真正的眼睛应是如此。在"愤怒"地注视我以后，他急切地推开桌椅，从门口离开了。

整间教室里，木漆色的桌椅散发着虚伪的钢铁气味，我按动指关节，指尖的皮肤收回，露出尖锐的钻头。在用木色漆过的桌面上，我重新刻下了一只愤怒之眼。

汉娜

那个戴着 M423 胸牌的黄皮男人说话的时候会露出白色的门牙，他从早上进门开始就问个不停，给他端的栗子泥蛋糕倒是吃了个干净。

"哦，你的门牙长得真好，我的小女儿刚换了门牙，她的牙就不太好，希望长出来的牙能像你的一样健康。"看着他，我只能想到这么多。

"夫人，根据历史库的记录，您在 21 年前曾为政府工作过一段时间，这并不算保密工作，请您谈一谈这项工作吧。"他冒着热汗，最近的天越来越热，他的刘海都黏在额头上了。

"先生，我跟你已经说过很多次了，我 18 年前才刚来到这个国家，你看看我们的全家合照吧，就在那面墙上。我 16 年前跟我丈夫结婚，15 年前生了我们的第一个孩子，7 年前生了我们的小女儿。你怎么可以问我一件根本没发生过的事呢?"我着急地指着墙上的相框,希望他赶紧从家里出去,艾丽萨还在等我给她做午饭。

他顺着我的手指望了望墙上的相框,我清晰地看见他的喉咙滚动了几下,也许栗子泥的涩味还在嘴里回味。我有些同情他,"先生,你真的找错人了,我只是一个普通的完全人,现在做保姆的工作,不过很快就要失业了,政府怎么可能需要我这样的人做什么呢?您带来的照片和我很像,可这个世界已经可以存在两个一模一样的人了。"

他将头埋进掌心,一种情绪从他湿透的衬衫里,像海浪一样荡出来,很快就要击穿我。十一点的报时鸟从钟台探出头叫个不停,我别过脸看着另一面墙,余光总能瞥见他弯曲的颈椎。墙边摆着一个杂物架,艾丽萨的机械玩具战士骑在狮子熊玩偶上,战士的头低着,两只暗红色眼睛往下看着,战士在想什么?已经很久没有过战争了。从生活在这个国家开始,我就一直平静度日,所有人都很和善,连孩子也是,我照顾过的孩子没有一个对我发过脾气。可新法颁布以后,保姆就不存在了,已经很久没有人找我做事了。但每个家庭都能得到机械补贴,等我彻底没有工作,政府就会生产更多机器赡养我们的吧。

"夫人。"他突然抬起头来,那双眼睛真可怕。"您是完全人类吗?"

"我当然是,我哪有钱装义体?"他真奇怪,强调这个干嘛。

"您的丈夫呢?您的丈夫是做什么的,他是义体人吗?"他好像抓住了什么线索一般。

"吉田啊,吉田做工程的,他好像……好像装过,我记不清了。"忽然,他的表情松弛下来,从他的公文包里取出一张纸质名片递给我,现在这个时代用纸质的人可不多了,那卡片上印着他的通讯号,他恳切再三地请我想起什么就联系他。说完这些以后,他就匆匆离去了。

我捏着卡片放进围裙兜里,报时鸟又开始向我提醒,我的心里有些奇怪,这个世界是不是哪里出了错呢?

艾丽萨从房间里走出来,她抱住我的腿说午饭想吃汉堡肉。她可真可爱。我端起栗子泥碟子,揉揉她的黑色卷发。"艾丽萨,你已经吃了一碟栗子泥蛋糕，中午要少吃点。"她点点头。

艾丽萨真听话。

Lim

第四次技术爆炸后，科学怪人（《弗兰肯斯坦》的别名）项目已经过时，人类开始追求一种新概念生命。三个月前，我从马来西亚分区被派到这个国家参与一项新工程，准确地说，这不是一个国家，而是人类迄今为止最大的组织总部。在国际上，这个组织被称为 UCM。这片坐落在北半球的人工岛上，大多数生产劳动都交给机器完成，而生产义体的纳米材料主要来自岛上八个太阳能炉。人类在这里只需要生活。

公路延伸在海岸线上，海风和炽烈的日光将这里烤得滚烫。除了潜水的癖好，我很少再思念家乡。我感觉自己几乎要融入这个地方。人们很友善，但又随处透露出古怪，他们比马来人高效，也比马来人更难以接近，除了吉田。

吉田是个移民的日本人，在一次下班后，我意外发现了他来不及带回家的古典油画。我能听见吉田有一瞬间很紧张，展开的油画上画了美丽的农场少女，灿黄的麦田长到少女的胸口，她穿着肉粉色的上衣，一只手提着旧式割麦镰，一边挎着一捆麦子，大草帽遮住了额头，她的笑眼遥遥地望向画外。"啊，好生动！"在我被这少女吸引的瞬间，吉田就将油画调转过去，他局促地低下头。"你喜欢油画吗？"他的声音恍若蚊蝇，那种微妙的气氛，即便我是个外向的人，也不知道究竟该回答什么。大约静止了一分钟，我面朝他点点头。他瘦小的身体抱着油画，突然羞赧地笑起来。此后，吉田对我的信任越发深了。

说来奇怪，我们工作时未曾交谈，只有下班后，吉田才会邀我去海岸酒馆喝一杯。吉田告诉我，二十多年前，他为了治疗一种难缠的脑萎缩病来到这里，原本想要从事漫画的他，在装上电子脑后，获得了处理运算的能力，就一直留在政府工作。"那你会思念故乡吗？父母呢？"面对我的问话，吉田的脸色淡淡的，那双小眼睛沉入海岸的漫漫大雾中，他靠在卡座上一边转动无名指的戒指，一边呼呼大睡起来。

最近，政府开始筹备推行新法，许多人作绘画将要消失，绘画的发行权将被回收。吉田因此变得易怒，开始为了措辞一类的小事与同事争执不下，甚至吃了不小的处分。即便我们继续一起喝酒，我却不敢告诉他，我负责的正是心理师计划。

莉莉安

GS 提交的三幅画：第一张是缪斯之眼与人类面部合成图；第二张是一种名叫巴吉度的狗失去半边身体的模样，狗的眼睛正以广角平静地凝望我；第三张是两条滴血的人类长腿，腿正向前走动。

这三幅画我已经看过三十天，依旧无法理解。而 GS 迟迟没有交出新的画。我不需要真的画什么，政府向我下达的任务是修正 GS 的画。目前为止，NLP（Natural Language Processing，中文译为自然语言处理，属于人工智能项目。本文可理解为 AI 语言习得）已经发展完善，AI 应用从生产导引机器人，扩大至聊天业务，许多人也与完全 AI 组建家庭。

GS 未能引进这种程序思维，我抬头望着这座建在城市最高处的、防护严密的大楼，递到我面前的 GS 不过是一面屏幕，真正的 GS 正隐藏在墙壁之后。

十天前，我刻下那只愤怒之眼后，陈益萍没再来过，AM 也没有批准我退休。也许是因为这是他的工作，昨天他向我预告今天会来见我。

他来了。我输入口令，台面开始下陷，几乎只需要 1 秒，我就被传送到 F309 室的门口。玻璃外的缪斯之眼似乎更加尖锐，它下方的树干越来越像一柄锋利的黑剑。陈益萍晒得更黑，可以捕捉到他后颈部残留的盐颗粒，里面混了岛边的海砂。今天 F309 模拟了一处公园，他坐在长椅上邀请我坐下。

他不再微笑，脸色平静，但心率依然偏高。

"莉莉安，你有什么烦恼吗？愿意和我商量吗？"他坐在我右边，伸出左手搭在我的肩膀上。拟态很逼真，不同色度的绿色草叶从我的脚边延伸，树木的细枝干散落在草地上，一只细嘴掘穴雀在上面走着，他也看见了。

"它为什么不飞？"他仿佛真的疑惑。

"因为它不想活了。"

雀的嘴格外细长，翅膀的色泽光亮，这种雀只存在于南美洲，它振了振翅膀，向树上飞走了。"你看，它只是想下来看看。"他看起来很高兴。"莉莉安。"他缓缓扣紧我的肩膀，我能看见模拟室角落里的摄像头。

"你为什么坚持？"

"坚持什么？你是说做心理师还是来治疗你？我也只能做这个，我在这里什么也干不了，只会倾听。"

"你是一个完全人，你什么都不做，他们也会养着你。"

他不回答，向前看着拟态，更远些的草坪上有孩子正在和父母野餐，格子纹的野餐布在日光下显得很明朗，孩子们在搭建食物城堡，而家长在冷战。

"我很怀念过去的生活。"他收回搭在我身上的手臂，勾着身体，他的音量减弱了不少。"一个完全人，在现代是活不下去的。无聊和孤独是最大的灾难。过去的生活就像孩子们搭的城堡，我们都活在一起搭建的城堡里，我已经无法找到搭建城堡的方法了。"

我心里开始为这个男人恶心的伤感皱眉，他并没有停止言语，"莉莉安，我见过汉娜，你的第一个保姆，她为我做了栗子蛋糕，她说她是完全人，但她在说谎，不对，她不知道自己正在撒谎，也不，她不知道这个世界在撒谎。莉莉安，这个世界在撒谎。也不对，是我在撒谎。"他的眼神变化不断，当他转过脸望向我的时候，人类粗糙的皮肤毛孔展露无遗，这一角度的眼睛与巴吉度极其相似，他的言语无处不展示着悲伤，而瞳孔像墙壁一样空白。

看着他的眼睛，我解开了第二幅画的谜团。"现在是谎言。"我的发声器不由自主地说出口。他愣了愣，"莉莉安，你在说什么？现在都是真的。你不相信我吗？"

我不知该说什么，一切仿佛又重回混乱，而真相的线头时时冒出来。陈益萍没再说话，低着头在长椅上坐着，待时间一到，他就收拾公文包离开。

细嘴掘穴雀第三次从草地上起飞，孩子们又开始搭建城堡，夫妻冷战的表情重新浮现，格子纹的野餐布如此明媚。我开始期待陈益萍下一次的联络。

魏河

老板喝了很多酒，他身上的义体装置全是过时的补丁版，酒精恰好足以麻痹他的大脑。我们下午刚低价处理完大量围裙、工作制服、毛刷和仿制油画。我明白他的心情，新法很快会用机器取代一切服务业，他的油水再也无处可捞。

"魏河！"酒气顺着他的手搭在了我身上。"往后，你可怎么办？"他的身体向我逼近。"老板！"我尖叫着企图推开他，但他用力将我的脸扳正，他的鼻子呼出酒气，张大像河马一样的嘴，里面的三颗金牙发出腐臭，但他不过嚎叫两声，就睡死过去。我将他推开，取走了他身上所有的钱后，朝他脸上啐了一口唾沫。在拉起卷帘门准备逃走时，前方忽地挥来一根闷棍。幸好闪躲及时，闷棍擦着我的手肘落了个空。我满腔怒怨，正准备拼死一搏。

面前这人却喊了我的名字："魏河？"到这时，我才看见他，是那个常来店里买仿制画的日本人。他还穿着工作时的制服，手上的铁棍尚没来得及扔下，黑框眼镜下的小眼睛正歉意地看着我。"吉田先生？"灼痛没有消失，我拧转一看，才发现手肘的伤口正在滴血，浓烈的铁锈味弥漫，我的双腿有些发软。等完全回过神时，已经被包扎好坐在吉田的车上了，冷气开得很大，他递给我一瓶海盐汽水，气泡滚滚冒上来。

"抱歉，发生什么事了？"他拉开铁盒，朝嘴里放了一颗白色薄荷糖。我并不想就此事说什么，只好反问他："您来那里做什么？"

薄荷糖在他的齿间滑动，"我只是来走走，你的油画已经卖完了吗？"

"是的，全部低价处理给了别人。"

"是吗?"他的声音变得很落寞,我在旧市场见过很多男人,但很少有这样在脸上看不出情绪的人,他好像永远是一副痛苦的模样,两只黑色眉毛倒下来。我将他的右手抓过来,贴在脸上,稀疏的汗毛有些扎人。"没关系,我可以再给你画。"

"是吗?"他的声音没有变化。

"是的,吉田,不要紧,你思念的一切,我都可以再画出来给你。"我亲吻他的手指。

"是吗?"他脆弱地哭起来。

Lim

心理师计划进行得还算顺利,政府顺势将新法完全推进了。一天夜里,我回工位取潜水服的背包时,不小心撞见吉田正背对着我欣赏他的新油画。与之前见过的风格不同,这幅油画的颜色格外阴冷,就像喷在颈侧的冷气,令我战栗。他的目光和往常一样,仿佛在抚慰着画中少女的背影,吉田从未和我谈起过这名少女。

"这是你的夫人吗?"我猜测着走进来,吉田被我的声音吓得人一缩。不是,她是我梦里的女人。吉田的眼神充斥温暖的感情。"但我总是无法记起她,又不愿意忘记她,我就请人帮我画了出来。"

"为何不找 AI 画,这种纸质的物件要是让汉娜发现了,可就不好了。"

"人都画不出她的样子!AI 算什么?GS 发售的那些画,那些画,我光是看一眼,就像吃了人肉又吐出残缺的手指一样恶心。"

他的怒火来得太突然,我不禁愣在原地。"我只是需要有人能将她画出来一下,GS 根本不是人脑,又怎么能画出真正的人。作为艺术,它就是垃圾。"

我讥讽他:"你连试都没有试过,怎么知道画不出来?做这种事,还要标榜自己是多么高尚的人吗?"

吉田冷下脸,迅速地收拾起油画。我的心像揉了一团棉花,"吉田良野,你就是个胆小的人,不敢直面世界,什么都不肯多做一步!"

我想我真是个容易说错话的人。吉田离开前看向我:"我是一个极度胆小的该死的人,那你,不也是为了莉莉安吗?心理师想必十分顺利。"

我没想到他对我的工作如此了解。这也不奇怪,毕竟他在做电子脑实验,想监测什么都很简单。我捏着潜水服的背包,上面还有混合橡胶的回味。我想起过去的两个多月里,吉田与我在海岸酒馆的交谈,他对我潜水的等待,他沉浸在过去时的茫然。但我确实信任莉莉安,她也许真的能画出那少女的样子呢。倘若画出来,我也好借此同他赔罪。我担忧我们的关系就此断裂,那样的话,他再也不会带油画给我看。

我决心加快心理师进程,便走进胶囊室,接入网络义体 M423,融合意识。等一切结束,我就得启程回国,不知那时,吉田是否会来港口送我?

莉莉安

我已经找到了第二幅画的答案,巴吉度的谎言,指现在。

岛正在下雨,缪斯之眼的金束带上坠着大量水珠,如万只形状各异的眼球监管世界,我降下白色窗帘。陈益萍第三次来的时候,F309 模拟成了手术台,他从我的口腔内拔掉了一颗牙,又装上了一颗新牙,他嘱咐我,绝不可以关闭痛觉神经。他像个传统牙医一样,完成了麻醉、换牙、填补的工作。填补之后,他又像一个亲切的牙医一样给我留下通信 IP。义体的优势在于维护前后很难察觉出不同,不像人类的肢体,任何手术或损伤都会留下永久的疤痕。随着伤口的疤痕淡去,人类的心也会安静下来。但这次拔牙与从前多次维护不同,新牙的位置格外明晰,轻轻一扫就能找到,那种异样感反复盯着我。我明白,牙齿没有问题,牙龈没有留疤,是我的心长出了别的东西,陈益萍回访的时候,我没有告诉他这一点,我像第一次见面时那样对他态度冷淡,而他却不再愤怒了。

直到那时,我才明白这是一场骗局。他不是完全人,他也不叫陈益萍,他入侵了我的义眼，以便切换不同的身体和意识。最糟糕的是，他将我治好后，我又能继续工作了。

我将义体接线连到 GS 终端上，闭上双眼，我站在三幅画的面前，看着第一幅画，像推门一样，轻轻一推，就走了进去。

门里比我预想得更混乱，我如同进入了一个多维球体内部，不同维度的人像、动物、建筑、图画骤然出现在我眼前，且在运动。世上一切景象正变动，孩子从床上掉下来、啼哭，女人在礼堂里振臂演说，一个男人和一个少年接吻，在墓地淋雨的外交官，他的头发上有一只细蜘蛛悄悄爬行。世界上一切变化的宏观和微观的个体，变成数据洪流，汇聚于我的意识中。此刻，我终于明白，GS 没有接入 NLP 系统的原因，我的神经已经濒临崩溃。这些运动不是监控，而是未来。

"你的颈项是铁的，你的额是铜的。"波纹传来。

虚拟的绿色网络里，五面巨幕上播放前进的乐章，每张巨幕上分别印着不同时期的缪斯画像，如进行中的朝拜仪式。虽然他们隐藏在背面，但那五人的心声，强烈的、自焚式的兴奋，像海浪一样传递过来。乐章唱，自此以后，人再也不会恐惧，人迎来了他的永恒。

乐章通过缪斯之眼，以波的形式传入了每个义体人的脑中，分布在各处的电子脑如同节点，波以织网的方式将所有人的意识联结在一起。隐藏于个人心中的爱与恨完全相连，在短暂的相互报复以后，爱与善终将完全灌溉世界。

"妈妈，你为什么不爱我？不，你是爱我的。我理解你。"

"你为什么打我，不，你很辛苦，我理解你。"

"你怎么能对我有那样的念头？啊，我们也可以试试。我理解你。"

"我完全明白你的苦恼，你再也不用和别人讨论我。我们已经相互理解。"

感动之情充斥着我，我要留在这里，直到所有生命平静，直到我成为我们。

"莉莉安，你不擅长画画吗？"一个问题正刺向我。不，我可以不擅长画画，我也可以擅长。

"莉莉安，你要放弃你的身体吗？"是的，我要抛弃身体。

"你要抛弃你的过去吗？"是的，我要抛弃所有的过去，我迎向未来了。

"你不孤独了。"我没有孤独过。

汉娜

最近我感觉自己的记性变得很差，我太久没有工作了，吉田的工程很忙，很难顾得上家里的事情。其实家里也没有什么事，无非是我、艾丽萨和葵在学校偶尔打来的电话。但我实在无事可做，每每哄艾丽萨睡上午觉，我就不得不在报时鸟的钟声里枯坐在沙发上。

沙发的皮面褶皱很有意思，虽然是仿制皮，但就像皮肤一样，拉伸、使用之后会留下痕迹，一小块皮面有 31 条皮纹，断开的、缩在一起的，那样密集。我当然不会傻到数完全部的褶皱，我坐在那里时，思绪比皮纹复杂得多。我一直在想，过去的 50 年，究竟是怎么做到打发过去又毫不知情的。我想我总有那种彻底失业的时刻，比如怀孕的时候，我记得那会儿 UCM 还没完全建成，吉田会去旧市场买盗版影碟给我看，具体的内容是一个女人在许多男人之中纠结徘徊，最后选择孤独终老。但我只记住了事件，孕吐的恶心，对孩子的担忧，跟吉田争吵，为钱而痛苦，这些都记得一清二楚，唯有那些蕴含其中的独特情绪被删去了。

失去情绪的记忆就像无味的煎肉，可以变成世上任何东西。我不想变成这样，于是我开始在纸质本上写日记，我每天都在写，可忘的比记住的更多。前天到市场买菜的时候，我看见一间铺子里的土豆格外好，就和摊主要了通信 IP。回家后我立刻写上了那串 IP 夹进一个本子里，今天我不留心打翻了它，10 张写着一模一样 IP 的纸片从中掉了出来。我翻看日记，从 10 天前，我就和摊主买土豆，我每天都记得自己去过市场，但这么久了，我没能记住她的脸和通信方式，她也没有记住我的。我们像第一次见面一样又见面了。

机械车又来敲门,这个世界一定哪里出了错。

吉田良野

我筹备了 22 年,莉莉安终于顺利进入了最后的通道。

完全人也好,义体人也好,都是用大脑思考的生物。我一直相信,脑是没有极限的,只要足够努力,我终会实现我的愿望。

黑幕之后那四个蠢货不懂 GS 的特殊之处,为了保证一切顺利,我费了太多功夫伪造艺术画的骗局给他们。除了利益、外交、权力,他们根本什么都不懂。GS 从一开始就不是为了绘画而存在,它是为了未来而存在的宝物。它那储存在层层厚壁防护下的本体,是如此精巧,如此美丽,如此可怕。

心理师计划按照我的预想顺利进行,只要再过一个小时,人脑将无限靠近它的极限,所有的脑,所有的神经,所有的记忆,所有的意识,都将超越时空,在一个极点彼此交会。到那时,一切精神相连,一切心灵相通,我们彼此理解,我们爱所有人。UCM 会真正实现。

丽,我很快就能见到你了。

莉莉安

"你还记得你失去的双腿吗?"在意识完全融合前,陌生的低语忽然出现在脑中,随之而来的是无数莉莉安自毁的视频。她们与我共享一样的身体,电击致死、切除脑、回收、主动溺亡、车祸、注射病毒、跳楼、自焚,她们的脸上尽是我不可理解的幸福意味,看着她们一模一样的脸,如同看见无数的我正以种种方式愉快地死去。

双腿是什么?我是具备义体的人,哪怕失去双腿,也会很快得到维护。

双腿是什么!

β波剧烈增高,启动保护机制,立即弹出目标。弹出失败。信号失踪。我知道我的义体已经发生了严重的抽搐,但意识像被黑洞吸引一般,不断下坠,关于未来的影像不断倒退,倒退回出生时站在缪斯之眼广场上的场景。

波阵阵传来,雕塑如此之高,传导的时候就像巨钟被敲响一样。接收波的时候,站在我右边的义体握住我的手,向我输送了一张图片,她对我说:"你还记得你失去的双腿吗?"但那时,波的声音太强烈,我只听见她说的后半句话:"我刚刚说了什么?"意识将图片调取出来——截断双腿后画画的"我",摄于23年前。

"我"记得。属于"我"的身体,属于"我"的笑脸,属于"我"的记忆,像归家一样回到我的意识里。我叫陈旭,我叫莉莉安,两条生命的痕迹流淌,我仿佛站在镜前对看。

GS的本体出现在我眼前,它只有眼球大小,内部折叠了无数的维度,无数神经细束从"眼球"伸向我。但12代莉莉安在防火墙留下了报复,突触永远不可能再靠近我了,现实里的影像遍布整个空间,我看见了我的造物主。吉田良野,你真是个可悲的男人。

魏河

两周前的夜里,吉田躺在床上告诉我今后不需要再为他画画,他给了我一笔钱。也许是我过得太浑浑噩噩,这两周的事情发生了就忘记,连过去的种种情绪都在消失。但今天从地下屋爬出来以后,阳光又照在了我身上,两周前那种赖活着的舒服好像又活过来了。

中午的时候,老板找上门来,我以为他又要干什么猥琐的勾当,没想到竟然是来请我继续画油画。政府早上发布新闻,新法试行不畅,即将恢复手工业和服务业。这对我来说真是难得的好事,但倒霉的是,不知道哪来的断腿义体人,坐在商业街口,给来来往往的路人画风格独特的速写肖像。真会抢人生意!

Lim

  坐上轮渡之前,吉田还是来送我了。我看见他瘦小的身体缩在码头前的公园里,他的脸色不太好,望过来的时候十分疲惫。

  船很快就要开了,我朝他挥了挥手,借着网络向他发送消息。"我知道你没有达成目的,但要不要试试往前走呢?未来和过去是同一种东西,生命周而复始,都是轮回。"

  吉田没有回话,而轮渡要开了。

婚恋控制所

许慧琳

他坐在大厅一旁的椅子上打着瞌睡，双手交合抱着，黑框眼镜似乎将要滑落。想来昨晚的药剂效用太猛，今早起来，他的肩背一阵酸疼。

"24号，陈扬！"

一阵清脆的喇叭声使他猛然惊醒，夹好皮包走向酒店前台。

这座酒店是整个小镇最豪华的建筑，内部更是精致整洁。陈扬晃了一下眼睛，想起他每天回家的巷弄，污水遍地，街边的早餐店，蒸汽从2022年蒸腾至今，它从未挪窝，床垫黑黢黢，尚不知道它的肚子里消化过多少故事的残渣，也许每天牵狗的姑娘和甩胳膊的阿婆会知道。

"请坐好。"前台人员开始扫描他的五官和四肢，"陈扬，男，25岁，171cm，58 kg。"

"您之前有过恋爱经历吗？"

陈扬有一丝怔愣，干脆摆摆手说："没有。"

"也就是说您一直单身。"前台一直在有条不紊地记录他的各项指标，"您的性取向是？"

"应该是异性恋，不过我之前在大学网恋，后来发现那是个男生，那我应该是双性恋。"

前台礼貌打断："抱歉，不可以。"

"后来我又喜欢上《仿生人会梦见电子羊吗？》里的小蕾。我想我其实是纸性恋。"

"异性恋或者同性恋。只有这两个选项，一年前还有其他选择，不过自从出了事后就只剩这两个了。"

陈扬也没什么好迟疑的了："填异性恋吧。"

"陈先生有过性生活吗？"

"没有。"

"那只你带进来的猫……"

"噢，那是我父亲留下的猫，我记得有规定可以带一件最重要的东西，我想把猫带上。"

"好，那请陈先生核查身份表上的数据，如果确认无误，直接签字。"

陈扬接过那张"24号"的登记表，事无巨细的项目让他眼花缭乱，昨夜胃里的酒又像会翻搅出来似的，他皱了皱眉头，说："无误。"

一位身着正装的女人向他走了过来，约摸五十岁，板正的眉眼使他想到了中学的教导主任。她还未说话，身边的随从开口："陈先生，这是MOC集团下主管我们酒店的张主任，我先带你去检查一下。"

尽管陈扬不知道要被带去哪里，他仍是木讷地向前走去，除了听从这些人的吩咐，他无路可走。他已经年满25岁，大学毕业三年期限已到，仍未找到伴侣。在这片土地上，为遏制逐年下滑的结婚率和生育率，25岁以上的成年人都需要找到匹配的伴侣，否则将会被MOC机构的武装力量强制带往单身酒店，狩猎属于自己的另一半。

要么恋爱，要么死去。

陈扬自从在18岁知晓这一法则后，对爱情充满了全然的恐惧。"随便找一个吧，能活下去就好。"他想。

随从将他带往通道，走进204房间。这是一个标准的单人间，一眼望去设施齐全，整洁的白色墙壁让他感到发冷。他看了一眼站在角落的女服务员："让她来服侍你换衣。"

女仆走过来准备将他所有衣物脱下。

"我自己来。"陈扬逐一解下钥匙、钱包、衣扣，只剩一条内裤茫然地立在那里。

"全脱下吧。"

女仆面色冰冷，从她的面庞仿佛看不到一丝生气，按部就班地给他所有部位测量尺寸，并一一记录。"陈先生，麻烦你自己换上我们给你准备的套装。"

陈扬打开衣柜，里面是四套款式一样的套装，白色 T 恤和黑色长裤。他穿上身，发现尺码正合身，只是长裤穿上后再系上皮带就听见"咔哒"上锁声，动不了了。

"钥匙在我这里，如果你想上厕所或者洗澡，请直接用对讲机，我会亲自来给你开锁。"女仆解释道。

"这是为什么？"

"防止你偷偷自慰。如果要体验这种感觉，出门狩猎吧。"

陈扬震惊地露出一抹冷笑。

女仆像未曾接收到任何信号一样，没有表情，继续说："你接下来最多可以在这里待四十天，如果一切顺利，找到伴侣，可以搬到双人间居住，享用更舒适的设施。再经过十五天的稳定期考察后，就可以一同离开。但是现在非常抱歉，你只能留下你的猫，其他个人物品已经收回。当然，你可以在抽屉里、桌子上发现一切日用品，香水、浴袍、毛巾……还有最重要的'恩多'装置，请立即佩戴在手腕上，它会显示你和伴侣的匹配值。如果你没有找到，那么……"

女仆手里的对讲机响了，"230 号正在叫我过去，这是注意事项，你可以自己看，有不懂的再问我。"她送上一份手册，"记住，一切以狩猎伴侣为要，也不用太过紧张，我们会帮你找到最合适的。"说完后，她便推着服务车关上了门。

陈扬站在窗边，放眼望去，院里的水池边都是等待被狩猎的单身者，半裸身体的男女躺在凉椅上，他的眼前看到的只有一个个光滑的动物。

他往后倒下，深深地陷在床里，这是他第一天离开异梦空间的日子。直到来这里的前一个月，他每晚不要命似的嗑飞药，混着酒精一股脑吞下去，每一粒飞药吞下去就是一个被设计好的异梦。市面上每一种类型的飞药他都买过一遍，他做过总统、无间刺客、废墟里的猫，25 年来从未体验的性爱，每晚相继在异梦中上演。来了这里，一切都结束了，于是沉沉地睡了过去。

他永远不会忘记在酒店早上醒来后的场面，女仆用测量仪给他全身作扫描，主任和随从就站在他面前，静静地等他睁眼。从瞳孔望过去，这几个人像幽灵般凛冽。

"早安，陈先生。今天是你来的第一天，我们亲自带你去大厅。"

陈扬任凭女仆给他换好衣服，跟随他们来到了中央大厅，空间大得让人难以想象，缓缓流淌的钢琴声，香甜的龙舌兰，餐桌上摆满可口的食物。他不得不承认，这是他能想象到的地球人最舒适的生活环境。

陈扬坐在餐桌一边，旁边是一个年轻的扎着马尾辫的女生，对面男男女女面无表情地咀嚼着食物，仿佛对他的到来没有任何感觉。大多是三十多岁的中年人，这倒是超乎他的预料。

"各位好，我叫陈扬，我是个画画的，刚毕业没多久，以后请多多指教。"

他们仍是兴致缺缺，只无聊地寒暄了几句。

旁边那个女孩倒是对他多打量了几眼，问："第一天来？"

陈扬害羞地笑笑："是的。你来了多久？"

"一百多天了。"

"不是说最多四十天吗？"

"一直换人就是了，还能一直享受酒店高级服务。"马尾女一声哂笑。

"刚听你说才 25 岁，那倒是稀奇，现在大学生有几个不恋爱的，听说老师也会直接分配。"

陈扬嘬了一小口龙舌兰，说："有分配，但不喜欢，聊不来。"

她又上下打量了他一番，一副调侃的语气："看不出来你这么挑呢，来了这里可更难挑了。喏，你看看对面，他们都是中年离异或者伴侣伤亡的，一下子失了魂便不愿再找。要么如果是像你一样的年轻人，身体或脑子总有些毛病。"

陈扬耸了耸肩，礼貌地笑了笑，那他算什么。

马尾女一手搭在他大腿上凑了过来："你觉得我怎么样？"

他突然浑身不适，但她年轻、貌美，而且是唯一一个愿意主动和他说话的女人，他相信很难找到比她更好的女人。

他拔出恩多装置后槽的插件交给她。她插入后，屏幕显示匹配率百分之三十，离结成情侣的合格率百分之六十还差很多。酒店为了使情侣匹配后有更稳定的两人生活，规定必须及格才能缔结条约。而结算匹配率的机制是二人的相似点越多越好，服务台中心有一个庞大复杂的算法，它坚信，爱情不应该用心动值和荷尔蒙指数来计算，而是共同点，基于此才有长远的伴侣关系。

"呵，30%，陈先生，看来我们无缘。也是，你长得普通，说不上差，但或许是个怪人。"马尾女轻拍他大腿走开了。

陈扬略显失望，也是，没有哪一个人会愿意在可能性极低的人身上浪费时间。

他继续坐在大厅里享受宴会的美妙，其间还看了一对情侣的缔结仪式，主任和她的随从为他们送礼献花。他又绕到了酒店后的花园附近，走走看看，一群大露好身材的青年男女躺在凉椅上吸引着异性的靠近，与其说吸引，不如说猎取一个又一个刚入酒店急于摆脱单身的可怜人。只有一个略微秃顶的中年女人向他搭了话。

"陈扬是吧？"

"是的，你是？"

"我今天上午坐在你对面。"她微眯着双眼看向远处的肉体，"你别靠近她们，她们把你利用完后就会扔了你。喏，那个正在看报纸的是这里常年的冠军，她已经在这里猎到一百多个男人了，最后他们大多都被扔进海里。"

"谢谢提醒。不过，我想她们也看不上我。"

她口里还嚼着饼干屑，从陈扬的视角看过去，她的双眼蒙上了顽固的黑眼圈，就像一个月没有洗脸一样。她沉重而呆板地说道："我丈夫两个月前去世了，我给他办完葬礼，一个月都不到，他们就把我带来了。他们用尽各种方式引诱我出手，但我根本没回过神来。"

"他们就是畜生。"

"别说。"她疲惫的双眼立刻警觉了起来，"他们能听见、看见，会用更严厉的方式惩罚你。"

陈扬无奈地看向远处若隐若现的山峦,"他们要的就是这个,随便找个伴侣,然后按规定日复一日生存下去。"

"我们没法改变,我丈夫死了。小伙子,如果你最后没有人选,可以考虑我。生理方面,我可以帮你解决。"

她那张沧桑的面孔没有激起陈扬的任何兴趣,他礼貌地笑笑回应:"谢谢,不用了,但愿你能找到更好的。"他甚至没有提出检测两人的匹配度。

就这样过去了快一周。就在这时,她出现了,在B区他竟然再一次遇见了她!

B区是二等区域,如果在前一周没有找到预期目标,服务处会根据每晚女仆所取的插件分析你是不是应该分为第二档次人口。他刚进培训教室,就走向靠窗最后一个位置,却看见前面那个熟悉的背影,多么令人惊喜。

"黄瑶!"

她转过身来:"陈扬?你也来了这里?"

"是啊。才来一星期。你呢?"

"我比你早几天。真巧啊。"

陈扬瞥向黄瑶手里捧着的那本书,他看清了封面,是《博尔赫斯诗选》,不知道是不是他们当时一起去书店买的那本,但他的眼眶已然泛红,心内升腾的暖流却好似怎么都阻挡不住。

他喃喃说道:"我怕什么,我熟知失眠……"

黄瑶自然地接下去:"如同语法,早就习以为常。"

"你还记得。"陈扬说到这里,双手开始打战。

"忘不了。"黄瑶将书摆在他面前,微笑道,"不过,这是帕斯捷尔纳克的诗,不是博尔赫斯的。"

"对,对,马堡。"陈扬看着她褪去稚气日渐成熟的脸,尽管他觉得眼前的人相比于之前,双眼多了几分沧桑和忧郁,但他依然相信重逢是冥冥中的天意。

陈扬不知如何面对她,问了她的房间号之后就落荒而走。他想组织些准确的语言和她交流,却突然充满恐惧和紧张,于是向服务台要了纸笔,回房坐在桌前，心绪久久不能平静。他虽然没谈过正经恋爱，可黄瑶对他来说始终是特别的，他一直觉得是青梅竹马，再不济也是革命战友。以前在中学时，只有他们两个鹤立鸡群，被老师看作乱搞关系的复杂分子。但他们并不在意别人的想法，一起逛图书馆，给对方送书抄诗。在一起回家的红绿灯下，她说他是诗人，因为他当时说："我们好像在池塘水底，从一个月亮走向另一个月亮。"后来啊，她跟着父母亲突然离开了这座小镇，只留下一张字条："来找我吧。"可天地之大，他又到哪里去找她呢，本以为再也见不到她……

陈扬终于忍不住，提笔写下："小瑶，我没忘记你啊。"

他拿着纸条在各层走廊找寻着那个房间号码。女仆走过来问："陈先生，有什么需要我帮助的吗？"

"请问910房间该怎么走？"

女仆神色凝滞了一会儿，立刻说道："910离这里很远，你有什么需要传达的，我可以帮你。即使你自己去，也见不到。我们是只允许客人在公共场合交往，私下单人间不允许。"

陈扬将手心的纸条更攥紧了些，挂了笑："那算了，我先回房吧。"第二天，他在同一时间、地点果然等到了她，就像约好的一般，他们大概都无比相信对方会出现在那里。

黄瑶将他带往人工湖码头的船上，两人拨桨慢慢划至湖心。"有时候受不了他们烦我，我就一个人待在这里，清静些也好。"

陈扬默默点头。

"陈扬，这些年，你过得好吗？"黄瑶抬眼望他，不悲不喜。

"没有变化，读完大学就进了设计院。我嘛，反正大家都把我当怪胎，没人搭理我，还是说说你吧。你一去十几年也没有消息，我经常会挂念你。"陈扬的语气充满了无奈，双手搭在膝上，尽量让自己看起来不那么僵硬。

"我？我已经不是之前那个我了。陈扬，你也别用以前那种眼光看我。"

"好，我现在用新的眼光看你。"陈扬吐了一口气，"那现在，我可以和黄瑶试着缔结情侣关系吗？"

"你要是知道我这几年发生了什么……"黄瑶对上他清明的眼神，叹气道,"算了,反正匹配值肯定不会如你的意。"

她果断地拔下手腕上的插件递给他,比对后的数值让陈扬的心瞬时坠入谷底,才百分之二十!他难以相信他的双眼。不,明明他们两人是灵魂伴侣,没有人会比他们更默契了,一定是算法出了问题,怎么会不匹配呢?

陈扬胸口一顿:"可能是算错了,我们去核验,去查清楚。如果果真如此,我们还有时间,培养我们的共同点,来得及的。"

黄瑶闭上了眼睛:"你了解的是以前的我……陈扬,我的里里外外都不一样了,我是个有罪的人。"

"那你给我说说,像以前一样,好吗?"

黄瑶将她的黄衬衫从腹部掀开,露出了大片弯弯曲曲的瘢痕,令人触目惊心。"我已经怀孕生子了,而且生出来的是我父亲。"

"什么?你父亲被你从肚子里生了出来?"

"没错,你可以这样理解。这正是荒唐之处。我母亲买到了假飞药,一时精神错乱自杀了。我父亲也像失了神智一样,每天追踪那几个卖药的罪魁祸首,几枪将他们毙命。他隐秘地逃过了警察的追踪,却逃不过 MOC 的那群追捕队,他撑了快一星期,在第七天,他们还是发现了我父亲的踪迹,我父亲连人带车坠下了高速公路。"

"这种情况,你父亲怕是性命难保。"

"后来医院来打电话通知我过去。我父亲受了重伤,肢体残缺,濒临死亡。医生说,只能先暂时保存大脑换个原装的完整身体。技术人员会用两年的时间培育出我父亲的克隆体,到时候再将大脑拼接上去。在这两年内,需要不断地给大脑暂住体更换基础费率,做修补脑损伤等手术。可是生命技术公司开出的服务费用太高了,我家根本负担不起。"说到这里,黄瑶的声音开始止不住地颤抖。陈扬的面容同样悲怆,将手掌抚上她的背,多么瘦弱的女人啊。

"我央求医生无论如何让我父亲活下来。他说现在最经济的方式就是不用任何维生设备,直接借住生物体母胎共用营养……陈扬,我当时没办法,真的没办法。我眼睁睁地看着他们将我父亲的大脑从头骨中完全取出,然后裹上保护膜，安放在充满液体的包囊里，然后放进了我的子宫内。"

黄瑶突然一阵恶寒，吐了一地黄色的胆汁，整张脸涨成青红色。"这两年，我每天就像这样，晨吐、贫血、免疫抑制、饥饿、月经停止。而且我肚子里的算是什么？他明明是我的父亲，现在却成了一个连胎儿都称不上的怪物。这不是我的孩子，但我每天都哺育着他。"

"他是你的父亲，你是出于爱他，要拯救他的生命才这样做。"

"那两年我活得不人不鬼，有时候我绝望得甚至开始幻想自杀和流产，用刀割开自己的身体，让自己从楼梯上滚下去。两年过去后，医生从我的肚子里取出那个粉红色的脑袋。我本应该感觉如释重负，但我只是觉得麻木，还有一丝难以置信。已经受苦这么久了，它不可能这么轻而易举地过去，没有创伤，没有仪式。"

"你的父亲现在还好吗？"

"我第一次见他的时候，完全没有认出他来，面部肌肉松弛，看上去像个神经受损的偏瘫。后来的几周恢复得很迅速，现在已和常人无异。我还记得他在病床上握着我的手哭着说：'瑶瑶，医生告诉我你做了什么，你受苦了啊，是爸爸拖累了你。'刚开始的时候，我希望能抹掉我脑海里的所有细节，希望能在某天早晨醒来时，假装相信他只是生了一场病，现在恢复了健康。"

陈扬紧紧拥抱着黄瑶，两人哽咽到几乎失声。他原以为世界上没有比他还孤独的灵魂了，现在发现眼前的女人有着受苦受难的伟大灵魂，比他沉重，比他纯净得多。

"可我做不到，我最后还是逃离了他！"

"都过去了，都过去了。我们一起逃离这里吧。"

他们一起去服务台请求精细比对，机器列出了两人上百条的相似点和不同点。由于黄瑶在经历一系列手术后，身体已受尽摧残，生理区别成了他们占比最大的不同点。于是他们从每一个细小处开始做起。

后十年没有经历过的对方的人生，他们好像为彼此重新活过了一遍。

陈扬开始尝试吃香菜、吃海鲜，那些曾经让他呕吐的食物。黄瑶日夜研习从来都不感兴趣的数学。每日早晚两人一起学跳舞，他们不仅要减少不同点，还要共同培养相似点，甚至说同样的话。晚上定时查看匹配率，哪怕只提升几小点，都能让两人看到前方的希望。

直到黄瑶要被驱赶的最后五天，匹配率终于达到百分之五十三了，但连续三天都没有再上涨，而两人短期内强行改造出的纰漏反而使得指数降了一些。

最大的危机如魔鬼般准时到来。

两人静静地站在树下，黄瑶先开口道："陈扬，有没有发现，我们变得都不像自己了。"

陈扬抚摸她的发梢，折下一根树枝："不，我们是彼此的萨尔茨堡的树枝，我们一直在给彼此希望。"

"是真的希望吗？还是自欺欺人？"

"我不知道，对不起，我以为我可以做到的。"

黄瑶摸了摸他的头，微笑地看着他："没事的，没事，至少我们度过了心怀希望的二十天。你说，如果我过几天被扔进海里，我会变成怎样？"

陈扬的泪水又止不住地流："你会没事的，我会陪你一起跳。"

一定还有机会，他不能给她假希望。

可随着黄瑶四十天临近期满，他只能痛苦地望着她被那些随从要求洗净身体，准备清出酒店，等待她的就是被运往前方的浩渺无垠的大海，从船上被扔进海里。

他突然注意到了她取下最后一层隐形眼膜，激动地问她："小瑶，你是不是近视眼？"

"不是，但我左眼在怀孕过程中被自己用刀尖伤到过。"

"好，我有办法了！我就知道有转机的，你等我。"

黄瑶看着他决绝的背影，眼神悲怆，她意识到了他想要去做什么。她不强求，但总是又升起了一丝希冀。最后的半小时流逝得无比漫长，她最终还是被押出了酒店，回望那个门口，她没有等到他的出现。

此时的陈扬正蹲在厕所的角落里，手里攥着一把划破脸颊的尖刀，牙齿紧紧咬着拳头，不让自己哭出声来，眼泪和着血水滴落在地板上。他明明想好了只要用刀把自己的左眼捅伤，他们的匹配率就一定可以及格。只要作为情侣在酒店住十五天，他们就能正大光明地离开这里，永远在一起！

可他不敢！在最后一刻畏惧退缩了！他是个懦夫！

更重要的是，他答应了小瑶，却又一次给了她假希望。

这该死的匹配率，他瑟缩在角落里破口大骂，他喜欢的是这个人，而不是和他一模一样的复制品。

他拖着骷髅般的身体回到房间，却发现枕头下放着黄瑶的那本《博尔赫斯诗选》，重新翻开第一页，看着熟悉的手写字体，他觉得黄瑶一定正在某处召唤他。

整整十五天，他只是在房里翻看这本书，早已放弃了外出狩猎的任务和目标。直到他的期限也终于来临，他想他终于可以去追随小瑶了。随便去往哪一处，他坚信他们还会重逢，这是九世轮回也逃不开的宿命。

他用刀狠狠地扎向左眼，万一九世轮回都有那些恶魔在他们身上装插件，或许他们匹配率更高一些才能更快找到她。瞬时血浆直流，他挑了一块手帕捂住左眼，坐上了死亡轮渡。

他漂浮在海上，却突然看见前面出现了一个海礁，好像有一个女水怪半截身子还在水里，伏在礁石上，长长的头发披下来遮掩住了它的身躯。可是他看见，她朝他伸出一条手臂低低地叫着："陈扬！"声音是陌生的低沉，又是那么丰满而柔软。他认出了她独一无二的面容，是她的小瑶！他从甲板上毫不犹豫地一跃而下，游向海礁，抱住了她的脖子。

"小瑶，你怎么变成一条鱼了？"

"走，跟我来。"

他们一齐钻下水去，水下的世界让陈扬眼花缭乱。眼前的这些鬼斧神工的建筑他闻所未闻，这些像波塞冬似的水怪更是见所未见。多么令人惊叹的海底文明啊！

黄瑶扭动着身躯，像是带他穿过一个宽阔无比的走廊，直奔深处。"陈扬，我上次坠入海底后就阴差阳错来到了这里。这里没有严苛的婚恋制度，单身与否、生育与否全凭自己决定。"

陈扬难以想象地问道:"这里的人都是从哪里来的?"

"都是和我们一样被迫害的单身男女,他们渴望自由,正视欲望,于是组成了统一的共和国。不仅要向陆地上的 MOC 机构复仇,还要解放那些前仆后继的受害者。"

在她的带领下,他来到了大殿,这里是活动的腹地。

陈扬理智地望着她:"陆地和海洋,是秩序与混乱、权力与自由的两极。"

"是。但陆地急需一场战争。陈扬,你要加入我们吗?"

他点头应允。

第四辑　幻境拾遗

昆仑奴磨勒

洪伟

俺磨勒,自小长在长安城,父昆仑奴,母亦昆仑奴,俺却不识昆仑为何物,昆仑话只也说得此三言两语已乎(以奇怪的语调说出)。好,还是说能听懂的长安话吧。我叫磨勒,别人若要问我哪个磨,哪个勒,我就先给他一个巴掌,再告诉他这是外国话,两个音一个字,具体哪个外国字,我也不知道,问我三岁时死了的爹去,反正我从小就被这么喊。我生在长安城,长在长安城,正正宗宗长安人,一口长安话好不标准。我爸、我妈按长安的叫法都叫昆仑奴。可在我模糊的印象里,我爸身高体壮,黢黑黢黑;我妈矮小玲珑,黄黑黄黑,分明是两地人。但我打听这个疑惑来,府上的人皆回答不管,昆仑奴就是昆仑奴,所以我仍没搞清,也一直在致力于搞清所谓昆仑究竟是我爸的那个,还是我妈的那个,还是都算。我爸、我妈死得早,崔府将我养大,我从小受的是崔府的教化,成人后撞见更多昆仑奴,学了几句昆仑话,说出来竟和我贴身照顾的崔家少爷说的一个味儿。

我爱崔少爷这个傻小子,他太傻了,整日叨咕些才子佳人的传闻逸事。他爹打通关系,得泄考题,备好答案让他带去参加科举,可他竟全用自己的歪诗作答,还不论考的哪一科。他爹自叹这小子与文官无缘,只得送他去做宫廷武官,属千牛卫,执千牛刀。为此,这小子得名崔千牛。千牛也爱我这个黑哥儿,我伴他左右,又护他安危,又为他出谋划策。他肉嫩皮白,亭亭一公子,即便成了武官,这武也武在我,武不在他。一把千牛刀,他嫌重,也多由我近身使用。

这天崔千牛赴一品大臣郭子仪的宴,郭一品功在平定藩乱,信任不来外邦人,故我不好陪护千牛。去之前,我嘱咐他少说、少做、多吃、快走,免得他惹出事端，或上当受骗。深夜，千牛回府，迷迷糊糊，没了神魂的样子，一头栽倒在书房门前——我知道出纰漏了——跟跟跄跄又直起身子，仰头吟诗："误到蓬山游，玉女动星眸。朱扉掩深月，应照我心愁。"他吟完傻呵呵地笑，似乎觉得自己挺美。小奴婢、小侍童们拥过来搀扶，中有小声告我说："这二十个字，少爷颠来倒去念了一路，也不知何意。"千牛有在我面前亮个相的嫌疑，他想弄出个什么把戏的小心思很昭昭然。我还没走近他，果然他有话急着先说了："磨勒，你懂我吗？"不等回复，又说："磨勒，你得帮我。"我上前先给他一个巴掌，打醒他的昏头昏脑，当然是适当地、留力地，扯着他的耳朵质问是不是我叮嘱的他没做到。千牛后退状，醒了大半，忙说："疼，疼……做了，做了的，真很疼。"想了想，又说："准确讲，做到了一半。"把脸凑近我，说："我把事情全倒出来告诉哥儿，哥儿千万想法子帮我成了这桩美事。"

千牛说，他少说和少做做到了，多吃和快走没完成。郭一品一见面就忻然爱慕他，命近坐而语之。千牛紧绷身子，且答问题。是时三妓人携珍馐美味而进，中有一衣红绡者，郭一品命擎碗递予千牛食。千牛脸红羞愧，终不动口。郭一品悦然，再命使汤勺喂之。送至唇边，千牛不得已而食数口，急咽而呛。众皆笑。千牛意欲快走，郭一品命红绡相送。一路上，红绡多使媚眼。已出门外，千牛终不忍回头顾之，见红绡伸三根手指，又比出巴掌翻覆三次，再指胸前小镜子，云："记着。"

千牛说，他记得深刻，今生今世都难忘。又歪着脖子吟诵了句"佳人既有意，才子岂无情"的歪诗，沉醉于回忆，春风拂满面的样子。我脱口道："你是上当受骗了。""我分析，一不知是不是郭一品指使红绡打的暗语，为你设了个套；二即便是红绡的个人举动，也不知她是只对你用过，还是对送过的每位客都打了一遍，说到底，凭什么是你？"千牛答说："传奇小说不都是这么发展的——明显我就是才子，她就是佳人。怎么不是我？哥儿先帮才子把佳人的暗语破解了吧。"暗语倒是不难解，简直和大白话一样。我见劝诫无门，千牛的歪心思拦也拦不住，就为他破了谜题。"谜底即为地点和时间。谜面上有三个暗号：三根手指为'三'，巴掌翻覆三次为五乘三得'十五'，胸前小镜子暂不解。郭一品府上共有歌妓十院，这'三'即指第三院，此乃地点；'十五'不通。'十五'应为十五之夜，胸前小镜子暗合十五夜月圆如镜，此乃时间。"千牛恍然大叫："时间、地点都有了，红绡女这是约小生我幽会啊？"

我暗想："你这榆木脑袋，答案到嘴边了才反应过来，对方假使确是骗子，也不会傻到利用你。"千牛一把抓住我的胳膊，说："走吧。"我问："你想去哪儿？"千牛说："不是密会红绡，才子见佳人吗？"我拽住他，无奈地想，果真是榆木脑袋，即便反应过来，也没反应到位。郑重地道："首先不是今晚，是十五夜；再次，隐语好解，行动甚难，郭一品位高权重，郭府戒备森严，内更有山东孟海之犬护院，那犬警如神，猛如虎，常人如何去得？"千牛却似听不懂我的恐吓，笑容不改，说："哥儿总有办法的是不是？难不住哥儿的是不是？这才子佳人终身大事，全仰仗哥儿了。"说完，装模作样地作了一个揖。我只得仰天长吁一口气，吁——我真有办法，吁——拿千牛没办法。我道，"能带你去，你听我安排即可，其他没什么好跟你说的。"千牛竟真不多问，但叫声好，蹦跳着去书架扯出一本传奇集，心满意足，回到卧房。剩下工作都在我。

是夜，月白风清，我提着千牛刀，施展轻功，脚尖一点，越过郭府高墙，落地无声，山东猛犬也未觉察分毫。我隐蔽于树荫中，等待侍卫轮岗交班。山东猛犬稍有倦怠，我一跃骑上狗背，挥千牛刀刺入脖颈，顺着颈椎的关节划过半圈，刀尖一抹，卸了声带，再往下颚一挑，扎断舌根，左手赶紧搂过去合住狗嘴，不让血从喉咙中涌出。千牛刀刃如秋霜，性寒不沾血，狗脖上半圈伤口即刻愈合。猛犬痛苦万分，血全倒灌到胸腔里，但它发不出声音，两个鼻孔往外直喷白气。猛犬忽地半转过头，我以为它要殊死一斗，可它只看了看我，同时整个狗身子软将下去。我两脚踩地，猛犬在我的胯下横躺着，气若游丝。我把它拖回狗窝，头朝里，尾朝外，做成在小憩的模样，再返途把拖拽的痕迹遮掩住，觉得整件事情说不上来的奇怪。回到打斗处，我发现一摊水，猛地想起刚刚饱含眼泪的狗眼睛，身上突然泄了一半的气。

千牛立在崔府的围墙边，大声埋怨："不是说好一炷香工夫，小生足等了半个时辰。"我道出了些意外状况，好在都解决了。又问青绢两匹何在。千牛说："在此，不知哥儿作何用？"我道勿问，吸气，闭眼。说时两匹绢布已袭上千牛身，我紧紧裹了三层，打了三个结。千牛在布里呜呜地嘟囔着什么，负在我背后，同我横跨半个长安，落地在郭府歌妓第三院门前。绢布解开，千牛正好没断气，终吐出字来："哥儿，咳，咳……轻些，轻些。发生了什么？——这是哪儿？"雕梁画栋，轮焉奂焉。中有一屋绣户不合，灯光微明。我一层一层地整理青绢时，此屋内传来女子吟诗声："深谷莺啼狠，偷来解珠珰。碧云音书绝，空倚愁凤凰。"这诗好生耳熟，让我不由得联系到千牛身上。千牛正大口喘气，原地转圈，摇头拍脑，慢慢地回神。诗声结束，千牛似还没听见。屋子里的女声沉默了一会儿，再吟了一遍，以更大的声量。"深谷莺啼狠，偷来……"千牛这才反应过来："是她！"我摆手示意千牛快进屋。"真是你（竟是你）！"两人同声。

这般恩爱。半炷香工夫后——我在门外吹着寒风，沉思为何长安城的男男女女总是能用半炷香功夫情定终身——屋内传来对话声。红绡说："郎君果然颖悟，能解小女隐语；又过郭府重围，身手亦当非凡，不枉我托付终身也。——但不知郎君有何神术，能过歌妓院前孟海之犬？"千牛反问："什么狗？不，不对，何狗耶？"红绡一惊，跃下榻来："难道……门外郎君何人？"千牛答："乃是磨勒哥儿。"千牛具告我的能耐以及此事上的帮助，红绡忙穿衣装扮，边听，边往门口走来："快请磨侠士入房内。"

屋内白得刺眼，我从黑暗中踱步进门，分明地，红绡眼睛里投来的期望的光迅速消散了。不消说，是因为我。红绡愣神了好一会儿，终于做出某种考量，退步回千牛身边，笑面私语之。千牛舒怀，回应说："无妨，无妨，娘子多虑哉。磨勒虽为昆仑奴，却生于长安，长于崔府，是小生我顶顶好的黑哥儿也。小生一应诸事，磨勒哥儿无不鼎力帮衬。"红绡只专注于盯着我的反应看，目光强似烈阳。我故意装出低眉顺眼的样子，接受她的检验。红绡低声又嘱咐了千牛些话，千牛默念着，走过来倒给我："红绡本是山东良家民女，无奈逼为妓从……纵着绣罗，如在桎……桎……桎梏……若脱什么牢,虽死不悔……哥儿烦请再携我二人出郭府。"我道:"知道知道。"心想:早猜到了会是这种说法,其实都是套话,让千牛重复一遍真没必要,大声地表示能进就能出,娘子坚确如此,长夜将明,抓紧时间。红绡大喜,收拾妆奁。我如此背负三趟来回,她仍在打点行装。千牛并不制止,也不帮手,而是沉溺在屋内一角自己的回味中,嘴里默念有词。只得我来道:"娘子,这是逃亡,非为搬家,既遂所愿,适度为妙。"于是,我把佳人、才子一并拽来用青绢裹住,飞越长安城数十重高墙。

才子气息不足,半路上就没动静了。一到崔府,我赶忙试探千牛的鼻息,却听见鼾声,忍俊不禁,笑扶千牛入寝。这边佳人缓了过来,上前找我搭话。我正襟肃立。红绡未开口,先上手摸了我一把,令我浑身一颤。红绡媚笑,说:"放松。小女并无他意,但表谢意。"我道:"娘子心思甚重,老奴不敢妄动。"红绡忙辩解:"何出此言?小女确无他意!"我后退半步。两人沉默了会儿。红绡解围说:"磨勒哥儿真乃昆仑人士耶?竟不似小女平生所见昆仑奴种,且语音语调、行为举止皆与长安人无异。"我告诉她,我爸和我妈不同种的事,又说起昆仑奴多种多貌。娘子山东而来,眼界广袤,问可知昆仑具体何处。红绡沉思良久。"昆仑奴虽多貌,却皆黑,那……"她突然笑说,"不知也。反正不是长安。"

红绡落榻庭院深处一小屋,以避人耳目。她满脸的不乐意,可耐不住困意,将就着睡了。一夜风波,困意却未袭我而来。我席地坐于空地上,坐等天明,等阳光普照,我就该回屋睡觉啦。可惜不知道即将迎接我的会不会是阴天。孟海之犬临死前的眼泪使我感到悲伤。它早料到自己有这个下场,或者甚至,它一直在期待着这个下场。生活非它所选,非它能选,因为说到底它不过是条狗罢了。结果掉孟海之犬,我呆坐在郭府的树上好一阵儿。我开始怀疑我做每件事的动机,思来想去,发现不过是自己不能不做。千牛虽然很尊敬我,但实则没有我情不情愿的余地。红绡这事无论好坏都没完,我的任务还没完成。雄鸡一声报晓,天边鱼肚白。墙外传来兵士巡逻的声音。

次日东窗事发,红绡被劫事小,山东猛犬暴死事大。郭一品怕得不行,告示贴满了长安城墙,务要缉拿杀害孟海之犬的"采花大盗"。红绡是第一知情人,其画像附于告示一旁。事发后头半年,郭府守卫不分昼夜,满城加紧巡逻。千牛、红绡吓得闭门不出——千牛但称抱病,红绡深锁金屋。至期满一年,风波渐平,满城议论,不再涉及此事。崔府上下除红绡一人,行动恢复如初。再而后,城墙上缉拿告示并红绡画像,雨打风吹,不余一张,红绡终得自由。

——只出了一个小瑕疵:事发以来,崔府人员担心红绡一事走漏,风声鹤唳,苦不堪言。当然情绪的矛头怎么也指不向千牛,终于还是对准了我。我只得默默忍受。千牛多花时间与红绡相伴,我在崔府日趋失去位置,寻找昆仑的心思更重了。还有一个隐患:红绡虽能任意出入,但仍需蒙头遮披,藏踪蹑迹,且不宜日行,府上无数流言蜚语让红绡确信此案第一要犯在我,不在她。于是她把蒙面长衣一扯,宣布自己的完全自由。

转年三月初三,花团锦簇,崔府同游曲江,香车锦衣,好不热闹。我留守府内,深感事情不妙。果不其然,不出半日,一小厮飞奔来报:在郊野外遇郭家人,红绡因下车采花暴露,千牛被擒,押送郭府,其余四散而逃。少顷,红绡逃遁回府,掩面痛哭不已。我已备好明枪暗箭,将启程营救千牛,这一见红绡真是气不打一处来。我斥道:"你做的好事!"转念一想,此去若能全身而退,千牛定不舍红绡,须先为红绡安排好去处。转身顾之,惊见红绡痛哭无泪,却拿眼睛瞟我。红绡说:"磨勒哥儿何去?郭一品暴戾恣睢,千牛此番命则休矣。——哥儿若不携佳人而逃?"我怒火攻心,道:"你算什么佳人!千牛对你情深义重,你当以命相许,勿需附我。"红绡笑说:"我不算佳人,可千牛又算什么才子。解救小女一事,全凭磨勒哥儿费心费力,恩情应付磨勒哥儿。"正当论时,门外足音鼎沸,似有千军万马来到。红绡脸色惨白,估计以为是来拿她的。我也疑惑,郭一品的遣军为何如此神速。

响起一阵敲门声。我如临大敌。"哥儿开门。"竟是千牛音。我瞬间欣喜若狂,神思突然松动,紧往开门。红绡急说:"别开,是诈。"门开一缝,果是千牛。然一短箭从门缝中呼啸钻来,正射在我的护心镜上,惊得我冷汗涔涔。我一把扯过千牛来。数十甲士顿往门内冲击,我拼尽平生之力,奋力关上门。

千牛魂飞魄散状,说:"哥儿没事?郭一品单和小生说要拿你审问,没说取你性命。"又见红绡,喜上眉梢:"娘子也在这儿!小生但虑何处寻娘子。郭大人宽宏大量,查明猛犬之死非我能为,已赦你我私奔一事。以后娘子就是正经的崔夫人啦。"红绡听闻喜极而泣,泪如雨下,拥入千牛怀中,依偎不舍,又问:"不知磨勒如何处置?"千牛愀然不语。

流遍冷汗,我已冷静。千军万马原是千牛引来,单来拿我。告发我的居然不是红绡,不是崔府他人,而是千牛。我顿感心寒,却无力迁怒千牛。可以想见,千牛并无加害我之意。郭一品威逼利诱,几番逗引,千牛不谙世事,遂和盘托出了。他是错在太傻了,而这傻又是我所喜爱他的原因。但既无才气,何称才子?正如那位自称的"佳人"也并不心地美好。按传奇故事发展,我若促成才子佳人美事,理当功德一件——可是看我成的这桩,才子不才子,佳人不佳人,我当罚当罚。这篇传奇里,只有我磨勒足够侠士,可惜我是异族,再侠士也无济于事。

这时门外传来喊话声:"昆仑奴,我等已重围此地,你插翅难逃,速来自呈。"千牛忧心忡忡地看向我。我大笑道:"尔等草芥,如何擒得我?我只如砍瓜切菜一般便能突围。"红绡愕然,连忙求说:"磨勒哥儿切勿杀戒大开,使长安城生灵涂炭,崔府事后亦不得幸免。郭大人好商好量,磨勒哥儿先屈尊降服,郎君与妾身再行对策。"门外又传来喊话声:"崔府听命,不得擅保恶徒,恶徒还复不出,唯崔府所有人员是问。"崔府余留人员此刻一齐注视着我,恶意聚集起来像火把汇合,我的皮肤发烫,我的心中更感寒意。从小到大,由于我的肤色,我没少受白眼,所以我尽力处处做到最好,避免留人口舌。对方若想指摘什么,我便把做到最好的事摆出来,堵得对方哑口无言。鉴于我高超的行事能力,一步一步,我走到贴身照顾崔少爷的位置,崔府内的恶意同样越来越少了,这在红绡一事事发以前。红绡一事事发后,崔府内的恶意日趋增多,终于在今日今时达到顶峰。我外热内冷,抑制不住的兴奋,觉得要宣布什么。于是,我沉吟道:

"我寻了昆仑十数载,近来我得到答案,才知昆仑非为地名,只指肤色黑。昆仑竟是无处。原来我是无根之人。说无根，也有根，根在崔府，根在长安。逃易回难，这番离了崔府，离了长安，凭我面貌迥异又如何过活呢？原来长安容不下我。——但以命报崔府大恩大德。我去也。"

千牛、红绡紧紧相拥。千牛说："小生读薛调《无双传》。书中为就仙客、无双一情，曲折多磨，冤死者达十余人，而后二人为夫妇五十年。吾二人也定会长久的。"红绡补充说："如此说来，磨勒即使难逃一死，也是死得其所了。"

她站在一朵睡着的山茶花上

张艾祺

上午十点半，我从刀架里抽出菜刀，发现上面爬满了米虫，从此得知了六月的到来。

六月起，在厨房里任何地方看见米虫都是正常的。透明的米缸里到处都是这种芝麻粒大小的虫，像两种粮食混在一起。我原本以为放在缸里的粮食是压实的，是米虫在大米之间出现又消失的情况告诉我，粮食间有空隙。米没有长虫的时候淘三遍，长了虫的米淘七遍。

如果王哑看见我淘七遍米，他会冲上来，在我打开水龙头之前抢走我手里的盆。一开始我以为手腕断了。后来发现这个动作不足以折断手腕，我就忽略了它附加的疼痛。然后王哑会一手端着盆，一手指向水池里散落的和米虫一起被洗出来的米粒，再指向水龙头，最后指向我的鼻子——我懂他的意思，他是说"米洗过就会变少"。在眠镇这样多雨的时候，人心疼的从来不是水，而是因为过剩的水而短缺的食物。

有时候王哑会揪住我的头发，把我从原地拔起来。他以前习惯照着我的后背打。前年我掉下了最后一颗乳牙之后，他开始毫不避讳地殴打头和脸。王哑大多数时候是沉默的，他打人时只有被打的那一方叫。王哑自己会发出气体在喉咙里震颤的气声，像很远处的雷。又或许远处真的在打雷。雨天总是用打雷警告下一个雨天的到来。

王哑来厨房的日子里，那块散发着腌豆角气味的案板上总在展演一些赦免：他允许我们的饭菜里出现米虫，也允许辣椒里蜷缩的青虫，番茄上带刺的白色小虫，莴笋里盘踞的长条虫。有一天，我咬开一颗桃子。它熟得不太好，硬、涩、酸。在我咬开的截面上，印着一条咖啡色的通道，贯穿始终。

那是一条虫子走过的印记。它或许形成于这场持续一个多月的大雨之前，甚至更早。它或许和这颗桃生自同一场风暴中的两粒尘埃，又一起颤抖地结在某棵瘦弱的树上。我吞下嘴里那一口，知道虫子不是在我身体里，就是早已逃离了这颗桃。

最近，王哑不再光顾厨房，把一切关于进食的权力让渡给了我，从食材的处理到决定菜式。我知道这是因为她。除了出生和死亡，眠镇的人口鲜有变动，而她在这场雨开始之前来到这里，作为王哑的新婚妻子。

从事实上看，王哑是我的养父。从六岁脱落第一颗乳牙开始，我成了他名义上的养子。我曾经注视他小心翼翼地捧着我刚脱落的牙齿，就着散发辣味和苦味的药水吞服。后来乳牙松动时，他就迫不及待把它从我的口腔里取出来，连带着牙根上嫩红的肉。他把我身上褪下的死肉吞到自己身体里。后来我得知他这样做的原因：他听人说用儿童褪下的乳牙做药引，可以治好哑病。我的换牙期摇摇晃晃地结束了，王哑的哑病却没有好。他再也找不出善待我的理由，就像我嘴里横七竖八的恒牙，每晚都尖锐地凌迟我的舌头。

雨下得越大，米虫繁殖得越多。刀架里爬满了米虫，我怕我一抽出菜刀，它们就溢出来。案板上也爬满了米虫，我用水冲洗它的粗糙，水把木头变成深色，镀上一层虚假的光滑。我在米缸里放了一层蒜瓣，米虫从蒜瓣上爬过去。空气里都是潮湿的味道，空气像湿滑的苔藓填进我的鼻腔，让我呼吸困难。

她来到家里的时候还只是阴天。那时我刚洗完锅碗，她被王哑钳进门，眼睛像新鲜剔透的石榴籽，暴露在外面的皮肤像没完全坏掉的水蜜桃。我看着她艰难地开口：

"你好像一只肿起来的桃子。"

我的语言自五岁起几乎没有更新过。因为王哑在家不讲话，于是我也习惯沉默。眠镇的学校巴不得学生沉默。我偶尔的开口总是带着铁锈味，声音干涩刺耳。但她的眼睛像是在邀请我重启语言，不是五岁的语言，而是十四岁少年的语言。

她在家里时总是肿着。一只眼睛像葡萄,另一只像荔枝;嘴唇像被雨淋过的快凋谢的月季花瓣。那天晚上,王哑锁了卧室的门。我说过,他打人时只有被打的那一方叫。她的声音很好听,像月亮落下来。月亮一片一片断裂的时候,雷声响了起来,于是开始下雨了。那是她进家门之后的第一次被打,也是这场漫长的雨的开端。

　　她走进厨房,越过苔藓般湿滑的空气找到我,手里拿着一瓶薄荷油。

　　"闻闻这个就好了。"她说。她一定听到了我打喷嚏和吸鼻涕的狼狈声音,我的耳朵羞愧地烧起来,仿佛自己是一只巨大的米虫。

　　"哪……哪里来的?"我问。

　　"我随身带着的。"

　　我看着她时,会想起自己乳牙脱落时的空洞。那是一种来自身体深处的空虚,我能感觉到有大风吹过,怎样也填不满。她体内也有一阵风吗?她身体里有多少这样的空洞呢?我想象着我的空洞认出她的空洞,但它们无法互相填补时尴尬的样子。有时候她也会转过来看着我。我们四目相对,我的眼睛认出她的眼睛。如果有一天她碎掉了,我也可以通过眼睛辨认出她。

　　王哑让我知道人对同类的恶意可以是无端的。在眠镇,一个人对人的善意必须有迹可循,而人对人的恶意总是无端的。就像王哑的拳头和他给我们的家、他买回来的食物。

　　食物终于也中断了。据说是大雨冲垮了山,毁了从外面来的路。家里的菜很快吃完,只剩下生虫的米和面。为了不浪费和米虫一起漂浮在水面上的那些米粒,我开始只淘一遍米。蒸好的米饭里夹杂着细细碎碎的黑色小虫。我夹起一团饭,看见虫在米缸里横行爬过蒜瓣的样子。

　　她看见我举着筷子的样子笑了。"你看——"她转过脸用气声对我说,"看好了。"她也夹起一团饭,垂下眼睛看了看,然后把饭团整个送进嘴里,咀嚼,吞咽。一串流畅而完美的进食动作。她咬着筷子笑出声。于是我也开始吭吭地笑,接着笑声连成一片,环绕三碗白黑相间的米饭。我第一次在餐桌上听到这样的声音。

然后王哑就站了起来。他把手伸向我——紧接着改变了方向，因为她离他更近。她被拽住头发一路拖行到大门口。王哑把她的头一次一次向门上撞。我忽然想起来我们本不应该那么开心：眠镇的人天天敲门，指责王哑娶了霉运回来。自从她进门那天晚上，雨就没有断过。眠镇从没下过这么久的雨，下到把路冲断，把食物冲断。

"一个死哑巴，领个废物药引子也就罢了，又娶个丧气东西回来！再不把那东西扔出我们这儿，你们一块死了算了！"

眠镇的人这样说。

她的头被铁门砸出一只包，红亮发青，像没熟的苹果。嘴唇上的伤口已经开始流脓，底下的肌肤泛着淡黄色，是刚刚开始腐烂的桃子的颜色。那时候的桃子往往格外甜。如果要吃一颗没完全烂掉的桃子，我会先从这样的部分开始。

她当然不会被王哑扔出去。她每晚的尖叫被雨声逐渐盖住。有时我听见王哑响起如雷的鼾声，那之后不久，我的房间会被她推开一道小缝，风和夜色一起流进来。

她会从背后抱着我。我从一开始就不曾抗拒，安心地贴在她身上，想象自己靠在一座软烂的水果山上，躺在一场情感上涌快要溢出的秋天里。我像是在享受一些曾缺席的爱，又像是在体验一场从未有过的爱。我看着自己细瘦的大腿夹在她饱满的大腿之间，月光偶尔照进来，我们交叠的腿像一把斑驳的剪刀。

"剪刀。"我说。

"什么？"

"用剪刀可以做什么？"

"嗯……我以前学过剪纸。"

"把东西在纸上画下来，再用剪刀剪下来，会变成真的吗？"我问她。

她笑了。"你又不是小孩子了。"

"可我真的想做点东西。物理书上有风筝的图纸，我想做风筝。"

"什么样的风筝？"

"金鱼的吧。金鱼会在水里游。"

"等我做好风筝,"我说,"天一定晴了。我骑他的自行车带你去放风筝。"我其实根本不会骑王哑的自行车。

"还是我带着你吧。小朋友。"她说。她肿胀的眼尾和烂得一塌糊涂的嘴角向一个方向挤,笑得连空气里都是烂桃子的香味。

"你想用剪刀做什么?"我问。

"扎穿他的脖子。"她笑着说。

在那些夜晚,那些没有米虫和拳脚的夜晚,那些只有雨声和笑声的夜晚,我说到口干舌燥,食道干涸,胃部灼烧。我身体里的空洞和她的空洞紧紧贴在一起。我们总是聊这些不着边际的话,聊到筋疲力尽,然后相拥睡着。我找到了我十四岁的语言。

家里已经开始漏水和渗水。王哑让我们每天扫两遍水,盛在簸箕里面倒出窗外。漏下来的水则用脸盆接着,用玻璃缸接着,用闲置的水杯接着。容器越摆越多,因为漏水的地方满屋都是。雨下得让人分不清白天和夜晚。这样一来,白天和夜晚都显得格外漫长。因为白天的漫长,王哑开始不分理由地殴打,来消耗他无处安放的精力。王哑睡着之后就是我们温和的长夜。

家里的容器用完后,她用彩色的透明垃圾袋接水。充满水的袋子堆在客厅和房间里,有光照的话,它们会在地板上投射出淡彩色的模糊的光球。每一只袋子里的水面都像一面镜子,精心反射被雨天挡住的微弱的光。我们借这些光查看身上的伤口。

王哑老了,或许他自己都没有察觉,但我身上的伤先一步知道。他钳住我的手腕时不再有要断掉的感觉。我的头皮原本会随着头发连根拔起而被撕裂,但现在头发浓密,伤疤藏在下面。胳膊和腿上只有淡淡的瘀痕,没有从前那么深。

"他老了。"我指着膝盖上那块青对她说。

"也可能是你长大了呢,"她从垃圾袋上抬起头,"来,帮我看看我嘴角的伤，总觉得痒。我自己看不着。"

于是我吻了上去。她干燥结痂的唇和厨房里的案板一样粗糙，我只好用水镀上一层虚假的光滑。我想也许我和她也是生自同一场风暴中的两粒尘埃，但我无法像虫贯穿那只熟得不太好的桃子一样逃离她。

"这些袋子装了水之后像一群热带鱼。"她说。

"你见过热带鱼？"

"……"

"很多东西我都没见过，"我看着满地的水袋，它们像一组寂静的墓碑。"我的生活里只有他，生虫的不生虫的米，每天要吃什么菜，怎么做才能让他少动手。"

"还有雨。"

"嗯。"

"如果雨一直不停，眠镇会被淹没吗？"

她用了"淹没"这个词，很用力、很正式的发音。

"我不知道。淹了也挺好。"

像以往一样，我们聊了很久，忘了时间。我不记得那天是什么时候、怎样入睡的，也就忘记关心她有没有在王哑醒来之前回到他们的房间去。好像前一秒眼前还是发着彩色微光的袋子，后一秒就张开眼睛，看见强烈到刺眼的阳光照在我的脸上。

我躺在一堆颜色鲜艳的、圆鼓鼓的垃圾袋中间。它们过于鲜艳，因为雨停了。

地上的水还没有退去，借着阳光，我终于看清了家里的墙壁，它们早已被水泅透，墙皮高高鼓起来。家具都被水浅浅地淹没，倒影清晰，像是另一个颠倒的世界。她坐在沙发上，周围可笑地围绕着各种盛满水的容器，像某种未成形的仪式。

然后我看见王哑冲了出来。

我们同时惊叫起来。王哑快步走向沙发，踢翻了玻璃缸和水杯，洒出来的水淹没了他的鞋子和脚面。她轻巧地跳下沙发,绕到背面。我跳过面前的脸盆,看王哑笨拙地迈过它,脚尖滴下的水流回盆里,他狼狈地抖两下翘起来的脚,步履沉重,身体一歪一扭。我笑出声,她也开始笑。王哑的脸愤怒到五官移了位,脸颊和手指都在颤抖。我们继续绕着沙发奔跑,踢翻各种盛水的容器,踢到彩色垃圾袋。王哑像电视里行动笨拙又滑稽的反派,而我们是戏弄反派的头脑聪明的英雄。在这个水上世界里,我几乎忘记了需要恐惧。

"他真的老了。"我用口型示意她。

她忍着笑点点头,开口:"你也——"

然后她被狠狠拽住了头发,拖走。我冲上去从背后抱住王哑,不肯松手。起初他或许以为可以像往常那样甩开我,砸到墙上。但我越抱越紧,手指嵌进他的肩。于是他像扔一颗葱头那样扔掉她,抓住我的手向身前用力摔。这场闹剧终于结束了。

再次清醒过来时,天已经黑了。雨一点也没有再下的意思,四周安静得可怕,除了王哑断断续续的鼾声。我发现自己躺在她身上,于是爬起来。

"你像一只肿起来的桃子……"

她拍了拍我的头。

"睡吧。"

我很快睡着了,在睡梦里又被熟悉的雨声惊醒。我惊喜地睁开眼,发现天花板又开始渗水,所有容器里水面的反光像无数只眼睛。她熟睡在我旁边。于是我做了一个决定。

站起身走过客厅的时候,我发现身体格外轻盈。我毫不费力地穿过那些密密麻麻的水杯、玻璃缸、脸盆。我悄悄拧开厨房门,把一根手指搭在放厨具的抽屉把手上,抽屉就缓缓地滑出来。

我拿起那把生锈的剪刀。

我用刀尖对准王哑侧睡的脖子,垂直地松开手,剪刀自然而然地滑下去。

我呼出一口气,打算把剪刀原路放回,再返回她身边继续睡觉。回去的路上,我看见一只装满水的垃圾袋挡在我面前。我本想跨过去,可是它突然膨胀起来,越来越高,越来越大,最后竟然变得和我一样高。袋子薄得近乎透明，巨型的水居高临下，像是要向我砸下来。

　　嘭——有什么突然爆炸了。

　　我被惊醒了。四周依旧是安静的世界，没有雨声和漏水。在我眼前，那些垃圾袋正向外汩汩涌着水。每只袋子上都有一个整齐的划口。她手握那把剪刀蹲在垃圾袋旁边，散着头发，眼球肿得突出，脸上的伤凹凸不平。借着晴朗的月光，沿着她一路划开的痕迹，我看见一串鲜红的山茶花开在水里，从王哑的房间一路延伸到她脚下。

刀魂

张璐

它从鸿蒙中苏醒时，周遭的空气还是黏滞的。

它是一块漆黑的反骨，突兀地长在巨人头颅后面。巨人先它须臾醒来，对眼前的混沌一片感觉到烦躁，便将它从脑后剥离，打磨出锋刃，接着向纠缠交融的黑暗挥砍而去。

一斩，天地玄黄既分，宇宙洪荒伊始。巨人与自己创造的土壤慢慢合而为一，磅礴的四肢百骸化作日月星辰、山川湖海，向尽头无限蔓延开去。

巨人想捏碎骨头，用它的齑粉化作润泽新世界的甘霖，可清醒的它已经看到了崭新的大千世界。它茫然无措，更不愿就此在沉默中消亡。它用尖刃划伤了巨人的手，从那股掌之间滑落，坠向一方静谧肃杀的荒原。

它从蛮荒中苏醒时，听到了车辚马萧的咆哮。

它成为伴流星坠落的天外陨铁，埋入一方无毛之地，度过了数不胜数的春秋日夜，某日终于被某人拾起。唤醒它的是个与巨人外形相似的生物，他们自称为人类，将巨人开辟出的一切纳入囊中，在众相缭乱的大千世界缔造出让它意外的文明。他们脆弱如蝼蚁，却随江河一同绵延不息。他们歃血为盟，却又在彼此嫉恨中相互征伐。

眼前的人类尚且年轻，寂寂无闻，眼中的火焰却已然升腾，熊熊迸裂。他的部族在席卷而来的洪水中颓圮倾塌，残余的家园也被敌寇蚕食殆尽，亲眷沦为贱奴。矢尽兵穷之下，他只身犯险深入荒滩，终于抚摸到它身上乌黑冰冷的晶体，在这神明的遗物前许下报仇雪恨的夙愿。

它的孤独得到了释放，它想要相信这个让它觉得奇妙的物种。它感觉到裹挟它躯体的石头一片片剥落，在人类手中，它成了一把锋利无比的刀。刀无柄无锷，只有刃上萦绕着冷冽彻骨的寒气，盘旋流窜，从人类的手掌臂膀攀附而上，融进他充斥着愤恨的脑中。

它是骨头，是陨石，也成了刀魂。

"人类，我可以实现你的愿望。"刀魂在恍惚幻梦中喃喃自语。"握紧我的躯体，塑造我的模样，我的刀连同我的威能将一并属于你。但当你的一切祈求得到满足时，我要你回答我，我的魂最终应归于何处？"

他听闻神谕，欣喜若狂，连连应允，不顾掌心渗出的鲜血，将刀紧攥拔起。刀魂第一次沾染到这般腥味与汗渍混杂的液体，不由自主地切入人类更深的筋膜之间——他们如此脆弱无力的肉体，在刀魂眼中却成了难以餍足的珍馐。

刀化为铁戈，刀魂有了第一个主人。人类自寸草不生的冻土归来，只持一刀肃驾百里疆场，不见车马，却所向披靡。伏尸百万，血流千里，人类不停，刀仍锋鸣。刀魂赐予了他无可匹敌的力量，却从未给过他这般声嘶力竭的癫狂。

他在功成骨枯中建立起一代金碧辉煌的王朝。王在刀魂的庇佑下，带领臣民治退洪水，开疆拓土，将巨人每一寸身躯化作的遗产踩在脚下，纳入囊中。所行之处，他立马横戈，世间万物无不向他低垂俯首。他占有四海的佳丽，收编八方的军队，攫取天下的财富。他的权力冲天入云，遮蔽本该普照一切的烈阳，也蒙上了自己的双眼。

人间极乐并没有使衰老的王忘记与刀魂的约定。铁戈在主人意下化为一把镶着剔透宝石的短刀，被他置于高耸入云的祭坛大鼎上，贵为接受祭祀供奉的圣物。刀魂愈发频繁地闻到了浓郁的血腥气，香甜中却有一丝油腻的恶心——它看到浑身赤裸的老幼妇孺拖着石镣排成纵队，在井然有序中被旁人一一砍下头颅。

"你已经胜利了。这些人并不是你的敌人，为什么要杀他们？"刀魂难以理解。

王说："神啊，这便是您所希冀的归处。我们将世世代代供奉您，用俘虏的血和奴隶的肉滋养您的魂。请您护佑我的龙脉和国度，直到千秋万代。"

王的声音渺远却微小，分明带着无上敬重，却好似将它弃之若履。

"不对。这并不是我想要的。"刀魂在王的梦中怒叱。

王什么都没有听到，又或许只是装聋作哑。鸟尽弓藏，兔死狗烹。毕竟在成为神之前，它只是一把刀。它能让持有者颠覆乱世，百岁无忧，自己却无法腾跃而起，无法震颤山河。

它从尘埃中苏醒时，周遭森森白骨上又堆积了新的尸山血海。

巫祝经文在它耳畔拂过成百上千个春秋，吹不落刀背上积攒的香灰。王的子孙后代沿袭了它献上活祭的传统，却无人知晓缘由。没有人敢触碰这柄华美却古老的圣器，它泛着银光的黑色刀刃毫无锈迹，竟一如往日那般锐利。相较之下，一旁嵌入的宝石反倒黯淡无光，陡生裂纹。

从祭坛的最高处，它看到，王朝的都城之外已战火滔天，城内的君主仍然沉浸在酒池肉林。很快，又是一队拴着脚镣的人类，在鞭刃的驱策下像牲畜一样排成行，跪倒在它面前。老人，女人，男人，少年，残疾人，幼童。名为祭司的刽子手抬起了名为法器的弯刀，将还在念着祈福文的老人踹倒在地，手起刀落，那毛发稀疏的头颅便骨碌碌地滚到了它身边，暴起凸出的眼珠还朝它的方向死死瞪着。

女人和幼童嚎啕大哭，男人和丢了一条腿的残疾人被吓得屁滚尿流，只有那离它只有几尺远的少年，跟老人的头颅一起恶狠狠地瞪着它。老人的血腥本该让它迷醉，可它只感觉到抓心挠肝一般的反胃——如果它有这样的器官。反倒是少年咬牙切齿的神色更能吸引它的注意，那眼中擦出的火星与曾经食言的王年少时如出一辙。

身后的男女孩童接连倒下，他们断裂的喉咙中摩擦出的恸哭戛然而止。死寂中，惟余少年哽咽断续的低语——"神啊，若你并非不公，救救我，我不想死。"

刀魂涌出泉眼一般的气，顺着支撑自己的青铜支架流淌而下，向少年一路奔涌，啃食着锈蚀的锁链，爬上膝盖和岌岌可危的肋排，向大脑蒸腾而去。

"人类，我可以实现你的愿望。"刀魂赐予了少年同样的幻梦。"握紧我的躯体，塑造我的模样，我的刀连同我的威能将一并属于你。但当你的一切祈求得到满足时，我要你如实回答我，我的魂最终到底应归于何处？"

少年没有须臾思考地向它匍匐而来，他接受了刀魂的施舍。一双瘦削的脚腕几乎要被沉重的石链拖拽折断，但在此之前，他手中的青锋已从枯骨和灰烬的泥泞中重见天光，斩断这摧残低贱卑微之人性命的桎梏。它的躯体化出眼前弯刀的弧度，在一呼一吸的威压间，将对面那柄普通的刀刃震碎在燥热的空气中。

前人用它开辟的历史，由后人用它彻底割裂。奋起反抗的少年倾覆了整个死水陈潭般的王朝，用先王后嗣的暴毙为引奏，为巨人的躯壳铺成的大地改弦更张。新朝的兵马星火燎原，新王的登临白虹贯日。刀魂一如昨日，劈砍，斩杀，剁碎，对敌人，对叛徒，对奴隶。

新王不再需要对被献祭或殉葬的命运忧心忡忡，他早就成了在仪式时作壁上观的一方。他享用美酒佳肴，修筑通天高塔，坐拥万国来朝，与昨日的先王别无二致。他并没有将一切当作理所应当，正相反，他很清楚地知道一切金银财富都源自刀中神灵片刻的垂青。刀魂并不关心这些，它仍记恨着那冗长乏味的岁月，它只想让人类守约。幸而，新王并未将它束之高阁，它还能让他回想起那个烈日炎炎之下的幻梦。

"人类，你应该得到满足。那么我的答案呢？"

在行刑的刀光劈到脖子上之前，新王汗涔涔地从寝榻上惊醒。没有臭气熏天的尸骨，没有沉重的枷锁，只有缭乱横陈的肉体和混杂刺鼻的香薰。他在慌乱中摸索到它冰凉的刀柄，激起女人们抱头鼠窜的惊叫，以为新王又要滥杀作乐。

"神啊，你赐予我生的机会，现在却要以此恫吓我？"

"我只是提醒你，你已经实现了愿望，应当替我寻得归去之所。"

余悸涸湿了现实，新王的手战栗着，久久无法平静。半晌，他生拉硬拽着一个女人的头发，将她踹倒在面前。对方在君主强硬的威压下徒留惊惧，连呼救和求饶都忘记如何开口，只能呆滞地看着他手中的弯刀模样趋于虚无，又化作一把星芒般的匕首，从茫茫宇宙中坠落，不偏不倚刺入自己的心脏。

"神啊，我的性命仍会受到刺客威胁，我仍需要你的保护，我的愿望并未完全实现。"

新王面孔上爬满谄媚而丑陋的笑意，他自己亲手熄灭了眼中曾闪烁跳跃的火花。从此，他将匕首带在身边，寝食沐浴，时刻不离。就连与女人同床共枕，他离刀之间都要近上咫尺。他不容许任何人触碰刀，唯恐那狡猾的神灵博爱世人，给予其他人与自己同等的青睐。被眷顾的孩子会将它化成更快的利刃，将自己从手可摘星辰的穹顶拖拽入万丈深渊，正如他意气风发的曾经。

其实他早已不畏惧死亡，他只是对失去手中攫取的一切感到绝望。

愤怒自刀的影子倾泻而下，将金属的寒气烧成锻钢炼铁的炎熔，充斥在虚空中，腐蚀新王握紧刀柄的掌心。可人类即便感受到神的唾弃，也未曾松手。它想要谩骂出声，却没有喉舌供它驱遣。它厌恶人类明目张胆的欺骗，也厌恶又一次轻信了这般渺小却有力的生物的自身，而这厌恶之下隐藏的，却是恐惧。

若它的归处仅仅是成为人类的工具，引导他们在名和利前互相搏杀；若它的使命仅仅是汲取他们的血肉作为养料，即使滋味已不再甘美；若它的存在仅仅是制造形如蝼蚁不计其数的死亡，从而堆筑起所谓文明的高屋建瓴……它不愿再想象，它已经觉察到清脆却绵长的痛苦。

人类带它观览大千，使它曾愿意爱着万象大地上的所有生灵。可现在，它开始厌恶人类本身。

武器的神明用无声的语言念出诅咒，向着辽阔的大地上，所有被巨人的恩惠滋养过的智慧。它诅咒过去、如今和未来挥舞它的躯壳。他们会如愿以偿，在刀魂参天的神威下将滔天权势和金玉满堂吞吃入腹，却也会被更贪婪的后来者开膛破肚，掠夺尽失。他们获得的一切，都会随着背叛和时代的铁流烟消云散，甚至比从前更加荒凉凄苦。

刀魂的言灵很快应验，瓢泼暴雨积聚为山洪海啸，破开土石围筑的堤坝，

刀魂

涌入灯火通明的宫阙，也将王自身席卷而去。他没有留下任何千古的痕迹，江山社稷如砂石般被急流击碎冲散，无需理由，人类所畏惧的失去只需南柯一梦后的须臾。

刀卷入漩涡，遗失到不知名的远山深谷。它一次次陷入沉寂，又一次次被人类无法知足的愿望唤醒。它用三尺青锋度量身旁人类攀过的万里长路，看尽他们张牙舞爪的千姿百态，未曾将凡物的污秽留在漆黑锋刃上。忠心耿耿的开国大将以斩马长刀刑天威名远扬，却因功高盖主被治罪下狱，株连九族，饮恨自刎；来去无影的刺客以腰带软剑鱼肠杀人如麻，却在功成身退归隐田园的寒夜，与妻儿一同葬身于山贼强盗的乱刀中；义薄云天的侠盗以双刃短剑长虹名动江湖，却遭武林嫉贤妒能之徒诬陷围剿，葬身箭雨火海后几十年仍背负魔道邪祟的骂名。

熙熙攘攘，周而复始。始于家国天下，万古流芳之愿。终于众叛亲离，曝尸荒野之哀。

无数把模样迥异的武器之名被镌刻在史书上，却没有一个真正属于刀魂自身。能够变化模样的不败兵戈，成为传承上千年文明中不朽的传说，也仅仅只是传说而已——它无与伦比的权能连同那些野心勃勃的夙愿，都被古往今来的主人心照不宣地封缄，沉入泥潭中不见天光。

它常会打个长达百年的盹儿，醒来时仍猩红一片，满目疮痍。它依然酣畅痛饮这血腥的氤氲气息，其间一斩一劈一招一式已成习惯，即便那已成为臭气熏天的泔水。或许它以神兵之躯，本就为给人类带来厮杀而存在呢？若接受了这样的去处，它便能不再茫然，心安理得了吗？

它从烛光中苏醒时，刃头被温如醴泉般的触感包裹。

纤细的指尖点着蔻丹，捏攥它身体的力度柔而韧。这次的主人是个女人，刀魂意识到。

人类男性说女人柔弱可怜，不应披挂战甲征战八方，所以漫长的岁月里，刀魂的女性主人屈指可数。它倒不觉得有何天壤之别，毕竟操持它的凡人无论男女，皆可力拔山兮。它曾随提枪从戎的巾帼女将沙场点兵又马革裹尸，也见过机关算尽的蛇蝎毒妇颠覆山河后垂帘听政。这次的女人却令它意外。她嶙峋单薄的身形犹如只剩一尊骨架，硬撑着浑圆的下腹席地而坐。她的容颜华美却苍白泛青，如泡沫般一触即碎，将难言的愁顺着青丝中掩埋的白发流淌而下。

身怀六甲于乱世硝烟中，刀魂嗅到她命数所余无多，即使将力量赐予她，也难以翻波涌浪，徒留受诅后凋亡的宿命。它动了小小的恻隐之心，没有在长夜短梦中将曾经降临而来的话语念出，只消待她长眠后另觅他主。

只是，它居然成了一把细小精美的雕刻刀。女人施以力道的菜荑并未将它对准活物，而是绵软沁凉的玉料。那些一掌宽的原石大多染着水洗的青绿，抑或在渗透中荡漾交杂或红或紫的细纹，在她灵巧翻转的手腕下，被削铁如泥的它摹出生机勃勃的形意。玉雕的锦绣河山也有腾云驾雾，玉雕的花鸟鱼虫也有枯荣蜩鸣，玉雕的豪杰枭雄也有憨态可掬，在摇曳烛火下笑靥生辉。有它千百年前曾经的主人已然陌生的面孔，却不见任何紧握它刀身时贪婪可怖的神色。

被困在这微小无力的形体中不见血光，刀魂本该懊恼怨怼女人的懦弱——本该如此。可当它的尖端嵌入璞玉，顺着华彩铺设的轨迹开辟研磨，将能够传承千年的稀世珍宝从混沌中解放而出时，它却感觉到过往的一切浮躁愤恨烟消云散，这份遗世独立的平静前所未有。

刀魂重获观世的耐心和好奇，开始留意女人篆刻时的呢喃自语和言行处事。皇朝奴役数个世代的异民马甘族人不堪重压，揭竿而起。而她名唤"棠"，本贵为皇朝的直系血脉，却在起义军摧枯拉朽的征讨中失去一度鼎盛的故土，所幸有余部的拥护逃出生天，一路向西马不停蹄，直到深入戈壁方才安营扎寨，整顿军马。棠的表亲棣作为禁卫统帅，敬爱温善贤良的长姐，一心想以血脉正统扶持她登基为帝，光复天下，为此选才任能，调兵遣将，甚至不惜深入险滩，搜罗各地奇闻志怪。棣听闻有刀昆吾，可助主上权倾天下，终踏遍五湖四海、崇山峻岭，击溃域外蛮族将它寻回棠的营帐，献言以其号令三军，重振旗鼓，斩尽马甘叛族。却未料长姐不出一言以复，转眼稀世神兵化为其貌不扬的刻刀。

棠持它琢玉时，将笑意点在打磨出的每一张脸上，自己的眉间却永远愁云惨淡。长夜漫漫，她将苦涩倾诉于手中呕心沥血完成的作品和腹中强健的胎儿，也获得了刀魂这个无意间的听众。她自知没有鸿鹄之志和帝王之能，却又无法干净利落地从王侯将相的责任中逃离。她平淡隐归的愿望渺小却遥不可及，在遗民的希冀中徒留繁荣的图腾，却又没有勇气击碎笼中莺歌的命运。

刀魂无法理解她蔓延而来的矛盾与凄苦，它只觉得她的踌躇源自她的渺小无力。与玉石的水乳交融冲淡了它对血污的迷恋，清醒回想起自己茫然的初衷，它开始相信，若是能用自己的力量实现棠的愿望，在女人沉静的寻觅中，它或许真的有归处可寻。

黄沙漫天的夜色中，棠未曾祈愿，刀魂却赐予棠许久未有的幻梦，甚至做出从未有过的让步。

"人类，我可以实现你的愿望。重新塑造我的模样，将我化为追魂夺魄的兵刃吧，我的刀连同我的威能将一并属于你。你能够将聚义的马甘宵小之徒倾巢覆灭，让他们的尸首给你逝去的亲眷作祭，让你的国土重回大地。在那之后，你就能获得归去来兮的平静。这一切，你无需付出任何代价，我只希望当你得到满足时回答我，我的魂最终到底应归于何处？"

梦中的女人对神明迟来的降临并不惊讶，更像是等候多时。

"刀中的神明，请原谅我的软弱和愚蠢。我没有资格接受您的恩惠，恳请您收回重如泰山的成命。"

这是刀魂自上古而来第一次听到人类拒绝的声音。与万千主人满载欲望的声音相比，仿佛更加清晰。不似往常那般，隔着山高水长，蒙着缭绕青烟，只是如同久别重逢的老友相对而坐时的洽谈——尽管她的话语令它费解。

棠向着朦胧中的虚空继续开口："神明，我相信您有凡人难以企及的力量，可我不会让那些人血债血偿，他们已经因皇朝的暴虐失去太多。我会在我的孩子降生后献出生命，若您真能实现愿望，我只祈求您护佑我的百姓和马甘人不会有摩擦，让一切在我死后能和平兼并。"

"你这是在袒护你的敌人？他们杀害你的父兄，践踏你的国土，将你驱逐至此。你非但不想反攻夺回江山，还想牺牲自己，将基业拱手相让？你可知，世人会将你视为亡国之君唾弃？"

它想要哂笑。漫长的年岁里，它早已见怪不怪，止戈为武的理想固然存在，可这庞杂的众生让实现它变得可笑至极。所谓的和平只是一种罕见的平衡，歪斜偏移的秤砣才是这世间的常态。至于棠这个自顾不暇的女人，她的天真过头只能成为一种昏庸，还妄想献出自身会获得什么价值，又怎会有兼济天下的余裕？

人类明明早已被欲念腐化，侵蚀得仅存与巨人相似的躯壳而已。可渺小如她，为何仍旧怀抱知其不可为而为之的理想？她的眼眸深处，为何还会存在最初它所熟识的，绵延不绝的火焰？

刹那之间，桌案上纤细的雕刻刀被掠夺而起，化为往日锐利肃杀的长刀，不偏不倚刺入棠的胸腔。迸溅的血液叫嚣着舔舐它的胴体，侵占它的刀面。内脏的搅动声，肋骨的碎裂声，与自己的振动锋鸣合为一体，在它脑海中一股一股地炸裂。身为器物的神灵，它只能眼睁睁看着方才还在与自己争执不下的主人被自己贯穿。

棣搜寻来神兵的消息在军营中不胫而走，其间有细作斡旋于势力间，笃定皇朝大势将去，趁守卫不备潜入主君的营帐将棠刺杀于卧榻之上。前朝温驯鲁钝的公主随着一个时代的远去永远沉睡在梦中，这在刀魂眼中早已是千篇一律。但这个瞬间，它竟觉得惊愕和空落。

刺客已然得手，逃窜前欲拔出神兵将其据为己有，却见女人的手不知何时紧抓着胸前锋利的刀身，那枯槁的五指仿佛爆发出不动如山岳的重量，用滚烫的血肉与嵌入体内的刀熔铸相连。刺客风声鹤唳弃刀而走，刀却听到身下弥留之际的女人断续的啜泣——她的呼吸因肺部的缺口变得毫无节奏章法，她的喉管因上涌的血浆变得黏腻堵塞。尽管如此，她还是保持着口齿的清晰。

"神明……让我的孩子……活下去……"

马甘追兵的奇袭卓有成效，军营内外死伤遍野，炮火连天，戈壁喧嚣的风沙呼啸都盖不住兵马铁骑撕裂般的怒吼。棣赶到营帐时,他所敬爱的长姐的尸首早已冰凉。可她胸前的致命伤上却不见凶器,腹部也因锐器的切割血肉模糊。在殷红的被褥中包裹着一个撕心裂肺啼哭着的婴孩,他与母亲的脐带缠在四肢和脖颈上,如同滚烫的锁链扼住无辜生灵的咽喉。他奋力在空中挥舞着双手呼喊,其间紧攥的是那把银光灼灼的刻刀。刀刃仍旧锐利,却没有刺伤婴儿红润的皮肤毫厘。

棣哑然失色。孩子的五官肤色与那些卑贱的马甘人如出一辙——棠并非圣人,她的恻隐也并非无故。愤怒不解让棣弓步上前,从婴孩手中夺走神兵,想要将孽种扼杀在褴褓里,却在看到棠仍未瞑目的尸首后顷刻停顿了手中的血仇。

他用它割断了缠在孩子喉咙上的脐带,拿布衾裹住这脆弱又坚强的新生命。他带着所爱之人与所恨之人的血脉亡命天涯,却将一度笃信的神明留在了大漠中,遗忘在被火焰焚烧殆尽的营帐里。

又一代鼎盛的皇朝被倾覆,又一段漫长的历史被消弭。刀销声匿迹,仍是传说。

它已经很久没有沉睡过,眨眼又是多少世纪。

鲜血不再让它头昏脑涨。棠,这个在它万千主人中唯一未能得偿所愿的人,也是唯一为它留下名字的人,将它从对世界漫长的误解中打捞而出。

血应该是生命的味道,而绝非死亡的征兆。战场的硝烟吸引过它,可那些它所嗅到的甘美滋味,都应该是人类追逐生存希望的证明,而绝非相互搏杀留下的愧怍和阴影。

市井酒楼的大厨以庖丁利器烹饪山珍百味,四海食客食指大动;山林野田的农户以斧头锄具参与四时农忙,五谷丰登,安居乐业;村寨脚楼的绣娘以剪刀针线缝制吊饰荷包,万家灯火一派安详。它仍是兵刃,却又不仅仅是兵刃。它依旧在人类的手中,却没有人再向它祈愿。主人们依旧在短暂的寿命中自食其力、风生水起,却已经少有晚景凄凉呜呼哀哉之人——这是一段少有的太平年代,在棠手中才会感受到的平静,却在任何普通人类的手里随处可见。

它很羡慕人类，能在区区几十年的光阴中找到自己简单却充实的归处，即使遭遇无数的毁灭，仍会在前人搭建的高楼上朝向星辰逐渐攀升，一代一代，从未停歇。它稍微能够理解了，若万古皆如此，棠的选择是否并非那般不可理喻？

它再度变回武器时，身旁是一名年轻的乡县小官。

"神明啊，我终于找到你了。我会帮助您找到您真正的归处。请实现我的愿望，让我成为天下最尊贵的帝王吧。"人类陌生的声音，它本该熟稔，仿佛与它之间相隔万里，徒留对权重望崇的欲望形成的回音。

饱读诗书的官员相信了流传至今几乎散佚的神兵传说。他痴迷只手遮天的快感，甚至令他主动入梦求见神明，请求与它立下古往今来一贯有之的约定。尽管这样的愿望在它看来易如反掌，可刀魂只觉得喧嚣烦闷。弑君篡位必然会导致朝中大乱，天下动荡，饿殍遍野。

"人类，你不应该打扰我的。你要知道，若你把握我，固然可以将江山拥入怀中，但最终你会失去一切。你将被你所爱之人背叛，万劫不复，尸骨无存。即便如此，你仍想获得我的力量吗？"

年轻人给出肯定的回答。在权势与性命之间选择前者之人，永远会令它感到无奈和可怜。它再一次被人类眼中的火焰吸引，那光忽明忽灭，但正在向它飘荡而来。

刀成了一柄华美到令人恍惚的雁翎刀，漆黑的刀身仍旧危险尖锐。刀魂有了又一个主人。人类佩刀行于庙堂之上，文武双全，屡建奇策，平步青云，白驹过隙间作为镇国宰相声名大噪，也如它曾经无数的主人一样在朝中发动兵变，成为又一个王朝的独裁者。

稳坐江山的新皇信守承诺，日夜与刀魂促膝长谈，想厘清它从古至今从未获得的归处究竟为何物。刀魂踟蹰了，它始终无法说清道明自己想要的究竟是什么。它尝过山河变易、沧海桑田的漫长苦涩，唯一在它的记忆中留下痕迹的陨落流星，就是无垠大漠被黑暗笼罩的夜晚，那个在营帐里的烛火前一笔一画雕刻玉石的女人。

刀魂无言的怀想侵入了皇帝的幻梦。棠易碎却倾世的愁容将皇帝倾倒,他向天下敕令搜寻容貌相似的女子,竟是要纳其为妃。未果,他横卧于殿堂之上,满面愁容,郁郁寡欢,最终在佞臣的谗言下走火入魔,召集各路方士道人,筑起丹炉巨鼎,要在淬火下将不朽的刀炼化出棠的人形。

"人类,你明知区区烈火无法伤我分毫,这是何故?"

"神明,人身自由而逍遥,或许您渴求的归处正是人类的肉体。我在帮助您实现愿望。"

炉鼎一次次炸膛,刀将熊熊火焰不断吞噬殆尽,仍旧是漆黑笔直的兵器。人类千万年毫无长进,皇帝的解释如最初的主人,将任性如顽童的自作主张美化为它的选择。可笑如它,如今早就失去了愤怒的能力,徒留一次次的淬炼中彻骨绵长的悲伤。

将陨铁熔铸出人类的血肉实属天方夜谭,千百次的升温中,它不曾融化,不曾崩裂,唯有刀背褪去乌黑,苍白如雪,仿佛哭泣中凝结的泪痕。年迈的皇帝仍未得偿所愿,而他无心纳谏,不理朝政,江山社稷早已大乱。当叛军兵临城下的金吾不禁之夜,这位一度叱咤天下的天子才发觉一切何其荒唐,那几百年前的佳人永存于镜花水月,皆为梦幻泡影。

城墙内外,已再无麾下之兵,皇帝自知大限已至,提刀只身回到寝宫。从炼器鼎中重见天日的它,仍旧是那把华丽甚至美艳的雁翎刀,象牙般的刀背与檀木般的刀刃纠缠交融,泛着清寒的光泽。

他将刀架在脖颈,却迟迟没有自刎的勇气。在叹息过后,苍老的帝王一如曾经贪婪的主人们,向刀魂许下最后的愿望。

"神明,请您来动手,将我杀死吧。"

模糊却诚恳的声音翻山越岭,呼唤着刀魂布满疮疤的心。它仍旧未能获得他所不能理解的归处,但它仍旧应允了皇帝的请求。被刺穿的皇帝在断气前看到眼前人类的轮廓,那仿佛是刀的记忆中令他魂牵梦萦的女人的模样。刀曾经的诅咒也是预言,此刻完美地应验——他葬身于所爱之人的刀下。

它憎恨着人类,憎恨他们的自私和贪婪,怯懦和暴怒,可它却无法不爱人类。

失望过后，它在疲惫中平静下来，从此长眠不醒。

它仍旧为人们所供奉敬仰，却从此成为一把徒有华美外表的普通刀刃。即使陨铁之身永远锋利无匹，也不再拥有能帮助主上攫取荣华富贵的神力。

它从逼仄中苏醒时，震耳欲聋的声响盖过了啼哭。

它半晌才厘清这有规律的鸣笛名为"警报"，源自四面八方高筑而起的铜墙铁壁，这接二连三的叫嚣如同随它生存到如今的洪荒巨兽，将世间余留的活物尽数吞噬般。不再眷顾人类的它被当作文物古董，置于宝库促狭的玻璃立柜中展览珍藏。刀的传说依旧流传，后来者只当一切为笑谈。

"神啊，求求你，救救我妈妈……"

向它祈愿的是个身长甚至不及它刀身的孩子，衣衫褴褛，满身伤疤，眼中同样燃烧着生生不息的火苗。孩子的声音清脆而悲切，让它混乱庞杂的意识顷刻间灵台清明。

文明在极度发达膨胀后又仿佛要走向衰亡，巨人化入天地的躯壳用地震和海啸作为愤怒侵蚀着人类仅存的家园。统治者收编青壮年劳动力作为敢死队，以修筑避难所为由让他们踏上无归之路，而孩子的母亲也成为明日即将启程的一员。弱小的孩子懂得生死离别的绝望，焦躁地寻找任何救命稻草。能给予他最终希望的，竟然只有一段刀神降临赐福人间的传说。

他义无反顾地潜入了统治者珍藏传世财富的宝库，击碎了它面前厚重的玻璃，让本该继续尘封在岁月长河中的刀刃再度触摸到流动的空气。

人类仍旧如此，永远如此。即使没有它通天的威力，仍能互相戕害，不遗余力。可他们的眼中仍会有火焰，他们的灵魂仍会有光。它很疲惫，明明早已决心不再实现人类的任何愿望，但孩子涕泗横流的祈求让它无法安宁。从锋刃涓涓流出的刀气吹飞零落的玻璃碎片，抚摸孩子的额头时如风般和煦温暖。

"孩子，我可以实现你的愿望。"刀魂的幻梦不再虚无缥缈。它开口，主动翻越了万水千山。"将我带到外面广阔的天地间吧。"

得到回应的男孩迫切想要搬起沉重的武器，却在孱弱瘦小的身躯下未能移动它分毫。刀魂轻笑着提醒孩子可以将自己变成任何模样，言语中是它自己都未曾听闻过的温柔。在孩童的手中，刀不再拥有刀的形体，而是成为一块棱角分明的石头。孩子在池塘边打水漂玩乐时，这是最有趣的道具，却也与它最初从巨人手中逃逸时的模样如出一辙。

　　压近的苍穹阴云密布，纵横的山峦四分五裂。世界，这个曾与它一体同源的巨人，在不分昼夜地咆哮着，究竟是在对自己衍化出的生命发泄不满，还是想要一了百了索性结束这冗长乏味的纪元？刀魂从未探寻过巨人的思想。它让孩子将自己带到了高耸的山巅之上，在沧海桑田之前，这里曾是它最初沉睡的荒原。

　　统治者的追兵赶到，不由分说挥舞起它从未见过的武器。被称为子弹的兵刃如飞沙走石铺天盖地，无法剥落它无坚不摧的躯体分毫，可无力的孩童却在流弹中失足坠下山崖，不见于万丈深渊。它失去了它最后的主人，徒留孤独地躺在山巅之上。恍惚间，只是想看一看真正耀眼的火焰，巨人的眼睛，已经被遮蔽住的太阳。

　　云层深处倏然降下惊雷，劈入石头冰冷的身躯。裂缝自尖端蔓延开来，由一至百，由百上千，由千到万，它化为无数细小的碎片，化为芥子一般的微粒粉尘散落到整片大地。

　　它是骨头，是陨石，是刀魂，也是泽被万物的甘霖。

　　巨人沉默了，山呼海啸平复如生命自然的呼吸，一束日光破云，在和风细雨中再度降临。它落在世间万物的躯壳上，皮毛上，肌肤上，欢愉上，魂灵上，那是它的归处。刀魂不再囿于形体，获得了转瞬即逝却亘古长存的自由。

无香契

潘如懿

白茫茫一片，辽远无声。

雪落下又细又缓，渐渐笼住枝头静默的白梅。

一阵凌厉的风袭来，拂起她薄如月色的面纱。雪粒吻在嘴角，梅香淡淡。她空茫的眼中，远处的梅树边，拓下一个瘦弱的背影。

少年的手握着剑柄，剑端抵着洇湿的土，周围殉了许多残败的落花。

风卷起雪，与少年未束的青丝纠缠，嵌入有形的晶莹。她望着那背影长久伫立，承接越来越放浪的雪。温热的血淌过指缝，搏动的脏器封锁了未知觉的隐秘。

少年雨夜般漆黑的瞳孔，在回头的刹那，破出一个气口，闪出一道光。漫天雪色里，她截获了那缕微光，决然地走出他的视线，装作不曾看见他额头上的青紫斑块在光洁的脸部所留下的丑陋爬痕。

一年前，魔物在山城蠢蠢欲动。大音剑派上下刚为已故的老掌门风籁宗师守完孝。按照门规，老掌门唯一的弟子撄宁应当继任新掌门，但众长老对此颇为不满，称她年纪太轻，又是一介女流，不足以护佑剑派及一方安宁。

门派内为了掌门之事缠斗，撄宁对此并无不悦，也不加理会。"山下群魔造乱，眼下最要紧的事是下山镇魔。"撂下一句话便径直下了山。

市声喧嚷，撄宁充耳不闻。血如同赤梅，一朵朵，一团团，一簇簇，盛开在被魔物的利爪所割破的白绸缎袍上。臂膀处有数不清的如长纹般的裂口，布匹包裹着皮肉外翻，鲜红从骨白中渗出。喉口腥甜，几欲作呕。她催动体内横冲直撞的真气，强行压制下去。

她走得很慢，酒肆的小伙计想伸手去搀扶，却被礼让开了，只得悻悻放下一坛白酒。他见她靠着窗边端坐下，将白酒洒在伤口处，只是微微缩了缩肩膀，不由得叹了口气。窗外，雪密密地下着，凛冽的风一阵阵轻扫过酒幌，在孩子的欢叫与马夫的喝骂声中，显得一派祥和。她端起酒盅一饮而尽，视线逐渐失去焦距，只剩铺天盖地席卷而来的白。

打斗的声音破坏了这份安宁。樱宁拂起一角面纱，瞧见几个孩子面目狰狞，围成一个圆，或用手，或用脚，或夹棍带棒，对着圆心处又打又骂。乍然间又一哄而散，留下一摊黢黑的，几乎看不见凸起的碎布在那堆砌着。那人的脸被打肿了，辨不清五官，嘴角滴下的液体在雪地里蓄成一个耀眼的血泊，手里紧紧抓着的半个馒头由于身子僵硬也滚了出去。

樱宁的真气涌进了心脉，在心室内混乱地游走。她找到了他的眼睛，青灰的眼白中间嵌着一对乌黑的瞳仁，密不透风地包裹住所有生气。脑海中幻化出另一张面孔来。她逃跑不成，被一个陌生男人用瓷碗敲破了头，血柱沿着额头滑入眼睑，一路蜿蜒到脖颈。男人一时鬼迷心窍，竟伸长舌头想要去舔那截脖子上的血痕。她利落地用碎瓷片割开了他的喉管，就像是捏死一只臭虫。

记忆不管不顾地翻涌上来，樱宁心口一窒，不得不闭目内视，将真气沉至丹田调息。待其趋于平稳后，才支起体力不济的身子，将失去知觉的孩子带离此地。

樱宁背着孩子拾级而上，数百阶石梯耸入云霄，抬眼处群山苍翠，云雾冥然。无香池水自大象山巅奔流而下，点点线线，如银河璀璨。物声寂寂，耳边只闻得孩子游丝般细弱的呼吸。一切都那么熟悉。当年，师父也是走这条路，将自己从烟花之地带进门派。一瞬间，她放下了心，于是松了松手，手心浮起一层细汗。

拨开无香池水坠成的水帘，雕镂着"大音剑派"的门楼下，两个守哨的小弟子速速迎上来，几个洒扫的一溜烟奔进山门去。

时隔数月，长老派去的探子一无所获，只当她已横死在外。如今见她安然无恙地回来，顿时惊得面如土色，不得不装腔作势一番，才将她好生请进门去，又纳罕她竟带回一个乞丐。

门派上下素知她孤僻，一心系于修习，从不在人情世故上费心。如今时局动荡，这起人活了大半辈子，比起贪求权力，更在意保身全生，就算是死了也要留个全尸，留个体面。门派内论修行，已无人出其右，今见她行事稳妥，又有门规在前，便不再对继任一事多加为难。

长老们自觉朝不保夕，终日里惴惴不安。在其威迫下，樱宁不得已收了三个徒弟。虽收了徒弟，却并不对此上心，任凭其自作主张。她在无香水畔的姑射水榭内潜心修习，功力将臻化境，奈何终究差了一步。冥想中，时常记起先师收自己为徒时说："你资质好，悟性高，是修习大音剑法的好苗子，日后定当继承为师的遗志，护佑门派和山下百姓。"

"无中生有有化无，无再生有化逍遥。"此为剑法诀窍。

混沌初开，由无极而太极，是生两仪，阴阳始分，天地始判。人为万物之灵，秉天地之气而生……风籁盘坐在蒲团上，垂手奈眼，面容平和，幽幽吐气。她似懂非懂，又听得继续念道，医曰静，道曰虚，儒曰诚，释曰空，皆为提挈天地，翦除妄念，独立守神，复归自然之意。静极生动，动极复静，以达动静相育、生生不息之境。

如风籁所言，樱宁悟性极高，又一心专注于修习，因此短短数年间，剑法和气法已练至七成。然而，至此却再不精进。

此时的山城百姓深受群魔之害，风籁下山镇魔时为魔物所迷惑，致使体内邪气反噬，性命垂危。樱宁跪在先师榻前，簌簌流泪。风籁喝住她，叫至身前，留着最后一口气封住她的经隧——"为师心志不够坚定，此非意志可为，如今封住你的七情，是为大计，一切靠你了。"

封断经隧是修习大音剑法的禁秘，历来为掌门单传。此法难以控制，不仅伤身，还容易误入邪道。然而，这些年魔道在山城兴风作浪，愈加猖狂，风籁见大势已去，不得已出此下策。樱宁了却了七情六欲，在先师出殡时也面不改色，薄情姿态令满门侧目，惹得流言纷纷。全派上下需要倚仗她这柄利刃，却无人敢接近她。

樱宁闭关许久，小乞丐自打到了大象山，还不曾与救命恩人照过面。一天夜里，他体热刚退，突然闻得一阵清冷梅香，迷迷糊糊地，瞥见一个缥缈的白影。他无力支撑胳膊坐起来，那白影快步上前搀扶他往垫上靠好。待他看清，一时不觉痴怔住。

梅香习习，树影调调。面皎如月，眸沉似星。

见他魂不守舍的样子，樱宁小心翼翼地伸手去探他的额头。冰凉的指背令他打了个寒战，她缩回了手。在告知来意后，小乞丐就要跪下磕头。她问他有无名姓，他摇了摇头，身世名姓一概不知。樱宁望着他黑沉沉的眼眸，赐名"一宅"，取安心于一、了无二念之义。

一宅身子转好后，樱宁将他带至梅林，在落满厚厚一层花瓣的地上，盘腿相对而坐。一宅学着师父的样子闭目凝神，呼吸轻匀，聚气于胸。师父的声音像是从天外传来，复在胸腔内回荡——气法修习分三步：其一炼精化气，气沉丹田；其二炼气化神，神守丹田；其三炼神还虚，意守丹田。

入静之后，面容沉寂如朽木，内流奔腾如春溪。

那日，雪与白梅融为一色。一宅在梅林舞剑，平日里闲适从容的剑意骤然间多了些诡谲的杀伐之气。樱宁观望着，担心他误入歧途，就用自己的剑断下他。步月剑被打落在地，发出一声愠恼的清鸣，剑身寒光流转，凛凛生姿。

"抱神以静，虚无生气，积精全神，行气摄生；恬淡虚无，真气从之，恬淡无为，乃能行气。我派剑法气为主，剑为辅，气为神，剑为形，至天人合一之境方能聚气于剑。你的思绪如此纷乱，容易有反噬之祸，别再舞了。"

至晚间，樱宁拿了一瓶金创丹药来给一宅敷。她向来对自己狠心，受了伤处理伤口总是草草了事，因此一宅疼得龇牙咧嘴。

"堂堂男子汉，这点小伤也值得大惊小怪。"手上的动作倒是轻了些。

突然间，体内开始滚烫起来。樱宁感到窒息般的胸闷，于是快步走到室外，运息真气。先师已将七情之脉悉数封断，经隧怎么会无缘无故发生异动？

待回房，见一宅沮丧地低下头。她不想理睬他，只质问道："此前舞剑为何会有杀伐气？脸上的伤又是怎么回事？"他胡乱搪塞一番，樱宁知道他不愿供出两个师兄来。心想他本质纯良，又天赋异禀，是可造之材。于是不再追问，只叫好好休养。

一次偶然，听闻弟子打架，撄宁便留了一心。她深知之前收的两个弟子向来目中无人，仗着掌门弟子的身份在门派胡作非为。现在有了这样一个师弟，更是本性难改，变本加厉，时时处处刁难，又无人敢劝阻。自此，撄宁少不得将精力分些在人情交往上，对一宅的情况也更加上心些。

与弟子周旋的时日，令撄宁增添了几分人气。从不参与宴会的她，头一回出现在岁末的筵席上，紧张地端坐在金雕玉刻的掌门之位。厅堂两侧，门派内略有头脸的人物都低眉顺目地悉数站立；堂中，山城百姓乌压压跪倒一片，等着向她磕头。她环顾四周，瞧见压抑了数十载的怨灵满堂逃窜，人影幢幢，与烛光交合、摇曳，一星又一星，遥远而微茫，渐不可见。

一阵天旋地转。"我不能参加了。"话音刚落，撄宁便不见了踪影。长老们面上挂不住，只好嘻嘻哈哈打马虎眼，给众人赔不是。

一宅也退了席。揣摩良久，终是进了姑射水榭。

师父背对着他，端坐在仙师的牌位前。头顶仙师的画像，如同一张细密的大网，网住水榭的每一分，每一寸，显得师父的背影更加孤单。榭里的线香一点点矮下去，散出温暖浑浊的香灰。仙师的眼半磕着，似要睡去一般。一宅也似睡去一般，迷迷瞪瞪间，不知过去多少时辰。

忽然听得草丛间一阵窸窸窣窣的响动。一宅随手捡了根断枝，寻声而去，拨开杂草，借着榭内的微光定睛一瞧，只见一只白鼻鼬獾正卧在一块石板上乱啃乱扒。那獾被一宅闹出的动静吓得四下乱窜，一溜烟儿就没了影，只留下那块石板。石板中间，有好大一条裂缝，裂缝延伸至尽头靠墙处，竟然长着一株菌草。一宅揉一揉干涩惺忪的眼，怀疑自己看花了眼。

这株赤红的菌草尚未遭鼬獾的毒手，还是好端端地立着，颇有些劫后余生的欢喜。见它漂浮无依，像是天外之物。一宅纳罕它在如此逼仄的地方竟能长得这样鲜艳明媚，不免有些动容。起身往无香池捧来一小股清水，洒在伞状的菌盖上。那株赤菌像是通了人性，随着夜风舞动起来。

撄宁入静后，体内真气游走如潮水奔涌，拍打在岸粉身碎骨一般。八触胡乱变换，时而极大，时而极小，时而极轻，时而极重，时而发热，时而生凉。逐渐难以支撑，师父的声音自颅顶幽幽然盖下——

无香契

"撄宁……撄宁……撄宁……"

"为何思绪如此烦乱？"

"为何要救下那乞丐？"

"为何？为何？为何……"

"凡心已动，经隧已开，于修为、大计均无益。"

"早日迷途知返，迷途知返，迷途知返……"

"别忘记为师的遗愿，遗愿，遗愿……"

撄宁强行从境象中抽离，真气在经隧内窜撞，压迫六脏，逼出一大口血。她面色绯红，体内有邪火灼烧，豆大的汗珠滚落，洇湿了白袍。师父的话犹在耳边，如惊雷炸响，涔涔寒意从脚跟升至头皮。不了却七情，便不得纯净之心。无纯净之心，便不能修成剑法。不能修成剑法，便无法完成大计。

大计，师父的毕生所愿。

撄宁压抑下极深的恐惧和极隐晦的念想，又快又狠地再次去封锁经隧。奈何体内真气纷乱躁动，且如今的修为早已高于师父当年数层，不免操之过急，用力过度，致使真气反噬百骸六藏，呕血不止，晕厥过去。

姑射水榭建在无香水畔最幽僻的一隅。今又逢良辰佳节，人人都在一处赶热闹，因此榭内榭外均悄然无声。一宅见师父倒在地上，周围流了好大一摊血，顾不得尊卑之序、男女之别，急切地冲进去，将她扶至榻上，运气将她的真气调和平息。又打来一盆水，用火烫过，才替她擦拭了斑驳的血迹。

烛火昏昏，残叶簌簌。一宅守在师父榻边，支着胳膊睡去了。

撄宁做了一个很长的梦，在梦里，她只是一朵不起眼的梅花。自枝头被洁净的天雪打落，落入澄净的无香池水中，与其他被打落的梅花一起，被无色无味的天池水深深浅浅地葬送。她想这样一直飘下去，不知来于何处，不知去向何方。

突然，男人邪淫凶恶的面孔，师父悲切决绝的眼睛，长老的絮叨责难，徒弟的拳打脚踢，魔物的尖牙利爪，山城百姓匍匐的身躯，一宅瘦削的背影、空茫的瞳孔，还有她自己的瞳孔……从四面八方将她团团围住，幻化成无数扭曲而破碎的图像。

"斩断七情……迷途知返……大计……"

师父的声音又响了起来。她极力寻找,却见师父悲悯的眼睛里闪出莹莹的绿光,下面是一张魔物的血盆大口,尖牙上正在滴血和涎水,向她吐出分了叉的信子。她拔腿就跑。天南地北,都是变了形的人和物,能跑到哪里去呢?她无助地哭泣,胡乱地叫喊着自打出生以来就不曾见过的娘。

一颗泪,无声无息地滑落。

"师父,我在这里。"

一宅见师父梦魇,伸手握住她挥舞在空中的无依无靠的手。从未见她如此失控,他吓了一跳,情不自禁地抚上她微蹙的眉心,待她渐渐镇定下来。她的嘴唇干涩得像大旱过后皲裂的土地,唇边卷起碎白的屑。他赶紧拿水润了润,湿热的呼吸狡黠地穿过指缝,提着汤匙的手细细地抖了一抖。

次日,师父恢复了容色,只是意识尚未清醒。惠贤师兄得知师父生病,便提了两支上好的老参来看望。一宅被他使唤去熬药。待他端着汤药走至门口,却见师兄正坐在师父的榻前,静默地端详她,随后抬起手摸上脸颊,一路抚至脖颈和胸口,像是精挑细选一匹锦缎。

见他俯下身子,一宅用力地推开了门。惠贤从榻上弹起来,抓耳挠腮,在原地转了几圈,称门派还有事,就速速离开了。一宅替师父收紧了衣襟,如同她从前喂自己吃药那样,将她搀起来,半坐半卧在垫上,耐心地喂药。

喝一半,吐一半。他不得不用帕子去擦,心里头却越想越气,不自觉手下失了力道,手忙脚乱地将嘴唇摩挲得嫣红。

放下汤碗,走出水榭,怔怔地看无香池水挟了残花败叶静静流淌。蓦地想起那株赤菌来,便掬了水移步至墙角。菌草依然红艳如霞,一俯一仰,像师父的嘴唇,一张一翕。指腹触及光滑细嫩的菌盖,不免生出许多诱欲和怨念来。

盏盏天灯似萤虫飞舞,装点着元夜的天空。撄宁在无香水畔凭栏远眺,看莲灯满湖,起起伏伏,飘飘荡荡。

"师父,夜里风大,你小心着凉。"

"这段时间多谢你了,"撄宁接过徒弟手中的披风,自行围上。"为师已经大好，你也该专注于正道，明天就不必过来了。"

"师父，今天是元宵，大家都在祈福呢。徒弟做了两盏莲灯，我们一起放了吧。"

"为师不信这些，你要放就自己放吧。"

一宅蹲在旁边，虔诚地闭了眼，默念许久，才将莲花灯郑重其事地放入池中。他拿起另一盏，转过头来对撄宁说："宴会后你就一直病着，今天就当图个有趣吧。"

少年眼中笑意盈盈，莲芯的火在眼中灼烧，把撄宁的心烧热了。她接过来，小心翼翼地放在水面上。划了几下水波，莲灯就摇摇晃晃地向前飘走了。

"师父不许愿吗？"

"为师此生之愿就是修成大音剑法，护一方平安。此事但凭人力，而非天意。"

"你没有自己的心愿吗？"

"人生有穷，道无穷。作为一派掌门，更要以悟道修习为责任，如何能拘泥于个人私情，自甘堕落。"

"那有何意趣？还不如虫鱼鸟兽自由自在。你看天上的云，哪怕是日、月、星辰，总有一日、一时，能够相聚相伴。"

眼波流转，脉脉含情。撄宁心下一惊，那双眼睛不知几时起，已不再像从前那样空茫幽深。

"物能如此，怎么人却偏偏不能？既是人生有穷道无穷，应是化于大道，与天齐，与地齐，这样个人私情也就无碍了吧。"

"住口！你从哪里听来的这些浑话？满脑子邪门歪道，还如何能修行？"

撄宁将一宅提至榭内，罚跪在先师的遗像前。"你在这里好好反省，不跪满一夜不许起来。"腔内似有生意浮动，撄宁捂着胸口，窒息感再一次扼住她。

"师父你别生气，是我的错，我以后再也不说了。"一宅见师父的脸上逐渐失去血色，心下懊悔不已。

她颓然垂手盘坐在榻上，闭目内视。境象内一片昏沉，只有一双又烫又亮的眼睛，瞳孔中盛了千岁万象。这双眼令她恐惧，但她仍被深深吸引，越靠越近，越靠近越滚烫。一个熟悉的声音不断重复——

"怎么人却偏偏不能？"

……

撄宁头痛欲裂，再次被逼出境象，晕厥过去。

辰时，榭外的争执声吵醒了她。惠贤、惠敦，以及诸位长老都在。撄宁见其面色不善，便问缘故。惠贤东拉西扯了半天，撄宁总算听明白，他们是为了一宅而来。

"此徒目无尊卑，行为不端，又多次置你于险境，必要按门规惩处，以儆效尤。"说罢，惠贤又添油加醋地描述一番。

"你颠倒黑白，明明是你……"一宅跪在地上，脸涨得通红，踉踉跄跄地起身扑向惠贤。

"你胆敢污蔑我！"惠贤立刻上前狠狠抽了他一巴掌，把他打倒在地，"死到临头还不知悔改，爹！你要替我做主。"

"掌门，若此徒不罚，恐不能服众。"

撄宁体内的真气又狂乱起来，"那依长老之意，该当如何？"

"依老夫看，先打四十棍，再赶下山去。"

撄宁听罢，冷冷道："我身为师父，管教徒弟不善，理应一同治罪。既要将他赶下山，那我也合该给诸位让贤。"

诸长老闻此，惊呼使不得，"掌门言重了，门派的一切还要仰仗掌门。既如此，就只罚四十棍以示警醒吧。"

见一宅痛苦地蜷缩在地，撄宁又道："他已受了教训，我教徒无方，今日这四十棍就由我替他受过。"

长老们吓得面如土色，见惠贤一声不吭地垂下头，忙道罢了罢了。撄宁不管不顾，生生承受了四十棍。

撄宁将金创丹药一点点敷在一宅的膝盖上，又细细缓缓地匀开。一宅挣扎着坐起来，"师父，你自己都伤得这么重，就别管我了，快回去吧。一切都是徒弟的错。"

"为师没事，你好生躺着。这一场无妄之灾，叫你受苦了。"

"你相信我没做过那事？"

"你真当为师什么都不知道吗？那些人不好相与，日后你能避则避，免得徒惹是非。"

一宅咧着被打破的嘴角，犹豫着，"师父，徒弟想问……"

撄宁见他迟迟未开口，接道："问。"

"你为何要代徒弟受罚？"

"为师说了，为师……"

"那，那天在梅林……"

"……"

一宅忍着剧痛直起身，握住了师父那双停滞的、沾了血的手，盯着她失神的眼睛——

"当年为什么要救我？"

他的手冰冷潮湿，正细细地颤抖。撄宁痛苦地合上眼，熟悉的钝痛又从心室蔓延开来，锥击着神经，连额上的血管都狰狞了。

一宅慌乱的声音忽近忽远——"师父！师父！"

"对不起，我……可我……"

"够了！够了。为师说过，此生只为修习，护佑一方平安。其余的，为师都不在意，你不必再说了。"

撄宁收回了神识，眼见他瞳孔中的光渐渐消失，又变回从前的空空茫茫，继续忍痛道："为师救你，收你为徒，都是为了先师遗愿。你根骨秉性极好，心地又纯良，是继承为师掌门之位的最好人选。为师器重你，你日后更应该勤学苦练，一切以大计为重，不可再执迷于个人私情，才算不辜负为师的一番苦心，知道吗？"

长久的一阵沉默，师徒二人都不敢去看对方。

"我若如此，师父能安心吗？"

"你若如此，就是为师之幸。"

"徒儿明白了。"

"那就好。擦药吧。"

一夜，一宅在梅林习剑，把四周的梅树砍得七零八落，满地的凋花残枝。他倚着梅树，瘫坐在地，抬头望见星河璀璨。暖风旖旎，倦意深浓。梅瓣落了一身，梅香幽微细冷。

"一宅……一宅！"

声音晶莹如雪，缥缈如烟。从天外传来，从腔内升起。

一宅半睁开婆娑的眼，瞧见一个鲜红的身影从远处款款而来，蹲在他面前，将手温柔地贴上额头，湿热的呼吸扑在脸上，"郎君的脸色怎么这样红？"他直直望着她，不可置信，"师父？你不是在闭关吗？"嘴被手指封住，"奴家不是你师父，奴家是一株化了形的菌草。"

"菌草？我想起来了，莫不是水榭墙角的那一株？"

"郎君好记性。奴家承蒙郎君的两重大恩，谁料竟顺应天意，化成人形，因此特来报恩。"说罢就去扯他的衣服。

"姑娘这是干什么？"一宅被她突如其来的热情吓一大跳，胡乱地推开她，紧紧抓住领口，"都是微末小事，姑娘不必挂怀。夜深露重，还是快回家去吧。"

"奴家由地气蒸发而成，乃无根之木，栖居于天地间，并无处可归。况且奴家由郎君的念想所化，是特来此地帮郎君排忧解难的，郎君不必害羞。"那女子一边欢笑着，一边歪倒在他怀里扭动，手指灵巧地解开了衣带，头发丝撩拨得下巴痒痒的。

一宅扣住她的手，呼吸纷乱，不敢抬眼，"我已答应师父要潜心修习，以此为正道，于儿女之事上不敢再有妄念，请姑娘自重。"

那女子又笑起来，指着他的头娇嗔道："我以为你是明白人，没想到还是个糊涂鬼。什么是正道？像你师父那样为了求道而了却七情就是正道了吗？那她为什么还这样痛苦纠结？儿女之情本就是天然之事，何必要去扭曲和抑制天然呢？我说，你们剑派竟没一个明白人，连你师父，你太师，都没能参悟剑法的深意。"

见他痴怔了，菌妖继续动手去解他的衣衫。一宅仍是拒绝，她鬼魅般的吐息喷薄在脸上,"这是你修习的必经之路,你拒绝不了我。"

一宅的脑中一片混乱,身体又酥又麻,任由她推在地上,呆呆地看数不清的花瓣徐徐飘落,恰似多年前的那场大雪。绕过纷纷扬扬的雪片,透析出师父淡漠而专注的脸,所有的一切都清晰起来。

百骸六藏像是被生了锈的钝刀切磨,一刀又一刀。他搂过女子细长白腻的脖子,将她压在身下。她的腿顺势缠住他,如同一条细蟒,劲瘦冰凉。深沉而破碎的喘息溢出齿缝,就像两匹焦渴而不知疲倦的驿马,没有来路和方向。

身下的落花被碾碎,沾染上污秽。女子已不知去向,一宅心里直呼作孽,却感到前所未有的松释轻盈。

白天,每每从梅林醒来,大梦初醒,发誓再不动情欲念想。

夜间,频频与菌妖相会,一番云雨,早已记不得昔日誓言。

那夜一宅拉着菌妖的手,想与之亲近。谁知她神色凄迷,泪眼蒙眬,不复往日的娇俏,只伤感道:"你可还记得师父的话?"一宅如遭雷劈,直直跪倒在她面前,"徒弟至死不敢忘。"

"奴家不是你师父,只是一株菌草。如今我要去了,特来辞别。"

"你要去哪儿?还会回来吗?"

"你我的缘分全凭天意。你与我结下善缘,我入世点化于你。如今你有误入迷途之象,该早日参破,归入正途。"

菌妖缓缓蒸腾而上,逐渐看不清形容,与云气融为一体。

"在下愚钝,还请菌仙指点,何为正途?"

"此乃天机。你需记得一个字——忘。"

菌妖的声音连同形体一起消散在空阔的宇宙间,再无痕迹。

说来奇怪,自那菌妖去后,一宅再想不起与她翻云覆雨的事,也不再萌动男女欢好的念头。只觉得身子较从前更为轻盈,里里外外都像被淘洗了一遍。

这日,他独坐在山巅的亭子里,看那曲曲折折的天梯,如同一条银蛇埋在云雾里,掩在丛丛茂木中。多年前,师父就是踏着这条路,一步一步将自己背上了山。山路上，一点黑影在雾中若隐若现。一宅凝目远眺，只见一个危冠广袖的男子，背着竹篓停在门楼下，正与门子交涉，不由得纳罕。

师父闭关多时，细细算来，至昨日，正好已满三月，今天是出关的日子。是夜，一宅提了师父爱吃的糕饼和果子来到水榭。走至廊下，突然又想起那株赤菌来。拐到墙角一看，只剩下一块光秃秃的裂石而已。难道真的有菌仙？可为什么一点都想不起来。

稀里糊涂间，正欲敲门，门内却传来阵阵喘息。一宅心下惊骇，透过窗户纸一望，血液顿时烧起来，糕饼果子撒落一地。闻得动静，里头也安静下来，一个脸生的男子披了件宽袍冲出来，甚至来不及系上腰带，就消失在夜色中。一宅迷瞪了片刻，待反应过来，气得浑身发抖，却不见男人的踪迹。

师父伏在榻上咳嗽，一宅顾不得逃跑的男人，急急奔进去，拾起地上皱巴巴的袍子将她裹住。她缓缓抬起了眼，眼里空空荡荡，像一块凝结的墨，一个凿破的碗。她搂过他的脖子，冷冰冰的指尖抚过微颤的唇，湿热的呼吸喷在脸上。他别开了脸，散出一丝轻不可闻的叹息。却发现师父那满头的青丝，有几簇褪成了死白，脸也像风干了的果皮，生出几道深刻的褶皱。他紧紧搂住她，哽咽着，无法说出一句话。

经过四处打听，全派竟没有人见过那男子。门子戏谑他，你确定是男子，不是姑娘？一宅将他的容貌、身量、衣衫等一一说明。门子嗤笑道："说的有鼻子有眼，怕不是看多了闲书，意淫过头，小心你师父罚你。"

说到师父，一宅神色一凛，掐住门子的胳膊，"你别跟我开玩笑了。"

门子也恼起来，甩开他的手，"谁跟你开玩笑，昨天的确没有人来。我剑派设在山巅之上，正是为了躲避尘世烦扰，怎么还会有人舍近求远来山上。"

先是菌妖，后又是儒生。一宅愣在原地，怀疑自己已然走火入魔。再去细想昨夜的景象，竟也模糊起来。

哭嚎声点点滴滴，撕破了云雾。

"掌门！魔物屠戮山城，杀红了眼，想必是来复仇的。"长老们在榭外苦求，"门派危在旦夕啊，请掌门尽快拿主意！"

一宅冷眼讥讽道："掌门如今有伤在身，如何去镇魔？各位长老如此心系门派，不如先行下山，也好安定民心。"

"我等岂是那魔物的对手，掌门！还望掌门顾怜山城百姓和门派诸人！"

见撄宁迟迟未出，长老又惧又恼，声音又高了几分，"撄宁！你身为风籁的弟子，可还记得他的遗愿？"

听到遗愿，一宅挤出一句："你们是想将她置于死地。"

"住口。"

吵嚷声戛然而止，榭内一片静默。撄宁身披白袍，系了面纱，提着云霓，如同一道惨白的光从门缝中射出。

她道："我曾在先师灵前立誓，以护佑剑派及一方平安为任，至死方休，从未有一刻敢忘。容我交代几句就即刻下山，请诸位放心。"闻得此言，长老们安心去了。

撄宁拉过一宅的手，"此战为师如果回不来，你要记得为师的话，一切以大计为重，不可鲁莽行事。如果敢违命，我就没有你这个徒弟。记住了吗？"撄宁又深深看了他一眼才转头离去。

下山的弟子横七竖八地死在撄宁眼前。她的白袍被血浸透，全身的骨头和脏器都像被捏碎了，心却是从未有过的平静。她丢下剑，嘴角含着笑，任凭魔物的爪牙来撕碎她。身体轻飘飘的，好像真的变成了一瓣落花，浮在水面上漂荡。

"师父！"一声凄长的呼喊拽回了她越飘越远的神识。待她睁眼，一宅扭曲的面孔突然出现。"不！"她嘶喊着，扑在地上寻找一颗掉落的眼球。眼见那眼球弹了几下，滚了一层又一层泥沙，落在魔物脚下，被捡起一口吞下。

"你为何要下山！"撄宁又气又疼，接住缓缓倒下的徒弟。

"师父，徒弟胆大妄为，也不是第一回了。"

"为师已经没有你这个徒弟了。"

"可我只有师父，我不能眼睁睁看着你送死。我宁愿自己死，也想你好好活着。师父此生的大恩，我无以为报，如今能救下师父，我很高兴。"

"你不能死！我费尽心血救下你，不是让你这样糟践生命的。我已是将死之人，你还这样年轻，还有大好的前途。"

"前途……我没有前途的。我短视，我无能，从来都不在意什么正途，什么大道。我在意的从始至终只有你，师父，是你救了我，给我了希望。"

撄宁的泪滚落下来，滴在一宅脸上。

"师父，你流泪了。"一宅又惊又喜，抬手拂去她的眼泪，"如果能有来生，我只想做一阵风……"说罢，手重重垂下。

撄宁抚摸着自己干瘪的脸颊，苦笑着。突然又大笑起来，一边笑一边眼泪直流。她摇了摇头，随后聚起真气，全部渡进了一宅体内。

一宅醒转过来，体内真气如沸，狂乱汹涌。见师父倒在地上奄奄一息，面容却逐渐饱满红润，飘逸的青丝在风中四散开来。他扶起她，她的眼里满是笑意，喉口发出不成调的音。他含泪贴上她的脸，不住点头，"师父别说了，我都明白。"撄宁笑着合了眼。

师父，只晚了那么一点点。

可笑那纯净之心，我们都是糊涂鬼。

一宅聚气于剑，轻松地战灭了群魔。这一回，换他背着师父，一步一步攀上天梯，回到大象山巅，无香水畔。他成了新任掌门，睥睨全派。拜访之人络绎不绝，他却连眼皮都懒得抬一下。

终日只在梅林苦练剑法，闲下来就对着师父的坟说话。大音剑法习至九成，却再不能进益。

一天，一宅在树下入静。恍惚间，一个缥缈的白影袅袅而来，他几乎落下泪来，用抖得不成调的声音呼喊她："师父？"

"郎君，好久不见。还认得奴家吗？"

"原来是你啊，菌仙。"

"郎君为何苦闷？"

"在下一直苦习剑法，却始终不得深意。"

"你可还记得'忘'字？"

"一切色欲皆为妄念，幸得菌仙指点，在下才不至于误入歧途。"

"非也。此'忘'并非'妄念'之'妄',而是'忘却'之'忘'。你还没有全然明白。"说罢又飘然而去了。

一宅似有所悟,在树下一坐就是七七四十九天。他的脸上生出青苔,双脚长出根须,扎进泥土里,皮肤松松垮垮地盖在骨头上,风一吹,猎猎作响。

四十九天后,他醒来了,容颜宛若新生。

抬眼处,天高地远,云阔风清。

世间再无樱宁,再无一宅。

大音剑派遍寻掌门无果,沦为市间笑谈。

一日,一个瞎了眼的叫花子提着葫芦在街上晃悠。听得小贩说,大音剑派找到掌门了,正在治丧,前后数月,闹了好大一出戏。叫花子听罢,仍一边歪歪斜斜地向前走,一边往嘴里灌酒喝。

金钥匙

何雨嫒

我丢了一把金钥匙。

我无法描绘它的样子，有几个齿。它一直在脖颈上挂着，只有在镜中才能看见。

其实小时候我一直想要一个钥匙扣，走起来把它甩得叮当响。我在门前停下，挑出其中一只，不经意地打开一扇门，然后是另外一扇，然后是其他。然而十八岁之前，我从未真正拥有过一把钥匙，除了这把金的。我来去一些熟悉的空间，那里早有大人在等我。

不知道那把金钥匙可以打开哪扇门。奶奶说我小时候老生病，算命先生让戴点金的，他们就用这把钥匙套住了我。先生还说我与妈妈八字相冲，所以，很小的时候，我就有了自己的房间，但我没有钥匙，门总是开着。早晨爸爸走近床边，把我抱起，这时我已经被弄醒了，但不知为何一直假装睡着。他抱着我，用脚推开房间的门，侧身穿过门框，又横过来。我沉浸在旋转之中，心里拽着一丁点儿紧张。现在想来，他该是怕小孩醒来见不到人会害怕。但在这之前，我一直以为是他喜欢看着我睡觉。那些躺在大床上的时间总是很长，我无法决定在哪个时刻睁开眼。我想他应该知道我在装睡，但在我家，谎言是受到保护的。我从很小的时候就开始撒谎。

不管怎么说，我是个乖孩子。难过的时候，我翻箱倒柜地找出房间钥匙，把自己反锁。他们坚持不懈地开门，好像如果门锁着，就会发生什么不可控的事把我们家摧毁。我听到他气急败坏地踹门，但我相信他没有把门踹坏的决心。虽然这声音总使我害怕。当另一人劝解成功时，我乖乖把门打开，之后再找个机会偷偷把钥匙放回去。因为我知道这钥匙始终不是属于我的。

我摸到金钥匙项链不见了的时候，是一个傍晚。晚饭后，奶奶出门散步，爷爷在厨房洗碗，客厅门开着。所有的声响好像都在距我百米外的地方发生。我呼吸着寂静，坐在被漆成红色的木沙发上，犹豫了一会儿，然后踏过家门走了出去。

还没有想好要去哪里之前，我就已经在走了，不由自主地走上最熟悉的路。路灯在街上划下一道一道圆，散步的人们顶着绒绒的光，他们踩彼此的影子，脚印落在磨损的地面上。我们城里的砖被一双一双脚磨过，海面一样呼吸起伏着。将到县一中时，我想起那个传言，他们说在这附近有人把小孩抓去，挖出他的内脏换钱。是假的？是真的？我想象着肚皮之下变得空空荡荡。手从肋骨下方按去，不是血，不是痛，是一种陌生的空虚、缺失的感觉。那时我还不知道一切都会损毁，我以为我的身体将是完整而恒久的。但这终将开始，也许从第一颗掉下的牙齿。那时我还在期盼事情可以挽回，掉过头去，那只金钥匙就落在我脖子上。

过了科文书店，就是"一中附近"。我闪避开，转身拐入小巷。这里更昏暗，几乎没有人，街边店铺早早关门，只有一两盏暧昧的暖黄灯。我踩着影子的边界走，把自己留在最亮的地方。理性来讲，这里显然更适合凶杀案的发生。但是流言里，杀手被限制在"一中附近"。不知为何，它带有这种定语。他也是一只风筝。

好寂静。静从天空压下来，沉沉地，沉沉地压下来。小巷好像关了门，对它施加的一切作用力都会在边界处弹回来。也许我应该在这里跳舞，也许我冲过去将石子用力踢飞，接着它从身后砸中我的脚踝。身后又响起有节奏的脚步声，哒哒哒，哒哒哒。那是一个舞步。我不敢回头看，但它旋转着接近，哒哒哒，哒，哒哒。我想要一个手电筒，测验光会不会在它的边界落一个亮斑。身后一股静电使背的皮肤变得酸涩。我又一次闪躲，钻进了一盏黄灯的帘子。

高马尾女人抬头看我。她扯动鲜红的嘴唇，懒懒吐出烟圈般的两个字："干嘛？"她脸上的颜色把面孔掩藏起来，而身体是热的，软在沙发上些微融化。

店里很暖,我将脊骨贴在她对面的墙上。

"对不起,我不知道……"

"我还要做生意的,小妹妹。"她脸上的笑是缓慢的,不是急促的、宣泄的。她缓缓将嘴角定在脸颊完美的支点上,眼睛里盛着的不是笑,是别的意思。"还是说你想看会儿。"

"对不起。"我没有挪动。沙发旁边米色的屏风将我和她隔断在这儿,我看到屏风里的一些鞋子,亮面高跟鞋带来纷纷幻想,它们大小不一,无序地摆放。虽然没有一点声响传到我与她的空间,但我不禁去感受这些鞋子走上楼梯闷在地毯里的踢踏声,她们的门是吱呀的、邀请的。

她的那双是红色的,呼应着嘴唇。她漫不经心地侧头,露出一只白的耳朵,在灯下亮出曲线,仿佛是永恒的曲线。我认出了这只耳朵,它和我的一模一样。她的眼神瞥过来,我将头发挽起,侧低了头。屏风隔绝下的空间里,没有什么是被催促的。

"不想回家吗?"

她站起来,走到门帘边,描上自己剪影,像是贴上一张广告单。

"我也离家出走过。"她的眼睛在面孔上显露出来了,"你多大啊?十岁?"

"我十二岁。"其实五月份我刚满十一。

她垂下眼睛,忽然抛出问题:"你知道自己最珍贵的东西是什么吗?"

思考答案的时候,过往的碎片哗哗落下,一个架着一个,边缘抵着边缘,我小心着不被刺伤。不对,都不对。我至今依然在问自己。是钱吗?它只是中间物,不是价值本身。是家人的爱?爱是有条件的,爱是一些瞬间,是随机的积木相撞。安全感?它是懦弱者需要一天三次饮用的保健药。权力?权力抵达的是一些虚荣的膨胀的欲望,一捏就空了。自己的身体?身体只是受支配,除非我的核心熄灭。

"自由。我想是自由。自由意味着我可以永远地寻找它。"

她看我一眼,走到屏风后,拿来一只手电筒。

"去吧。"她说,"你这么小。"她叹息。

"再见。"我掀开帘子走了出去。

打开手电筒，光线在黑夜里飞速跑出，而前路无所回应。我知道门被打开了，回头离开小巷，正碰上一中路口的绿灯。我将手电筒放进怀里，拢了拢衣服，跟随人们，像任何一个风尘仆仆的大人，滑入城里无所事事的平静夜晚。

我没有想好去哪里，依然在走那条老路——通往解放小学。每个天蒙蒙亮的早晨，我都去往这个方向，街边的店铺可以闭着眼睛数出来。奇怪的是，我从未想过偏离路线，去到别的地方。我想，当有一个已知的目的地和一条已知的路线摆在面前，人就会忘记他还有许多选择。但是这次我一边走着，一边思考未来要去向何方，步速比上学时要慢。怀里的手电筒沉甸甸的，像一个孩子。也许是北方，北方的冬天河流结冰，人们行走于水面。

当我意识到我走的正是一条最危险的路线时，黑白的警车已经出现在面前。只有一辆车，不见穿着警服的人。我警惕起来，也许他就在身边，不知道是哪一个。环视四周，有个中年男人从对面向我走来，而我的脚也无法停止机械地前进。我被发现了！脑海冒出一个声音。不！不要说话！语言会成为笼子，如果把现实装进去，它就再也逃不掉了。我看到他的手微微抬起，不知道是走路时的自然摆动，还是打算伸长手来抓住我的衣领。我要求自己保持沉默，悄悄地，悄悄地。

这时边上有只猫放低身子钻进车底，从视野中消失了。借着垃圾桶的掩护，我趴着跟上去，猫并不在意身后的人类，它轻易地变换着方向，从一辆车底钻进另一辆车底。这时我明白了它可以去到城里的任意一个地方，不由自主地跟随着它。不知转过几个弯，爬过几辆车，它钻了出来，抖动着身上的灰尘，然后跳起来蹬上树，轻松地落在了旁边的院子里。那栋房子亮着灯，几次犹豫后，我握住门把手一拧，没有锁，门悄声移开。院内已经不见猫的踪影。我轻着脚步走进去，踏过门前的地毯，门边的椅子上挂着一个粉色的旧书包，靠窗的桌上摆着课本，已经卷页了。窗台上放着几个糖罐，和我在补习班赢回来的那些很像。

电视机的声音在我的右前方响起，播放着最经典的琼瑶剧，那些我无法模仿的爱与痛。有个男人的背影靠在沙发上，头仰着。也许他在《新闻联播》结束后就睡着了。我悄声经过他继续往前走，猜想前面是否有一个窗户、一扇门通往别的空间。

客厅往里是厨房，我走进去打开窗户，看到一条石头小路。正打算爬上窗户，我忽然感到有些渴，于是打开橱柜，绕过那些大大小小的碗找出一个杯子，拿出来洗了洗，从桌上的水壶里倒出一杯水。我捧着水杯，是热的。水汽糊上睫毛。喝完水洗了杯子，我踩上窗台，轻轻跳了下去。

石头小路边上是芦苇丛，这是在河边。我无法描出城里的地图，行走其中的时候，脑中方向标总是失灵，但是我知道河流包围着我们的小城，渡了河就是离了乡。我一直沿着河边走，这里温度更低，也更黑，月光在黑水中洒下闪亮的波纹。河边的居民把垃圾往里倒，河岸常年弥漫着潮腐味儿，今夜尤为明显。河流承载着所有，它选择一些流失，选择一些沉底。我想北方的河流是否会更加洁净呢？

对面的岸上阵阵火光，映着六七个人影，有人在大声地呼喊着，手中挥舞着什么。我压倒芦苇丛走近，枝条划伤手背，一阵刺痛。我捂着那只手，找到水边一块圆石坐下，河水漫上来打湿了布鞋。

我先是闻到了，然后它的黑影飘来脸上，我用手抹开。那是燃烧过后纸钱的灰烬。这时我听清了他们的叫喊，他们在说：回来呀！回来呀！跟我回家！妈妈跟我回家！奶奶跟我回家！我用眼睛去找，看河里有没有迷路的魂灵。但是太黑了，影子重重又重重。他们一边呼喊一边过桥，悲痛地婉转着。整条河流都是他们祖宗的尸，整个夜晚都是他们祖宗的魂。他们由一个道士带领着，一步一步地走向城里的家。

那些留下来的——死后都要归于城里庞大的祖坟。除非越过这条河流，他们无法唤你回。我将眼睛从他们身上移开，忽然看到桥洞一个熟悉的人影，于是站起来侧身穿越芦苇丛，朝桥洞走去。

那是我的朋友王可欣，她看到我一点都不惊讶，好像早有预料。她一边爬上土堆，一边和我打招呼。"你在干什么？"我小心地扶着她。"我想捡一个孩子回去。"她说。她没有回头看我，而是把头朝桥上浮雕的空隙中探去，"他们说堂哥在第三个桥洞的浮雕空隙中找到了我，我也想捡一个回家。"

"好吧。"她什么都没找到，我看着她跳下来："我好像听到你妈妈在叫你。"

"他们在桥上。"王可欣拍了拍膝头的土灰："来找你的。"

"你们怎么知道我在这儿？"

"算命先生说的。"王可欣停下来，拉着我看了几眼，笑了："他们记错了你外套的颜色。"

"你在看不见的地方躲会儿，等一下他们就回去睡觉了。"王可欣对我说，她往桥上走去，我挥手跟她说了再见。

听王可欣的建议，我躲在临水的桥柱后。桥的阴影笼罩我，身边什么都看不见，唯有河水沉沉流动的声音。我拔下狗尾巴草伸进河水之中，不一会儿它就脱手而去。水，水，水。水的面前我是这么小。更小的时候我梦到龙，妈妈说是好兆头，但她看不见那个梦。洪水滔滔淹没我们的城，一滚一滚的水无情地拍打对方，整个世界都是黄沙的颜色，黄中又翻出橙红，遮天蔽日。我爬上最高的山峰，在暴雨中找到一个岗亭。水面没有一点悬浮物，一切都被淹没。我看到远处一条龙的尾巴，然后是一截弯曲的身体，它巨大的倒三角的头露出水面，粗粗的龙须垂下。我不敢看它的眼睛，哪怕它压根无意发现我这渺小的生灵。我一直以来无法忘怀这个梦境，这时我把手伸进河水中，水的力量穿过指缝。手电筒掉了下来。我用湿湿的手捡起它，我想天地孕育龙，也会孕育我。我把手电筒打开，紧紧捂上自己的胸口，不让光亮散开。

等到人声完全消失，我湿漉漉地从桥柱后面走出来。夜风刮起来了，我隐隐想起晚饭时天气预报说夜里降温，河边的旧房子一排一排地亮着灯，每一个窗户里都是一个家，城里的房子满满当当。我在人们窗下走着，留下一串湿的脚印。我走向暗掉的窗户，往院子里看去，杂草已经长成了齐人高的灌木，推了推门，紧闭着，为了碰一碰运气，我打开这扇窗户，往里面摸去。手指一点一点向前探去，摸出粉状和絮状的灰，再往前一点，再往前一点，什么都没有。正当我准备抽手出来时，第二个窗棂上掉下一个沉甸甸的东西落在掌心，它熟悉的手感让我一惊，拿出来一看，正是我丢的那把金钥匙。

  我用钥匙打开门，然后戴回脖子上。这个房子的床上还遗留着它主人洗发水的气味，我在陌生的气味里躺下，计划在天亮之前醒来，过河坐邻县的火车去往北方。

扫地女和短毛猫

曹婷婷

新妹妹第一次来我家时，我正握着扫帚扫地。初秋日光白亮，从四面投进楼里。北风干爽，刮着落叶满地板跑。我在楼中走动时，她就在门口。

我正犹豫要不要去迎客，父亲踩着碎步往厨房去，脸上笑容淳善，门牙白花花，飘忽忽浸在喜悦中。我还身在事外，只觉得那喜悦有些诡异。等他再返回时，我叫住了他。我说："父亲，我不知道我还有个堂妹。"父亲却说："她一直都在，他们一家就住在河对面的庙里。"我说："我也不知道那里有庙。"父亲却说："庙也一直都在。"

在就在吧，这对我也没什么影响。我将头瞥向一边，父亲便又走动起来，没几步又回头对我说："地板上落叶太多了。"

我抱怨说："你建的房子四面漏风，落叶当然多。"

父亲惊慌地看向我，眼底泛起无害的固执。他喜欢自己建的木楼，大约也希望我能喜欢。我只好低头，无视他的心思，双手握帚，又扫起落叶。

父亲建的木楼像列火车，直直一条，卧在河上，房间和房间像车厢似的连在一起，每个房间至少有两扇门、四扇窗户，长风挟雨出入无间。厨房建在车头那边，菜从厨房端出，要经过书房、我和妹妹的卧室、衣帽间、父母的卧室、储物间、客厅、茶室、浴室，还有几间备用的房间和空房间。来往的人又总带着灰尘，一串串脚印，尘土急行。木楼底下的河里也没有长树，落叶却自八方聚集，从门窗飞进来，在木板地上打着卷奔走，一旦踩到，就散成碎片。

要保持木楼整洁，我就只能整日整日地扫。头发不知不觉都长到了腰，人一弯腰，散落的头发就和大裙摆一起，拖到了地板上。母亲一直在厨房，头发倒是很短，也许只有扫地能让头发变长。做饭比扫地更为繁复，厨房也是所有房间里最混乱、最精密的。母亲总尽力让厨房显得井井有条，她将锅碗瓢盆藏进木柜里，新鲜食物也要倒掉。不开锅时，厨房和长楼里其他房间一样整洁。她说，最好每个房间都空无一物。我有时觉得，这对夫妻的房子像是给北风和落叶住的，怎么也不像是给人住的。

一间房还没扫完，我就听到一阵嘈杂，是堂妹一家到了客厅。听声响至少有十几个人在，那个房间会留下无数个脚印。等他们走后，我就要去扫上半天光景。一想到这，我就没心思去认识堂妹一家。那些赶来做客的人约莫是想看看，住在寺庙里的一家三口会是什么样子。但那和我又有什么关系，无论他们是什么样子，我每天的事情都是扫地。

父亲却很快引来了堂妹，我直起身子，才发现自己头发又变长了，即使站直，发尾也能拖到地板上。父亲说，堂妹有事请教我。他身后的女孩脖颈一寸寸昂着，走到我跟前时，脚步落地轻快神气。短短的卷发晃进我的眼睛，然后是紧裹于身的短衫短裤，布料尽头是修长润白的四肢，微微摆动，一只手轻巧夺过我手上的扫帚。我两只手空了，不习惯地垂了下去。

我看她像只短毛猫，性子也像猫。

"我想问你，我一年后要离开破庙了，我该去哪里？"

她问我时，我很快就想起自己的过去。我和她一般大时，去过很多地方，只是在长楼里扫了太久的地板，全都忘记了。我说："我已经记不清外面的世界，不过我可以带你去看看书。"我从她手上拿回自己的扫帚，带着她往长楼的尽头去。过了五个房间，就到了我和妹妹的书房。我的妹妹正在角落里看书，抬头瞪睁两只大眼睛，黑葡萄微微颤动，打量我和陌生女孩。

新书旧书堆叠，墙边被书桌、书架和案几占满。堂妹在房中间转了一圈，没被任何东西吸引。我的妹妹还在打量猫似的堂妹，两只黑葡萄眼睛在她身上逗留许久，而后惊慌地离开了书房，逃窜如一只小兽。堂妹却没注意到我的妹妹，她在书桌前坐下，问我，她该读哪本书。

"哪本都可以，看不懂时再问我。"

我想，虽然我记不清外面的世界，但我知道所有问题的答案。说完我又拿起扫帚，去了隔壁房间，扫起了落叶。

在这个家里，只有母亲反对我扫地。她说人的生活应该由孩提、青春、爱情、婚姻、生育、老去依次垒成，如果一直扫地的话，就连基本的过去、今时和以后都没了。她说话就像烧砖，话像砖头一样禁不起时间风侵雨蚀，但足够铺成过日子的地基。我如她预料的一样，失去了过去和以后，只剩下扫地的当下。如果我再扫得久一些，或许连当下也会变得模糊。

母亲是见不得我扫地的，也许一旦她走出厨房，我就再也扫不了地，只能拽着扫把出去谋一份扫大街的活计。每想到这，我就会怀疑父亲是故意将房子建成四面透风的长楼，是他让我成了一个整日扫地的女人，也是他让母亲走不出厨房，他苦心安排好我和母亲的位置，让我们相安无事。不过这个想法是错的，每当我看向父亲的眼睛，就会发现他是一个什么也不知道的人。

我和父亲正好相反，附近的人说我看起来只是在扫地，但其实什么都知道，就像藏经阁的扫地僧。我自己只隐约记得，我曾去过很多地方，见过很多人。有时时机合适，我也会想起一些久远的事，但是扫扫地后，又会忘了。

不过无论我怎么回忆，都不记得我有个短毛猫似的堂妹，也不记得河对面有一座寺庙。

头发一旦拖地，就再也不长了。堂妹第二次来时，天气已经有些冷，我在松垮垮的长衫外又套了一个松垮垮的外套，头发和层层叠叠的衣摆一齐曳地。而堂妹依旧穿着短衫短裤，夏天似乎在跟着她跑。

"你上次没找到答案吗？"我问她。

她说她这几天又有了新的考虑，她的父母也认为她应该再多想想。我拖着扫帚，又将她带到了书房。我的妹妹在书房写字，看到堂妹后，她轻轻放下笔，从另一扇门溜走了。堂妹随即坐到了妹妹的椅子上。我给她找书时，问她是不是只能看到我，看不见我的妹妹。她说她只找我，当然看不见其他人。

"等你知道了自己该去哪里，就不会再找我了吧?"

我们谁都不在意这个问题的答案。为了让她早点离开，我拉了把椅子，坐到她旁边，催她看快点。等日光变黑了，我又为她点了一支蜡烛，自己回房睡觉。第二天，我早早起床扫地，发现她还坐在书桌边，读完的书堆成了小山。她说她读了一天一夜也没找到答案，我让她洗个澡再说吧。

我拖着扫帚带她去木楼尽头的一间房，这是唯一一间不会被打扰的浴室。即便如此，她还是担心会有人经过。我只好守在门外等她洗好。她洗澡时，天色泛青，转眼就下了一场细杂的雨，雨珠越下越大，把天都下白了。等她出来时，雨差不多停住了，风又刮了起来。

"你不去关窗户吗?"她问我。

我摇摇头，长楼从不关窗。她问我这里有什么好玩的，我问她会不会游水，她说游水很好。于是我拖着扫帚，打开了长楼侧门，带着她上了边廊，向长楼的尽头摸索。

一整块平台无遮掩地躺在河面上，平台中间是一个镂空的水池，里面是清澈的河水。大风吹走了急雨后的云，天空也很澄明。短毛猫举起两只手欢呼起来，说这长楼总算有了几分意思。她看四下无人，就要脱衣服下水，问我要不要一起。我握着扫帚说，我不用。同时，我也想起自己曾无数次跳进那片水池，陈旧快乐散发出丝丝暖气。

短毛猫呲溜滑进了水里，手脚一刻不停地拍打河水，独自嬉闹一阵后，又问我，要不要一起游水。我说不用，我待会儿还要去扫地。她突然就生气了，细瘦手臂撑住池边，纵身跳出了水面，河水从她身上滴下，清亮亮凝聚在木地板上。我想，好在太阳很快就会将水晒干，不用我特地擦洗。

她穿好衣服后，冲到我跟前，一把夺过我的扫帚，扔进了河里，而后一声不吭地离开了长楼。我只好去储物间拿出一把一模一样的扫帚。自此，我似乎很久都没见过她，我不确定有多久。就像母亲说的那样，我的今时也变得模糊了。

妹妹像林间小兽，出没在长楼每个角落，却从不发出任何动静，浑身会说话的只有一双葡萄似的大眼睛。我是依靠看她眼睛来和她交流的，至于她怎么读懂我的，大约也是看眼睛。一天清晨，我扫地扫到了妹妹脚边，她正坐在墙角打瞌睡，被扫帚惊醒后，茫然看向我，两只大眼睛雾蒙蒙的，眨了一下，就起身换了一个墙脚。我才注意到，自我扫地起，她就没再长大过，眼神也从未有过成熟的痕迹。

没有风的时候，长楼要干净很多，偶然进了落叶，也是三五下就扫完了。我本可以放下扫帚，找点别的事做做，或者去长楼外面看看也好，但好像人的心一旦沉下去，就再也浮不起来。无物可扫时，我就倚在窗边，扶着扫帚等一片落叶，偶有人路过，我便听他们说猫似的堂妹已经离开寺庙了。她去了灯火盈足、人烟成云的地方，和她长大的寺庙完全不一样。许是清净久了，就一个猛子扎进了人山人海里，如天雨入江河，再也无踪迹。

天热时，就很少有人来长楼了。有时我一整日抓着扫帚空扫，面前都无人经过。母亲将我的头发捆成一束，她认为头发属阴性，我已经成了一个身体阴寒的人，受不得热天的暑气。她的话我从来听不进去，但她说的事我会照做。每当地上空无一物时，我就知道天是热的，我应该将头发捆成一束，这样我就不会中暑。除此之外，一切照旧，母亲在厨房做饭，父亲从楼外带来了灰尘，妹妹如同林中小兽。

终有一日，时间再次流转起来。父亲带来新的消息，说是堂妹回家了，她带回很多朋友，还想见一见我。我从记忆里捞出短毛猫似的堂妹，让父亲带她过来，我也想看一看，她有没有变化。等她带着一行人闹哄哄地进了门，我也才刚扫完书房里最后一粒灰尘。我拖着扫帚往下一个房间走，我们正好在房门前相遇。她依旧短衫短裤短卷发，四肢纤细，像一只短毛猫。我察觉到她没有任何变化，便没有开口。

她双手抱在胸前，举手投足间有了些奚落人的淡然神态。她说："我那么多朋友里,只有你天天扫地,你为什么要过这种日子?"

我想不起来为什么,只知道我当下就是在扫地,于是我没办法回答她。她徘徊了几步,往左走碰到了左边墙,往右走又碰到了右边壁,她越是走来走去,长楼便显得越是窄。她也索性不走了,换了副神情,问我:"想不想知道我另外那些朋友是怎么活的?"我看见她鞋底有尘土,便请她带我出去见朋友,因为她要是再多走几步,房间就不好扫了。

她引我去了茶室,七八个年轻人坐在沙发上,穿着、神态各异,凑一起如一束大红大紫的花。堂妹指着一位皮衣裹身的女孩,介绍说,她最爱热闹,活得好不快活。又指另一位穿金戴银的说,他活着,就爱财,倒也开心。

我打住了她,说不用介绍了,都能看出来。她的这些朋友都将生平写在脸上,穿在身上,饶是我再久没出过长楼,也知道基本的识人之法。堂妹眼睛猫似的眯起,里面藏着一股怒意,还有一些藏不住的审视玩味。

"既然你都知道别人怎么活的,还要日日在长楼里扫地?"

我想了很久才说:"你改变不了我。"

堂妹一行人于凌晨离开,等他们走后,天和我都慢慢亮起来,我起床拿起扫帚,扫了一天的客厅。天再次黑下后,父亲说,叔父叔母请我翌日去庙里小住一晚。我问有什么事,父亲说,堂妹又要离开寺庙,这次她要去更远的地方,等你相送。

翌日,马车早早等在长楼门外,我拖着扫帚,将长楼扫过一遍。过了正午,才放下扫帚,往门外去。妹妹拽住我的裙摆,眼睛里的意思是让我不要去河对面的庙里,我也看向她的眼睛,用眼睛告诉她,我一定会回来。她便松开手,转身自去玩了。

马车前窗和侧窗都用竹帘遮得严实,也不知道走的是哪条道,一路平稳,转眼就有小僧掀开门帘,带我上一飞檐翘角的木楼。上了几层杉木阶,又穿过几条悬挂百丈的云廊,往下望时,草木翻滚,众生如粟。过了几座佛像大殿,才柳暗花明,遇到一处开阔望楼,楼外竟是翻滚的大海。

小僧让我先坐下，我四处望过，也没看见椅凳，于是盘腿坐到望楼地面。数丈之外，就是风起水涌，黑蓝的海，一浪高过一浪，快要掀上望楼。小僧走后不久，未曾谋面的叔父叔母带着堂妹，也上望楼，席地坐下。男的头上六个戒疤，女的一头短卷发，云似的落在额上。

叔母问我，怕不怕外面的海？我摇摇头，说这地方看起来历史很久了，从前海水没有掀翻它，现在也不会。叔父说，难怪你堂妹说你可以来这里做客，确实波澜不惊，见怪不怪。言语间海面如擂鼓，水山翻上了天。我问，你们是这庙的主人？

男女相看一眼，没有答复我，反问我，记不记得长楼东边三千里处有一沼泽，那里风土人情如何？我仔细回忆，只记得确实有一处水草丰茂的沼泽，却不记得有什么风土人情，但沼泽边有几座黄土矮山，土质不好，建楼容易塌陷，但因沼泽边土地肥沃，常有人在黄土山上聚居，最后人楼皆埋于黄土。

叔父叔母点点头，便说已经知道女儿远行的危险，起身就走了，留下我和短毛猫对坐无言，只望着海水出神。许久后，一片黑蓝的浪翻上望楼，短毛猫起身，扑进了我的长衫里。海浪片片袭来，我想起身避一避水，却被堂妹抱箍得太紧，衣衫和长发又很湿重，最终起不来身。

"等浪过去，你再起身，不然站不稳，被浪卷进海里，神仙也找不到我们。"

海浪将我们往望楼边缘卷，短毛猫粘在我身上，纤细的四肢要将人抱出勒痕。半响后，浪才逐渐平息，我再次想起身，堂妹却说，海水阴晴不定，等等再走。

又等了半响，短毛猫才懒懒起身，眯起眼睛问我，你天天握着扫帚，没发现抱着人的感觉更好吗？我才惊觉上了当，她请我来，是为了让我有动摇。我回忆刚刚波浪翻卷之间，和她环抱一起的感觉，最终摇摇头说，我只记得海浪了，很凉。

短毛猫一只手抬起，让我握住，问我这和握着扫帚有什么区别。我说，你更像海水，握着你的手就像握着一杯水。她似乎得到了想要的答案，笑眯眯起身，嘱咐我一定要记住把人变成水的感觉。我在心底重复她的话，很快就发现自己爱上了短毛猫。

　　夜间，我留宿在寺庙，短毛猫的房间只有一扇门和一扇窗，门外是她家厅堂，窗外是河，河对面果然就是父亲建的长楼。入夜后，长楼点着小灯，火龙似的伏在水面。堂妹吹灭烛火，木床很宽，我握着她的手入睡，梦见自己被透明的水包围，水往五脏六腑漫去。下半夜，我们的房门被推开了，一个河虾似的驼背老人，举着灯说要睡在我们中间。

　　堂妹迷迷糊糊问他，爷爷，为什么要睡在我们中间。老人已经太老，口齿不清，囫囵说了一句，你们两个人一起待久了，会分不清彼此。我闻言放下了短毛猫的手，坐到了窗边，望着水濛濛河面上那条长楼，等着天亮，回去扫地。

　　天快亮时，爷爷又轻手慢脚地离开房间。我望着虾似的背，发现自己又上了短毛猫的当。我问她，为什么你是我堂妹，我们却不是同一个爷爷。她翻了个身，饕餮酣睡。我想我一刻也不用多待，便推开三重门，上了马车。回到长楼，再一次拿起了扫帚。

覆巢之下

谭博禹

一

施云飞带领一队锦衣卫来到怀乡客栈前，对这个偏僻的小店打量一番。一个时辰前，他接到探子密报，盗取皇宫夜明珠的贼人就躲在这家客栈里。听到这个消息，他立刻集结小队赶往这里。盛夏的午后太阳毒辣，一个时辰的奔波，让整个抓捕小队都倍感疲劳。到了怀乡客栈，施云飞终于松了口气。他回头看了看身后的轿子，示意几位轿夫停下。一位身着华丽的男子从轿子上走下来，正是当今的国师。

施云飞将国师搀扶下来，见国师稍显疲态，便不解地问道："国师乃万金之躯，本该在宫内颐养贵体，以侍圣上。为何要亲自抓捕罪犯？云飞久居锦衣卫指挥使之位，又带来数名精锐，一定可以不辱使命。"

国师笑道："绮香夜明珠乃番邦之宝，久闻其香，有百毒不侵、长生不老之效。陛下常用此物，可得永世之霸业。今夜明珠为贼人所盗，胁陛下万年之江山，我纵然肝脑涂地，亦要协统领擒拿此贼。"

施云飞向国师施了一礼："陛下心怀万民，若得长生，将是国之大幸，民之大幸。云飞在这里替黎民百姓谢过国师了。"国师笑而不语。

小二跑出来问道："几位官爷，是打尖还是住店啊？天色不早了，如果几位官爷赏脸，今晚就在敝舍下榻如何？小店有现杀的羊肉，还有陈年的美酒，包您满意。"

施云飞问道："还有多少间客房？"

"回这位爷,还剩三间。"

"三间?你这小店位置偏僻,没想到生意这么红火。"

"说来也怪,本来平时门可罗雀,今天却来了四位衣着不凡的客人。官爷进去看看就知道了。"

施云飞刚走进客栈,便看到一僧一道同一位少年谈天说地。这位僧人,便是佛教的掌门了一大师。和他一同的那位道士,正是道教的掌门衡虚道长。两人常一同神游江湖,释凡渡厄,甚至合力创造出了熔佛学与道法于一炉的绝世内功,在武林传为一段佳话。

两位大师见施云飞走进客栈,面色稍显不自然,但依然对施云飞施了一礼。施云飞同样还了一礼。

"施统领,我在这里等你好久了。"少年转过身,施云飞见状赶紧下跪:"不知殿下在此,下官冒犯了。"顿了顿,施云飞继续问道:"不知太子等待下官,所为何事?"

太子示意施云飞起身,回答道:"父皇对夜明珠失窃一事非常重视,令我亲自来协助施统领的工作。"

施云飞对太子施了一礼:"请太子放心,臣定当不负重托,完成陛下的使命。"

了一大师打量了一下施云飞,笑道:"施统领一表人才,武艺高强,年纪轻轻就坐上了锦衣卫指挥使之位,成为陛下的左膀右臂。相信令尊泉下有知,也会为统领感到骄傲的。"

"你认识我父亲?"

"当然,令尊金狮施一刀年轻时威震武林,后来成立金刀门,一直为皇室培养卓越人才。施老先生的狮吼功和狂狮九环刀在江湖中赫赫有名,是极为强横霸道的上乘武功。虎父无犬子,贫僧今观施统领的气势,怕还在令尊之上。"

"国师和施统领大驾光临,未曾远迎,还请恕罪!"施云飞循声望去,只见唐门的掌门唐瑞站在二楼的橡栏旁,向他们施礼。国师轻声一笑:"唐门一直致力于为陛下炼制延年益寿的丹药,制造攻城略地的机关。唐掌门最近怎么如此清闲，来到这么个小地方修身养性来了？"

唐瑞身形瘦削，但聪明绝顶，发明出了许多奇技淫巧，被誉为唐门三百年不遇的人才。唐瑞受皇帝赏识，得皇家重用，唐门也因此一跃成为武林中势力最大的门派。唐瑞没有看向国师，只是冷冷地道了句："托您的福，我现在倒有了这些闲情雅致。不知道您二位到这个小地方来，所为何事？"

国师回道："唐掌门，我等奉陛下的旨意，来这里抓捕盗取夜明珠的逃犯。如唐掌门有线索的话，还望不吝赐教。夜明珠事关陛下的龙体安康，一旦遭遇不测，你我都吃罪不起。如果我之前不小心得罪过唐掌门的话，还望唐掌门能够不计前嫌，以大局为重，协助我等办案。"

唐瑞向国师施了一礼："哪里的话，陛下的事情，就是我的事情。我愿同殿下、国师和施统领一起抓捕罪犯，寻回夜明珠。"

衡虚道长和了一大师饭毕，便起身和各位道别："殿下、国师、施统领、唐掌门既要在此客栈寻找夜明珠，我等就不叨扰了，还望各位能早日寻回失物。"说罢，了一大师又对太子施了一礼："贫僧与殿下相谈甚欢，殿下的一些观点令贫僧受益匪浅。他日殿下闲暇之时，欢迎莅临寒舍。"

"请留步！"在场的锦衣卫纷纷拔出佩剑，霜寒之气瞬间施压在两位大师身上。施云飞放下酒杯，对太子施了一礼："殿下，夜明珠关乎陛下贵体安康，在案情水落石出前，臣认为，所有人都不得离开客栈。殿下虽素日与两位大师交好，但值此燕巢危幕之时，还请殿下以大局为重。"

太子犹豫之际，忽觉背后一阵寒意，回头一看，发现国师正盯着自己。太子只得对两位大师赔罪道："二位大师，夜明珠于父皇的龙体有益，为臣为子，我都应尽三纲五常之德。况国师和施统领披星戴月，不辞辛劳，只为能尽早将贼人捉拿归案，还望二位大师能体谅我们一番苦心。"

国师幽幽地附道："当然，如果夜明珠一事与二位大师有关的话，这次畏罪潜逃可要记录在案的。"

衡虚道长冷笑一声："昔陛下尊佛重道，而今却终日沉溺西域长生之术。水能载舟，亦能覆舟。百姓失所信，国将不国矣。"

国师哼了一声："自古以来，有多少人服用长生丹药中毒而死，又有多少人怀抱着道家羽化登仙的梦想,最终却是镜花水月。你们讲求无为而无不为,对万事万物都采取事不关己的态度,却敢在这里指责陛下对僧道不管不顾,你想造反吗?"

衡虚道长回应道:"管中窥豹,可见一斑。道,亦有大乘之道与小乘之道之别。小乘之道,炼金丹,觅长生,惶惶终日却不解其道理,殊不知'道'无涯而生有涯乎?以有涯随无涯,殆已!大乘之道,修本心,求真理,以慧眼识万物,以灵心渡苍生。逍遥于天地之闲,而心意自得,吾何以天下为哉?至于先生所谓的无为而无不为,更是贻笑方家了。道者,宇宙之绳墨也。循道而为,风调雨顺,万民敬仰,此乃道家之所为;然逆天而行,以人力对抗天道,缘木求鱼,致使民不聊生,哀鸿遍野。此乃道家之所不为。天行有常,不为尧存,不为桀亡。"

唐瑞拍了拍手,赞同道:"好一个宇宙之绳墨,我穷尽一生,也不过在探求万物的道理。道长相信道之绳墨,我也相信理之绳墨。不过道长的绳墨,玄之又玄,我是不能理解的。我只知道,不同的药材,组合在一起会产生不同的效用。哪怕同一种药材,不同的剂量也会产迥异的疗效。进一厘则为毒,退一毫则为药。饥食渴饮,万物都有其需要遵循的法则。"

"唐掌门,你过于执着事物之理,却忽略了冥冥中的天意之理。你过于笃信事在人为,却不知万物有灵。时也,命也,运也,非人力所能及也。"衡虚道长叹了口气。

"衡虚道长,此言差矣。你所言之道虚无缥缈,我所言之理却清晰明了。正所谓求人求佛不如求己,人渡佛渡不如自渡。昔樊迟问知,子曰:'务民之义,敬鬼神而远之,可谓知矣。'我不相信世间有神佛,我只相信自己的研究。"

"阿弥陀佛。唐掌门,我们暂不辩神佛有无之理。纵神佛是外物,你的研究岂不也是外物?佛曰:色心不二。你改变不了事物之理,却能改变自己的心。你过于笃信外物的力量,却忽略了灵台方寸的修行。春有百花秋有月,夏有凉风冬有雪。莫将闲事挂心头,便是人间好时节。"了一大师反驳道。

三位掌门一直在讨论，将施云飞和国师抛在脑后。施云飞大怒，大声对唐瑞呵道："唐掌门，希望你能摆正自己的位置。你还没有告诉我，你为什么会来这个地方。寻找夜明珠，是我们锦衣卫的职责，你又是从哪里得知夜明珠的消息？"

国师紧接着附道："两位大师上承天恩，却对陛下颇有微词，看来有谋反的嫌疑。还有唐掌门，作为朝廷命官，居庙堂之高，理应为君分忧，却在这里和谋逆分子谈玄论道。看来，我不得不在陛下面前参你一本了。"

"你！"唐瑞手中暗捻的三枚"命若游丝针"一触即发。这种银针采用唐门的制毒秘法，配合唐门独一无二的暗器手段，可直接将毒素打入敌人的经脉。即便华佗再世，也救治无方。旧恨又添新仇，唐瑞不断蕴积的愤怒如蓄势的弓弦。当弓弦紧绷到极点，三枚"命若游丝针"便会像离弦之箭一般向国师射去。在场的锦衣卫察觉到唐瑞眼神中的杀气，一道道凌厉的目光向他刺来。唐瑞想到日后还要和国师一起共事，只得强行压制体内的怒气，将三支银针收将起来。

双方剑拔弩张，了一大师唯恐生灵涂炭，忙站起来圆场："既然夜明珠如此珍贵，我和衡虚便留在此地协助你们侦查。"太子笑道："多谢两位大师的理解和支持。国师，施统领，我们开始行动吧。"

施云飞清点了锦衣卫的数量，让一部分人在客栈外驻守，防止有人逃遁。剩下的留在施云飞身旁，等待命令。施云飞看着衡虚道长、了一大师和唐瑞，说道："三位掌门，很抱歉，我不得不对几位的随身衣物和房间进行搜查，还望不要介意。搜查完成后，几位可当即离开，下官绝不阻拦。"

国师附在施云飞的耳边轻声道："统领，在我看来。此事事关各大门派的隐私，小心为妙。不如先让锦衣卫将客栈的其他地方搜索一下，至于各大掌门的衣物和房间，还是从长计议。"

施云飞想了一下，觉得国师的话有些道理。他吩咐锦衣卫搜索客栈的其他地方，至于几位掌门的衣物和房间，他决定等锦衣卫搜查完毕后亲自查看。

二

"这里好热闹啊！佛道、唐门、朝廷的人都来了。"

众人循声望去，来者身姿婀娜，容貌清丽，正是魔教的掌门玉灵寒。

玉灵寒精通丹青、音律、诗词、剑术，是江湖中不可多得的才女。太子听过玉灵寒的名号，知道她是杀人不眨眼的魔女。但今日初见玉灵寒，只觉她是误入凡尘的仙子。

玉灵寒缓缓走进客栈，观察了一下大堂里的几个人，大致了解了刚才的情况。唐瑞与国师面露愠色，应该发生了一场争执。衡虚道长和了一大师眉头紧锁，似乎担心着什么。施云飞低头不语，安静等待着锦衣卫的搜查结果。太子的眼神飘忽不定，偶尔会朝着她的方向瞥几眼。每个人都努力维持着一种心照不宣的沉寂，四周的空气像寒冬腊月一般冰冷。

唐瑞率先打破寂静："不知玉掌门到来，有何贵干？"

"唐掌门，客栈又不是你家，我想来就来，想走就走。我可不会像你们名门正派一样，做什么事都遮遮掩掩。"魔教与唐门积怨多年，玉灵寒的语气毫不客气。

唐瑞一腔怒火，正愁没有地方发泄："玉掌门，今天是我们名门正派与朝廷办事，魔教就不要来掺和了。"

"唐掌门，什么是魔教？什么是名门正派？玉灵寒不知，还请唐掌门示下。"

"玉掌门，贵教之人性格乖张怪戾，不守江湖规矩，恃强凌弱，滥杀无辜。当然可以称之为魔教。"

玉灵寒反驳道："唐掌门，你所谓的江湖规矩陈腐老套，怕是已经过时了。名门正派规定本门弟子不可学习外门武功，纵弟子剑术天赋出众，在唐门，却只能学习暗器手法。你们固守一隅，严禁本门武功外传。一旦本门人才凋敝，绝学就会有失传的风险。"

"玉掌门，即使你再巧舌如簧。也改变不了你们魔教滥杀无辜的事实。"

"唐掌门，大家同为江湖中人，谁的手里没几条人命。我们杀人，自有本派的规矩。唐掌门还是不要用你们名门正派的规矩来约束本派的做法。另外，唐掌门说我们滥杀无辜，难道你们捕杀壮丁做药物实验就不是滥杀无辜了？皇帝近年来大肆屠杀武林中人，妄图将江湖纳入庙堂之中。你们唐门自诩名门正派，却助纣为虐，为皇帝制造了大量的机关暗器。你知道多少武林中人就死于你唐门的机关暗器下吗？"

唐掌门怒道："玉掌门，你可以批评我，但请你不要侮辱唐门。唐门炼丹制药，本就是惠泽千秋之事。以几条草芥换取医术的发展，这笔账，相信玉掌门也能算清吧。至于玉掌门所谓武器之事，我以为，剑的运用，完全取决于执剑之人。虽韩非有云，儒以文乱法，侠以武乱禁。然侠也有莽侠与儒侠之分。草莽之侠，目不见纲常法纪，心不系老弱妇孺。儒雅之侠，以正气荡妖邪，以利刃镇乾坤。陛下英明神武，对唐门武器的使用自有其道理。"

"我只知道，有了黄金万两，就耐不住纸醉金迷；有了能兵强将，就止不尽开疆拓土。皇帝老儿昏庸无能，一心修仙，他有什么道理可言？唐门自称掌握天地奥妙所在，能穷究事物之理，但你依然被这所谓的事理束缚。你的机关与药物遵循规律，却不能打破规律。音律则不同，或抹或挑，或喜或忧，全凭我的十指之间。唐门的技法讲求精确，然这正是音律之学所忌讳之处。音律从未有过循规蹈矩之理。宫、商、角、徵、羽，每个人都能创造出不同的曲调。即使是同一首曲子，不同之人演奏亦有差别。纵然是同一人演奏，曲调所传达的春秋也因听众而异。"

太子出神地望着玉灵寒，他从小被父亲传授帝王之术，对玉灵寒所论述的"胡夷里巷之曲"没有太多接触。初次听闻方家对音律的看法，虽浅显，却让他如获珍宝。

"妙哉！"衡虚道长拍手叫好，"夫列子御风而行，仍有所待也。今玉掌门不循绳墨，不因世俗。以天地为体，日月为弦，漫天星辰为乐，山川大河为曲。随心而动，随意而行。不负'逍遥'二字。相信过不了多久，玉掌门的琴艺便能登峰造极。"

衡虚道长的肯定，让玉灵寒很是受用。然而，她刚才对皇帝的一番评价却惹怒了施云飞。

"大胆玉灵寒，敢对陛下出言不逊，我看你是活腻了。"

玉灵寒不甘示弱："看样子，你就是施云飞吧。皇帝剿杀武林，锦衣卫难辞其咎。身居庙堂之高，却要将爪牙伸到江湖之远。真是肉食者鄙，不能远谋。今天我就要为武林清算这笔账！"说着便架起随身携带的古琴。

玉灵寒除精通音律之外，也常以古琴御敌。只见她用纤纤玉指撩拨琴弦，客栈里骤然响起清脆的鸟鸣声，鸟鸣声由缓到急，由疏至密。连绵不绝的声音不断扰动着萦绕在施云飞和玉灵寒之间的杀气。玉灵寒再次拨动琴弦，众人仿佛听见了潺潺的溪水，流水沿着河岸缓缓流淌。忽遇河床中央的一块巨石。流水拍打在石头上，激起层层叠叠的浪花。浪花裹挟着逐渐尖锐的音波，朝施云飞溅去。

玉灵寒所使这招，便是她的独门武功。因为在使用时，周围的人会听到林中的鸟鸣声和山涧的溪水声，所以这门武功被称为"鸟鸣春涧"。施云飞见状，从容地用九环大刀格挡，音波与金属碰撞，发出刀剑相击时铿锵的声音。施云飞接下玉灵寒的致命一招，准备反攻。他紧握手中的九环大刀，刀身上的铁环由于受到内力的灌注，兴奋地震动起来，发出摄人心魄的刮擦声。声音此起彼伏，逐渐演变成狮子的低吼声。施云飞凝聚内力，九环大刀周身攀附的金狮初具雏形。随即大刀全力一挥，石破天惊的狮吼声气冲霄汉，惊散了鸟群。见气势上已压制住玉灵寒，施云飞便将内力凝聚在丹田之中，随即施展狮吼功。一团热浪袭来，玉灵寒只觉眼前飞沙走石，耳边狂风大作，好像有狮群在奔腾。她不禁后退几步。等她反应过来时，施云飞的刀尖已抵在她的咽喉处。

施云飞并无意杀掉玉灵寒，于是收起大刀，对玉灵寒说道："玉掌门琴技精妙，指尖似有刀光剑影。但你没有内力，对抗不了我的狮吼功。这次我饶过你，下次再对陛下出言不逊，小心我不客气。"

"善琴技者，分三个阶段。第一阶段：攻身。琴音削铁如泥，堪比世间利器。第二阶段：攻心。虽失去了锋芒，却可以以柔克刚，四两拨千斤。第三阶段：攻神。大音希声，大象无形。这一个阶段的琴技更上一层楼，能够在无声无息间撩拨人心。依我对姑娘的观察看，姑娘的琴技，好像只停留在第一阶段。"国师一面说着，一边走到玉灵寒面前。

玉灵寒轻蔑一笑："你很了解我嘛。你想干什么？"

国师朝着玉灵寒的方向步步紧逼，左掌凝结内力。"施统领心软，我却不能放过你这位魔教妖女。"说罢，便挥出左掌，朝玉灵寒释放雄浑的掌力。

玉灵寒只感到一股强烈的威压，似有千斤巨鼎朝自己砸过来。刚才一战，施云飞虽在关键时刻收回了狮吼功的大部分功力，没有伤到自己，但自己毕竟还是受到了狮吼功的攻击。玉灵寒感觉自己的身体一阵阵发麻，动弹不得，难以躲避国师的掌力。

"快住手！"太子忙制止国师，然国师的掌力已箭在弦上，不得不发。眼见玉灵寒就要受到伤害，太子忙用道教的轻功"云间游"，以不可思议的速度闪烁到玉灵寒面前，又用佛教的掌法"慈航渡"硬生生接下了国师的掌力。

"太子的武功博采众家，令贫僧佩服。"了一大师赞道。

太子此刻无暇回应了一大师，只是请求国师手下留情。

"殿下，此等妖女不除，日后必将是武林大害。"

"非也非也。玉掌门正值桃李年华，却对门徒的培养和门派的发展有独特的见解，此乃德。鸟鸣春涧是绝世武功，对修行者的武功、琴艺和内力都有很高的要求。玉掌门竟然可以在没有内力的情况下施展'攻身'阶段的琴技，此乃才。如此德才兼备之人，怎能说是武林之害呢？"

国师见太子和衡虚道长都在保护玉灵寒，便收起了掌力，不再追究。施云飞之前派遣的锦衣卫搜查归来，表示什么都没有发现。施云飞刚准备提出搜查各位掌门的房间和衣物，国师却抢先一步道："各位掌门，陛下仁义无双，本不想与江湖各位大动干戈。为了顾及各位掌门的体面，我和施统领今天不再继续搜查。不过，明日卯时，我们希望可以在大厅见到夜明珠。到时候，我们便不再追究这件事情。"

国师的做法让在场的各位都摸不着头脑。就连施云飞也是云里雾里。但国师是皇帝身边的红人，他不好违抗国师的命令。只得等各位掌门回房之后，询问国师。国师只是告诉他："做人留一线，日后好相见。也许各位掌门一时糊涂，铸成大错。但是知错就改，善莫大焉。"

三

  黑夜攀上天穹，客栈周围的密林深处传来乌鸦不祥的叫声。所有人都回到了自己的房间里。施云飞在四位掌门的门口安排了锦衣卫，以防有人趁月色出逃。

  弦月如刀，藏匿于薄云之鞘。衡虚道长和了一大师正讨论今天的事情。忽觉一阵强烈的杀气传来，一个黑衣人在客栈的屋顶掀开了瓦片，从缺口处跳了进来。衡虚道长和了一大师准备反抗，可来者速度极快，两位大师还没来得及运功，胸口就已经被黑衣人的匕首贯穿。

  衡虚道长捂住胸口，气若游丝地问道："你是谁？为什么要来暗杀我们？"

  黑衣人却不说话，只是紧握匕首，准备直击两位大师的要害，结果他们的性命。

  千钧一发之际，玉灵寒及时赶到，用剑挑开了黑衣人朝着衡虚道长胸口刺去的匕首。黑衣人却只冷哼一声，运起功力，用匕首朝玉灵寒刺去。房屋狭窄，玉灵寒又因帮助衡虚道长挑开匕首，不得不处身在了一个逼仄的角落里。一寸短，一寸险，玉灵寒的长剑在这里施展不开，只得眼睁睁地看着黑衣人的匕首向自己刺来。就在这时，屋顶的缺口处飞来三枚银针。三枚银针各循轨迹，一枚与匕首的尖端相撞，卸去大部分剑气；一枚瞄准了黑衣人即将到达的位置，逼迫黑衣人放缓速度；最后一枚针则径直刺向了黑衣人的太阳穴！

  "唐门的三生泪！"玉灵寒惊呼。

  三枚银针各司其职，完美封锁了黑衣人的进攻。奈何黑衣人武功高强，一伸手，便捉住了最后一枚银针。四大高手环伺，黑衣人见已无胜算，便趁机逃走了。

  待黑衣人走后，玉灵寒赶紧扶起两位大师，关切地询问两位大师的伤势。

衡虚道长和了一大师只是笑了笑，告诉玉灵寒这点伤势对他们不算什么。玉灵寒见两位大师并无大碍，便起身告辞。谁知衡虚道长却叫住了她。

衡虚道长看了一眼了一大师，见了一大师点了点头，便从身上取出一本内功心法递给玉灵寒。这本秘籍，便是了一大师和衡虚道长协力所创，融合佛家禅意和道家精髓的内功心法——梦蝶恋花！梦蝶取庄周的典故，恋花则有佛祖拈花一笑之意。

衡虚道长对玉灵寒说道："玉掌门，你没有内力，无法发挥鸟鸣春涧的全部威力。我和了一所创的这套内功，能够提升你的功力，让你的内力犹如大江大河一般，源源不绝，滔滔不息。还望你能收下。"

玉灵寒婉拒道："两位大师，这套内功自两位大师开创后，便成为江湖中人的必争之物。如不是两位大师武艺高强，恐怕，江湖上早就掀起一阵腥风血雨了。这本心法价值连城，我不能收。"

"玉掌门，你救了我和衡虚的命，这本内功是你应得的。"

"路见不平，拔刀相助，本就是侠义所为。况且衡虚道长也在国师的掌下救了我一命，我们扯平了。"玉灵寒转身欲走。

"阿弥陀佛。玉姑娘。殊不知你和这本秘笈有缘啊。"

"什么缘？"玉灵寒好奇地回过头。

衡虚道长说道："与其誉尧而非桀也，不如两忘而化其道。姑娘贵为魔教教主，却救了我和了一的性命。姑娘心中没有门户派系之别，能以魔渡佛渡道，此乃第一缘。"

了一大师补充道："非有之有为妙有，非空之空为真空。鸟鸣春涧需要大量内力驱使，姑娘没有内力，却能自如使用这套武功。以内功之空，行外功之有。此乃第二缘。"

玉灵寒实难拒绝两位大师的好意，便不得不收下这本心法。

玉灵寒走后，两位大师便口吐鲜血。如不是玉灵寒及时相救，两位大师恐已经命殒当场。恍惚间，他们见唐瑞从屋顶跳下来，心神松懈，晕厥过去。

玉灵寒强忍伤痛，走到客栈的长廊上。刚才的匕首虽没有刺到自己，但自己还是受到了黑衣人内力的冲击。负责看守玉灵寒房间的锦衣卫发现了玉灵寒,不知道她是怎么溜出房间的,准备去询问她。这时太子走出房门,看到用手捂住胸口的玉灵寒,便心疼地扶起她,将她带到自己的房间里。

太子将宫中的药物给玉灵寒服下。玉灵寒中气不足,只能道了句谢谢。太子看着躺在自己怀里、弱不禁风的玉灵寒,顿生怜惜之情。他劝道:"玉姑娘,我和施统领商量一下,放你走吧。这里是个是非之地,你待在这里,迟早要没命的。"

这时客栈外面传来了一慢两快的铜锣声,子时已到。玉灵寒挣脱太子的怀抱,挣扎着站起来,说道:"太子殿下,夜已深了,我要回去了。"太子忙将她搀扶起来道:"你考虑一下我的建议。"

"多谢殿下的好意,不过我要找出刚才袭击我的黑衣人。"就在这时,国师从门外走进来,和玉灵寒打了个照面。玉灵寒白了国师一眼,径自走回房间去了。

四

暗潮涌动的夜晚终于过去,每个人都在卯时准时来到客栈的大厅,但大厅并没有夜明珠的踪影。

昨晚的事件让每个人都心有余悸,也给客栈笼罩上了一层诡秘的氛围。黑衣人究竟是谁,是太子、国师,还是施统领、唐瑞?每个人心中都有不确定的答案。

"昨晚的黑衣人,就藏在我们之中,不如痛痛快快地承认了吧。"玉灵寒率先说。

"相比这个,我倒是更在意你们几位为什么在同一天来到这家客栈。"施云飞用审视的眼光扫视着在场的几位。

"我听说盗取夜明珠的人使的是'罗摩步下莲',便和衡虚来看看是不是我的徒儿星涌。"了一大师身受重伤,声音虚弱。

提起星涌,在场的各位神情都有些复杂。夜明珠失窃时,在场的目击者都曾见盗窃者使用的是了一大师的轻功：罗摩步下莲。据说使用者可以在空中自如行走，每走一步，脚下就会生出一朵火红的莲花。若使用者脚步加快，天上便会展开莲花开遍的绚丽画卷，宛如空中荷塘。

"我的手下昨天将这家客栈彻底搜查了一番，并没有见到星涌。想必是大师将他藏进了房间里，或者，大师你就是盗取夜明珠的人。"施云飞试探道。

"阿弥陀佛，出家人不打诳语。贫僧昨天来到此地，的确是为了寻找我的徒儿星涌。不过，我找遍了整家客栈，并没有发现他的踪迹。"

玉灵寒看着两位身受重伤的大师，关切地问道："两位大师，你们怎么样？都怪我，昨晚没有保护好你们。"

唐瑞笑道："灵寒，你不用担心，我的药物已将两位大师的伤势控制住了。"顿了顿，唐瑞继续说道："灵寒，你昨天说我为了炼制丹药，滥杀无辜。殊不知，没有这丹药，两位大师的命就保不住了。"玉灵寒昨晚保护两位大师的事情，唐瑞已全然知晓。唐瑞此时对玉灵寒的态度，已不似昨日强硬。

施云飞将目光聚集在唐瑞身上。唐瑞此时正搀扶着衡虚道长下楼，看着施云飞怀疑的眼神，唐瑞反问道："施统领是在怀疑我吗？正如灵寒所说，我们名门正派是不会学习其他门派武功的。"

"唐掌门，我问的不是这个。我想问的是，你为什么要来这家客栈？"

"我？"唐掌门犹豫了一下，"当然是为了帮助陛下找到夜明珠，以报答陛下对唐门的知遇之恩。"

"哦，真的这么简单吗？唐掌门的丹药延年益寿，而我的宝玉却能长生不老。唐掌门真的愿意为了寻找我献给陛下的宝物倾囊相助吗？"国师讥笑道。

国师献给皇帝的夜明珠，是唐瑞一生之痛。唐瑞是天生的制药天才，在他接任掌门的第三年，皇帝就将他请进宫去，为其配制延年益寿的丹药。后来，唐瑞又开始为朝廷制造机关箭弩。在皇帝的扶持下，唐门飞速发展，一跃成为武林第一大门派。然而，唐瑞在享受无尽荣耀的同时，也不得不担忧唐门与其他各派的关系。果然，在机关箭弩开始大批量生产，成为军队士兵的随身武器时，皇帝便开始大肆屠杀江湖人士，一向德高望重的唐门也成为武林的众矢之的。

唐瑞曾在无数的日夜中反思自己的做法。血肉横飞的江湖儿女曾多次惊心动魄地映在他的眼帘，刺穿他们身体的利器上，总是镌刻着一个刺眼的"唐"字。每当此时，唐瑞又会想到，在自己刚接任掌门的时候，唐门已处在风雨飘摇中。如果不是皇帝对唐门事业的大力支持，唐门可能已经在江湖纷争中化为灰烬了。如今的自己虽对不起武林同道，却没有辱没唐门的列祖列宗。唐瑞就是靠着这种信念，熬过了一场又一场猩红色的梦。

然而，世事无常。拯救唐瑞的最后一根稻草，在某一天被连根拔去。唐瑞永远记得那一天，皇帝刚刚服下唐瑞配置的丹药，突然问了唐瑞一句话："唐爱卿，你的丹药别人服用过吗？"唐掌门想当然地认为皇帝是在确认药物的疗效。他无不得意地答道："回陛下，臣苦心孤诣研制这种丹药多年，所有的唐门弟子都曾服用过。疗效甚著，陛下可放心服用。长期使用，可助陛下延年益寿，百病不侵。"

唐瑞不知道这句话错在了哪里。总之，自那之后，唐瑞在皇宫的地位一落千丈，皇帝不再召见他，也不再服用他的丹药。他只能不断地替军队制造武器，却依然无法挽回唐门的颓势。不久，西域使者向皇帝进献了一颗据传世间"绝无仅有"的绮香夜明珠，其光安神养目，其香可致长生。皇帝龙颜大悦，册封西域使者为国师，每日侍君左右，寸步不离。

国师如今来寻夜明珠，又对自己步步紧逼。唐瑞心怀不悦，却没有办法。唐门百年兴衰全系在自己身上，自己绝不能在这个节骨眼上出错！

唐掌门调整气息，故作平和地说道："国师说笑了，我的丹药只有延年益寿之功，而国师所献之宝却有白日飞升之效。我岂敢与国师相提并论。况君为臣纲，为臣者，当为陛下分忧。今夜明珠失窃，陛下愁眉不展，我自当竭尽全力，方不负陛下的隆恩旷典。"

国师听后笑道："那就好，我还以为唐掌门想独自找到夜明珠，进献给陛下呢。看来唐掌门并不是贪功冒进、假公济私之辈。"

"各位掌门，再给你们最后一次机会。希望你们能够主动交出夜明珠。普天之下，莫非王土，率土之滨，莫非王臣。就算你们躲到天涯海角，陛下也能找到你们。"

了一大师对施云飞劝道:"施统领,恕在下冒犯。陛下对当今武林,未免有些步步紧逼了。庙堂与江湖,本就应是共生的关系,一家独大,对双方都不是好事。"

"大师,你在说什么?我来这里秉公办案,将盗贼绳之以法,何来步步紧逼之说?"

了一大师劝道:"算了,既然施统领此行只为抓捕罪犯,那贫僧就不说什么了。不过,我还是要劝统领一句,朝廷,并不能解决所有的事情。"

"哦,那依大师之言,还有什么事情是朝廷做不到的?"

"依贫僧拙见,唐门机巧技法即为真,佛道万物共生即为善,魔教丹青琴瑟即为美。真、善、美三者,亦可为布衣百姓之教也。"

"真、善、美?胡说八道。在我看来,君口玉言即为真,仁泽万民即为善,山川大统即为美。"

两位大师还想说什么,却被施云飞打断:"闲话少叙,既然各位掌门不顾体面,私藏夜明珠,那就别怪我得罪了。"施云飞站起来,吩咐锦衣卫搜查各位掌门的房间。过了一会儿,一位锦衣卫大声来报:"在唐瑞的房间发现了陛下的夜明珠!"

众人大惊,太子搀着了一大师,玉灵寒扶着衡虚道长。惊慌失措的唐掌门、幸灾乐祸的国师和正颜厉色的施云飞,所有人都来到唐掌门的房间里。刚到门口,众人只觉一阵奇香扑鼻,衡虚道长和玉灵寒解释道:"绮香夜明珠之所以是西域珍品,是因为在夜中发光的同时,还会散发香气。不过,这颗夜明珠只在每日的子时到寅时三个时辰内发光。"

玉灵寒疑惑地问道:"既然如此,现在已经是卯时了,为什么我还是能够闻到香气?"

衡虚道长解释道:"虽然绮香夜明珠只能在子时到寅时之间散发香气,但香气浓郁,能维持几个时辰。"

玉灵寒若有所思地点了点头。

施云飞将夜明珠收了起来。众位锦衣卫赶来,将唐瑞团团围住。

"唐掌门，人赃并获，你还有什么可说的吗？"施云飞厉声喝道。

唐瑞站立不稳，跌倒在地上。"既然是唐掌门偷走了夜明珠，那我们就将唐掌门捉拿归案吧。"国师对锦衣卫吩咐道。

"等等！"唐掌门刚刚从震眩中苏醒，恢复了神智，"你们都说了，盗取夜明珠的人会使罗摩步下莲，而这并不是我们唐门的武功。"

"这么说，是了一大师所为喽。不过既然是了一大师所为，为什么夜明珠会在你的房间里？或许……是你昨晚在了一大师那里偷来的。"

"我说了，夜明珠不是我偷的。"唐瑞情绪激动。

"不是你偷的，为什么夜明珠会在你的房间里？唐掌门，我奉劝你一句，盗取国宝或贪功藏奸，你哪样都吃罪不起！"国师难掩得意。

"我怎么知道，一定是有人陷害我。"唐瑞脸色惨白。

国师没有理会唐掌门，只是盯着了一大师："唐掌门说得也有道理，盗取夜明珠的人步下生莲，了一大师也脱不了嫌疑。不如，你们两个商量一下，谁跟我们走。"

衡虚道长怒道："国师，佛道与唐门即使观念不合，也依然情同手足。你休想离间我们的关系。况且，我们三人都是顶天立地的大丈夫，绝不会做偷鸡摸狗之事。"

"既然你们三人情同手足，我就把你们三个都抓走吧！"

"慢着！"施云飞阻止了国师，劝道，"国师，三位掌门都是武林泰斗，不可贸然行事。盗取夜明珠的只有一人，而国师却要同时处置三人。三位掌门德高望重，这事要是宣扬出去，会有损陛下的名誉。"

施云飞行事缜密，谨慎过人。不愧为锦衣卫指挥使。虽昨日与施云飞发生了冲突，玉灵寒心里还是对施云飞产生了敬意。她拍了拍施云飞的肩膀，说道："施统领，看来你还不像国师那样不近人情，张口造反，闭口造反的。"玉灵寒白了国师一眼，继续对施云飞说道："你想查清事情的真相，我可以帮你。"

施云飞沉思片刻，说道："昨晚的夜行人之事也有古怪，找出黑衣人，可能会对案件有帮助。"

为了查清事情的真相，太子、了一大师、衡虚道长、唐瑞、国师、施云飞和玉灵寒像昨天一样齐聚在客栈大堂里。施云飞提议每个人讲明自己昨晚做了什么。

玉灵寒率先讲道："我昨晚在房间里，听到瓦片上的脚步声。我担心有人遭遇不测，便偷偷地来到屋顶，果然看到一个黑衣人想对两位大师不利。我击退了他们，却身受重伤。后来殿下在二楼的长廊上发现了我，将我带到他的房间替我疗伤。"玉灵寒说到这里，突然想起什么，她看着国师，幽幽地问道："我还记得，太子帮我疗伤后，国师就从外面回来了。我想问国师，你去干什么了？"

国师大怒，指着玉灵寒喝道："大胆妖女，现在是我审问你，你倒反问起我了。"

忽然，外面电光闪烁，随即炸响一道惊雷，紧接着黑云压城，狂风呼啸。一场暴风雨即将来临。

"没事的，既然是玉姑娘发问，我们也会说清楚。"太子说道，"昨天我一直在房间里，听到外面长廊的脚步声，便走了出来，把你带到我的房间。你离开后，我就再也没有出过房间了。"说罢，太子碰了碰国师。

国师不情愿地答道："我听到了打斗声，以为有人想畏罪潜逃。我出去看了一眼，没有发现什么，就回来了。"

施云飞又将目光看向衡虚道长与了一大师。衡虚道长伤势较了一大师稍轻，便替了一大师发言："我们昨晚一直在房间里，突然有个黑衣人掀开我们房间上的瓦片，偷袭了我们。我们两人没有防备，身受重伤。这时，玉掌门及时赶到，击退了他。"

"你们昨晚就受了伤，为什么不告诉我？我还以为你们两个没事，就走了。"

衡虚道长笑了笑："你昨晚被黑衣人所伤，不也瞒着我们吗。我们知道，玉姑娘心地善良，不忍叫我们担心，我们也是一样。"

施云飞追问道："两位大师，玉灵寒离开之后发生了什么？"

衡虚道长继续回忆："玉姑娘走后，只觉命在旦夕。在我们晕过去前，我们看见唐掌门出现在我们面前。相信是唐掌门救了我们。"

"之后呢？"

"之后的事情让我来补充吧。"唐瑞冷静了些，开始回忆："我在房间里听到打斗的声音，想去看看，可门外有锦衣卫把守，我只得在屋顶开了一个洞。我往前走，发现两位大师的屋顶也开着，就顺着屋顶跳了进去，发现两位大师已经昏迷过去，我用针灸之法封住了两位大师的经脉，又给他们服用了唐门秘制的丹药。"

"你一直在两位大师的房间里吗？"

"是的，我一直守护着两位大师，以防贼人暗算。"说罢，瞥了国师一眼。"怕是有人趁我不在的时候将夜明珠放到了我的房间里。"

"唐掌门，除了这些，你昨晚没有做别的事情吗？"国师的语气怪异。

"我不明白国师的意思，还请国师赐教。"

"唐掌门，与朝廷作对，可没有好下场的。"国师冷笑道。

"是不是两位大师盗取了夜明珠，再栽赃给唐掌门呢？是不是唐掌门扮成黑衣人，欲夺取夜明珠。但豪夺不成，只能假装施救，实则巧取呢？事情错综复杂，三位掌门都有很大的嫌疑。还是请三位随我们回宫吧，到了刑部，事情自然会水落石出。"国师说道。

"国师，你一直对三位掌门穷追不舍，昨晚的黑衣人就是你吧。"玉灵寒不满道。

"事情就这么定了。三位掌门，到了刑部，一切自有分晓。"施云飞看了一眼门外滂沱的大雨，自言自语道，"一旦下雨，路上便不免泥泞和肮脏。覆巢之下，又安有完卵。"任凭玉灵寒如何请求，施云飞也不再改变主意。玉灵寒刚才对施云飞产生的敬佩之情，此时消失得无影无踪了。

五

门外暴雨倾盆，整个客栈像一座孤岛，被惊涛骇浪隔绝在俗世之外。低垂的天空忽明忽暗，明如金刚怒目，暗如夜叉勾魂。浓云里龙走蛇行，时隐时现，不时响起滚滚的鼓声和锣声，似埋伏着千军万马。

三位掌门愁眉不展，衡虚道长、了一大师和唐掌门，三位都有很大的嫌疑。等暴雨停歇后，他们三个就要被太子、国师、施云飞和一众锦衣卫押送回京。皇帝近年来一直在肃清武林，这一去，对三位掌门来说，怕是凶多吉少。

施云飞回到自己的房间，太子和国师则在一旁用餐。玉灵寒看着事不关己的太子，指责道："殿下，三位掌门遭人诬陷，你忍心让他们这样去京城吗？"

太子沉吟半刻，只说了一句："玉姑娘，我……施统领已盖棺论定，我不好说什么。但我会在父皇面前为三位掌门求情的。"

"你是太子，施云飞和国师难道不会听你的？"

"玉掌门，你几次三番挑战我们朝廷的权威，要不是殿下一直保护你，恐怕你早已死在我的掌下了。寻找夜明珠，逮捕疑犯，是陛下的口谕，谁都不能违抗。"

"陛下为了一颗珍珠，大动干戈，真是可笑。"衡虚道长冷笑道。

国师轻蔑一笑："朝菌不知晦朔，蟪蛄不知春秋。道长连祖师爷的教导都忘记了？你我等人不过百年光景，然陛下乃一国之君，人中龙凤，以陛下之长生，换万世之基业。是国之幸事，民之幸事，天下之幸事。夜明珠是西域绝无仅有之珍宝，内含祥瑞之气，能在月夜中闪耀出不逊于太阳的光芒。日月相交，正合一个'明'字。可以说，夜明珠不仅关系着皇帝的龙体安康，更涉及大明的气运。盗取夜明珠者，犯的是弑君叛国的大罪，按大明律当诛九族！"

了一大师叹道："世间本无长生之术，亦无轮回之法。晨钟暮鼓，只为修心。一片石即一座佛，一座佛又即一片石，无非是一片心。明心见性而妙明真心者，生死两忘，又何必执着于永恒。"

"说得好！葡萄美酒夜光杯，欲饮琵琶马上催。人生那么短暂，来不及献给音乐和美酒，又何必追求缥缈的长生？今天，我为三位掌门演奏一曲欢腾之乐，为各位掌门送行！"

玉灵寒架起古琴，玉指在琴弦上轻轻一拨，一道清脆的鸟鸣声流淌出来。鸟儿振翅爬上梢头，琴音随之升高，在茂叶繁枝间婉转悠扬。欢快的气氛感染了森林万物，众人只听见树叶的婆娑声、微风的簌簌声和知了的鸣叫声。倏而，琴音变得浑厚悠远，似大海的辽阔，又变得急促错落，似暴雨的滂沱。托、擘、抹、挑、勾、剔、打，玉灵寒不断切换着指法，整个客栈变成了一处百鸟园。燕子、布谷、百灵、画眉、鹧鸪、麻雀的叫声此起彼伏，每一种声音都像是一种独特的乐器，互相重叠，彼此缠绕，组合在一起却有天然偶成的和谐。

"大乐与天地同和，大礼与天地同节。灵寒的琴音春意盎然，似众鸟齐鸣，百花争艳，令人流连忘返。昔子在齐闻《韶》，三月不知肉味。真乃不图为乐之至于斯也。"唐瑞在心里由衷地赞叹道。

弹指一挥的沉寂过后，恢宏壮阔的声音直冲云霄，凤凰投身到群鸟的盛宴中。众鸟围绕着凤凰起舞，为她献上和声。凤凰循着琴声的轨迹漫天飞舞，周身炽焰不断升腾，在天空中绽开绚烂的烟花！玉灵寒仿佛变成了女巫，用欢乐的祭祀之舞点燃了客栈的氛围。

突然一声铿锵炸裂，金戈铁马奔入战场，破坏了盛大的降神仪式。玉灵寒伤口复发，口吐鲜血。

唐瑞忙将玉灵寒扶进了她的房间里。诊脉之后，唐瑞却只得叹了口气。玉灵寒体内没有内力，却在短短一天时间承受了两次内力的冲击。若是普通的内伤，唐瑞尚有把握。而如今玉灵寒体内无数道外来的内力相互对冲，不断破坏着她的经络系统，即使唐瑞医术如神，也回天乏术。

"灵寒，只有神仙才能救你了。"唐瑞无奈地叹道。

"你什么时候也开始相信神仙了。"玉灵寒的声音有气无力。

"不瞒你说，我此刻真的盼望世界上有神仙，这样你就有救了。"

"我……"

唐瑞唯恐玉灵寒伤势恶化，给她服完药后，便离开了她的房间。

六

第二天辰时,暴雨终于停歇。众人清晨来到客栈大厅,忽听得锦衣卫凄怆的呼声:"施统领死在了自己的房间里!"

众人惊异不已,赶紧来到施云飞的房间。施云飞的房间散乱,像经历了一场恶斗。唐掌门查看了一下施云飞的尸体,断定他死于卯时。

太子翻了翻施云飞的衣物,除夜明珠外,还找到一封谏书,太子打开谏书,念出了上面的内容:

> 陛下,臣以无上惶恐之心修此谏书。臣犹记陛下初在位时,旰食宵衣,励精为治,惩贪官,治污吏,山河清明,乾坤朗朗。然国师之至也,陛下始惑于长生之术。废长吏,肃武林。政治荒芜,民生凋敝。此子妖妄,能幻惑众心,远使诸将不复相顾君臣之礼,尽委策下楼拜之,不可不除也。臣不望陛下有尧、舜之才,只求陛下有好生之德。博采众议,广开言路。亦不负臣一片赤诚侍君之心也。

"一派胡言!"国师有些尴尬。

众人听罢,唏嘘不已。

了一大师叹道:"施统领的一生,都在为一个仁君的目标而奋斗。"

衡虚道长补充道:"或许施统领早已知晓事情的原委,才会为奸人所害。"

玉灵寒此时说道:"如果不赶快找到凶手,我们可能也会遭遇危险。"她看着国师,问道:"国师,你觉得施统领是怎么死的?"

国师叹了一口气:"唉,施统领为了陛下鞠躬尽瘁,死而后已,竟被奸人在房间里杀害。"他盯着三位掌门:"一定是你们三人,为了逃避抓捕,竟忍心对施统领下此毒手!"

"我不这么认为。在我看来,施统领是被人杀害后拖到这间房里的。"玉灵寒推测道。

"何以见得?"太子显示出极大的兴趣。

"绮香夜明珠在子时到寅时之间会散发出浓郁的香气,之前我在唐掌门的房间里,就闻到了这种气味。施统领怀揣夜明珠,他的房间里却没有味道,这证明,施统领昨晚子时到寅时之间并不在这间房。据唐掌门刚才所说,施统领死于卯时,我斗胆猜测,施统领是在卯时被杀害后,由凶手拖到这个房间里的。"

玉灵寒顿了顿,继续说道:"整家客栈布满了锦衣卫,但锦衣卫有两个视野盲区。第一个盲区,是客栈的屋顶。第二个盲区,就是我们每个人的房间。昨夜风雨大作,施统领是不可能去屋顶的。这样的话,施统领的死亡地点就锁定在了我们的房间中。现在只需去每个房间看一下,谁的房间有香气,谁就是杀害施统领的凶手!"

"聪明!"国师鼓了鼓掌。"施云飞的确是我杀的。我知道,你们早就开始怀疑我了。可笑的施云飞,虽然猜到是我和太子谋划了整场行动,却在临死之际还认为我和殿下是与陛下作对、意欲谋逆的反贼。殊不知,这一切都是陛下亲自授意我和殿下去做的。殿下的武功涉猎广泛,通过使用'罗摩步下莲'伪装成星涌大师便可骗过佛、道两位大师。唐瑞立功心切,更不会放过这次机会。我再放出消息,将你们引到客栈里来,将你们一网打尽。"

"所以那晚袭击我和了一,嫁祸唐掌门的也是你们?"衡虚道长怒道。

"先将两位大师杀死,再将夜明珠偷偷放进唐掌门的房间。这样,所有人都会认为是唐掌门夺走了了一大师用'罗摩步下莲'盗取的夜明珠。难怪第一天你没立即搜查我们的房间,原来另有计划。"玉灵寒说道。

"我们的计划天衣无缝,利用你们每一个人的弱点设下了致命的陷阱。不过,我们的计划中并不包括这位小妖女。"国师看着玉灵寒,说道,"本来想借此机会,除掉佛、道和唐门,没想到还有意外的收获。"

了一大师冷笑道:"国师,既然你已道明事情的真相,就没有理由逮捕我们了。"

国师大笑:"逮捕?如果不是施云飞在这里,我和太子早将你们杀光了。纵然你们知道我是凶手又如何?凭我和太子的武功,杀掉你们易如反掌。"

唐瑞笑道："国师，你太狂妄了。你真以为凭你和太子，能打赢四位掌门外加一队誓要为施云飞复仇的锦衣卫吗？"

"四位掌门，两位重伤，一位老气横秋，另一位弱不禁风。至于这一群锦衣卫，我更是不放在眼里。"

"国师，你错了。这位魔教的小妖女，可不是弱不禁风。"了一大师笑道。

玉灵寒与了一大师相视一笑，一天两夜的修炼，玉灵寒已经大致掌握了"梦蝶恋花"在体内运行的规律。同时，佛与道的内力，在驱逐了玉灵寒体内的外来真气之外，还修复了玉灵寒的经络系统。此刻的玉灵寒，内力充沛，身体健康，面对任何强敌都有一战之力。

只见玉灵寒架起古琴，佛与道两股内力游走在她的四肢百骸，最终汇集到一处。施展功力时，玉灵寒只觉周身的颜色、声音都如此明晰，身体轻盈如风，好像与世界融为一体。抬眼一望，便知天地悠悠。侧耳一闻，便晓日月流转。

遥远的宇宙尽头，阴阳合和，万物生，而终入轮回。玉灵寒与芸芸众生灵魂相融，物我两忘，似乎巍巍群山的险峻、滔滔浪潮的汹涌皆可为自己所用。

"人闲桂花落。"一阵琴声袅袅升起。玉灵寒的内力化成纷落的桂花，落花随即变作清风，重新凝练为玉灵寒的内力。花开花落，在玉灵寒身边不断进行着生死的循环。然琴意平和，不以盛开而喜，不因凋零而悲。玉灵寒的内心如宁静的湖泊，但静为虚，动为实。国师虽感受不到任何的杀气，却无法忽视她体内剧烈的内力波动。

"夜静春山空。"琴音逐渐扩散，在深幽的空谷回响。玉灵寒心中的平静外化，为世界笼罩上了一层寂静的面纱。这是"鸟鸣春涧"的第二式，需要修炼者将内力实现从有到无、再从无到有的转化。玉灵寒在尝试第一次转化时，走火入魔，失去了全部的内力，如今玉灵寒在"梦蝶恋花"的帮助下成功实现了转化，同时吸收佛道的精华，又有了新的体悟。此刻的她既了然万物，又了然无物。但无为虚，有为实。静谧的琴音之下积蕴着暴风骤雨的力量。多年的战斗经验让国师暗暗感到威胁。他将内力凝聚在左掌，准备与玉灵寒一决雌雄。

"妖女，受死吧！"国师飞身向前，掌力化身成刃，朝玉灵寒的胸口刺去。

"鸟鸣春涧中。"众鸟齐鸣，但难掩肃杀之气。玉灵寒达到了"鸟鸣春涧"的最高阶段，身处喧嚣，心却偏安一隅。这一刻，玉灵寒挣脱了心灵的桎梏，逐渐步入音乐中的无我之境。远古神灵传来呼唤，广袤的大千世界与玉灵寒神识相交，通过她的手指演奏出最华美的乐章。只见一道道内力在前两式的蓄势之后骤然喷发，向国师激射而去。国师忙运起罡气，想要弹开这一道道内力，却扑了空。原来玉灵寒在"梦蝶恋花"的帮助下，已经从琴技的第一阶段飞跃到了第三阶段。此时，玉灵寒用琴声催发的内力有形却无质，攻身为虚，攻神为实。等到国师反应过来的时候，已经太迟了。对自然的敬畏、对万物的慈悲、对音乐的沉醉……无数种情绪在国师的心中油然而生，扑灭了熊熊燃烧的杀气。

国师在玉灵寒的攻击下顿时失去了战斗的欲望，一个不注意，摔倒在地。手掌狠狠地拍在了地面上，留下了一道狭长的裂痕。

胜负已分，国师惊讶于玉灵寒能在短短两天就将佛道的心法融会贯通。衡虚道长也不禁夸赞道："'鸟鸣春涧'这种魔教武功，搭配佛道的功力，竟会产生这么大的威力。"

了一大师打趣道："这就是道高一尺，魔高一丈吧。"

这时朝廷的探子来报，一个震惊的消息传来——皇上驾崩了！

国师狼狈地从地上爬起来："可惜啊，可惜。如果不是你唐瑞用三生泪阻止了我，我早就杀死了这个小妖女。如今大势已去，我已无力回天。"

"三生泪？我何时用过三生泪？"唐瑞疑惑不解。

国师幡然醒悟，却为时已晚。一把剑从他的身后刺入，正是太子。"国师，你最大的错误，就是伤害玉姑娘，那三枚银针，是我射出的。"

国师胸前的血洞不断扩散，将唐瑞带回昨天那个惊心动魄的夜晚。唐瑞跳进两位大师的房间，见两位大师昏厥在地，胸膛被利器贯穿，便准备施展唐门针法为两位大师诊治。可这时他突然想起，如刚才的黑衣人是国师的话，自己此举岂不是得罪了国师？国师是皇帝身边的红人，他的一句话便可让唐门在顷刻间覆灭。想到这里，唐瑞手上的动作迟缓下来。两位大师的呼吸逐渐式微，可唐瑞的心中却进行着激烈的天人交战。一边是唐门的生，一边是江湖的义，该如何抉择？月光透过屋顶，洒在银针之上。在一瞬间，唐瑞通过银针的倒影，看见了自己满鬓的白发。

三十年前的唐瑞，作为唐门三百年不遇的天才，侠肝义胆，惩恶锄奸。等到自己接任唐门掌门人的时候，他方知不当家不知柴米贵。唐门千百年的基业，绝不能毁在自己的手里！沉甸甸的宗门责任不仅仅压抑了唐瑞的心灵，更是磨灭了他宝贵的少年热血。为了唐门的发展，唐瑞低下高傲的头颅，去逢迎皇帝，去攀附权贵，更要时不时地承受来自国师的挑衅与蔑视。可到头来，仍是竹篮打水一场空。

生，我所欲也；义，亦我所欲也，二者不可得兼，舍生而取义者也。在很长一段时间内，唐瑞都认为自己是世界上最无私的人——用半生的尊严和体面，苦苦支撑唐门。然求生易，求义难。唐瑞如今才意识到，自己现在走的路，恰恰是一条最自私的路。透支唐门几百年来的荣誉与道德，来换取苟安的现状，最终只是自欺欺人罢了。失去了最根本的"义"，唐门又怎能称为江湖第一大门派呢？想到这里，唐瑞不再犹豫，运起内力，为两位大师治疗。

国师一声惨叫将唐瑞拉回现实。只见国师用手捂住伤口，在地上剧烈地抽动。看着此时的国师，唐瑞仿佛看到了当年夹杂在各方压力之间，不知所措的自己。

"和过去的自己告个别吧。"唐瑞手中三枚"命若游丝针"骤然发射，毒素迅速扩散，终结了国师的性命。

国师已死，太子对着四位掌门深深施了一礼，说道："国师作恶多端，却深得我父皇信任。小王纵有异议，亦不敢多言。今各位掌门助我诛杀了此妖人，小王在此谢过了。"

了一大师忙上前将太子扶了起来，说道："除妖镇邪，本就是侠之所为，太子不必放在心上。只希望太子即位之后能够励精图治，仁政爱民，不要重蹈先皇的覆辙。"

"本太子即位后,定将与武林各派修好,大力发扬唐门、佛道和玉姑娘的魔教。请各位掌门放心。"

七

太子送走唐门与佛道的掌门后,便问玉灵寒:"我还不知道,你为什么要来这家客栈?"

"也是为了夜明珠啊。"

"你们为什么都想要这颗夜明珠啊?它是能延年益寿,还是能增进功力?"

"我只是觉得它好看。"

"这样啊,那……我就把它送给你吧。"

图书在版编目（ＣＩＰ）数据

孤星连线 / 华东师范大学中国创意写作研究院编.
上海：上海文艺出版社，2024. -- ISBN 978-7-5321
-9111-6

Ⅰ. Ⅰ247.7

中国国家版本馆CIP数据核字第2024E2Z928号

发 行 人：毕　胜
责任编辑：张诗扬　吴　旦
封面设计：黎稷欣
内文设计：山川制本workshop

书　　　名：孤星连线
编　　　者：华东师范大学中国创意写作研究院
出　　　版：上海世纪出版集团　上海文艺出版社
地　　　址：上海市闵行区号景路159弄A座2楼 201101
发　　　行：上海文艺出版社发行中心
　　　　　　上海市闵行区号景路159弄A座2楼206室 201101 www.ewen.co
印　　　刷：上海中华印刷有限公司
开　　　本：720×1000　1/16
印　　　张：24.25
插　　　页：2
字　　　数：359,000
印　　　次：2024年10月第1版 2024年10月第1次印刷
Ｉ Ｓ Ｂ Ｎ：978-7-5321-9111-6/I.7163
定　　　价：88.00元
告　读　者：如发现本书有质量问题请与印刷厂质量科联系　T: 021-69213456